心上人

（上）

（全二册）

青罗扇子 著

江苏凤凰文艺出版社
JIANGSU PHOENIX LITERATURE AND ART PUBLISHING

Contents

目录

第
一章
春风十里

天蒙蒙亮，影视基地褪去了夜色，被抹上两分清明。睡眠在这儿是件可耻的事。君之荔微微闭目养神，一张脸不施脂粉，素美动人。早年她很多剧照无须修图，仅凭一双淡扫蛾眉就已然成为众多影迷的心上人。

段夏夏轻手轻脚地端进早餐，见自家艺人困得不行。视线往下一瞥，剧本页眉上贴满了标签。红色标签是人物转折，蓝色标签是情绪点，还有几枚她也不懂的标记。不是她吹，她家艺人不但戏演得好，而且功夫从不少下。

君之荔眼睛半合，长发懒洋洋从脸颊滑下来，满脸将醒未醒的慵懒风情，唯独鼻翼小小翕动着。高岭之花的这种小神情让段夏夏哭笑不得。很多女艺人不吃早饭，但君之荔不吃血糖会低。瘦肉粥滑入腹中，伴着肉丝的香气与点点绿葱的嫩鲜，温温软软地在肚子里蔓延。君之荔弯起了腰，舒舒服服地伸展双臂：“唉，刚复出就挨饿。不干了，不干了。”

段夏夏快噎着，刚刚怎么就觉得自家女神又敬业又令人崇拜？痛心疾首。她追着君之荔说教：“我们才接两三部电视剧，还都是给别人作配。要重回以前咖位得加把劲！现在小花厉害得很，几部戏接好，炒一炒CP，流量一下就上去了。”

“你看最近那个很红的颜环，我们拍什么她就接什么。连着三部戏都一样，难道不是很可疑？”

作为经纪人，段夏夏对艺人动向有着极高敏锐度。那个颜环顶多算二线，干吗突然跟她家荔荔贴这么近？

可疑，非常可疑。

君之荔今年刚复出，但隐退前有国民初恋的影后盛誉，一等一的演技，一等一的口碑。段夏夏眯了眯眼，难道想跟君之荔争夺品牌代言？抑或是想用荔荔的口碑为她自己洗白？

嗯，极有可能。

段夏夏点点头。

那边揣摩着人物的君之荔，懒懒打了一个哈欠：“颜环是谁？”

段夏夏一愣，接着想动手摇醒对方。

“君影后，对方跟你一起拍了三部剧了！”醒醒，怎么会一点印象都没有？

段夏夏颇为无奈，早年想套近乎的人太多，导致自家艺人现在有些脸盲。

门外的颜环攥着裙角，一脸坚强忍泪。君之荔像是意识到了什么，抬头望了望。颜环一脸期待。君之荔的目光在对方面容上停留了两秒，迷茫地虚晃了一眼远处，最后转回自己的剧本。段夏夏也尴尬了。

君之荔瞥了瞥段夏夏，缓缓开口：“要不？”

颜环眼神有点小迫切，手指有些紧张地绞了起来。

“明天再来点粥？”

段夏夏扶额，突然觉得，复出却没竞争心的君之荔也没什么不好，无意都有这样的杀伤力，万一有意其他艺人还活不活。

“今天男一号进组，Super Sense男团的大门面、大主唱、大顶流，每天都会上热搜，几个大公司力推的男星都被压得没脾气。”

君之荔双耳早已屏蔽不停叨叨的经纪人，将手中剧本在内心预演了五六遍。

“我刚刚说的有没有放在心上？”段夏夏苦口婆心。

结果换来君之荔凉凉一眼。

“不记得颜环是谁没关系，”她委委屈屈地看向自家艺人，“可不知道殷白晨是谁，我们很有可能被他的粉丝骂死。”

殷白晨，自打横空出世就没从顶级流量宝座上掉下来过，商业价值极高，代言任何品牌都会急速销售一空，简直是打开市场、推广新产品之利器，品牌方爱不释手，当天神供着，粉丝战斗力更不是一般地强。

万一跟殷白晨的距离分寸没把握好，想想那种画面，段夏夏就禁不住打了个寒战。

君之荔从单人沙发上站起，单手将经纪人推到墙壁前。

段夏夏被推得身形一震，脸却可疑地红了。她家荔荔现在看上去又高冷又帅气。

君之荔神色清冷，挑剔眯眼。

“殷白晨是谁我不清楚，但我怎么觉得你也是他们的粉，这叫什么，身在曹营心在汉？”

天，荔荔这样看起来好冷酷！

段夏夏资深颜控，眼冒桃花，内心天人交战。她是妥妥的头号粉丝，可谁叫Super Sense这个组合太令人心猿意马。之前在机场偶遇殷白晨，粉丝们跟着殷白晨跑，举着手机不停地拍，别的人也跟着骚乱了。八个黑衣保镖护卫也不起作用，那次段夏夏也忍不住伸长脖子。传说中的帝国级神颜殷白晨头发清爽，戴着黑口罩，全程低调极有礼貌，铆钉鞋配着黑色细长裤，一米八五的个子腿长逆天，难怪女粉们个个脸红心跳，激动不已。

一转头，她家女神荔荔仍淡定地在VIP休息厅闭目养神，一点都没被外面的喧闹气氛所影响……

将段夏夏手肘轻轻一顶，君之荔干练地将剧本接住。段夏夏被迷得张开了嘴。不不不，荔荔这么帅气，她爱的只有荔荔，“一生荔枝推，终生荔枝魂。”经纪人才是艺人最大的死忠粉。君之荔怜爱地摸摸她的头顶，段夏夏感觉自己尾巴快摇起来了。

欣喜的尖叫声倏然笼住剧组，犹如千军万马。君之荔和段夏夏对视了一眼，哪家粉丝这么多、这么激动？

“难道是我以前的粉丝？”刚跨出化妆间的段夏夏差点跌倒。

“我以前的粉丝很疯狂，老想囚禁我。”

段夏夏瞬间不知这话该怎么接，憋了半天：“那种叫黑粉。”

这会儿才清晨五点半，拍摄剧组却挤满了人，乌泱泱的女粉丝激动地喊着：“白晨，白晨！白晨晨！”

君之荔打了个哈欠，准备转身回组。

晨光之中倏然走出一位高挑修长的青年，周围空气瞬间随着声浪震了起来。君之荔指尖微微一滞，眯眼远眺。

阳光斜斜掠过年轻人英俊的轮廓，颜值极高，柔软细发在空中轻拂，白衬衫加黑细领带，气质清清爽爽，朝阳金线像特效柔光，洒在对方脸上。每走一步，被紧裹在牛仔裤里的长腿往前一迈，发力点带动流畅的肩线。走路姿势又优雅又迷人，流露出一股难以言喻的性感。

“导演好。”“哥哥好。”“颜环姐姐好。”对方半鞠着躬，礼仪十分到位，不卑不亢，举止尔雅，粉丝们一旁看见，又是一阵激动捧心。

段夏夏眼中的光芒以肉眼可见的速度扩散，她揪住君之荔手臂兴奋道：“你看你看，白晨晨是不是超乖？”她露出姨母笑，看殷白晨如同自己弟弟、心爱的崽。

“他就是殷白晨？”

“对，晨晨、白鼬。”

“白鼬？”

“超可爱的小动物，是不是跟白晨晨很像？啊啊啊他要过来了，要跟我们打招呼了。”

君之荔没听明白却点点头，她想她的经纪人恐怕做单身太久，极需谈个恋爱。

殷白晨迈着轻快步伐，来到君之荔面前。旭日东升，天空由清明变成晴朗，空气中有一种流动感。青年很高，君之荔微微感到被俯视。殷白晨露出一个干净的笑，眼睛像没有杂质的湖水，他举止有礼地伸出手，做出一个想要握手的动作。

“请多多关照。”

一旁段夏夏不停姨母笑，掏出手机对着两人猛拍：“影后和超人气新星世纪性同框。”

殷白晨丝毫没有介意。

君之荔微微眯了眯眼，瞥了眼两人交握的手，对方蓦然翘唇一笑。她刚想抽出手，殷白晨的手指已经先一步松开，有礼有节，似乎一点都没逾越。仿佛对自己跟对其他人没什么不同，但殷白晨泛着笑的黑眸却深了深。

“多关照，小姐姐。”

刚刚，对方的手指在她掌心抠了一下。

这小鲜肉，是来撩她的吗?

夏日强光烧灼着地面，草木散发着滚烫的气息。被明星带去剧组养的小狗狗无精打采地吐着小舌头，毛茸茸的小身板懒懒地趴在保姆车里。

君之荔已经拍了好几个小时，全是一条过，监视器后面的电视剧导演全程惊赞：“非常好！”不愧是摘过金柏奖影后的女演员，光在现场看都跟着入戏。

随着最后一声“咔”，终于可以休息一会儿。君之荔在工作人员“辛苦了”“君姐休息一下”的声音中淡淡颔首回到座位。剧组人员本来要细心照顾的是男女主演，君之荔即使摘得过影后，也退圈长达五年之久，没料到君之荔往那儿一站，气质太过于脱俗，电影高级脸就是不一样。之后的拍摄中君之荔演技丝丝入扣，更是甩主演几百条街，当场征服所有工作人员。工作人员诚心倾慕，与有荣焉，好一些想私下找君之荔求签名，但是又敬又爱，又有点不敢。

天气太热，再飘逸的古装贴在汗湿的背上，也不会舒服。“夏天拍古装，冬天拍时装，拍戏两大苦。”君之荔躺在椅中，戴上大墨镜，“早说了，我们应该少干点活。”

段夏夏怜爱又好笑地看了自家艺人一眼，演技飙上天，却说着没干劲的话。

“小心那些没演技的演员听了被你气死。”段夏夏故意板着脸。

“少干点活，不正好保护他们的自尊心？”

语气仍然有气无力，段夏夏笑得一秒破功。

自家经纪人笑点好低，君之荔摸向矿泉水，意外地轻。

没水了。

这大热天，念了半天台词，嗓子都冒烟了。

段夏夏尴尬，连忙道："我这就去拿。"刚刚她去B组偷看殷白晨，捧腮花痴了半天，没注意这些，实在不该。段夏夏内心有愧，一溜烟跑得飞快。

君之荔干脆用墨镜遮起大半张脸。

没多久，一瓶矿泉水就递到跟前，宛如沙漠里出现的一泓清泉。

"这么快？"君之荔抬头，淡淡一扫，视线微直半秒。

站在身前的是颜环。

颜环手里拿着一瓶冰镇过的矿泉水。瓶身冒着寒气，白露覆盖在上面，不用看就知道多凉爽。

烈日当头，君之荔从躺椅里坐直起来，目光在矿泉水上停留了半秒。

"荔荔姐，你先喝我的吧，这瓶没开过。"

这短暂的停留被颜环察觉了。

君之荔伸出手。颜环握着矿泉水的手微不可察地抖了抖，不知是太冰了，还是什么原因，她的脸也跟着微微激动。

"咚——"的一声，重物落下。

君之荔、颜环循声望去，只见椅边突兀地多了整整一箱矿泉水！还有几瓶冰过的被一个高挑青年抱在怀中。

"哎呀呀，冰。"殷白晨俯身，修长的手指将矿泉水一瓶一瓶码好，码得整整齐齐。眨眼的工夫，五瓶矿泉水军姿般地立在君之荔左手边。君之荔、颜环都看愣了。殷白晨眼皮倏然一抬，饶有兴趣地冲君之荔一笑。这笑容冲击力太大。君之荔陡然察觉，男性的脸这会儿离自己很近。

君之荔往后挪了挪，眼前的英俊男子不知情似的往前靠了靠。她不动声色地又退了退，对方那张俊脸又近了近。殷白晨此时一袭古装，明眸如玉，漂亮的眸子似流光。眉眼极浓，只是微微笑，但眸色黑如点漆，泛着进攻性。

君之荔眼睛半眯，正准备后撤，贴近的男子却先她一步往后撤得更快。

“荔荔姐，我先过去了。水不够就叫我。”

声音隐隐含笑。

被忽视已久的颜环被殷白晨一搅和，差点忘了自己是干什么来的，她连忙递水给君之荔。没想到殷白晨突然极其礼貌地一笑，对她做了一个请的动作：“颜环小姐，导演找我们说戏。”

“什么？现在还早，我不要。”

干吗这么用力拉走她？她刚刚跟君之荔缩短距离。

“我们去排下走位。”

殷白晨顶着一张五好青年的脸，不由分说地将她手中的矿泉水放在了很远的地方。

等等，那是她要给君之荔的水，是君之荔刚刚准备接过的水。颜环心里哀号，脚死死抵着地，却还是被殷白晨半强迫地带走了。

“白晨好有礼貌。”

大众眼中有礼有节的偶像模样。

“一点都没甩大牌，又给君影后带水，又提前排走位。”

颜环感觉完全不是那回事——殷白晨根本是把她生生拖走的，别有用心。

然而扭头去看君之荔，君之荔还轻轻举起手，对他们挥着道再见。

哭。

君之荔喝完水，懒懒躺下来。

段夏夏终于把水带回，看着远处被拖得扬起了灰尘的颜环和地上的一箱矿泉水：“刚才发生了什么吗？”

“殷白晨送了点水。”

段夏夏眼睛一亮，随即又冒出一个疑问。

“咦，他怎么知道咱们水不够？”

君之荔瞥了眼手边的矿泉水，若有所思。

戏正常拍摄，君之荔为人虽有些冷淡，但演技被片场公认为是“经典教科书般的演技”，走哪儿都引起一片惊艳钦佩之色。相比之下，颜环和殷白晨的演技，就有那么点不可说。不过殷白晨随便发个微博，电视剧指数就急剧飙升，热搜不断，所以工作人员也会围着他们转。

君之荔不怎么关心这些事，照例拍完戏就自己看剧本，不怎么参与其他聚餐活动，于是无形中就跟众人隔了一段距离。

白天，又一场大汗淋漓的戏拍完，君之荔回座拿起小电风扇。这种便携式风扇特别好用，还带喷冷气，只是这次白色叶片刚奋力转了几圈，就以肉眼可见的速度弱了下来，最后在君之荔惊愕的注视下，耷拉着叶子，竟从风扇头掉了下来。

君之荔感觉得到自己一定一脸见鬼了的神情，幸亏她戴着墨镜。张望了一下，不远处一个过分俊美的男子前俯后仰，此人不正是殷白晨？

君之荔顿了两秒，将跟她淡冷气质毫不相配的秃头风扇往椅子夹缝一扔，清丽的脸扭向别处远眺。

殷白晨憋着笑。君之荔这是假装一切没发生？高岭之花好可爱。笑归笑，动作却没停下。他从助理那儿拿过自己的电风扇：“试试这个。”

淡蓝色电风扇被殷白晨递到面前。

对方的手指细长而白皙，指节微微凸出，指尖异常优雅。君之荔想起段夏夏在她面前播放过一个视频，*The Flight of the Bumble-*

Bee（《野蜂飞舞》），一秒弹十几个键，满屏修长而强势的手指。是殷白晨弹的。钢琴造诣很深，少不了从小的刻苦训练和名师指点。

她忍不住多看了一秒，的确比先前见过的男艺人的手都好看。

一抬眸，面前男性正望着她，眼睫线条清晰，眼神有点深，冲她笑笑："拿去。"

君之荔正要接过。淡蓝色风扇忽然被一柄玫红色的撞开。颜环跌跌撞撞奔来，撞开殷白晨，拿着自己的风扇对着君之荔就是一阵猛吹。

"用我这个吧！可以吹出空调风。"声音激动又紧张。

被猛地撞开的殷白晨面不改色，青年利用高挑的身形优势，重新挤回主场位置。他暗咬着牙，眼睛望着君之荔："哪把风扇都可以吹出空调风，先来后到。"

颜环对君之荔露出明艳又俏丽的笑，语气却低低地向殷白晨挑衅："彼此彼此，上次矿泉水的账还没找你算。"就算殷白晨流量第一，商业价值第一，又怎么样。要比追爱豆的心，她可不会输。

两把风扇同时开启，殷白晨、颜环互不示弱。

冰风袭来，君之荔头发都快被吹乱了。她随便选了一把，是颜环的。颜环一阵激动，欢呼声要上天，比被导演夸还高兴，临走前还不忘得意地瞥了殷白晨一眼。她偷偷发了朋友圈："离女神的距离又进了一步，加油环环，追爱豆的最高境界就是你。"

君之荔当天发现，高挑俊美的小鲜肉殷白晨像条晒蔫了的金毛，小眼神哀愁地盯了她一下午，修长白皙的手指不断玩着她那柄坏掉的风扇。

咦？她的风扇怎么跑到殷白晨那边去了。

助理舟山最近风中凌乱，他家殷白晨一进剧组仿佛变了个人设。每天起床猛做俯卧撑，晨浴哼着小情歌，对着镜子撩起白色T恤一角，露出令人垂涎的腹肌，含着牙膏泡泡，手掌撑着镜子对自己暗示："年轻才能迷倒小姐姐。"

配上帝国级神仙颜值，他一个男的都快被撩上火了！舟山哭笑不得，怎么一股要闹绯闻的节奏?

今早殷白晨又是吹头发，又是喷了口气清新剂，还对着镜子审视了好几遍，比开演唱会还认真仔细，但眼神又透出一点小跳跃。舟山蹑手蹑脚，翻着剧本，瞧了半天也没瞧出线索："也没吻戏啊。"

"你在期待什么？"殷白晨眯眼，逮住舟山的小动作，一把从舟山手中抽过剧本，眼睛斜睨过去，"想让我拍吻戏，嗯？"殷白晨整了整衣领，拉长声音，黑色镶白边的真丝睡衣显得他气质有点高冷。

"我期待？我的小祖宗，我哪儿敢？你拍吻戏，你女粉可怎么办？还不把公司拆了。"舟山哀号。

他继续猜测，难道有女演员想倒贴殷白晨？现在很多女艺人都想倒贴他家殷白晨炒绯闻蹭流量。

"放心，我不会同她们炒CP。"殷白晨一把将对方夹在自己胳膊下，猛揉了几下，"我的吻只给——"殷白晨高高在上地眯眼，下颏线条令人怦然心动。

这倒是，其他男星发生过跟粉丝暧昧不清、举止不当的事，但他家殷白晨没的说，跟女粉、女明星的距离清清楚楚，绅士手比比皆是。

舟山舒了一口气，抹抹虚汗，正待点头，等等，最后一句他听到什么？舟山大惊失色："你的吻要给谁！"

殷白晨黑眸闪了闪，颇为神秘："对不喜欢的人保持正距离，对心之所爱当然就要负距离咯。"酒窝一现，他抽出一条运动毛巾往肩上一搭，“去健身了。”

被抛下的舟山石化。

负、负距离？该不会是他以为的那种“负距离”吧？

君之荔瞥了瞥远处的树荫，烈日下那块浓郁树荫处零散停着几辆保姆车，车体轮廓被空气热流烫得有几分曲折，似莫奈油画。段夏夏不解望去：“怎么了？”这已是君之荔今天第五次移动目光了。

“有人在拍我。”

段夏夏吓一跳，艺人说出这种话可不得了，她立即眯起双眼盯向远处，来回侦查了好几遍，顿时也觉得非常可疑。段夏夏忙把遮阳伞往君之荔身上挡了挡：“反正我们没绯闻，身正不怕影子斜。”

君之荔点点头，调回视线。

被人盯上的感觉前几天就有了。先开始只是几束视线，这两天好像加重，变成偷拍。身为演员，对镜头自然格外敏感。

“不过不能掉以轻心，”段夏夏想了想，不能坐以待毙，又谨慎补充着，“现在的狗仔，为了挖猛料，跟你大半年都有可能。”她家荔荔刚复出，之前零绯闻，口碑太好说不定也是罪过，同样会被人臆测瞎写。

“可能只是顺带盯我们。”君之荔淡淡道，“盯殷白晨，不是更放长线钓大鱼？”

段夏夏如醍醐灌顶，对啊，还是她家荔荔看得远。她抬头，瞥见君之荔侧着身子，神情淡然，整个人浸透着清辉之美。不知为何，她脑中突然想到殷白晨。要是对方真跟美丽又淡漠的君之荔传绯闻，两个神颜绝配的人秀恩爱会是什么景象？想想还有点小激动。

殷白晨拍完B组戏份便早早为下一场做准备，抓紧着时间读剧本。工作人员见身为顶流的男艺人不但有礼有节，而且非常敬业，不由得心生好感。殷白晨偶尔抬头，与从身边走过的工作人员对视打招呼。

不过只有他知道，自己的视线虚虚实实瞟向君之荔的方向很多次了。今天这一场，他要跟君之荔拍对手戏。君之荔是金柏奖史上最年轻的影后获得者，尽管之后退圈沉寂多年，但当年她在电影中的惊鸿一瞥，那被众多导演和影评人夸赞不已、惊为天人的演技天赋依旧是演艺圈的传奇。

白色波浪边帽子下，君之荔戴着一副大大的墨镜，只留出小半张脸，气质沉静又有些神秘。表情不多，没什么波动，却让人忍不住暗暗留心她。

殷白晨调回自己的目光，期待又紧张的心情没有外露，他们男团在海外训练时，表情有严格地管理。

君之荔自然不知殷白晨所想。她在意的是，她的椅子好像被人坐过了，隐隐残留着淡淡的香水味。不由得小小疑惑了一下，这次的剧组怎么这么奇怪，又是偷拍，又是坐她椅子，希望只是巧合。

这场戏是殷白晨饰演的小王爷，遇到君之荔女扮男装的青灯殿主。青灯殿主亦正亦邪，半路想要结交小王爷。在小王爷被人暗算之后，送上衔玉琵琶膏，留下有缘再见的讯息。

小王爷靠着断壁残垣，捂着胸口，嘴角有隐隐的血迹。他刚被颜环饰演的角色带人暗算，虽然趁乱救出女主，但自己也受了伤。

轰隆一声，炸雷照亮城楼。

细密雨帘之中，一团白影闪现。小王爷捂住刚被震伤的心脉，手不由得放到江月剑上。千江有水千江月，明月千里照伊人。那是一把好剑。眼微微眯了眯，声音却强行稳住："来者何人？"

雨下得更大，银蛇乱舞，照得箭楼惊人地亮。

四条白色长绫倏地从四面八方袭进箭楼，如盘踞徘徊的千年白蛇。殷白晨暗暗咬牙，强行运功，提起一口真气。

"兄台有伤在身，何以妄动真气？"

一道声音穿透了雨幕。

只见四名白衣宫娥，恭恭敬敬地单手按肩，行了一个仪式极美的礼。白衣宫娥伫立两旁，一道更美的纤秾身影，撑着一把十六骨节白墨纸伞，莲步轻移。那些白衣女已然是绝色，而撑伞的主人更是倾国倾城。

殷白晨被她们的主人所吸引。

那伞下主人，玉冠华服，神色淡丽。偶尔看向自己的眼神，似乎含着一丝情谊。但渐渐地，小王爷察觉到了可怕之处。随着雪白长靴移动，那青衣玉袍周身竟无一丝雨滴，凭空消失得干干净净，原来竟是全部被其罡气震开了。

箭楼外，雨声簌簌。白衣宫娥恭敬伺守，肃静如诡丽人俑。

细雨入窗，冷风卷起秋残叶。

明暗相间的夜色中，被唤作青灯殿主的美丽"男子"，坐到了他身边。暖意袭来，对方身上柔净的气息令人不由得想卸下心防。小王爷暗叫一声糟糕，惊讶自己竟轻易松懈戒备。小王爷俊秀如玉的脸，不由得微微绷紧，更生警惕。

对方眸子未动，并不在意。

小王爷略疑惑，突然青灯殿主手指一个翻飞。他惊觉手中一空，那把江月剑竟嗖地吸入对方掌中！小王爷翻身取剑，对方一个极快的小擒拿，已用身形避开。小王爷扑了个空。

江月剑已被抽出，纤长的手指弹了两下。剑身在空中微微颤动，发出清越长吟。

“听说，京州殷家有个家规。”青灯殿主此时才微微颔首，莹白的脸上，唇色殷红。

“谁能拔出这把剑，就能做殷家嫡媳，嗯？”

暗夜中，黛眉微挑。

那声“嗯”，像长引香，混着一点蛊惑的调子，蜿蜒爬向小王爷。

对方眼中缭绕着雨水雾气，映着黑色瞳仁，散发着一点妖异。小王爷心神不定，不知视线该定在青灯殿主的丹唇上，还是黛眉下的雪眸。

“你、你是男子，” 殷白晨强压异样，反唇相讥，“但若想做我媳妇，我也未必会反对。”

青灯殿主低低吟笑了两声，笑声在雨水声中传开。

银光一闪，小王爷发现，江月剑已经归于原位。那名美丽男子，已在检查他的伤势，小王爷防御性地伸手去挡，不巧碰到对方的手指。对方与自己俱是一怔。对方的手比寻常男子细白得多，青葱如玉，且好软。小王爷心中微动。

待再想细看，对方已微垂美眸，诊断好他的心脉。

“这瓶衔玉琵琶膏能续脉养心。七七四十九天，受损心脉便会复原。”青灯殿主起身，从怀中抛出一枚玉瓶子。小王爷手一伸，接过。

打开玉瓶，仰头吞了一颗。

青灯殿主眼眸微动，轻笑一声。

“不怕是毒？”

“若想杀我，早便下手，何必这般麻烦。”小王爷仰起脸，定定望着对方。丰神俊朗之气，流淌眉间。

雨声淅淅沥沥。

青灯殿主凝目半晌，只是柔声叮嘱“记得按时吃”，便移步门外。外面一片昏黑，青灯殿主玉立，周身散发莹白微光。小王爷从后面看着青灯殿主的背影，见那身影离自己越来越远，心中竟隐隐失落。

那人身形微定，无心般回了回首。小王爷猛抬眸，陡然溢出一份欣喜。

清风拂动长发，对方那双月牙眼轻扫了一下小王爷，眼神柔了柔，唇角微不可见地扬起。可待小王爷定睛看，那眼神依旧清冷，仿佛飘进了夜雨水雾……

随后整个人消失在长夜漫雨之中。

小王爷微怔，茫然地望了望夜中冷雨，玉琢般的脸这才有些怅然若失。

“有缘再会。”

对方嗓音远远随雨入夜。

小王爷眼神一深，防备、神秘，亦似乎还含有一丝期待。

在场工作人员不自觉鼓掌，舟山更是恨不得上前抱住自家艺人。他家晨哥太厉害了，进步神速！他用一种看儿子般的欣慰眼神看着殷白晨。

“哥，你这次演技神了！到时播出让外界看看！老爱拿流量说事，这次他们要被打脸了。”外面的舆论论调就是有人气就等于演技差，没人气、没热搜才是演员。气死他了，舟山心中一直憋着一股气。

殷白晨还在那儿，望着青灯殿主离去的方向呆了呆，待道具组开始移动，才清醒过来。他朝舟山走去，有些发蒙地捏了捏自己的脸，要是粉丝此时看见，又会捧脸惊叹“我家儿子小脸捏起来好可爱”。

“我演得怎么样？”殷白晨问舟山。

“那还用说，顶级！”舟山竖起大拇指，神情骄傲，“哥，你本来就是亚洲顶级男星。”

殷白晨笑眯眯地看着舟山，然后一把夹住他的头又是一阵猛揉。

“不要脱离实际，OK？我是顶级，那君之荔是什么？”

“呃。”舟山一下子卡壳，随即说道，“君之荔小姐肯定不一样，人家是当之无愧的影后！”

殷白晨大力拍拍舟山的背，一脸由衷赞同，黑眸露出神往：“说得好！我也这么认为。”

奇怪，怎么他赞扬君之荔，殷白晨比赞扬他自己还开心？舟山摸不着头脑。

殷白晨还想同君之荔说说话，但君之荔丝毫没有接收到他的信号，直接回到自己的休息椅。殷白晨被舟山缠着，小眼神时不时飘过去，哀怨。

君之荔换掉淋湿的戏服，喝着段夏夏捧来的姜茶。

“白晨晨演得真不错。”刚看完整个拍摄的段夏夏十分满足。

“哦？”

“第一次拍电视剧，能演成这样，难道不是很有潜力？”粉丝看偶像总是戴着八倍滤镜，段夏夏也不例外。

“动作衔接呆板，肢体语言缺乏设计，内心戏不够细腻……”淡淡的声音一条一条说着。

“等、等一下，他才刚拍戏，缺乏经验嘛。”段夏夏哭笑不得地打断，再让荔荔说下去，她还能说得更专业更细致，“不要用你影后的标准去评价。”

君之荔声音不疾不徐：“演艺圈又不会管你是不是小朋友。粉丝才会看你成长，观众只会看你是否足够优秀。”

舟山同情地看着自家艺人，拉着殷白晨撤出原地。殷白晨回到酒店，将自己抛向房间大床，身体闷闷地蠕动了两下。过了一会儿，他掏出手机，翻着照片库看起来。

君之荔看剧本的样子，坐在躺椅上的样子，闭目养神的样子，君之荔上保姆车的样子……全是他偷拍的。

殷白晨笑了下，发现一个小秘密，这女人怎么这么喜欢躺着？想着想着，又回想起对方对自己演技的评价。

好气，他对自己的实力生气。要是他演技精湛，君之荔是不是就会看高他一眼。

手机响了，是Super Sense成员之一谢可谦。

“拍电视剧的感觉怎么样？”

“肢体动作没有设计、内心戏不够、表情没有衔接。”

谢可谦听得措手不及、一脸懵，这是什么，现在拍个电视剧这么难？标准要求这么高了吗？他看导演采访、剧组消息，对殷白晨的演技评价不错，也准备试试水，现在当事人现身说法，搞得他快打退堂鼓了。

“你是碰到谁了？这么严格，又让你这么在意，难道是你暗恋的小姐姐？”

“打住打住，别问。”

“行，男人的独占欲，懂。”谢可谦适可而止，“你的独占欲，我们更懂。”

这个殷白晨，他们在海外培训的时候，谢可谦就知道他心底有个心心念念的小姐姐，但是不肯透露一丝一毫。多打听一嘴他就虎视眈眈、严加防范到要死。想起来谢可谦就要摇头。

“最近有真人秀找我，想让我们三个人一起上。一起旅游、玩游戏什么的。要是有合适的女嘉宾，也可以推荐。你那边是不是有个影后？”

真人秀？要是君之荔参加，那他们不就有更多见面机会了？

本来打算电视剧杀青就飞往美国做专辑的殷白晨立刻改口：“我考虑考虑，好像不错。”

挂了电话，殷白晨在床上对着手机照片库又看了一会儿，他把君之荔的照片往自己胸膛一按，韧性十足的腰拱了拱。

小姐姐，我会让你刮目相看。

第

二章

靠近光

殷白晨每晚夜跑锻炼，跑回白天的片场时，视线不自觉瞟向君之荔的椅子，仿佛对方还懒懒地待在那里，翻着剧本，被她的经纪人无可奈何地说教着，而她充耳不闻。

自己的演技虽然被对方诟病，但殷白晨深知，跟君之荔对戏，对方每一个神态都细腻而丰富，他很多反应都是对方带的。一个好的演员毫不费力就可以让对手戏的男一进入情境之中，发挥出自己都不知道的一面。

忽然片场出现了一个鬼鬼祟祟的身影。

殷白晨差点以为自己眼花，但对方真的在窸窸窣窣、轻手轻脚地靠近君之荔的椅子。

殷白晨顿时警戒起来。

对方瞧了瞧四周，以为没人，松了一口气，竟然很神圣地看了看椅子，就差洗手焚香，深呼吸了两口，这才轻手轻脚坐了上去。

殷白晨半蹲着一步步靠近，然后跳起来，大喊一声："颜环你在干吗？"

正躺在君之荔椅子里的颜环受到了惊吓，手在空中划了半天，一个身形不稳，刹那间连人带椅翻倒在地。

殷白晨颜环对峙半晌，接下来的举动竟一模一样，优先扶起君之荔的椅子。两人七手八脚，心疼不已地拍着椅子上的灰。月色下，颜环掸着椅面，殷白晨擦着椅背，重新扶正君之荔的御用宝座。

"你怎么偷偷坐荔荔的椅子？"

颜环被问得一窘，耳朵发红，她支吾了一会儿，干脆凶起来："问什么问？你不也在这儿。"故意咄咄逼人，"不该管的不要管，不该看的不要看，明白吗？"

她也算出道好几年，自认为对付新人应该绰绰有余。

殷白晨不上钩，反而唇角一翘，晃了晃手机："我可以不管。不过颜环大姐，手机它自己拍到了。"

大姐？颜环一口老血。

殷白晨坏心地拎着手机，吊在半空，在颜环眼前大转一圈，昭告天下她被抓到了个现行。

好丢脸。万一给君之荔看到怎么办？颜环愈想愈窘迫。她伸出手，跳着就要去抓。奈何殷白晨一米八五，手长脚长，像逗猴一样逗弄着颜环，还大肆"羞辱"她："跳，小猴子再跳高一点，就够着爸爸膝盖了。"

跳得她好辛苦。

"说，什么条件。"颜环恨得牙痒痒的，双手撑膝，气喘吁吁。累死她了，白眼不爽地嗖嗖射向殷白晨。

殷白晨修长的双腿从运动短裤下方露出，脚上一双AJ限量鞋。

白色无线耳机塞在耳中，夜幕下殷白晨容貌泛着玉色，眼眸黑亮，他摸着下巴，竟真的思考了一下。

“第一，不准跟我抢着给荔荔送水；

“第二，不准跟我抢着给荔荔送电风扇。”

“你要不要记得这么清？”颜环快凌乱了，这是多久以前的事，起码一两周了。

“还没说完。”不高兴对方打断，殷白晨拧了一下眉，昂起下巴。

“行行，您继续。”颜环悲愤欲哭，“最后一条啊，你小子别得寸进尺。”

殷白晨头歪着，额前搭着黑色碎发，修长的手指撑着下颏，他深思熟虑般开口：“第三，以后严禁再坐荔荔的椅子。你这么重，万一坐坏了怎么办？”

颜环呆了呆，想打人。

“狠，你够狠。”

颜环吐血扶墙遁走，殷白晨目送对方远去，转头看看自己手机。这手机是他最近新代言的，手感不错，摄像一流。他笑眯眯地打开前置摄像头。

“这样就相信了，”殷白晨微扬唇角，自拍了一张，“想跟我争宠，段位太低。”殷白晨对着摄像头做了一个“杀无赦”的抹脖子动作，调皮地吐了吐舌头。屏幕扫到后面的椅子，他的视线停了停，眼神逐渐有点荡漾。

“荔荔的椅子，我不坐，我就看看。”

嘴上说着，身体却很诚实地趋向君之荔的椅子。椅子软而舒适，托着背脊，柔柔地透出一股女性气息。君之荔也这么躺入椅中，高冷的容颜，柔软而女性的身姿，万事不在意的神情。

对方的目光总是漫不经心地掠过他，殷白晨双臂情不自禁地贴向散发着君之荔发香的椅背。

段夏夏、君之荔路遇舟山，三人一起散步回来，齐齐看到了这一幕——顶流男团组合Super Sense门面担当、大主唱殷白晨，正脸红红地靠在君之荔的椅子上。

段夏夏惊奇不已："白晨晨还有这嗜好？"

舟山简直没眼看，拿手遮眼。

"荔荔，君小姐……"殷白晨被惊动，瞥见君之荔，语无伦次。他耳朵绯红，手忙脚乱想爬起来，然而腿太长，踉跄了好几下，最后轰隆一声，连人带椅跌倒。

可怜的椅子，一连被重重摔了两次，终于断成了两截。一行人目瞪口呆，定定凝视着地上的"残尸断骨"，目光在殷白晨和座椅之间来回巡视。

——顶流男偶像生生坐断影后座椅。

"不是你们看到的那样！"殷白晨急急摆手澄清。

"哦？"椅子的主人君之荔目光淡淡。

"不是你想的那样。"现在情况不妙，他如何解释，那椅子先被颜环摔过，早就饱受了欺凌。殷白晨越急着解释，越像掩饰，那惨不忍睹的小模样，舟山不忍直视，又忍俊不禁。

君之荔淡然点点头，懂了。

"原来经常偷坐我椅子的，就是你。"

殷白晨目瞪口呆，一口气憋在胸前，他是不是被误会成坐椅狂魔了？

"别在意，新人压力大，坐坏个把椅子也没什么。"

"新椅子以后别放他眼前，收起来。" 远去的君之荔提醒着段夏夏。

"好。"段夏夏憋住笑。

两人带着一脸"你懂我懂，年轻人的躁动"的理解，自满自足地离去。殷白晨站在后面，心中大声疾呼："真不是那样。"

舟山心疼地看着自家艺人。

“哥，看来太久不谈恋爱，憋久了，还是会出问题。”他也懂。

殷白晨瞥了一眼舟山，又是一阵日常揉头伺候。

“你不懂。”他恶狠狠地说。

颜环拍完戏，发现今天君之荔换了把新椅子。很简便，但绝没以前的舒服。她惊讶地巡视了几圈，才在垃圾桶边，发现原来那把的遗骸。

“不会真的被我坐塌了吧！”颜环胆战心惊，牙齿发颤，赶紧退出“分尸现场”。

她居然有这么重？

颜环沉溺在对自己体重的惶恐中，一整天都有点心神不宁。

君之荔捶了捶背，新椅子坐得屁股好疼，怀念起她之前舒适的躺椅来。

“再忍忍，给你重新订了把，还是人工学黑科技，正在调运中。”段夏夏安慰道。

话音刚落，那边殷白晨就跟舟山一起搬了把白色休息椅过来。段夏夏笑脸迎接：“你们这是？”

“那个，之前把君小姐椅子弄坏了。”殷白晨对着段夏夏说着，目光却瞥向君之荔。

君之荔昨晚没睡好，今天椅子坐不习惯，有点黑眼圈，眼神发空，没接收到殷白晨的视线。

颜环躲在角落，揪着毛茸茸的公仔。

“这个心机男孩，难道椅子是他弄坏的？好去献宝讨好荔荔。”

不行，不能让他得逞。

颜环急匆匆跑回自己的位置，笨拙地拖着自己那把椅子赶赴战场。

于是整个剧组亲眼见一个大男主和一大女配围在客串出演的影后面前，争先恐后贡献椅子。

殷白晨低声，咬牙切齿："你昨晚承诺过什么。"

颜环拍开对方，得意挺胸，同样低声："我可没承诺不给荔荔送椅子。"

"你！"

"我怎么！"

两人互看对方不顺眼，无形的硝烟味甚浓，然而眼神一迎向君之荔，又是灿烂如光，纯情萌动。工作人员摇头，感叹艺人关系看不懂。这动静还惊起了女一号的关注，她私下担心地问经纪人："我要不要过去打个招呼啊，免得被说不合群？"

颜环眼睛亮晶晶地望向君之荔："荔荔姐，坐我的椅子吧，我的舒服。"

君之荔见颜环渴望地看着自己，殷白晨咬牙切齿又微微沮丧，目光轻轻在殷白晨身上瞟了一圈。

"他弄坏了椅子，他赔。"君之荔对颜环淡淡道，"你拍戏也累，需要休息。"

"耶！"

"啊？"

颜环看着君之荔，不愧是自己的女神。

殷白晨忍不住挥舞右勾拳，内心雀跃，君之荔第一次用他的东西。

殷白晨拿着剧本，回到位置上，傻笑了整天，就算只能坐硌屁股的板凳也丝毫没有关系。舟山担忧地看看自家艺人，怎么没椅子坐还这么开心？然而回答他的，只有殷白晨一脸"你不懂"的得意劲。

舟山不敢争论，他家艺人最大，说什么都对。

但有一点他不是很懂，把人家君小姐坏掉的椅子小心翼翼地运回酒店是什么操作？打算修修补补循环利用吗？

君之荔靠在浴缸里，白色泡沫像雪覆盖在她身上。她伸出手臂，端着一杯红酒，独自小饮。浴缸边处燃着小黑裙香薰，蜡烛柔软地亮着小光点。

北欧风格大理石客厅里，段夏夏敷着面膜，盘腿对着电脑，看上去像无脸怪。她敲着键盘，鼻尖隐隐嗅着香气。

浴缸中君之荔盘着黑发，几缕发丝打着卷垂在香肩上，有点湿。她一放松，神情就有点疏离，不知情的人往往觉得很冷。

“真人秀去吗，荔荔？”

段夏夏隔空喊着，这个活是舟山那边搭的线，制作方把节目说明和报价都发过来了。她当时一看报价，吓了一跳，现在综艺都这么有钱？舟山告诉她，是殷白晨向制作人推荐的君之荔。

她喜滋滋，正准备向君之荔汇报细节。

“不去。”懒懒的声音终结了这份喜悦。

段夏夏笑容一滞，连忙跑浴缸边蹲着，恨铁不成钢地劝说：“你知道酬劳多少吗？”

“不感兴趣。”

君之荔头往后仰，闭目养神，露出优美的颈项。浴室四周放着红酒、香薰、洗发露等，是法国的百年品牌，都是随身携带的。君之荔只喜欢用自己的。

真是皇帝不急太监急。

“现在真人秀很流行，曝光率特别高，上上就红了。”段夏夏诱哄。

“跟演戏没关系，不上。”

其他艺人恨不得争破头，她家荔荔只有清清淡淡的一句“跟演戏没关系”。段夏夏想哭。

“现在大家都上，已经是趋势了。立人设，超圈粉。”

“不需要。”依旧是淡淡的语气。

君之荔睁开眼，水流哗啦从她前臂淌过。

美人在骨不在皮。段夏夏被这个美景惊了一下，虽然她跟君之荔亲密无间，但每次看都有种身边人在电影中的错觉，而且还是那种高级感电影。

君之荔微微眯眼，长睫沾着水汽。

“要演绎不同的角色，就需要保持一定抽离感，不能让观者对演员印象定型。”

“一旦观众对演员产生我很了解他的心态，观众往往更难入戏，难以从一个陌生角度去看待这个角色的人生经历、背后故事、内心感情。”

段夏夏朝天花板哀叹，遇到跟演戏有关的事，君之荔就思考得分外认真，这到底是好是坏？

段夏夏流露出几分难办，“可是现在很多实力派演员都很难接到好剧本。有流量、有曝光的艺人，更容易拉动票房。毕竟现在是粉丝经济时代，比起口碑，投资方更希望直接套现，缩短获利周期，回笼资金。”

空气沉默半晌。

君之荔垂下眼眸，只剩水声在流动。

“是不是找我们的电影还是非常少？”

“不是你的原因，是整个影视寒冬，市场都不好。”

“不用说了。”

段夏夏一时之间不知该说些什么，她不敢正眼看君之荔，只得嗫嚅着，“真人秀也没有什么不好，你就当散散心。”

忍不住，又加了一句：“这五年，电影圈真的变化太快了。”

现在已经不是文艺电影的黄金时代了，自从资本进入影视圈，把大数据那一套搞过来，流量就成为一种资方标准。追逐利润是资本的本质，但艺术，无法用数据衡量。

君之荔没有看她，只是闭目喝了一口红酒，她一饮而尽，可看起来竟意外有一丝脆弱。五年，的确太长了。

殷白晨注意着君之荔的一举一动。君之荔杀青，他再也没法跟对方拍对手戏。舟山实在看不过眼：“哥，你这样好吗？偷拍不够，还偷坐人家椅子，现在还一脸求打包带走的样子，真是令人无语”他实在不想用“傻子”两个字，怕被他的粉丝打。

殷白晨下巴高昂，斜睨了他一眼。

舟山忽然茅塞顿开：“我天，当初选这部电视剧，不会也是因为君小姐吧？”他还以为是殷白晨雄心勃勃，想一举攻占电视剧市场，现在回想，当初根本是一听阵容卡司，眼睛就亮了。

殷白晨卷起剧本，拍向舟山脑袋：“瞎说什么！”脸上却浮现出被戳破的羞恼。

“那是不在意咯？”

“要你管。”

“那到底是在意还是不在意？”

“婆婆妈妈，管这么多。”

舟山可怜兮兮，佯装抱殷白晨大腿：“谁叫我是你的妈妈粉。”

“滚。”

杀青宴。

“请问我可以坐这里吗？”殷白晨对着段夏夏一笑。段夏夏还没想明白，脸已下意识笑开了花：“好好好。”然后就被换到了舟山旁边。

段夏夏不解。

舟山别过头，闷笑不已。

听到导演对君之荔的感谢致辞，殷白晨鼓着掌，一脸精神。君之荔喝了一口茶，身旁殷白晨白皙的脸庞老是晃进她的眼帘。听说，就是他把自己推荐给真人秀节目组的。

身材高挑，脸部线条精致，颜值格外能打，难怪被粉丝称为“帝国级神颜”，的确光凭脸就可以圈粉二十年。

才分神的一会儿工夫，餐盘已被人布好了菜。

抬眼，殷白晨正用公筷夹菜。

“吃鸡胸肉不用担心长胖。”对方夹进她盘中。

隔壁桌的颜环，一直留意着君之荔这边的情况。那个殷白晨，嫌弃自己重，却在给自己的女神夹肉？

我天，又夹了一块肉。

还夹。

颜环目瞪口呆，殷白晨想把她的女神喂胖？等等，君之荔竟夹了两块小排，放回殷白晨盘中！竟敢让女神亲自回夹！嫉妒快使颜环失去理智，她愤愤地捏着筷子，殷白晨这家伙上辈子是拯救了银河系吗？

殷白晨礼貌地说了一声谢谢，看上去俊美镇定，可颜环发现，对方唇角分明溢出欣喜。颜环好想大喊，君之荔小姐姐，你被套路了。

殷白晨仍然一副俊美无害的样子，温柔地望着君之荔：“怎么不吃？”

君之荔摇摇头，吃了口殷白晨夹的肉。

总觉得身后有什么奇怪的视线盯着他们的方向。

颜环今晚喝了不少酒，君之荔杀青，马上要离开了，晚宴这么点时间，还被殷白晨全程霸占。

小鲜肉了不起啊，长得帅就可以吃到君之荔给夹的菜吗？颜环扶着墙，左脚绊到右脚。一想到殷白晨那张脸，就痛快不起来，她仰头咕隆咕隆，又喝了几口酒。

颜环歪歪斜斜地走向自己房间，眼神迷糊地划过一间间房号。

1003。

视线微微定了定，才反应过来，这是君之荔的房间啊。身体一个激灵，手已经不受控制地拍门去了。

“荔荔姐，开开门，我是颜环，颜环啊。”颜环披头散发，捶着门，含糊不清地喊着。

君之荔从浴室出来，听见外面一阵鬼哭狼嚎。她拿白毛巾擦着头发，疑惑地挑了挑眉，秀美的脚趿着拖鞋，走到门口透过猫眼望去，外面没有人影，却嚷得惨绝人寰。

门外，颜环整个身子黏黏糊糊顺着门滑到地上，只剩下手臂有一下没一下地拍着。从走廊尽头望去，活像扒门女鬼。

门打开了，颜环一个重心不稳，趴倒在地。她迷迷糊糊的，还在想怎么回事，就被眼前的美腿吸引住了。颜环傻傻地笑了笑，缓缓仰起头，美腿主人一脸淡漠，一副“你摸够了没有”的无情。

水珠从君之荔黑色发丝滑落，偶尔一两颗“啪嗒”滴在了颜环坨红的脸上，颜环冲着对方一阵傻笑，最后倒在了君之荔的美腿上。

殷白晨跨出电梯门，震惊地揉揉眼，头皮发麻。他刚刚看到了什么，一个长发女鬼，爬进了君之荔的房间？

原本还残留着一丝温度的酒店走廊突然变得冰冷，垃圾桶和灯光泛着铁青，一时之间，那些恐怖电影全部在脑海里乱窜了一遍。

“听说有的酒店很邪门，难道这个酒店也是？”

一阵夜风吹过，鸡皮疙瘩直起。微醺的他冲向1003：“荔荔！荔荔！”

殷白晨猛拍门。

房间内，颜环打着酒嗝，满脸绯红，浑身酒气，嘴里不断嚷着：“荔荔姐，你戏演得好好，我好喜欢你。”“我从小看你的戏长大，你是我的偶像。”“荔荔姐，你不要拒绝我好不好！”

对方像个三岁孩童求抱，君之荔身形微闪，对方便露出委屈得快哭了表情。当红女明星发酒疯，娱乐记者们管不管？唉，她真是一时大意，开门给自己弄了一个醉鬼宝宝。

还没搞定颜环，门外又响起殷白晨的声音，今晚这是怎么了？君之荔扶额。

见门被打开，殷白晨刚松一口气，接着眼睛就瞪直了：“颜环你在这儿干什么？”对方竟恬不知耻地抱着君之荔脖子不放，不但靠在君之荔身上，还迷蒙着眼，娇羞傻笑：“捉住荔荔姐了。要亲亲要抱抱。”

君之荔怕是养了个女儿。

殷白晨把颜环的脸推远：“这么重，荔荔扛不动你！快放开。”

越推，颜环便越使劲把脸贴向君之荔。颜环用挤得变形的脸，控诉殷白晨：“荔荔姐是我的，我的！”

醋王上线。

殷白晨拒绝：“什么你的！害不害臊！”

颜环鼓着腮帮子：“那你还让荔荔姐给你夹菜呢？你都不害臊，我凭什么要害臊？”

两人你一言我一语竟吵起来了。

进来一个醉酒宝宝，又来一个超龄男童。“够了。谁吵谁出去。”君之荔开口。

颜环委委屈屈，凝望着君之荔。她忘了警告，小小地吵了一下，就被君之荔和殷白晨联手绑了起来，裹进被子里，捆成一个蚕宝宝。醉意在她体内横冲直撞，她嫉妒地看着殷白晨黏在君之荔身边，不想合眼，然而眼皮子却越黏越牢。

殷白晨制服完颜环，酒醉的颜环力气太大，他再也不想理发酒疯的女人。他松了松肩膀，正要跟君之荔说话，转过头，对方下巴静静支在手上，美丽的眼微合。

原来君之荔很困。

也是，拍戏根本没什么时间睡，刚杀青完，又被这样闹，肯定很疲倦吧。

殷白晨动作顿时放轻了一万倍。昏黄宁谧的灯光下，君之荔呼吸浅浅，眼睛轻轻地合着。就是这双眼，平日宁静，演戏时却表情丰富。想起很久以前，他猝不及防地跌进君之荔的瞳仁里。那时，风很轻，她的瞳仁很柔软。

殷白晨蹲了下来，凝视着熟睡中的君之荔。他双手撑着下巴，一动不动地看着对方。即使睡着了，君之荔的模样也有点冷。黑发安静地散着，像昙花，整个人有一种沉静的气质。她的话很少，仿佛藏着秘密，令人想要怜爱她。

一缕发丝顺着君之荔的脸颊滑了下来，殷白晨盯了半天，最终喉咙动了动，鼓起勇气伸出手，指尖竟不受控制地打战。君之荔耳垂洁白，如珍珠。他屏住呼吸，轻轻地、轻轻地把发丝绾到对方耳后，仿佛在做一件很难很难的事。

君之荔眼皮一动，殷白晨极快缩回手，心跳加速，耳根却在发烫。君之荔嘤咛了一下，殷白晨快速看了她几眼，她还在睡梦中，殷白晨懊恼自己刚才做贼心虚，想再次出手……

“荔荔姐，别信殷白晨，这家伙对你意图不轨。”颜环的声音忽然响起。

殷白晨扭头一看，生怕君之荔被惊醒。

只见被捆在床上的颜环闭着眼，不安分地扭动着，正说着梦话。

殷白晨眯起眼，走到床边，居高临下俯视着醉醺醺的颜环，教训道："看你，害得荔荔有床都不能睡。"

颜环胳膊一横，手"啪"地打在了他的腿上，闭眼咕哝："荔荔姐是我的，殷白晨，你走开。"

殷白晨眼珠子转了转，看到床头柜上的一个物品，不怀好意地笑了两声。

殷白晨弓着腰，笑得邪肆："说，荔荔是你的，还是我的？"

"哟，不说话了？说不出了是吧。不是很会胡搅蛮缠吗？"

"叫你一声，你敢答应吗？"

此时的颜环当然说不出，她已被殷白晨粘住嘴巴，连说梦话的机会都没有。殷白晨笑得一脸坏。颜环做梦也想不到，自己脸上被画成了大花脸。

正准备好好欣赏自己的得意之作，突然，旁边站了一个人，殷白晨差点跌倒，大半夜的。只见君之荔沉默站着，不言不语，半睡半醒。

他长吁一口气，是荔荔啊。

殷白晨看了看满脸花的颜环，又瞟了瞟君之荔，担心自己被扣印象分。"就是一时手痒。"他挠着头，连忙解释。

迷迷瞪瞪的君之荔好像没听到，脸上的神情比平日多了两分恍惚。她向他伸出手，殷白晨愣了一会儿，才反应过来，把口红放到君之荔手中。

之后，他亲眼见君之荔弯下腰，然后在睡死过去的颜环额头上，画了一个"王"。

殷白晨疯狂捂住嘴，避免自己大笑出声。

他笑得快要打滚。

哈哈，看不出君之荔不出手则已，一出手就是梗王。

倏然，君之荔端起他的脸。

微热的呼吸轻融到脸上。

殷白晨陡然心跳飙升，身体都不属于自己了，只盯着女神凑近的侧脸头晕目眩，手也不会动，黑色的眼眸微微闪着光。

难道女神要亲他吻他？

然后，君之荔在他脸上画起了猫须。

他想多了。

第

三章

是心动呀

殷白晨拍完戏，回到公司。他所在的耀胜影业集团，是业界前三的大公司，凭借国际化的艺人培养，占据着举足轻重的地位。

他们 Super Sense 组合三人，一回国就忙得不行，今天一起被叫到经纪人办公室。殷白晨最早到，套了件红球衣，头上反扣着棒球帽，手腕戴着克罗心，两条长腿撑着地，正对着墙上的电视一脸笑意。

一个头发染金的青年瞄见殷白晨，旋风似的扑过来，把殷白晨当人肉垫子，重重叠到殷白晨身上：“你这个忘恩负义的家伙，一拍戏就把我们给忘了。”

顾子逸坐在他身上乱晃，殷白晨被坐得嗷嗷叫：“要被压死了。快起来，你这只野兔子。”

顾子逸贼贼笑了笑，还想使诈，殷白晨先下手为强，两人打闹成一团。

顾子逸刚出道，他的女粉见他纯情萌动，加之名字中有个

“逸”字，便自作主张为他取了个昵称，兔兔。团综多了后，才发现顾子逸力大无穷，平日玩游戏在吃，休息在吃，外出还在吃。粉丝们大喊上当，这哪儿是白软纯萌小白兔，明明是只暴力吃货兔。大呼上当，却坚决不退货。

于是，在网络上一片维护自己偶像人设的声音中，顾子逸粉丝一股清流，主动对外宣传：“论人设崩坍，我家爱豆崩得不忍直视。好好一只小白兔不做，崩成吃货野兔子。妈妈，这只兔子美色误我。”

谢可谦一进办公室，就见到两人的腿绞着对方脖子，绞杀在一起，拉拉扯扯。

幼稚。

他露出优雅的微笑，不动声色地拿出手机，咔嚓一张。殷白晨、顾子逸听到声音，两人瞬间一致对外，齐齐跑去抢谢可谦的手机。谢可谦对外翩翩君子，唯独有个令人发指的小爱好——喜欢偷拍他们。

谢可谦身姿清雅地转了个圈，两人扑了空。将手机屏幕对向两人，他笑眯眯地摇摇手机：“已经发了。”

只见微博上发布了一张照片，正好是他们刚才玩闹的样子，四肢交缠，你争我抢。

微博内容：“云领养。”

下面：

“我养我养，天天给他们顺毛（图片评论是两人过去被P成兔子耳和羞羞红的照片）。”

“墙都不扶只服美谦，云领养白晨晨和子逸弟弟，只有我谦想得出（跟着的是谢可谦乖巧的美图）。”

“一个主人和两只宠物的故事（后面是一个坏笑表情）。”

微博发出不到十秒，已经转了几十万，留言、点赞也很多。

谢可谦欣赏了一番："嗯，这个滤镜不错，拍得你们很帅。"

顾子逸："不是在意这个好不好！"

"不接受反驳。"

谢可谦回了顾子逸一个淡定而完美的微笑。

蓦然，他像发现了什么似的，摸着下巴，打量了殷白晨一番："有趣，平时最讨厌开会的人今天竟提前到了。"

顾子逸呆了呆，也转向殷白晨，一脸神奇："晨哥今天比我还早，第一次啊。"

"今天是关于真人秀的讨论会，莫非？"

"脑补什么？剧组蹲了一个多月，早就成习惯了好吗？"殷白晨挺着胸，跷起大长腿，一脸不在意，随便你们说，只是身体遮在电视前。

谢可谦顾子逸对视了一秒，对殷白晨生拖活拽。殷白晨拼命挣扎，奈何顾子逸活脱脱一个暴力分子，直接扛起殷白晨。谢可谦微笑："劝你不要反抗。"

"算你们狠！"

顾子逸、谢可谦一人架住殷白晨一条胳膊，当着对方的面研究着电视墙。

"刚才我进来，他就对着电视心神荡漾，肯定有鬼！"

"什么心神荡漾？语文学过没，不及格哥教你。"

谢可谦气定神闲地盯着电视："语文学得好不好无所谓，会看电视就行。"

电视上滚动着广告，商务、汽车、麦当劳、抽油烟机过后，突然，林泉流、竹叶微动、拈叶飞花。

青竹叶、白茉莉、谷雨。雨水顺着竹筒剔透流动，竹筒盛不住了，跌向下方的石槽。

白色茉莉在轻柔夜色中含苞欲开。

一女子肌肤剔透如雨，露出一双美丽而淡雅的眼，喷着清雅的香水。旁白用清澈的女声，念出香水名字。

顾子逸还没等香水名念完，眼睛闪着光：“这小姐姐是谁！”

殷白晨阴恻恻瞪了他一眼。

野兔子神经粗，完全没有感知到，不知死活地又追问了一句：“我要去加她微信。”

话还没说完，就地被殷白晨一屁股踢出沙发。

“晨哥，干吗踢我？”

殷白晨哼了一声。

谢可谦没有发言，也没有阻拦，只是若有所思地看了眼电视墙，唇微不可察地弯了弯。

观寒走进办公室，三人话立刻少了很多。哪怕Super Sense现在已如日中天，观寒还是有一定威慑力。观寒向来讲究仪态，即使炎炎夏日，也会身着衬衫，领带、领口、袖口工工整整。处女座的洁癖在他身上展现得淋漓尽致。办公桌上的笔记本、名片夹，也放得像展厅艺术品，严格地进行着最精准的摆放。

面对这样一个经纪人，压力自然有一些。观寒轻轻点头，点头的幅度很小，却已能表示他的心情不错。

“现在形势不错，你们做得很好。”

“这次真人秀，要让观众看到你们有趣的一面。”

三人点头。

观寒又嘱咐了一些事要，最后放松了一些，语气也没那么严肃了：“私底下没跟女性走得太近吧？”

顾子逸双手往对方办公桌一放，抱头哀号：“我们倒是想，可是你又不准！”

“你看我都被你压抑着成什么样了？”

观寒视线冷冷射过来：“怎么，你想说不在压抑中爆发，就在压抑中变态？”

“已经基因突变成野兔侠了。”

“做过绝育手术没？”

“观寒，你这个狠人！”

谢可谦闷笑。

他注意到殷白晨只是笑眯眯看着这一切，却罕见地没有回应。

真人秀《神秘大逃脱》开拍。段夏夏见颜环拖着六个行李箱来到摄制组，心中大喊阴魂不散。

“你怎么也来了？”不要告诉她又是巧合。

“我为什么不能来？”颜环欣悦地东张西望，寻找着君之荔的身影。剧组一别，她一个多月没见到偶像，现在又有机会一起工作，她开心不已。

“怎么老跟着我家荔荔跑？”段夏夏嘀咕不爽。她总觉得颜环看她家君之荔眼神有点不对。一个好好的女孩干吗要追着另外一个女孩跑？虽然她自己也是她家女神的粉丝。

颜环心不在焉，压根没听段夏夏在说什么。正是听说君之荔也参加了这档节目，才死乞白赖也要上这期。

“啊，荔荔姐！”她眼前一亮，功夫不负有心人！

君之荔戴着大墨镜，一双长腿又白又笔直，打着哈欠从酒店楼上下来。她纯素颜，冷冷的眉骨流淌着一丝冷淡的气息。

颜环甩下行李箱，伸开双臂扑了过去。

“荔荔，我好想你。”颜环把小脸埋在对方胸前，宽松的布料抚摸着她的脸。

莫名有人飞过来，君之荔波澜不惊，她视线垂了垂，顿了顿：

“小花猫？”

颜环身体一震，眼神呆滞。那晚的记忆复苏，那天她睡醒后，发现自己在君之荔的房间里，盖着对方软绵绵的空调被，被子上残留着君之荔的体香。她嗅了嗅，眯了眯眼，脸上升起愿望满足了的幸福。

阳光照射进来，君之荔踩着白拖鞋靠近。

颜环当时还没觉察出什么，仍一脸羞涩：“我怎么会在这里？”

她刚想拉下被子，却发现自己动弹不得。身体挣扎了一下，仍发现动不了，她疑惑不解。

君之荔靠近，解开捆住被子的Gucci腰带。一根细长而优雅的皮带被抽出，皮带质地很好，但是为什么捆在她的被子上？颜环怔了一怔，难道昨晚君之荔把皮带当皮鞭？

颜环的脸愈发红了，扭捏着：“难道昨晚我做了些什么？”

君之荔认真凝视了她一阵。

“小花猫。”

颜环呆愣，那是什么？她跳下床，往镜子里一看。只见自己头发凌乱，带着酒气。更为恐怖的是，她的假睫毛全飞了！脸上画着红色猫须，额头上还有一个王字。

啊，疯了！

再次相逢，没想到君之荔一见自己就喊出小花猫。“我，我不丑，我不是小花猫。”颜环内心的心理阴影面积很大。

君之荔点点头，留下一句：“可爱。”

颜环愣了足足三秒，直到君之荔走远了，才如梦初醒，仿若被闪电击中！刚刚君之荔夸她了什么？！

节目组安排六位嘉宾入住酒店，这次节目由汽车、手机、饮料等品牌赞助，经费充足，光是Super Sense三位成员就爆了全网流量，热搜整整占据了七个，节目组开心得合不拢嘴，收视率应该有保障了。

凌晨四点，顾子逸房门被首先敲开。顾子逸光着上半身裸睡，发丝盖住额头，睡眼惺忪，薄薄的肩胛骨下露出乳白色的皮肤，过了两秒钟，察觉自己走光，嗖地一下躲进被窝。

“怎么这么早就进来了。”顾子逸特不好意思。他头发还没做造型，特别软萌。

导演组递过任务卡。

“去1168房间偷只枕头。”

“哦，好。”顾子逸揉着眼。这次的节目是《神秘大逃脱》，就是神偷们取回宝藏，逃脱时光洪流，将宝藏带回上交给国家。他刚想下床，又缩回被窝，微微羞赧：“先别拍，让我套个衣服。”

顾子逸一头套进白T恤，前面有个老虎图案。他揉着肚子：“好饿，好困。”摄影师扛着摄像机一路跟拍。

顾子逸找到1168房间，想敲门，顿了顿：“万一进到女生房，不好吧。”他用目光求证Follow PD（跟镜导演），但对方只是笑，什么也不肯说。

“怎么感觉我进了贼窝？”他无措又好笑地扒着门缝望了望，顾子逸吸了两口气，轻轻转动门把，“希望不要是姐姐们，不是姐姐们。”

门开了，一片昏黑。

顾子逸他踮起脚尖，蹑手蹑脚，走两步，回头看看摄影机。快走到床边，又看看摄影师。紧张、惴惴不安的小模样让Follow PD一阵好笑。

顾子逸抻长脖子，眼睛眯起，垫脚眺望：“是可谦，哈哈！”

顾子逸对镜头咧开一个爽朗的笑。

“偷一个枕头是吧。”他念着，“Easy.”

他本应该靠近床头，摄影师却发现，顾子逸走到矮柜旁就停了下来，竟偷偷拆开一包零食。Follow PD傻眼。后期在这段做了花字：“看见食物，瞬间忘记任务的傻兔子。”

顾子逸吃得过瘾，黑暗中突然伸出一条手臂。摄影师们吓得一跳。手臂勾住了顾子逸的脖子，在后期音效的惊呼声中，身材高大的青年，被强力一带，步伐踉跄，最后跌倒了床上，一只手还不忘把零食袋举高高。

谢可谦瞟向零食，有点鄙夷：“来我房间，就是为了这个？”

两名刚睡醒的青年陷在大大的床上，大长腿快占了床一大半，露出白皙的脚趾。

顾子逸：“不是。要偷你枕头。”

Follow PD在一旁不敢说话。

谢可谦沉默了半秒，道：“喂我一个。”

顾子逸将手伸入零食包，喂了对方一个薯片。清晨四点多，窗外一片普鲁士蓝。谢可谦指指自己的枕头：“拿走。”

顾子逸抱着几包零食和一个白色大枕头，蹦蹦跳跳走出谢可谦房间，对导演组炫耀：“我的任务完成了。”

蒋琬的任务是在颜环耳边叫三声“颜环，该起床了”，然后偷一瓶对方的香水。蒋琬是新入圈小花，长相清新，演过两部流量大剧的女二女三，角色结局都很惨，被营销号大炒过几次，也是现在风头很劲的女演员之一。

蒋琬穿着少女风格小白裙，用神偷卡遮着脸：“要去叫醒颜环姐姐了，好害怕。”她轻轻推开门，只见床上大大躺着一个人影。对方睡得正熟，人没有睡在床头，反而睡在床尾，睡相一塌糊涂。

蒋琬对着摄像机，指了指颜环：“颜环姐姐的睡相好可爱。”

她轻声喊了两声“颜环姐该起床了”。对方嘤咛了一声，蒋琬立刻不动，神情紧张。颜环翻了个身，然后，继续睡。

蒋琬拿走床头柜上的香水，是君之荔最新代言的，对着Follow PD美美地比一个V：“简单！颜环姐睡得太熟了。”

殷白晨拿到神偷卡，所有瞌睡虫瞬间跑光。

Follow PD：顶级流量好像跃跃欲试？

殷白晨按兵不动，只有他一个人知道，自己的任务竟是要在君之荔房间跳一段劲舞，然后偷走君之荔“最重要的东西”。

殷白晨艰难地对镜头，挠挠头：“好难。荔姐最重要的东西？大概是剧本吧。”

粉丝一片称赞：“白晨晨这思路。”“殷白晨看人好准。”

殷白晨从他的房间出来，工作人员扛着摄影机顿了两秒，对方好像又变帅了？虽然之前颜值顶级，但现在头发清爽，精神抖擞，完美侧脸直接拿去做屏幕壁纸都不用修图。

跟在后面男工作人员甩甩头，摸了摸自己胸口，他的心也在奇怪地怦怦跳是怎么回事。

后期给做了一个特效“大清晨，高颜值”。

女粉们被帅得一脸春心荡漾。

殷白晨走在走廊上，后面跟着摄像机，工作人员赞叹：神采奕奕。

君之荔房间就在眼前。

殷白晨眼睛微微一弯，深呼吸了一下。导演组加大难度：“要是失败，得接受惩罚。”

镜头中殷白晨眼睛睁大：“还有惩罚？”

“失败会有处罚卡。”

“这种操作都行？”

殷白晨睨向导演："怎么感觉只有我有附加题。"

弹幕："制霸眼神。""制霸青年。""一眼看穿。"

导演组笑而不语。

弹幕："好机灵一男的。""谁家的小宝贝这么机智？""反应好快！"

殷白晨进入君之荔房间。

"好黑。"床上的人呼吸轻浅。

殷白晨目光停留了一秒，轻轻打开手机，导演组工作人员就在旁边，他用手机屏幕的光照着房间物品："最重要的物品是吧？"

他翻了翻茶几、矮柜，最后单跪在君之荔行李箱前。

殷白晨离床有一段距离，他望向君之荔方向，双手合十，唇角泛笑。

"不是故意要翻行李箱，醒来不要生我的气。"

行李箱被缓缓打开，殷白晨佯装镇定。把箱顶推开，他只往内看了一眼，就抿唇而笑。箱子外壳很低调，化妆包、衣物袋、鞋袋却散在一起。高岭之花也有懒散的一面。

殷白晨动手翻找着，暗淡的光线中，他打开了一个化妆包大小的纳物袋。原以为里面是粉饼、乳液，可指腹之下意外柔软，柔滑的丝绸裹着他的手指。这些是……

殷白晨耳朵瞬间红了。

蕾丝的、真丝的、风情的、深红、黑色……

他、他碰到了君之荔的什么？

摄像机镜头正要伸过来。"啪"一声，箱盖被殷白晨紧紧关上，还往深处推了推。

殷白晨眼睛弯起，对着摄影机低声开口。

"没找到，我宣布失败。"

“我们小声点，别打扰君之荔小姐姐休息。”

全体工作人员顿时钦佩了一下，没人发现殷白晨的脸有点可疑地红着，白皙的指尖还在打战，指腹想合拢又微微颤抖。

花体字幕打上“第二组 失败”的大字。

弹幕：“我家晨晨太体贴了。”“明明是为了不想吵醒影后主动认罚。”

导演组递过惩罚卡：“跳段艳舞。”

殷白晨憋笑：“什么？”

工作人员闷笑，不断怂恿。

“去君姐边上跳。”

“艳舞！艳舞！艳舞！”

殷白晨瞪了瞪他们窃笑的小眼神，作势要揍，工作人员更加兴奋。

殷白晨：“你们是不是有受虐心理，被我打还这么开心？”

工作人员捂着嘴，齐齐点头，避免干扰拍摄。

殷白晨：“服了你们。”

君之荔嘤咛了一声，快要醒来。她侧身入睡，空调被顺着她的身体曲线蜿蜒出河水般的流线。殷白晨轻手轻脚靠近，视力在昏暗中逐渐适应。君之荔睫毛很长，美得惊人。殷白晨眼眸微深，喉结上下滚了滚。

他收回目光，不再看过去，跳了段最新单曲舞步。这段单曲在抖音很红，几乎是抖音神曲，但没有人能跳出殷白晨的味道，舞步很酷很潮，但今天生生多了几分柔情款款的味道。

工作人员目露惊赞，这神仙舞步！神仙颜值！

演艺圈吃颜值红利，但殷白晨也太帅了吧。

殷白晨唇角浮现出一抹柔情，不经意再次望向君之荔。不料君之荔早已醒来，一头黑直长，肌白如玉。两人目光相撞。

殷白晨身形一顿，节奏乱了。

“你、你醒了？”

君之荔长发被拨到左肩，白皙的脖颈露出，落在极有格调的真丝睡衣上。

殷白晨摸了下脑袋：“Hi！”又害羞又尴尬，“是任务卡，让我跳艳舞。”

“艳舞？”君之荔眼神上下扫了扫殷白晨。

Follow PD偷笑不已。

后期给殷白晨的脸P上红晕，“洗不清”的殷白晨。

君之荔左手撑着腮，顿了两秒：“请继续你的表演，可我没小费塞给你。”

工作人员扑哧笑了！没想到影后也很会玩梗，潜藏综艺天赋。

导演组递过三个信封，殷白晨惊奇：“这又是什么？”

“第二个任务，打开看看。”

他随手抽了中间那封，修长的手指拆开信封。

顿了顿，殷白晨瞟瞟君之荔。

“不会吧。这样好吗？”

君之荔不明所以，回视殷白晨。

工作人员偷笑。

信上写的是：背房间里的嘉宾去大厅。

殷白晨只是站在那儿，脸上带笑，但没上前。

导演组催促：“去完成任务。”

被男艺人搂搂抱抱，吃亏的多是女艺人。君之荔没有表示，殷白晨便没有动。

君之荔微不可察地点点头。

殷白晨这才慢慢走过去。他想了想，对Follow PD交代：“清一下场，让小姐姐换下衣服。”体贴得不行。

“又不是拍戏，清场都用上了。” 一伙人笑着打趣，殷白晨笑着把他们推出房间。出去时，细心带好门。

殷白晨等在门口，见君之荔出来，眉眼一亮。君之荔扎了个马尾，换上ADIDAS运动服，运动裤两侧是简约玫红色线条设计。身材极好，又颇为英气。

导演组笑着：“不好意思了，君姐。”团队工作人员按圈内地位尊称她君姐、荔姐。

殷白晨视线没从君之荔身上挪开过。君之荔放慢脚步，殷白晨是Super Sense的门面担当，自己直接伏到对方肩上，好像不是很妥当。

“幸亏房里不是顾子逸，”殷白晨笑嘻嘻，“他铁定会跳着把我当牛骑。”气氛一下就轻松了。殷白晨主动弯下膝，朝着君之荔展开背，身上的白T恤衬得他后背肌理分明。

“上来吧。”

这句话像是抚慰，君之荔放下了犹豫。她双手轻轻搭上青年的肩，小心地趴到对方背上，一点也没让摄影机看出两人之间小小的紧张。

殷白晨身形歪了歪。

“我太重了？”

殷白晨忙道：“不重不重。很轻。”

工作人员松了一口气。只有殷白晨心中清楚，肌肤相亲竟然会像电流一样震得他酥麻不已，他刚刚心脏都在战栗。殷白晨背着君之荔，君之荔手臂勾着对方，十分注意距离，连呼吸都是轻的。殷白晨渐渐嗅到一丝香气，淡淡的花香混合着君之荔的呼吸沁过来，他感觉整段脖颈在发烫。但摄影机在旁，青年还要表情管理，抿直嘴角，不能泄露半分。他仿佛在进行一场艰难的，又莫名甜蜜的忍耐赛。

殷白晨觉得他能背很久，他走向楼梯口，工作人员一阵爆笑，指着电梯：“酒店有电梯。白晨哥，难道真想背着影后下14楼吗？”

就是想背荔荔下14楼又怎么样?

电梯门开了，殷白晨踏进去，蓦然感到后背被两团柔软压着。

怎么回事？殷白晨耳朵一红，脑袋浮想联翩。直到听见工作人员不停叮嘱“君姐小心”“君姐小心头”“头低一点再低一点”，殷白晨才意识到，他们两人叠在一起太高，进电梯君之荔很不方便。殷白晨将君之荔往自己身上拢了拢：“没事吧？”

“没事，还差一段，是大家谨慎。”

好的演员对气息变化很敏锐，她对情绪更是异常敏感。她的腿被殷白晨抱住，对方肤色不算深，很健康，但跟她的大腿一比，男性特征还是很分明。

君之荔将头转向别处，抑制自己乱看。狭窄的电梯间里，她的腿跟他的手臂都烫得厉害，两人一时之间奇异地沉默了。

电梯在两人没有察觉的时候，“叮”一下响了。

谢可谦、顾子逸等人和他们的Follow PD早在大厅里坐着。见君之荔被殷白晨背出来，全员纷纷怀疑自己在做梦：“高冷影后被超人气偶像背下楼？什么个情况？”“我是不是在梦游？”

还是谢可谦最先反应过来：“影后跟我们Super Sense队长一组。”

顾子逸跳来跳去，一头金发乱飞：“哇，我哥怎么那么幸运？！”

颜环匆匆拨开众人，急呼呼：“到大厅了，可以放我荔荔姐下来了。”小眼神飞戳殷白晨。

殷白晨趁镜头没拍摄过来，眼神看回去："她轻，我乐意。"

颜环遭受暴击。

导演组发话可以了，殷白晨才将君之荔放下。君之荔落地，脚有点麻，身体轻微晃了两下，腰侧立刻被一个男性手掌扶住。她抬眸，对上殷白晨的黑眸。

殷白晨轮廓深邃，帅得令人屏气凝神，此时浓黑的睫毛却猛烈地颤了颤。他低头看了看自己扶住君之荔腰的手，君之荔的腰很细很软，洁白的耳在透明的阳光下不受控制地染红。

察觉到摄像机过来，君之荔转开眼，立即分开一步，避免暧昧，这种飞快的慌张里又掺杂着一莫名的心悸。殷白晨垂眸笑了笑。

第

四章

糖给你，我也给你

正式录制地点在影视基地。

一阵特效黄光之后，一群人来到古代。寺庙大殿庄严隆重，竹林幽静。殷白晨、顾子逸、谢可谦等人左肩佩麒麟护肩，蓝色发带随风飞扬。

顾子逸好奇地摸了摸脖颈："摸金符。"

众人也随之望向自己胸前，摸金符呈象牙白、牙状、金丝缠绕牙根，透着凶猛与神秘，挂在脖子上微沉。

导演组："这次任务共有三张墓室藏宝图，每张藏宝图上会有六处据点。神偷们需要根据据点，找到宝物，交给曹操，找出最多者胜。"

殷白晨、颜环跃跃欲试，谢可谦、君之荔静静站立。

"要在哪里弄这些藏宝图？"蒋琬问。

导演神秘一笑："卖艺，找到怀有藏宝图的江湖人，让对方心甘情愿地交给你们。”

“还要卖艺？找江湖中人？我们到底穿越到了个什么时空？”

众人大笑。

“开始吧。先拿到藏宝图，就可以先下斗（进入墓穴）。”

顾子逸对镜头说：“那我最后一个，我怕粽子（僵尸）。”他悄悄躲到殷白晨身后，搂着殷白晨的胳膊。

导演笑眯眯：“宝藏最少的，会永远留在这个时空，还会给墓主人陪葬。”

“太狠了吧！”顾子逸又惊又跳。

殷白晨笑喷：“哥明年会多给你烧些钱，你就好好在这里当墓主人的压寨小相公。”

顾子逸被激起斗志，追着殷白晨跑：“谁输谁赢还不一定呢。”两名青年互搏，打打闹闹，偏偏模样周正，年轻好看。

君之荔被造型师安排成算命先生，殷白晨是她的仆人。摊位上摆着“君半仙”的招牌，殷白晨帮忙打杂，一群女眷排着队。

君之荔摸脉观相，按台本念道：“七日之内，红鸾星必动。”

有人故意闹场：“小女子早已嫁人。”

周围人一片笑声，君之荔的Follow PD有点紧张，他们第一次跟拍传说中的影后，之前预想多多，担心影后台上台下两种人设，太过文艺。毕竟君之荔当年得奖的都是文艺片最佳女主角。

只见君之荔神色未变，在唇边比了一个“嘘”，白色直裾衬得她气质如仙。

“你先夫对你不好。七日之内，必再遇良人。铺十里红锦，迎你上门。”

围观的人一愣，为君之荔的反应速度齐齐鼓掌，女群演满意而归。君之荔的Follow PD心生佩服。看君之荔冷冷淡淡的气质，以为她不擅长这些，没想到人家游刃有余。所谓的冷淡只是镇定。

君之荔仍在凝神算命，淡雅如兰。

“社会我荔姐，人美会算命。”殷白晨对着群演挑挑眉，朗目笑道，“谁有暗号？有藏宝图的，优先算命。”

君之荔的声音从背后传来。

“还可以得到殷白晨的拥抱一个。”

女群演堪堪犹豫了半秒。

君之荔语气淡淡，继续推波助澜：“先到先得，手快有手慢无。”

殷白晨：“荔荔你……”

女粉们一阵尖叫，就连台本都不顾了，急扑到殷白晨那儿：“我知道谁有！告诉你，我能跟你合影吗？”“白晨晨，我有，我有藏宝图！”

殷白晨被迎面的女眷们扑倒，极具求生欲地拿眼神向君之荔示意，黑色的眉眼看得人心生怜惜。君之荔唇角浅浅勾起，用扇柄敲了敲桌子。

“一个个来，别急。藏宝图放到这儿来。”

不到两分钟，殷白晨君之荔这组就拿到了藏宝图。

工作人员向导演汇报，他们好像打破了规则，导演想了想，扔开流程本：“这不是很有趣吗？”

谢可谦和顾子逸在另一边卖艺。谢可谦敲锣：“来来来，走一走，看一看。有钱的捧个钱场，没钱的……微信支付宝转账也可以。”

众人笑喷。

场内，顾子逸一个鹞子翻身，动如脱兔，秀美的小脸蛋莹白可爱，眉毛又虎虎生威，一点也不觉得过分阴柔。

观众喝彩声不断，谢可谦拿着铜盘走了一圈，女生们眼神扑闪扑闪，几百块的人民币都有，藏宝图，没有。

“这样下去不行，”谢可谦眯了眯眼，目光投向顾子逸，“要来个狠一点的。”

“狠一点的？”

当时他没明白，但一分钟后他就“身体力行”地明白了。顾子逸躺在地上，胸口被压了一块大石，双手双脚扑腾着。顾子逸水汪汪的眼频频望向谢可谦，对方正举着一个锤子。

“真砸？来真的？”

谢可谦温和：“别怕，悟空就是破石而出。”

顾子逸用小眼神悲诉：“我给你赚钱，你却拿大石头捶我。”

谢可谦把石头摆正，笑：“乖，一切都是为了我们的藏宝图，回去我做好吃的喂你。”

顾子逸想了想，傻傻地说：“成交。”

众人哑口无言。

谢可谦举起一把长长的大锤子，对吃瓜群众笑眯眯道：“第一次动手，准头可能不是很好。”还温柔地比画了一下，“谁有藏宝图，可能我下手就会准一点。难道你们不想救救孩子吗？”

美青年在地上被大石压得惨兮兮，小脸都白了。

后期放上泪汪汪的表情，大写“救救孩子”。

“等等，藏宝图在我这儿。”顾子逸姐姐粉再也忍不住自动献宝。

谢可谦不动声色对着镜头一笑。苦肉计，达成。

君之荔和殷白晨已拿到第一张藏宝图，君之荔被殷白晨硬塞了一根糖葫芦。殷白晨趁机咬了一颗，右腮帮鼓起来，笑容咧得更开。

对方高高的个子，黑发柔顺，像有用不完的笑容，裹着糖的红山楂晃在他的脸前。

君之荔礼节性地拿着糖葫芦，但殷白晨老往她身边凑。

“哎？糖葫芦你不吃？”

“吃一口。尝尝。”

“不酸，真的。”

君之荔被弄得没有办法，只好轻轻咬了一个。糖拉出丝黏在橘子上，又甜又清爽。

纤长的睫毛颤了颤。

味道真不赖。

殷白晨从头到尾细细观察着她的神情，见君之荔越咬表情越放松，唇角的笑意更盛。

“好吃的，对吧？”

君之荔迟疑了一会儿，还是诚实地点点头。

殷白晨眼睛又弯了。

殷白晨伸出手：“给，钱你也拿着。”这是他们刚刚卖艺的资金，整个节目就靠这笔经费了。

君之荔不解。

趁摄像机拍不到，殷白晨道：“糖葫芦给你，钱也给你。有句话怎么说，媳妇管钱，天经地义。”

君之荔好一会儿才回过神，殷白晨迅速大笑跑开。

两人随着人流围观谢可谦和顾子逸。

“我在想……”殷白晨眼神突然一转，顿了顿，眉眼生动，“要是我们先抢到第三幅会怎样？”

君之荔闻弦歌知雅意，神色虽淡，思路却很灵活：“好像没规定不可以多拿。”

后面的Follow PD内心惊呼：影后也腹黑起来？怎么感觉被殷白

晨带坏了？

茶楼，颜环蒋琬一身越剧扮相。江湖神秘人士就在台下，唱得好听，对方就有可能献上藏宝图。

颜环蒋琬一红一粉，披着云肩，舞着水袖。蒋琬开口，音如黄鹂，轮到颜环，她莲步上前，举手投足，更具风姿。看客们纷纷鼓掌。

只是她一亮嗓，竟没一个音在调上。台下看客先俱是一愣，然后怀疑自己耳朵出了问题，这么个美人，不可能吧……直愣愣地盯着颜环良久，确认对方还真是个音痴。

“跑调了跑调了。”“别唱了，耳朵承受不了。”“第一次见到这么诚实的女艺人，还是求个假唱吧！”大家拍着桌子，茶水瓜子快笑喷出来。

蒋琬万万没想到，颜环唱功竟这么差，相比之下，自己唱得好听极了，于是径自站在一旁，维持自己小仙女人设，听大家调侃颜环。

颜环闹了一个大红脸，她超级清楚自己的歌声有多么暴击。但既然参加了节目，就要配合节目组。

颜环戴着粉冠，朱唇俏目：“就是这么耿直，怎么能给你们假唱！我还要唱，别拦我，除非拿藏宝图来换。”

看客们又一阵哄堂大笑。

颜环身上自带亮点，随便一录就是满满的综艺素材。Follow PD非常喜欢，精神奕奕地拍着。

蒋琬见观众与颜环互动得火花四溅，意识到再这样下去，自己的镜头要被颜环抢光了，连忙站到台中央：“颜环姐不太会唱，我替她唱吧，请大家给点掌声。”

蒋琬一唱就连唱三四首，整个戏台都被她霸着，成了台霸。

颜环站久了有点尴尬，干脆下台，跟观众们一起喝茶偷懒。她心里惦记着任务："我还是去看看好了。"

颜环离开桌席，弓着腰，明眸善睐，悄声问看客："有没藏宝图？"

其中一位高深莫测地点点头。

颜环眼睛一亮，手指灵活勾动："来来。"她望向摄像机，"我好像找到了。"

结果对方掏了张100块纸币。

颜环哭笑不得："看客太有钱了。"

后期字幕："太入戏的路人。"

颜环在台下问了一大半，大多数都摇摇头，一圈下来弓得她背疼，最后双膝弯下蹲着休息。那边台上，蒋琬依旧唱着歌，颜环随意问了一桌，不带指望地问："墓室宝藏图，有没有？"

对方微微一怔，眼神有点虚，反应竟跟先前的人不一样。

有戏？

颜环的眼划过一抹神彩："敢问这位大侠，是否拥有藏宝图？"

看客清咳一声，背过身子。颜环生怕对方溜了，拽住对方的袖子："不准走。今天不交出藏宝图，我、我就在你面前唱歌。"

先前被颜环魔音穿脑的看客们，纷纷记忆犹新，连忙开口："她要什么就给她吧。""听坏了耳膜，我们还要去医院呢。"蒋琬从台上看去，只见颜环那儿黑压压围了一圈，不时爆出一阵阵笑声，非常有人气。自己的风头又被颜环抢了，蒋琬不太高兴。

那位江湖中人终于开口："不是我不给。是你动作慢了，已经有人要走了。"

颜环惊呆："这还能给别人？！是谁拿的，老娘跟他不共戴天。"

对方指了指旁边，只见那二人戴着锥帽，帽子垂下白纱。

“他们。”

那两位美如谪仙之人缓缓掀起白纱，竟是君之荔、殷白晨。殷白晨说：“想怎么跟我们不共戴天？”颜环一见君之荔，飞速改口：“哪有，哪有。我的就是荔荔的。我女神就是聪明。”

“真香”现场。

君之荔美目含笑，一身白衣：“可是没有藏宝图就要陪葬哦。”

殷白晨望着君之荔，对方鼻梁线条柔和。他又发现君之荔的一个小秘密，她日常淡漠，其实偶尔会皮一下。

颜环要哭了：“我该不会还没下墓，就成了第一个被淘汰的摸金校尉吧。”

君之荔轻啜了一口茗茶：“也许还能抢救一下。”

殷白晨站在君之荔身后：“两幅藏宝图，12个据点，我们发了。”君之荔瞥了一眼殷白晨，对方竟跟她意外默契。他们两人一个唱红脸，一个唱白脸。她故意恐吓，他就故意让颜环心痒痒。

殷白晨回首，君之荔来不及避开，殷白晨陡然一笑，黑眸蕴着笑意，瞬间电得人的心都酥了。

殷白晨转过头，笑嘻嘻对颜环道：“这样，只要你做荔荔的小跟班，我们就带你们下斗。”

君之荔发现他又无声望了望自己，黑长的睫毛密密匝匝，笑意极明动，直狙人心。

颜环一听要做小跟班，一脸的求之不得。丝毫没有发现，有人借此机会，偷偷把对君之荔的称呼从“荔荔姐”改成了“荔荔”。

蒋琬带着怒意从台上下来，台下围着一群人，把她一个人晾在那里。走近一看，竟是殷白晨他们来了。殷白晨在人群中极其出挑，展眉一笑，她心脏狂跳。娱乐圈男艺人众多，但殷白晨人气和颜值绝对是碾压级的。蒋琬压制住对摄像组忽视自己的不满，立刻抢过话头，对着殷白晨柔情细语："那我们只好当你的跟班了，要保护颜环和我哦。"

一行人半路遇到顾子逸和谢可谦。

"你们去哪儿？"顾子逸问殷白晨，大大的眼睛好奇地往对方那两组身上扫。他们刚刚拿到墓室藏宝图，那藏宝图制作得很神奇，他很想知道殷白晨拿到的是什么样的。

"皇陵。"殷白晨微顿了一秒，含笑，报出地址。

君之荔眉峰微不可察地一挑，颜环和蒋琬二人因没见过藏宝图，所以没什么反应。只是这微顿的一秒，就落在了谢可谦眼中。稍稍落在顾子逸身后的他，弯了弯眼，不动声色地观察着四人神情。

"你们拿到了吗？"殷白晨不经意问道。

"拿到了。"顾子逸一开口，就点亮了话痨属性，"白晨哥，你知道我们怎么拿到吗？全靠在我胸上碎大石。"回想起当时的情景，顾子逸小眼神还有点委屈巴巴的。顾子逸控诉谢可谦，心酸地揉了揉胸口："我怀疑都给压肿了。"

殷白晨哈哈大笑："好了好了，你们现在去哪儿？"

"西陵。"

尽管谢可谦眼疾手快捂住顾子逸的嘴，但顾子逸还是快了一步，顾子逸被捂得莫名其妙，身体不停反抗扭动。

谢可谦低声警告："再多说几句，我们的情报全给殷白晨套光了。"

顾子逸眼睛瞪大，终于意识到了什么。他一抬头，果然见到殷白晨一脸笑眯眯地看着他。顾子逸连忙站到谢可谦身后，哇哇乱叫："原来白晨哥你不是担心我，你只是想从我身上套情报。"

谢可谦和殷白晨隔着一米开外。

“套弟弟的情报，这样做好吗？”谢可谦开启攻势。

“什么套不套的，只是随口问问。”殷白晨潇洒一笑，滴水不漏。

后期再次花字：“两个老司机的对决。”

气氛有些奇妙，颜环和蒋琬这才后知后觉，闲聊一般的寒暄好像话中有话，但令她们着急的是，她们没听懂。唯有君之荔，从最初皇陵两个字，就明白殷白晨要干什么。

她们手上的藏宝图，一张在东陵，一张在中陵，哪儿来的皇陵，殷白晨分明是让顾子逸自送人头。但君之荔没出声，只是一路看着殷白晨套路对方。

后期花字：“看透不说破的影后。”

谢可谦只是笑：“那我们也跟你们一起走吧。”

殷白晨回挡：“你们不是有藏宝图吗？”

谢可谦：“人多，阳气重，不是更安全？”

殷白晨卖了兄弟一个人情：“稍微等等，我跟我们队员商量下。”

谢可谦点头，现在他们没了藏宝图的优势，只能仰仗殷白晨，他坐在树荫处，对着自己的Follow PD说出推测：“看颜环、蒋琬的表情，应该对藏宝图的信息一无所知。君之荔不愧是影后，藏得太深，看不出来，所以她反而很有可能知道些什么。”

“另外，他们四人为什么一起从茶楼里出来？导演组不可能将两张图放在同一个地方。”

这段推理头头是道，听得Follow PD也一阵思考，谢可谦突然对着镜头眯起眼：“不对，殷白晨手上有两张藏宝图！”

Follow PD的内心：这都能看出来？

谢可谦语速飞快：“他们手上有12个据点，我们手上6个，也就是说，即使我们这边拿到6个宝物，也不一定能赢，但顾子逸肯定陪葬。”

Follow PD觉得自己脑子已经不够用了。

另一边的商议也结束了，殷白晨不想谢可谦和顾子逸输得太快，这毕竟是个综艺，有梗，有一定对抗性才能吸引观众。他看到君之荔默契地与他对视，对方也同意他放水，殷白晨笑得更阳光。

殷白晨正要同谢可谦谈判，蒋琬挪了过来，贴近他，拉住他衣袖："白晨，就让他们跟我们一起好不好？"还望向顾子逸和谢可谦，柔柔一笑，"子逸刚刚胸口碎大石，多可怜，就让他跟着我们吧。"

君之荔目不斜视。

谢可谦站着没动，既不感谢蒋琬，也没打蛇随棍上。

工作组内心：Super Sense成员关系铁着呢，轮得到你去卖人情？既没金主爸爸背后品牌赞助，又没地位资历。人家君之荔都没开口，你蒋琬开什么口，真是心里没数。

殷白晨转身一带，没有搭腔，衣袖却从蒋琬手中滑出了。他对着颜环，故意摇头揶揄："看，你开的先河。"

颜环一把抱住君之荔胳膊："先河怎么着？我现在可是荔荔姐的小跟班。我们俩组队就够了，稳赢！"

殷白晨："想得很美，以 为我会同意？"

殷白晨嘴里反驳着颜环，目光却与君之荔确认了一下。插科打诨了两句，殷白晨站回君之荔身边，位置变换，颜环隔在了他与蒋琬之间。

君之荔注意到了这个细节。

她抬头看看殷白晨，青年像不知情似的，衣服偶然擦着她的胳膊。

弹幕："白晨晨还是站到君之荔身边去吧。这女人太作妖了。""人家君之荔可是安静得很。""蒋琬插什么话，讨厌。"

殷白晨一笑，朝顾子逸、谢可谦招招手："过来，组队组队。”顾子逸一喜，谢可谦也徐步走来。

君之荔与殷白晨互看了一眼。谢可谦眼皮一跳。

高挑的青年笑容狡黠：“组队是可以的，不过要付点利息。”

“利息？”谢可谦预感不妙。

君之荔淡淡开口：“你们的图给我保管。你们只有一张图刷不到什么宝物。”

谢可谦进退维谷，颜环笑得合不拢嘴，大声鼓掌：“荔荔威武！”顾子逸还没明白发生了什么，他们队怎么就到了不得不交出藏宝图的地步？谢可谦暗恨，什么时候开始的，君之荔与殷白晨一唱一和，配合得天衣无缝。

向来运筹帷幄的谢可谦也出现了失手的情况。他大脑飞快计算，一分钟过后，淡定开口：“好，我去拿给你们。”

君之荔、殷白晨眼神交汇。

“同意得太快。”

“有诈。”

此时，只有顾子逸知道谢可谦做了什么，谢可谦竟利用自己的身体把其他几人视线挡住，在他们看不到的角度，从怀里掏出手机，滑过解锁，调出照相机。

还有这种操作！顾子逸佩服得五体投地。

谢可谦眯起眼，抬了抬下巴，顾子逸连忙拿出墓室宝图，顷刻间，谢可谦已拍好一张，又拍了几张备份。

后期适时打上金主爸爸手机赞助商的广告。

谢可谦转身，微笑：“图，可以交给你们，不过让我看一眼你们的不过分吧？不然怎么知道是真是假？”

果然老狐狸开始重新谈条件了。

殷白晨君之荔相互使了一个眼色，殷白晨嘴角带笑，走上前：

"行吧！看在兄弟的分上。"

殷白晨拿出墓室宝藏图，展示在半空中。谢可谦目光微凝，一目十行，他记忆力很好，几乎过目不忘。半晌之后，殷白晨收缴了对方手上那份藏宝图。

"还有一份呢？"谢可谦追问。

"在荔荔手中。"殷白晨笑眯眯，勾过谢可谦的肩，"一份换一份，我把我那份给你看了。另外一份在人家女孩子手里，我怎么给你？"

谢可谦被坑了一把，又被殷白晨勾肩搭背搞得没脾气。眼下先组队，一切等下斗再说。三组人换回摸金校尉衣饰，每个人背了个皮革背囊。六人决定先去东陵。

镇墓兽守在陵前，庄严神秘，偏远凋零，众人走着走着，渐渐感到不同于以往的清冷。柔软的草踩在脚下，比平日多了一分阴冷。

"幸亏现在还是夏天。"颜环搓了搓双臂，她小心翼翼跟在君之荔身后。

进入盗洞，光线变得愈发晦涩，他们的眼睛有点不习惯。洞口不大，石壁灰蒙蒙的，容易擦到胳膊。尽管八成是制作组制造的场景，但还是有些阴恻恻的。

"你不怕吗？"颜环小声问君之荔。

"还行。"君之荔淡淡道。

殷白晨领先开路，君之荔在第二位，他察觉君之荔话语中间略有停顿，立即转身观察了下君之荔的神情，视线在她脸上停留了一圈。

"有我在。"青年侧脸，轻声安抚。

晦暗不明的光线里，殷白晨的脸俊美至极。君之荔看着对方的黑眸，心中微动。她没理殷白晨的搭话，殷白晨也不恼，只是看着君之荔笑。

“好阴。”

“会不会有鬼啊。”

在其他人觉得瘆得慌的气氛中，殷白晨硬是在自己跟君之荔之间弄出了些不可言说的微小暧昧。

“我好怕。”蒋琬缩着脖子，弱弱地说。她隔着颜环，望向最前面的殷白晨，等了等，但没人回应她。

蒋琬开始喃喃：“君姐姐不是承诺要保护我们吗？”

颜环听闻立刻跳了起来：“荔荔姐是同意我们组队。藏宝图跟我们分享还不够吗？”大家都是第一次进来，凭什么说得君之荔好像必须保护她似的，就你娇贵。

“可是，那个藏宝图本来就是分配给我们的呀，不保护我们也没关系，还是要谢谢君姐姐把我们带进来。”

“绿茶”就是有本事把话说得看似合理，实则暗表对方不好，不如自己通情达理。颜环是女生，自然清楚这些只有女生懂的道理。她听得很不舒服，奈何她一向不喜欢这些弯弯绕绕，想要反驳又无从下手，一口气噎在胸口。

蒋琬瞥了瞥颜环后背，无声嘲笑了一番，她回过头，想看看谢可谦。谢可谦被安排在队尾保护所有人，虽然不及殷白晨身材高挑、面容俊美，但对方之前流露出的缜密心思，也令她印象深刻。

就在这时，殷白晨的声音从前方传来。

“节目组还包分配藏宝图？咋不让节目组再给你分配一个墓室直接让你一个人赢呢？”语气语调跟往常眉眼带笑的感觉，很不一样。

君之荔抬眼，看了看在最前方护着全队的殷白晨。对方说话时没有回头，只露出来半截白皙脖颈。君之荔目光闪了闪，在这晦涩狭窄的甬道里，莫名觉得安心。

自己怎么就没殷白晨这家伙能说会道！颜环心想她刚刚就应该这么说。都是凭本事拿到的藏宝图，凭什么让你不劳而获。大家都在冒险，就你小公主更高贵，要我们保护你？

她偷瞄了君之荔一眼，不好，她看到了什么？君之荔目光注视着殷白晨不说，美丽的嘴角竟还弯了一下。自从这档综艺真人秀开始，荔荔跟殷白晨这家伙的关系好像就越来越近了。颜环心底抓狂。

蒋琬脸上笑容还来不及收回，原本打算跟殷白晨拉一下关系，此刻觉得进退两难，眼角余光匆匆一瞥，只见谢可谦在半明半灭的光影中，露出一双黑洞洞的瞳仁。那眼神深不见底。蒋琬的心飞快跳了两下。这人，好像也很可怕。她赶紧回头，算了，这个鬼地方弄得她鸡皮疙瘩都起来了。蒋琬尴尬地在队伍中间走着，再也不敢多话。

节目组非常用心，整个场地布景十分精良。为了让嘉宾表现更真实，进入布置好的墓室后，摄影组及Follow PD全部离开，启动夜间高清摄像机拍摄。实景模式不仅让嘉宾们全心投入到环境中，也让他们失去几分安全感。通道结束，前方接入一个大殿，视线骤然变得宽阔。

几尊巨大石像就在眼前，高高矗立，铜眼大耳，凶神恶煞。

顾子逸第一个冲到前面，他欣喜地抬头，下一秒，众人只听见一声大叫。

猝不及防。

后面的颜环、蒋琬不知道发生了什么，瞬间头皮发麻也跟着尖叫起来，回音阵阵。

到底发生了什么？！

谢可谦抬起脚，脚步声在墓室回响，殷白晨和君之荔紧随其后，神情严肃。颜环小脸惨白也紧紧跟上。蒋琬见自己身后空无一人，吓得跑了过去。

只见顾子逸在巨大石雕前手舞足蹈，在昏暗中看起来特别诡异。

“顾子逸是不是中邪了？”蒋琬哆哆嗦嗦。

谢可谦黑眸发沉，瞥了她一眼。

蒋琬回过神，不由得不甘心地撇撇嘴，Super Sense的成员都太护短了吧，不就是说了顾子逸一两句吗，有必要给她脸色看吗？

谢可谦细细观察了一番，走上前，拍了拍顾子逸的肩：“好了，开心一会儿就行了。”

“哈？”颜环目瞪口呆，不是中邪？

顾子逸的脸在昏暗中能放光一样：“我是第一！我找到了宝藏！”他右手高高举起，献宝一样，献给谢可谦、殷白晨看，还得意地摸摸鼻子。

谢可谦扫了眼，笑了笑。顾子逸手上拿的，赫然是枚阴界兵符。殷白晨环视大殿一圈，六尊石像下面泛着幽幽的色泽，很隐秘。殷白晨用手指指了指：“在那儿发现的？”

他什么都没泄露，对方怎么就猜到了？顾子逸点头，佩服对方的火眼金睛：“就那儿。我一进来，一堆鬼火，吓死宝宝了。”顾子逸心有余悸。

谢可谦憋住笑，揉了揉对方的头。

“应该加了磷粉。”殷白晨环顾四周，墓室不小，节目组极有可能怕他们找不到宝物，于是在根据点上使用了特殊标记。如此一来一石二鸟，还能确保节目效果。也就是说，只要每个陵墓他们能抢先发现据点，墓室藏宝图就不再是绝对重要的了。

殷白晨瞅瞅顾子逸，把玩了下对方手中的阴界虎符，有点重。

殷白晨挤挤顾子逸："这是道具，还是真的？阴界虎符能调令阴间士兵，你说万一是真的，这些阴兵在哪儿？"

"真的假的？"顾子逸半信半疑。

"会不会现在就在你背后？毕竟是你找到的，不跟着你跟谁？"

"我会怕？"顾子逸嘴硬。

殷白晨点点头，扬起一个笑："不怕就好。"他跟谢可谦打了个眼色，两人转身就走，顾子逸连忙跟上，频频往后张望："等等我，你们等等我。"

君之荔在研究墓室藏宝图，等三个男人打闹完后，才道："这个大殿只有一个宝物，既然拿到了，就继续。我们脚下这条道路直通主墓室，那儿有两个据点。"

两个？众人眼睛一亮。游戏就是这样，见别人胜利了，自己也跃跃欲试。六人继续前进，主殿大道宽敞得多，他们开始适应墓室的空间。唯有顾子逸走走停停瞟瞟，总觉得殷白晨说过那些话后，他肩头上都沉了一些。

谢可谦缓下步伐，落到他身边："别再往后看了。"

顾子逸不明所以："为什么？"

"人有三魂七魄，左肩右膀两盏火，回看一次，灭一盏。你这都灭几盏了，你现在还在不在阳间都不知道。"

"谢可谦，你给我打住打住！"顾子逸浑身汗毛都竖起来了。青年的声音透出了惊恐，谢可谦说得他要怀疑人生了。

"真不想了解这些知识？"

"不不，让我做个学渣！学渣保平安！"

主通道传来谢可谦的低笑声，殷白晨挤挤眼，跟着调侃："说好的保护队友呢？"

谢可谦："男人需要成长。"

两人又是一通坏笑，联手坑顾子逸。

后面的君之荔、颜环对看了一眼：男人啊，都是长不大的小屁孩。

尽头是一扇石门，推开石门，只见眼前一口硕大的乌木棺材，众人纷纷惊叹，刚踏出去的腿立马收回来了。阴气沉沉，四面壁画诡异。壁画上，人的脸、身体用扭曲的弧线呈现着，带着一种死亡的象征性。那些看不懂的图腾符号，使人更加惴惴不安。

心顿时又悬了起来。

虽然知道墓室里面会有棺材，可亲眼见到，那种战栗感还是很不一样。

“不会真的有死人吧？”顾子逸心直口快，直往棺盖上瞟。刚刚是他第一个拿到了宝物，现在自然还想拿第二个，但万一棺材里真有什么，想想他的肩膀就更沉了。

“要不赌一把，赌里面有没有尸体？”殷白晨欣赏了会儿自家弟弟顾子逸颤巍巍的模样，瞥了瞥一直挨着君之荔的颜环，设套忽悠，“输的人，要给对方一个宝物。”

颜环接收到殷白晨的眼神，知道对方在给她下战书。她直直盯着棺材，手心发紧，小腿打战，好像指不定什么时候，就会伸出一只手把她拖进棺材。

可是，输人不输阵。

“来，赌就赌。”

“有还是没有？”

“我赌没尸体！”颜环大声，给自己壮胆。

“好。”殷白晨一阵笑，目光移向君之荔，君之荔朝他浅浅摇头，殷白晨柔声道，“不会弄得她太惨。”

谢可谦把顾子逸往前一推："别让他们抢在我们前面。"

"我、我上？"被推得离棺材更近一步的顾子逸瞪大眼，指指自己，他也很害怕的好不好。

殷白晨帮腔："别怕，我们也会出一个人。颜环，上。"同样被"出卖"的颜环震惊不已，想要号哭："为什么是我？"

"怕什么。你不是猜没尸体？"殷白晨笑眯眯给出理由，令人无法反驳。

颜环和顾子逸对看一眼，不约而同想起苦命鸳鸯这个词，而刚刚在暗中结过盟的谢可谦和殷白晨抿唇一笑。

突然，主墓室多了一点亮光，一个巨大的阴影骤然覆盖半壁墓室。众人一阵发怵，定睛一看，只见君之荔在东南角点了一根蜡烛。

吓死他们了。

谢可谦："君小姐可是有什么策略？"

"人点烛，鬼吹灯。若是蜡烛熄灭，则不可带走一件宝物。"节目组给他们皮革包裹里塞有说明书。

君之荔说得风轻云淡，可其他人皆打了一个寒战。

君之荔下令："开棺。"

顾子逸和颜环苦着脸，拖拖拉拉地靠近棺材，两人使出吃奶的劲，用力推棺盖。两人忐忑不安，谁也不知道这棺材里，会突然蹦出个什么？

"一二、三！""一二、三！"几人喊着口号，棺盖终于一点一点移动，露出里面黑幽幽的棺木。

"有宝物！"顾子逸见到眼熟的记号，眼睛一亮，伸手就去取。颜环跟着一喜，紧跟过去，她还一件宝物都没得到呢。

就在此时，东南角蜡烛灭了！

“救命！”颜环和顾子逸一脸惊恐，激烈挣扎，那副棺材似乎有了生命力，想要把他们拖进去，两人鬼哭狼嚎，“有鬼！有鬼！！”

第

五章

终生宠妻

颜环、顾子逸手指抠着棺材边缘，四只胳膊拼命扑腾，然而棺中“尸体”力气极大，死死拽着他们的小腿。颜环毛骨悚然，飙出泪来，她带着哭腔：“放手，放手！我不想死。”顾子逸闭着眼在半空挥拳，他真的很怕脏东西，为什么总是他遇到这种事。

电光石火之间，殷白晨飞快跳到棺木上，抓住两人的手。谢可谦脚抵住棺材，弓腰使劲，双手拔着顾子逸手臂：“用力！使劲！”君之荔牢牢扣着颜环的腰，帮六神无主的颜环往外挣脱。阴森森的光线射在棺材上，诡谲难测，只有蒋琬一人躲得远远的。

有了众人帮忙，棺内力气明显小了很多，两人身体已经出来大半。顾子逸实在忍受不下去，一个怪力爆发，一道黑影竟被他拽出棺外！顾子逸竟硬生生地把“墓主人”从棺材中拖了出来。

偌大一口棺材被生生带翻，棺盖在地上“砰砰”响了两下。这个人为意外让所有人无比震惊。后期花字打上：“暴力小白兔，拖翻墓主人。”

然而此时的顾子逸全然不知情，拔腿狂奔冲出了主墓室。谢可谦愣了一秒，紧追其后，顾子逸如脱缰野马，也不管自己是不是拖着一具墓主人。

主墓室中，君之荔、殷白晨相互看了一眼：“墓主好像是工作人员扮演的。”

“啊？”颜环眼泪骤停。她刚刚还在审视自己的手腕，她的手腕被抓红了，破了皮。颜环看过很多末日丧尸的电影，早已脑补自己被感染变成到处咬人的女僵尸，结果现在告诉她墓主只是工作人员？

“我刚刚好像挠了很多下。”颜环回想起自己的“暴行”。

君之荔清咳一声，帮颜环打圆场：“你刚刚也不知情。”两人顿了顿，同时想起什么，望向主干道，顾子逸可是发狂般把墓主硬从棺材中拖出去的。

墙角的蒋琬突然指着蜡烛熄灭的地方，眼皮直跳：“工作人员？那刚刚熄灭的蜡烛是怎么回事？”

人点烛，鬼吹灯。

若说棺材之中的墓主是工作人员假扮的，可东南方的蜡烛为什么会在开棺之际就灭了？又不是真的氧气不够。

“听说很多拍恐怖片的片场，都发生过灵异事件。”

“这是真墓，还是假墓？”

似有阴风，从后颈吹过。

想到自己还支着棺木，颜环“嗖”地退了好几步。被撞翻的棺材散发着不祥的气息，弧形棺盖晃动时发出缓慢的“吱、呀，吱、呀”。

女生们汗毛渐竖，人心惶惶。

“啊——”不知谁陡然叫了一声，四人一阵心慌，跑出主墓室。

顾子逸狂飙，他是前国家少年队运动员，一溜烟就跑了百米。假扮成墓主的工作人员快被拖哭了，抱着顾子逸的大腿拼命解释：“我是人，真的是人，不是鬼！”顾子逸狂奔中哪儿听得进去，只感觉自己腿又一沉，受惊之下跑得更快。

谢可谦在后面大喊：“停下，顾子逸，墓主是节目组找人假扮的。”顾子逸疑惑了一下，他现在脑袋一片空白，但多年的兄弟默契还在，谢可谦的声音让他下意识脚步一滞。

工作人员趁这一停顿，总算聪明了一盘，他没法让顾子逸“停车”，但他自己可以“跳”车啊。于是饱受摧残的工作人员双手一松，在地上滚了几圈，离开“飙车现场”。

顾子逸、谢可谦无意中跑进一间耳室，这才停了下来，顾子逸气喘吁吁，圆圆的眼睛里满是不可置信：“什么？假扮的？”

“嗯，假的。”

“那我不是白跑了？”顾子逸还在吃惊，先前被鬼拉扯的感觉明明那么真实，他怎么都扯不动！

“你想，对方要是鬼，你可能拖着他跑这么远？”

“那有没可能是千年尸王？”顾子逸大脑混乱，思维跳跃。

“冷静，”谢可谦笑了，“如果真是粽子，你还能跑这么远？”

“怎么不能？”

“没黑驴蹄子，克不住，早被咬了。”

顾子逸愣了一会儿：“也对哦。”好有道理。

顾子逸朝谢可谦现投去一个认可的眼神，他把身子往墙壁上一靠，刚才跑死他了。

倏然，顾子逸表情微凝。

谢可谦察觉到变化：“怎么？”

“我好像把什么压进去了。”

“压进去了？”

顾子逸尴尬而无辜地摸摸脑袋，他背后那块墙壁似乎有什么凸起，他没注意，就这么一靠，便把那东西压进去了。

谢可谦立刻扫视着整间耳室。

“嗖！嗖！嗖！”两边墙壁倏地射出几支箭，一支箭射中顾子逸。

“我要死了，我要死了……”

顾子逸大叫，身体缓缓倒下。他枕在谢可谦大腿上，睫毛微颤，手指握上对方的手，残喘：“谦哥，我死了，你要连同我的份，连同我吃的份，吃饭多吃几份。”

“我的银行账户密码是……”

还话还没说完，谢可谦面无表情弹了弹顾子逸额头上的箭。箭头是吸盘做的，一弹，还能晃三晃：“演，继续演。”

顾子逸嘿嘿笑了两声，一个鲤鱼打挺站起：“我这不以为自己真中箭了吗？”

他刚要起来，又被谢可谦一掌“啪”地按下。

“等等。”

谢可谦掏出手机，顾子逸一见，心叫不好，无奈自己被对方钳制住了。谢可谦一连拍了好几张，直到拍了个够本，才晃了晃手机。

“好了，起来，我知道第二个宝物在哪儿。”

君之荔等人一路惊心动魄，女生们感觉肺都要炸了，才慢慢停下来。颜环发丝汗湿，她按着起伏的胸口，大口喘气：“我的妈，不行了不行了，我情愿被僵尸咬死，也不要再跑了。”

君之荔：“之前不是哭着说不想死吗？”

颜环瞬间挺胸：“那当然，活着就能跟你在一起。”

君之荔低眸，淡淡一笑，颜环刚要欣喜上前，对方脚步一顿，声音变冷：“你以为我不是僵尸？”

周围温度骤降三分。

一道光自下而上打在她脸上。蒋琬花容失色，连滚带爬，颜环瞬间一叫，可脚步没动，竟没逃走。折回来的殷白晨瞳仁微微放大，正好见到这幕，他乐不可支。他家荔荔太可爱，还点根蜡烛照自己，装鬼吓大家呢。

颜环缓了两秒，发现自己上当，又好气又好笑。她红着脸，往君之荔身上扑，嗔道："荔荔，你太坏了。"

殷白晨眼疾手快，挡在了两人之间。颜环跳来跳去，想靠近君之荔，殷白晨左挡右拦，就是不让。这些动作本来也没什么意义，可君之荔发现，由于殷白晨身体面对着自己，有好几次都与自己不经意贴面而过，仰头就会贴到对方的嘴唇。推挤拉动，她与他的身体忽远忽近，形成一种微妙的暧昧。

"好了，好了。"君之荔忙出声，不自在地别过脸，让颜环停手，"我们现在在哪儿？"

颜环听从君之荔的话，四处张望了一圈。

殷白晨无声一笑，朝君之荔靠近一步。君之荔目不斜视，身体却敏感地跳出他的保护圈，她看了下墙壁，又看看手中的藏宝图。殷白晨唇角笑意更深，他知道君之荔敬业，但此时他清楚对方心思并不在那上面。

君之荔低头佯装查看根据点，心却怦怦跳。好像就是从这个真人秀开始，只要殷白晨站在身旁，她就会十分注意他的存在。这有点不对劲，很不对劲。

他们间的打打闹闹，被落在身后的蒋琬一一看在眼中，她脸上滑过一抹阴郁，觉得那三人在故意孤立自己。

"再往前是左偏殿，那儿有一个据点。"君之荔指挥道，她看地图非常快，方向感很好，即使光线晦暗不明，也能很快辨别东西南北。

殷白晨、颜环毫不犹豫跟上，全然信赖着君之荔。蒋琬在背后撇撇嘴，都怪颜环，害得她俩一张地图都没有，现在只能看人家威风。

跨过石槛，颜环眼睛一亮，惊呼："好多珠宝！"

珍珠玛瑙、翡翠琥珀堆满在左偏殿，满室宝藏，光彩夺目，宝光闪得人睁不开眼，像只诱人的手。

君之荔、殷白晨也有点吃惊。两人怀着奇妙的心情，一并走近。几人蹲在宝藏旁边，颜环在金山银山上开心地自拍，蒋琬捡起翡翠串珠往自己脖颈上比画。

殷白晨的视线在珍宝里扫了一圈，拾起一支黄金镶红宝石发簪。那发簪做工精致，镂空花纹，深藏于众宝之中也流光溢彩。殷白晨靠了过来，君之荔身形微微一顿。

"别动。"对方白皙修长的手指，举着一支发簪，君之荔看着他在自己发间比画了一下。

"好了。"碎发搭在青年黑眸上，"喜欢吗？"

青年的睫毛微微颤动，若不是这么近距离，恐怕她差点就察觉不出，对方其实微微紧张。

她心中一动："还行。"

对方神情微微沮丧。自己是不是伤害了对方一片好心？君之荔状似不经意地别过脸，补充道："我先戴着吧。"

青年眼睛一亮，唇角刹那扬起。

蒋琬早已忘记他人，专心致志地挑着珠宝。眼前金光一闪，蒋琬看见一尊飞天。那飞天体态轻盈，琳琅环佩。蒋琬虽眼光挑剔，也不由得一喜，她心花怒放，伸手去拿，只是那飞天竟像黏在地上，怎么也掰不动。她心里本来就有点气，见一尊雕像也敢逆她的意，手上力道越发粗暴。忽然，咔嚓一声，那飞天竟被她拔了起来，紧接着便听到轰隆轰隆，好像是机关开启的声音。

蒋琬慌乱站起，只见入口处的石门正从上往下飞快关合，吓得她将宝藏一扔，赶紧往门外飞奔：“快跑！”

其余三人一愣，见蒋琬已冲出了石门。

厚重石墙以肉眼可见的速度往下闭合，几人铆起劲冲向石门。那石门从三米急坠至两米，两米猛坠至一米。空气与光亮被极速斩断，众人面上一惧。石门眼见就要关上，他们却还差得有点远，以这样的速度，三人根本来不及逃出。

石门下落，一米、半米……恐惧的阴影倏地捏住众人心脏。就在此时，颜环感觉背后一道猛力，有人推了她一把，毅然将她送出了门外。她刚被推出，轰隆一声，背后石门重重砸下，尘土飞扬。

颜环呆滞了片刻，猛地扭身捶门，大喊：“荔荔，荔荔！”

土黄色石门如铜墙铁壁，纹丝不动。

刚才千钧一发之际，是君之荔把她推了出来。虽然明明知道只是节目，但那生死一瞬的感觉，太真实了，颜环都不知道自己什么时候飙出了眼泪。跟在主墓室被吓哭完全不同，此时的颜环又感动又自责，她不知所措，不知自己如何能救到君之荔。

一直以来，她以为只是自己单方面的崇拜，君之荔不需要回应，只偶尔跟她说说话，她就已经很满足了。

可是，竟然……

细处见人品。君之荔不愧是她的偶像。

左偏殿内，一片暗淡。

外面的光线陡然被切掉，人在模糊的黑暗里，只能瞧见一个大致轮廓。殷白晨、君之荔倚墙而坐。刚才石门陡然砸下，两人皆摔了一跤，现在手掌、手臂有些发麻。殷白晨抬起手，探了探君之荔的额头：“你没事吧？”

君之荔差点弹起来，但她声音压得极低，尽量保持冷静：“没事。你干什么？”

虽然只能瞧见模糊的影子，殷白晨却还是感觉到对方额前冒出的冷汗。刚才君之荔的呼吸声有些变化，他就感觉不太对劲。

昏沉沉的光线里，君之荔的脸庞，仿佛暗中淡开的兰花。

“别动。”

殷白晨跪在她面前，伸手轻轻抚摸检查着。一碰，君之荔便侧开身，不让他继续。殷白晨的黑眸穿过黑暗凝视着她：“受伤了要告诉我。”

君之荔眼神复杂地波动着。他明明年纪比她小，却有股男人的魄力，在这场真人秀中也一直极有领导力。其实这种情况下，她可以继续推开他，不知为何，君之荔没有出声，反而低头看着对方出神。

对方正认真地一段一段检查她有没有受伤，英俊的脸上泛着一点点微光，显得线条柔和。她不喜欢被人碰，那种太过亲近的距离像被人切入她的世界。她不喜欢被看透，不喜欢别人缠着她，用一些无形的东西控制她，比如喜爱、感激，还有道德。有时那也是一种枷锁。

“你比我想得更善良。”青年喃喃道。

君之荔一震，怀疑自己听错。善良？这词不是早被“白莲花”代替了吗？现在这个时代，说一个人善良简直像在反讽。

“并不是。我清楚这是游戏才推的。”君之荔反应过来，明白殷白晨说的是自己将颜环推出去的事。有一个人能出去，总比所有人都关着要好。

殷白晨低着头，声音却带着笑：“是是是。”

对方的笑意让她不自觉有点恼，仿佛自己的说辞变成了一种遮掩，好像在遮掩她的善良。她好想抽回自己的手，甚至捶他一顿。怎么回事？平日她不会有这么多心绪波动。

“可你选择了跟我一起被关着，是不是……”殷白晨意味深长。

“嘶——”她感到手臂一麻。

“左臂受伤了。”青年确认，“待会儿出去我陪你去医院。”不容反驳。

君之荔唇动了动，空气静默了两秒，她转移话题：“你还专治跌打损伤？”

两人靠得极近，他摘下收音麦，声音控制得很轻。

“不，只想专治你。”

君之荔的脸蓦然一烫，她站起来，刻意拉开一段距离。这个男人太过分了。殷白晨也不恼，笑着从背后打量君之荔。女性摸金校尉服衬得她英姿飒爽，颜环、蒋琬也穿了，但只有君之荔是他眼中的人间仙子。

君之荔独自摸索了一会儿，瞥向殷白晨：“不想出去？”

殷白晨：“我对二人世界很享受。”

君之荔：“……就不怕这里有鬼？”

殷白晨抬眉一笑：“其中一个还美若天仙。”

君之荔手微微一颤，难怪她以前会下意识与殷白晨保持距离，明明这人长着一张清爽英俊的脸，撩起人来不偿命。

君之荔假意不为所动：“别闹，一起找。”她在墙壁上敲敲打打，试图辨别声音，侧露的脖颈在昏暗中莹白动人。

殷白晨眼眸深了深：“叫我的名字，我就告诉你怎么找出口。”

这小子皮痒了？竟用这个法子调戏她。

果然君之荔就像没听见这句似的。殷白晨揉揉鼻子，笑了笑，毫不气馁。他掸掸灰，也走近石墙，挨在君之荔身边，弯起食指和中指，东敲敲，西敲敲，似自言自语。

“我白羊座，O型血，擅长斯诺克、国际象棋。养了几匹马，改天一起骑马。”

这家伙自报家门干吗？君之荔往左移了移，继续敲墙壁。

殷白晨看似专心致志，目不斜视地探察着，身体却跟着挪动过来。

君之荔无奈瞥了他一眼。

“我为人害羞，没交过女朋友，家世人品清白。”

等等，你这还叫害羞？

没交过女朋友，家世人品清白，这些为什么要告诉她？君之荔暗示他停止。殷白晨却如电影特写，缓缓转过脸。

他的眉、他的眼、他的唇，一点点映进君之荔眼帘。对方鼻梁高挺，瞳仁很黑，看向你时，你会无法克制地心跳加速，掌心冒汗，此时此刻，这双眼眸只看着她一个。

“还有，我的目标是拿下宠妻狂魔终生成就奖。”

君之荔心“砰”一声，像烟火在夜空炸开了。

察觉到自己的失控，她忙别开脸，努力压制住不受控制的心跳，用着生硬的语调回应：“不用告诉我这些，我不感兴趣。”

太乱来了。她比他大，然而青年却一而再再而三地打乱她的心防。为她送水、介绍资源、给她插发簪、替她揉手臂，她下意识想拒绝，就像拒绝其他对她示好表白过的男性。

她原以为殷白晨会被打击，谁知殷白晨只是露出洁白牙齿，好像完全没听到她那句话。

“子逸、舟山爱叫我白晨哥。荔荔，你想叫我什么？”殷白晨凝视她，瞳仁漆黑，“或是我的英文名，Dylan，波浪之神。”

这人怎么能拥有这样不灭的炽热。

“就叫白晨吧。”对方趁她微微一滞，勾起她的小手指。男性灼热的气息扑面而来，君之荔瞪大眼睛，殷白晨拉着她的手在半空中晃了晃，“就这样定了。”趁她还没做出反应，又飞速放下，此人在分寸边缘疯狂试探。

“你、你……”

“你的白晨这就为你打开出口。”

殷白晨在墙上拨了一下，一面石墙缓缓分开。

“你一直知道出口？”君之荔震惊。

“我宁愿我们两人多待一会儿。”殷白晨不放过任何时机，对君之荔眨了一下眼。他早些时候就注意到这面墙有古怪。

君之荔不理他，率先踏进密室。脚一触地，立即感觉不对。这地面竟意外地软，而且整个密室十分明亮，高处更挂着好几台运动摄像机。

“荔荔，小心。”

轰隆一下，地面一震。君之荔、殷白晨双双腿一软，随之而来的是，地面麦浪一样来回颠簸起来。君之荔试图稳住自己的重心，不曾料到，颠簸越来越大，从微波起伏的麦浪变成波浪滔天的海浪，仿佛有个大球在下面滚动。君之荔身心不稳，差点飞出去。

“膝盖半蹲，降低重心，抓紧我的手。”她的手腕被殷白晨握住。

来不及多想，君之荔下意识牵住了殷白晨的手。男性的手掌比自己大、比自己有力。刹那间君之荔脑海中闪过这个细节。地面大起大伏，起起落落，她左摇右倒，殷白晨长年练舞，他的平衡性似乎非常好。好几次滚动，若不是青年牵着自己，她早已摔得不像话。

只是，不知什么时候起，他们十指紧密交扣在一起。殷白晨时而拉着她，时而护着她的腰，感觉很异样，又似乎本该如此。两人像待在狂风大作的海面上，浪头一波又一波。暴风刚停，两人心跳恢复，以为结束。然而脚下地面忽然一端高高翘起，一端狠狠压下，呈现出近乎垂直的陡面。

“节目组玩得太狠了吧！”这下连殷白晨都惊笑起来。

君之荔再也站不稳，踉跄倒地，殷白晨见状，也与君之荔一同躺下。两人一会儿被抬起，一会儿滑下，滚滚落落，她不小心枕到他的腹肌上，他不小心碰到她的胸，有时还会滚在一起。饶是君之荔平时再冷静，此时也只是一个女生，脸红了又红，烫了又烫，她抬手遮住眼，放弃了游戏，不想让殷白晨发现。

“你还说你叫波浪之神，Dylan，现在真的波浪起伏了。”君之荔嗔怪，企图遮掩自己脸红的样子。两人再次从高处滚到底部，身体紧紧贴在了一起。隔着布料她都能感受到青年肌肉的线条与热度。

“浪来浪去不是挺好？达我所愿。”殷白晨眼睛带笑，毫无愧意。

“你……”这种时刻还在不正经。

“要不再叫白晨两字试试。”

“不要！！”经过这次，她对真人秀综艺有了更深了解——她就应该好好拍戏，而不是在这儿披头散发，与小鲜肉滚来滚去。

又是个斜波加颠簸，君之荔滚得快崩溃。忽然一个拉力，她被带入对方怀里缓冲了不少。

殷白晨望进她的眼眸深处。

“叫我白晨，我就会保护你。不叫，也会。”

令人狼狈的颠簸总算停了。君之荔脸颊微红，爬起来就往出口走。晕眩感还未消失，她走得摇摇晃晃，但她必须赶紧离开此地。因为此时的脑海里灌满了青年的眼神、青年的笑，腰间还残留着青年的手臂力度。那种热度像黏在了自己的肌肤上，像情人的触摸。君之荔猛地甩甩脑袋，想把这感觉甩掉，结果差点跌倒。

殷白晨维持着躺地姿势，双手交叉枕在脑后，大长腿蜷曲着，颜值高做什么都赏心悦目，这种姿势也散发着时尚大片质感。殷白晨漆黑的眼眸一直注视着君之荔的背影，瞧见对方步伐踉踉跄跄、颠三倒四，耳尖可疑地红着，最后走着走着倏地像企鹅一样萌萌地跌倒。殷白晨差点笑出声，他的高冷影后怎么能这么可爱？

前方的君之荔听到笑声，血直往脸上涌。她今天真的毫无形象可言了。君之荔羞愤地闭闭眼，心里默念没人看见没人看见，然而殷白晨没憋住的笑声更响了。君之荔睫毛颤得厉害，脸上线条微微抖动，她挣扎着僵硬的身体，试图顶着一脸不在乎，旁若无人继续走。

她当然知道自己现在的高冷形象在崩塌，还全被殷白晨看到了，但她能怎么办，能让她一头扎进墓地当鸵鸟吗？她在殷白晨这种弟弟面前肯定一点颜面都没有了。

后面响起一阵脚步声，来人带着笑意。君之荔内心哀号了一声。一只含着热度的手搭在了她肩上：“别动。”君之荔后背微不可察地一颤，青年抚上了她的发，“你头发散了。”修长的手指从后方轻柔地插入了她的发间。青年以指代梳，梳理起她的发丝来。他怎么知道自己讨厌头发凌乱，她想。

手中的黑发似漂亮丰泽的黑缎，对方发带已丢，他取下自己护腕缠到拢好的发束上。殷白晨从没给女生扎过发，黑色发尾慵懒又光滑地扫过他的掌心，殷白晨屏气凝神，喉结微颤。

君之荔回过头，清眸对上他。殷白晨的心“咚”地一响。他轻咳了一声，别过眼神：“其实你扎不扎头发，都很美。”

“那叫披头散发。”君之荔自我吐槽。

“不，那叫人间仙子。”

青年柔声反驳。

浅红爬上她的脸颊。

“发簪你收了，头发我梳了。四舍五入，我们这也算是订下终身大事。”

四舍五入还能这么用？完了，现在的小孩情话张口就来，是她退圈太久，还是现在的小弟弟都这么撩？君之荔被缠得没办法，红着脸想要分开，但殷白晨一路对她拉拉扯扯，黏着她进了主墓室。

黑黝黝的棺材还在地上。

殷白晨想起之前莫名吹灭的蜡烛，悄然挡在君之荔身前：“小心。”

“小心？”君之荔看出他所想，神秘一笑，从皮革背囊里摸出一根蜡烛，在东南角位置点燃。小小的火光颤巍巍地燃着。

“人点烛，鬼吹灯。是不是这样灭的？”君之荔站开一步，她拿出一瓶保湿喷雾一喷。殷白晨秒懂，勾唇一笑，他的荔荔外表高冷，内心有点皮。

“这壁画很显眼是不是？”聪明人之间点到为止，君之荔走到第五幅壁画前，将手伸入龙嘴，不出片刻，取出一颗夜明珠。

“棺材、墓主。”君之荔微微一笑，又从棺材中翻出一枚玉璧，“主墓室有两个宝物，现在，齐活了。”

殷白晨大笑，鼓掌。

鬼吹灯之谜解开，调虎离山，套中套。

君之荔将夜明珠丢给殷白晨：“见者有份，你的。”

殷白晨稳稳接过，将夜明珠捧到唇边，目光投向她头上的发簪，若有所指：“这算回赠我的定情珠吗？”

君之荔脸又要红：“你够了。”

“东陵六处宝物已全部收齐，请所有摸金校尉立刻去镇墓兽前会合。”

墓中响起一阵钟声，殷白晨、君之荔一同出墓。

镇墓兽下，草木丛生，一派生机。谢可谦端正站着，衣角被风轻轻吹动。顾子逸一会儿扳扳手，一会儿压压腿。他们两人率先到达，呈鲜明对比，身后跟着一堆工作人员。

顾子逸远远就向他们招手："白晨哥，你们找到几个？"

谢可谦视线在同步走来的殷白晨、君之荔身上扫了一圈，内心惊讶于两人从开始到现在一直在一起。他嘴角微微翘起，明白了什么，却不说破。

殷白晨回话："你呢？"

顾子逸毫无心机："我找到了两个！"

"你们呢？"

殷白晨眉眼一扬："你猜。"

顾子逸脸上扬起一个不可置信的笑，手指指了指自己："竟然让我猜？"他白晨哥居然不告诉他。

谢可谦瞟了一眼顾子逸，暗自叹气，又这么直白地就暴露自己的情报。

顾子逸瞧了瞧眼前二人，鼓着圆鼓鼓的腮帮，问君之荔："影后影后，你拿到了几个？"

君之荔没想到对方会问自己。殷白晨也目不转睛地望着她，眼睛带着笑，留心听着她的答案。

君之荔缓了缓，吐出两个字："你猜。"

周围一片哄笑。

顾子逸一脸被雷劈到的表情，不甘心地控诉："影后你怎么被白晨哥带坏了！"连最美丽最稳重的君小姐都戏弄他。

颜环、蒋琬从后面跑来。颜环在陵墓内有种墓中方一日，世上已千年的错觉。久别重逢的感觉几乎让她憋坏了，她高声大呼："什么几个啊？"

旁人顿了顿，殷白晨已接话，说得以假乱真、从从容容："导演组在统计宝藏情况，你们拿到了几个？”

导演组？

颜环不疑有他，立刻汇报：“一个，我抢到了一个啊！”

顾子逸呆了，他满心敬慕地望向殷白晨，居然还能这样操作？好骚啊。

殷白晨一脸正经点头：“不错。”

君之荔朝他投过一记略有深意的目光，想让他对颜环手下留情。殷白晨勾唇而笑，眼神只差写着，你说什么就是什么。两人之间多了种旁人进不去的气氛。

顾子逸玩心大起，学殷白晨，故技重施，问蒋琬：“你呢？”

蒋琬落在后面，她看了看顾子逸，又看了看其他人，道：“没有，我一个都没拿到。”

顾子逸奇怪地挠挠脑袋，有些不解：“咦，这样算，难道白晨哥你们拿到了三个？”

殷白晨和君之荔对视一笑，知道了答案。

谢可谦想捂顾子逸的嘴巴都来不及。

顾子逸不明所以：“怎么？难道他们不是三个，我算错了？”谢可谦扶额，这下连头都不想摇了。

殷白晨冲着气喘吁吁的颜环笑了笑：“颜环，我们在陵墓中打过赌，输的人要给赢家一个什么？”

颜环一怔，她都差点忘了这个赌约。不过她是个小机灵鬼，立刻装傻，紧紧捂住自己的宝物：“不知道，不知道。我是谁，我在哪儿，我什么都不记得了，失忆了。”

“没关系，我记着就行。”殷白晨已瞟见她手中的金符。

颜环连忙躲到君之荔身后，大喊：“荔荔，救我。”

见君之荔被颜环推到身前，殷白晨的脚步不由自主地缓了下来。他的注意力全然落在了君之荔脸上，但仍当着众人的面，故意朝颜环放话："躲到谁背后都没用。"

颜环瑟瑟发抖，无意中抬头，瞧见君之荔的发尾。

"哎，荔荔，你重新绑过头发？"

明明是件小事，但颜环却发现君之荔神情有点不自然，故作镇定中还有点害羞，有什么异常感从颜环大脑里划过。

她瞅了瞅殷白晨，再瞅瞅君之荔，这种异常感越发明显，颜环疑惑地隔空问殷白晨："你的护腕哪儿去了？"

众人闻声，皆盯向殷白晨。

殷白晨停顿了两三秒，脸上笑容未变："别以为这样就能转移话题，愿赌要服输。"一句话又把颜环打回地狱。

工作人员心思落下来了，原来没什么。

君之荔轻轻舒了一口气，还好颜环没有再追问。

谢可谦的目光从殷白晨身上转到君之荔。他看了看君之荔头发上绑的护腕，再看看殷白晨空荡荡的手腕，洞察一切。

君之荔给颜环出主意。

"你现在只有一个宝藏，根本赢不过谢可谦他们，但把宝物交给我们，不就比他们多了吗？"

颜环愣了愣："好像是欸。"

顾子逸绷着脸，撞了撞谢可谦，眼眸紧张满满："怎么办？"君之荔说得好有道理，他好有压力。

谢可谦无奈摇头。

殷白晨笑得人仰马翻，靠近君之荔："不是说要手下留情？"

君之荔："想了想，当赢家也不坏。"

一群人明争暗斗，相互挖坑，工作人员乐得不行，这群嘉宾一个个的是什么活宝？

第

六章

暗恋中的男人敌我分明

这次的素材够剪两期，节目组基于考量，准备过段时间再拍第三期。

各家经纪人来接艺人。段夏夏和司机开车过来：“真人秀录得怎么样？累不累？”

冰水、毛巾、水果递上。君之荔淡淡笑了笑，自己的经纪人还是很贴心的。

不远处一辆黑色豪华保姆车开进视野，司机打开车门，三个颜高腿长的小哥哥坐了进去。殷白晨踩着板鞋，反扣Gucci棒球帽，状态好得可以随时拉去拍时尚街拍。

“我家崽崽怎么这么好看！”段夏夏一脸姨母笑，看见自家爱豆，心潮澎湃是所有女粉的心情。

君之荔若无其事地吹着车载空调，剥了颗荔枝送进自己嘴里。

段夏夏拉着君之荔：“你们拍真人秀期间有没有发生什么？”

君之荔想梳梳头发，一想到还绑着对方的护腕，动作就停了下来。

“男明星发生点什么，你们女粉不是马上会脱粉吗？”

段夏夏想了想，点点头，继而又摇摇头：“不不不，那些是女友粉，我是姨母粉，我们不一样。而且，那些人才配不上我家白晨晨，但如果是荔荔你……”

段夏夏还真抬眼看看君之荔，冥思苦想评估了一下：“内心虽然有点遗憾，类似我儿子要娶别的女人了，但你不同，你是影后，演技也好，是白晨晨高攀了你。”

君之荔无语。

说着说着，段夏夏又激动起来，瞅着君之荔：“你们下斗时真没发生什么？比如快跌倒被搂腰，做任务要亲亲，结果不小心亲在了一起？”

君之荔：“你平时就在看这种综艺？”

段夏夏捂脸：“错了，我错了，但你们不发生点什么不是很可惜吗？影坛神话和新生代顶流，大型名场面，电视剧都不敢这样拍。我绝对是支持你们的CP粉。”

话还没说完，一个荔枝塞进段夏夏口中。

君之荔：“来，张嘴吃药。”

殷白晨瞥见君之荔的车出了状况，让舟山对段夏夏提议坐他们的车。保姆车内，顾子逸好奇扬眉：“哥，你什么时候跟影后关系这么好了？”

这次真人秀，他感觉君之荔是个很低调又很聪明的女人。谢可谦是Super Sense的学霸担当，美国哥伦比亚大学毕业，这位小姐姐却能隐隐压制谢哥。

“不准对君之荔有非分之想！”殷白晨眼睛一眯，虎视眈眈。

“我还什么都没做。”他好冤，顾子逸小声嘀咕，“羡慕一下你能跟影后拍戏还不行吗？”

流量这个概念一夕之间成了原罪，令人十分郁闷。越这样，能跟演技精湛的戏骨拍戏越成了年轻男艺人的梦想。

殷白晨一脸骄傲：“那还用说。”

顾子逸眼巴巴：“君之荔也是我女神。”

锐利的眼神投掷过来，顾子逸求生欲极强，立刻改口：“不是我的，不是我的，是你一个人的女神。”天，白晨哥的眼神好冷酷。

殷白晨这才收回视线，满意点头。

暗恋中的男人敌我分明。

得知殷白晨邀请他们过去，段夏夏嘴角合不拢，场面话张嘴即来，大家同一个圈子，日后合作必不可少，硬是拖着君之荔进了Super Sense的车。

男士们将最好的位置让给君之荔和段夏夏。段夏夏朝君之荔挤了挤眼：沾了你的光。君之荔目不斜视，只是轻声道谢。

谢可谦从车内冰箱取出香槟、酒杯。冻过的酒杯外壁覆着霜，细小甘甜的泡沫飞快上浮，映着香槟的优雅黄色。

“我是君之荔的经纪人段夏夏，叫我夏姐就好。”段夏夏啜了一口。车高级，香槟也高级，一次跟三个亚洲人气最高的偶像同坐一车更是高级。

君之荔话不多，端着香槟杯，偶尔轻抿一口。其他二人跟段夏夏闲聊。殷白晨换到离君之荔最近的地方，轻声：“手臂好点了吗？”

君之荔扶了扶手臂，想到墓中黑暗处那一幕。

“回去再去医院看看。”

君之荔停顿：“夏夏会陪我。”

她扯出段夏夏当挡箭牌，怕殷白晨说要陪她。

青年黑眸清冽，不怎么在意她的拒绝，反而拿出那颗夜明珠，晃了晃："定情之物，我小心保管着。"

君之荔脸上一阵烫。

"对了，"段夏夏拍手，"我带了些点水果过来。"她拿出椰奶冻、车厘子、山竹，还有两盒荔枝。殷白晨目光在荔枝上停了半秒。段夏夏没有意识到，热情招呼着大家："别客气。"

顾子逸欢呼一声，来劲了，手一伸，抢先挑了个紫红色车厘子，仰头丢进嘴里："好吃。"又挖了一个椰奶冻，吃得津津有味。

段夏夏骄傲："原产地空运过来的。"她对荔荔的食衣住行，要求很高。

谢可谦也尝了尝，点点头："很新鲜。"

面前有盒荔枝，荔枝呈深红色，外皮是细小菱纹，颗颗饱满。殷白晨拿了一颗荔枝，看了君之荔一眼："我喜欢。"

君之荔对上青年的视线，他喜欢荔枝为什么要看她?

深红色、略微凸起的外壳，被修长的手指一点点剥掉。莹白润泽的果肉露了出来。青年拿着荔枝，殷红衬着水白，饱满果肉，轻轻一吮，汁水四溅。

君之荔心里一颤，别过脸，捏紧了香槟杯。

见自己带来的水果这么抢手，段夏夏毫不疑它，又把果盒往前推了推："好吃就多吃点。"

顾子逸见荔枝被推到自己面前，也兴趣盎然起来。他刚打开盒子，正准备品尝。一旁的殷白晨突然"啪"一声按下盒盖，顺手放到了自己腿上。

"怎么了，哥？我想吃荔枝。" 顾子逸不明所以，懵懂地继续伸手。

“荔枝上火。你还想不想二巡？”

顾子逸愣了愣，接着点头，也是，白晨哥这种时候都不忘关心我的嗓子，嘿嘿。

“吃瓜群众”谢可谦无语转头。

顾子逸的手在半途停了一会儿，又伸了过去：“不过吃一颗应该没事。”

说罢，已经捻起一颗荔枝，殷白晨眼疾手快，眼神警告。

“不吃就不吃。” 顾子逸硌到牙齿，眼泪汪汪，小声嘀咕，“怎么独占欲那么强？一颗荔枝都不给。”

君之荔看完这一幕，本来只是一盒水果而已，可是被青年又护食，又刻意阻止其他人吃，她胸口也泛起一阵微妙的情绪。

好了，不要想。

然而，一发不可收拾，越想越多。

段夏夏见荔枝这么抢手，也纳闷了：“白晨晨，你很喜欢吃荔枝？”她全程追星，没听说过殷白晨喜欢的水果是荔枝。

殷白晨嘴角噙着笑：“嗯，对。最喜欢。”

青年全程霸道地不允许人碰，目光偶尔凝在自己身上，君之荔庆幸自己的脸颊被长发遮住，没人发现染上了红晕。

颜环头戴白色大宽檐帽，一身时尚吊带红裙，肩带嵌着铆钉。她气喘吁吁地追着加长轿车的车尾，却只追到一脸尾气。颜环左手抱着粉丝送的小花猫玩偶，右手拉着白色行李箱，被喷得干瞪眼。

经纪合同还有十几天就到期，她没太多续约的意愿，于是公司干脆连助理都不配了。好不容易看到君之荔，想搭对方顺风车，结果亲眼见着女神上了她死对头的车。

心碎。

再次拨通前任经纪人的手机："我这儿离市区非常远，真没派车过来？" 她超无奈地环视着绿意盎然的四周。真人秀的录制现场在十分偏僻的郊区，正常叫车都叫不到。

"派了派了，给你叫了辆私家车，白色的。我正在陪新艺人签约，忙。"

"喂喂，车号多少？"颜环还想多问几声，那边却只传来嘟嘟声，她不可思议地瞪着通话已挂断的屏幕，对着手机说道，"不想走炒作路线，就给我来这套。"

她这家公司资源不是不行，只是喜欢走过去娱乐圈的老套路。旗下女艺人一有新剧，就绑着同剧组男演员炒CP。绯闻一多，既显得男方花心品性不行，又流失女友粉，还被上位蹭热度。男艺人团队很反感，弄得女艺人红是红了，但也骂声一片。

现在娱乐圈环境跟过去不一样。过去有绯闻、丑闻就有关注，现在粉丝经济，粉丝只喜欢自己的偶像洁身自好，有资源有实绩，最好永远不谈恋爱。生活作风混乱，还花心的，被对家粉丝一捉一个"实锤"，谁喜欢，说出来都丢脸。

颜环是个富二代，跟其他一个劲想红的艺人心态不一样。她就是觉得好玩，又可以接近自己的女神才进的圈子，于是在公司显得太有个性，不服管，时间一长，公司觉得她很不听话。

颜环右手搭在额头上四处眺望，愤愤地踢着石子："哼，以为对我这样，我就会让步？想得美。车到底在哪儿？"

奈何这些车都看起来有点老旧，她一个也瞧不上。

突然，"嘀"的一声，一个身材高挑的男人逐渐走近，拿着车钥匙按了一下。颜环整个人一愣。那人细长黑领带一丝不苟，腿长得堪比国际时装周男模。

似乎感受到她的目光，男人回望过来。一双细长眼眸，有些挑剔，又有些冰冷。

颜环只觉得自己的心怦怦直跳。这人从头发丝到袖口，再到每一处褶皱，都无可挑剔的工整。也正因为如此，对方的气质显得极为出挑。

颜环嫣红小嘴张了张，完全没想到这个私家车车主这么有范儿。身旁那辆英吉利白的劳斯莱斯也是异常干净，完美得仿若透着光。

白色的、私家车。

真是错怪她前任经纪人了，原来前任经纪人还留着最后一丝交情，给她找了个这么有品质的私家车接送，很配她的身份。

颜环很女明星范儿地朝对方走去，红裙荡在裸白的小腿边："我这就过来，把后备厢开了。"

男人闻言一顿。

颜环上车，对方后备厢怎么都抬不开，她只好将行李箱塞到后座空隙间。

"后备厢怎么回事，打不开？算了，这种地方，马上离开就行。"

颜环关好车门，对着空调闭起眼吹了吹。

观寒坐在主驾上，细长的眼眸半眯。他一言不发，就想看看这个蠢女人什么时候才会发现自己上错了车，主动下去。

没想到对方自顾自地说道："太辛苦了，参加个真人秀，起码摔了四五跤，手都摔破了。"颜环自我怜惜了一番。

观寒从后视镜瞥了一眼。

的确有点惨，花瓣般嫩白的手臂划伤了好几道。

作为负责Super Sense组合的经纪人，他此次来接殷白晨他们，让他们三人先走，自己留下来跟真人秀制作组交谈。结果这女人看到他，就像看到了沙漠绿洲，一脸惊喜地跑过来。就连自己刻意不开后备厢，也毫无察觉，反射弧有多长？

观寒坐着没动。

那女人居然摘下白色宽檐帽，摇散柔软长发，接着舒服地脱掉红色高跟鞋，莹白小脚丫蜷缩起来，还歪倒在皮质座椅上舒服地叹了一声。

“慢点开，我睡一觉。”

只是一眨眼的工夫，之前空荡而整洁的后座，瞬间塞满了帽子、化妆包、面膜、保湿喷雾、罐装咖啡、零食。

他的车从来没人敢弄得这么乱。

这女人完全触犯了一个深度处女座的雷区！观寒皱眉，在心中小本本上批下评语：散漫不自知。对这个蠢女人倒扣了10分。

前方一片安静。

颜环舒舒服服躺在后座上，像一只身体蜷曲的白猫，她毫不知情，只奇怪道：“怎么还不开？”从后面望去，她能看到他一点点英俊侧脸。

颜环为自己的注意点感到微微一怔。以往她都不在意这些，她一富二代，从小围绕在她身边甜言蜜语的男人多得去了，但她毫不关注。颜环移开视线，胡乱扫过一圈，结果在副驾座位上看到了真人秀的宣传海报，有她，还有殷白晨他们。

颜环一看就懂了。

原来这个车主还是自己的粉丝呀。

颜环自信满满，伸手抽过海报，从包包里翻出金色笔。“想要我的签名？早说嘛。”签完一边递回原位，一边又想了想，道，“想合影也可以，但得先开回市区。”

男人唇角抽动了一下，好像真的被感动了，车开始缓缓开动起来。颜环对着镜子补了补妆，看着镜中美颜盛世的自己，自我赞美了一番：怎么样，我对粉丝够好吧？够宠粉了吧？人设没有崩吧？

不知道对方会不会发朋友圈，说碰到了自己的女神呢。

观寒脸上一片嫌弃。身为一手打造出亚洲最受欢迎Super Sense组合的男人，他什么女明星没见过，这个二线女星竟然以为自己求着她要签名?

扣10分。

车速渐渐飙快，颜环一无所知，一边喷着喷雾，一边与自己的“粉丝”聊天。

“没想到你找我找到这么远的地方来了，你们这种是不是传说中的私生饭啊？不过你年纪真的大了点，这样追星有点不太好，以后要理智追星。”

观寒：“……”

“真人秀还要后期制作，不能在微博上透露哦，也不能发朋友圈哦。”

观寒：“……”

“我表现还不错，还差点跟我女神一起组队了。可惜被另一个男星捷足先登。哼，现在的小鲜肉，只会在女神面前装乖巧撒娇，腹黑得很。”

想到那个人前对着君之荔一脸阳光，人后坑自己去开棺，吓得她魂飞魄散的殷白晨，颜环就一脸黑。

嗯?

觉察到颜环在说自己的艺人，超护短的观寒在小本本上又扣掉了颜环10分。

“太可怕了。”颜环随着那些噩梦般的回忆，打了个寒战，摇摇头，“也不知道他们经纪人怎么管的？”

车座前方的男人似乎这时才来了一点兴趣：“你见过他们经纪人？”

“没。”颜环耸耸肩，“不过我听说，他们经纪人是深度洁癖的处女座。有个怪癖，特喜欢在自己黑皮工作本上给其他人打分。初始积分60分，一次不满意扣10分，扣完为止。一旦扣完，就会受到地狱般的处罚。”

观寒细细长长的眼眸闪了闪。

处女座?

深度洁癖?

还喜欢在小本本上给人打分?

颜环自顾自地吐槽，涂着口红：“是不是很中二？娱乐圈就是这样，什么变态男都有。”

低沉的声音从前方传进她的耳膜——

“真不巧，我也是处女座，深度洁癖，更喜欢打分。”

颜环呆呆地眨了眨眼。

“签名海报一会儿自己带走，车上垃圾收拾干净。最后，我对跟你合影毫无兴趣。清楚就点头，否则现在就把你丢出去。”

观寒向窗外抬了抬下巴，下颏的线条优美。

外面一片荒芜。

过于震惊，口红差点画出界。

颜环缩了缩，心中惨叫，说好的粉丝呢，说好的自己是他心目中的女神呢？有殷白晨这样的噩梦还不够，现在又来了一个娱乐圈最恐怖Super Sense组合的经纪人，全部跟她不共戴天。

《神秘大逃脱》试播。殷白晨早早收工，披着件白色浴袍，坐到电视机前。黑发湿漉漉，修长的脖颈往下淌着水。

谢可谦、顾子逸陆续回来。两人没太注重综艺节目，对他们来说，全球巡演、国外Billboard打榜更重要，见殷白晨这么全神贯注，也不由得坐到了沙发上。

“白晨哥，你这么重视这个节目？”顾子逸好奇。对他来说，综艺节目也好，电视剧拍摄也好，只是一个商业性全方向的扩展。

“少男情怀总是诗。”谢可谦心照不宣。

“白晨哥想恋爱了！” 顾子逸恍然大悟。

“简而言之，思春。” 谢可谦孺子可教地点点头。

“闭嘴。”殷白晨恼羞成怒，拿起两个抱枕，朝两人脑袋轰了过去。

“居然不是瞎说？”最没眼力的顾子逸都看出了些名堂，兴奋地起哄。刚进圈起，殷白晨就人气超高，练习生小姐姐宁愿违反公司规定都要表白。但平日很好说话的殷白晨，遇到这种情况就会刻意冷淡，拒绝得不留一点机会。

顾子逸那时不解，那些万里挑一的小姐姐要脸蛋有脸蛋，要身材有身材，视殷白晨为心中男神，当时殷白晨却这样对他说，不明确表态，对方就会产生还有希望的错觉，这样对我未来女友不公平。那一瞬间，他觉得白晨哥男友力爆棚。

因此现在顾子逸激动不已，抓起殷白晨浴袍一角，逼问：“是谁，到底是谁？”

殷白晨就是不透露，回扯浴袍：“别拉。再拉，哥就走光了。”浴袍下方一双大长腿赤裸着，性感撩人。

“告诉我嘛，白晨哥。”

“等我搞定你未来的嫂子再说。”

“什么，还没搞定？难不成白晨哥你还是单相思！”

“闭嘴！”

“看，微博热搜。”谢可谦突然出声，手指滑着手机屏幕，“关注度还挺高。”

顾子逸凑过去：“连摸金CP都出来了。”

摸金CP？ 殷白晨拉了一下页面刷新，很多实时评论都是一致好评。

“谢狐狸好聪明，兔子太傻了。全程笑得人不舍得上厕所。”

“白晨晨跟颜环，两人一个坑，一个被坑。”

“#白环夫妇#两个高颜值摸金校尉的感情线，明天我要去搞个剪辑，殷白晨又帅又甜。”

“第一次觉得颜环可爱。”

“我女神君之荔高岭之花，又冷静、智商又高，怎么会有这样的人间仙子……”

殷白晨扫到这条，差点就给这条点了赞。谢可谦在旁边眼疾手快，连连提醒：“不要手滑，不要手滑！你这一手滑，君小姐就会上热搜。”殷白晨一想也是，不想给君之荔带来负担，于是作罢。

只是越刷他越发现了一个问题，观众们怎么回事？为什么一厢情愿地认为他跟颜环有CP感？什么叫他坑颜环坑得很有爱？醒醒，你们的眼神呢？快正回来，快看他跟君之荔的甜甜细节！

殷白晨郁闷，懊恼地将手机往沙发上一甩。谢可谦看着他一心想死的模样，闷声狂笑。殷白晨甩甩脑袋，又捞回手机，不甘心地往下看。

“谢可谦、君之荔很聪明。”哼，没他。

“谢可谦和顾子逸的互动很有趣。”那叫日常欠揍。

“谢可谦和君之荔两人配一脸。高智商CP！”什么！也不看看这两人的名字，组都组不出CP，他跟荔荔的名字才是绝配！

殷白晨气呼呼，终于，在一万多条狂呼谢可谦、君之荔，殷白晨、颜环的评论中，殷白晨找到了零星的几条CP评论。

“难道只有我一个人认为：殷白晨和君之荔很配吗？白君夫妇、白荔夫妇，这种叫法也很有趣。”

殷白晨立即注册了个无头像，像水军的小号，他“啪啪啪”全部点了赞。高智商的谢可谦围观了全过程。恋爱中的男人啊。点完赞的殷白晨心旷神怡，只是陡然想到一件事，万一君之荔也看到这些评论，尤其是看到他跟颜环的怎么办？

先下手为强。

殷白晨灵机一动，从寥寥无几的评论中，截了一张网友的反馈。

“大家说我们很配，叫我们‘白荔夫妇’。”

殷白晨做了一下心理建设，发了过去。他盯着微信，眼底漾着笑。转头，撞见谢可谦一言难尽的表情：“你当君小姐不会上微博？”

殷白晨眯了眯眼，昂起下巴，笑得奸诈：“她上条微博是一年前的，你觉得她上不上？”

谢可谦点头：“甘拜下风。”

果然是暗恋中的男人，对暗恋对象的情况了如指掌。

屏幕一亮，君之荔回了消息，殷白晨点开，只见上面写着：“这是什么。真人秀？还没看。”

殷白晨顿时噎住。

谢可谦毫不客气大笑。

客厅有一盏意大利树枝状吊灯，整个空间由白色、黄铜组成，颇有艺术感。君之荔戴着Dior平光镜，翻阅着新送过来的剧本。段夏夏给她剥好的荔枝盛在水晶盘中，伸手就能够到。

段夏夏窝在单人沙发里，游说：“这几个电影剧本怎么样？片酬给得还行。”

君之荔置若罔闻，从茶几上抽了一本，看了看，扔一旁。又拿起一本，扫了几十页，又扔一旁。从头至尾，目光淡淡，甚至可以说严苛。

段夏夏嘴角抽动，君之荔随手扔的不是剧本，而是她心中的片酬。她很想伸手去捡，奈何君之荔一个眼风扫来，段夏夏立即坐正，继续剥荔枝。

“就没一个合心意的？”

深红色荔枝皮剥掉，莹白荔枝肉放进盘中。君之荔漫不经心拈起一颗，慢慢咬出汁水：“都是些抢热度的快消片，我不喜欢。”

段夏夏有点尴尬，她知道那些片子是炒热钱，可是片酬高，她也就拿来了。

君之荔五年前参演的电影皆是知名大导所拍，是国际电影节红毯红人，海外男粉女粉都会买账。很多新入行的导演，都是她的影迷。这些导演虽被资本挟持，却也希望君之荔复出的第一部电影能选择他们，亲眼欣赏她精湛的演技。

这么多剧本都被否决了，段夏夏发愁：“那电影我们还接不接？”

“没有其他剧本了吗？是不是名导，片酬高不高，无所谓。只要剧本好。”

片酬不重要？是不是名导不重要？段夏夏剥荔枝的动作慢了下来，她细细瞧了瞧眼前这个女人。

这个女人很淡、有点冷，这是段夏夏对君之荔的第一印象，因为冷淡，所以令人觉得高冷，然而一旦进入拍戏状态，又会有令人惊艳的爆发力。每一个眉眼、神情、动作，都狠狠攫取众人心神。一记一记，击打在灵魂深处。大音希声、大相无形。那种淡于是成了一种极致的美，也成了一种强烈的反差感，美得令人想饮鸩止渴。

那是影后的神韵，影后的功底，不是随随便便一个明星，一个超人气偶像、一般的艺人能拥有的天赋。段夏夏深深明白这一点。

“行，那你看看这两个。”段夏夏一咬牙，又从阔口包中拿出两份剧本，神情有些复杂，“但这两个成本预算不高，片酬最多只能给100万。”

100万，什么概念？君之荔客串一集的电视剧片酬。而且这么保守的投资，将来电影会不会爆，宣发能力强不强，院线排片怎么排，都是问题。段夏夏内心重重叹了口气，但仍抬起眼，语气豪迈：“不过你只管选，其他事包在我身上。”她笑着拍了拍自己胸脯。

君之荔定定看了段夏夏一眼，这个圆脸的经纪人，平时喜欢追小鲜肉，不像男性经纪人，目的十足，进攻性强，她有自己的意见和看法，但她最终还是以君之荔的意见为主。

君之荔招招手：“过来。”

段夏夏靠前，君之荔唇角淡淡扬起，给她塞了一颗荔枝。嘴里含着香甜的荔枝，段夏夏目露震惊，感动不已，完全忘了这荔枝是她自己剥的。她的女神好美，好爱她，能成为荔荔的经纪人好幸福。

送走段夏夏，君之荔才看到殷白晨的微信。她不看朋友圈，微博也不怎么打理。还是段夏夏说微信方便联系，死皮赖脸地在她手机上装了一个，她才偶尔用用。

殷白晨传来一张截图，说她跟他是白荔夫妇。她以前是电影圈的，不太懂综艺的玩法，但脑海中情不自禁闪现那日殷白晨含着荔枝的情景。青年修长白皙的手指，微微凸起的喉结。君之荔耳根微热。

她忘了今天是真人秀播出的日子。不一会儿，那边又发来几张图片，是殷白晨自己的表情包。

一张是白晨小宝宝，嘟着嘴，眨眼。

一张是宝宝不开心，要抱抱。

扮什么可爱。

但……还真挺可爱的。

好想戳戳对方的嘴，她一怔，她怎么会有这种想法？君之荔摇摇头，想忽略这一闪而过的想法，脸却热了起来。

还有一张叫“白荔夫妇”的表情包。节目中的她和殷白晨被粉丝P在了一起。脸粉粉的，身体小小的，奶乖奶乖，两人脸颊上还有小红晕。

对方微信头像是一张演唱会的照片。

万人演唱会舞台上，气球高飞。青年展开双臂，仰望星空。万籁俱静，光影如圣。

目光在殷白晨的照片上停留了几秒。

临睡前，手机屏幕又亮了一下。君之荔平日不喜欢晚上看手机，此时却辗转了一圈，还是鬼使神差地按下指纹，解锁手机。

对方只有一句话。

“想承包你身边所有位置。”

她将手机搁到床头柜，推远。夜月高悬，照进卧室。君之荔闭上眼，翻来覆去，脑中不受控制地回想起殷白晨那句话，有些莫名脸红耳热。

第

七章

我就喜欢你这样

真人秀收视火爆，口碑评分颇高，节目组趁热打铁，安排嘉宾参加卫视台的周末综艺，进一步宣传造势。

君之荔被保安护送进休息室，段夏夏有点担心，自家艺人过去只给电影首映礼站过台，这类综艺节目是第一次体验。趁化妆师给君之荔打粉底，她一个劲给君之荔做心理建设：“节目而已，就算没话说也没关系，主持人那边我打好招呼了。”真人秀已经很勉强，这次还是十分接地气的综艺节目，她有点担心君之荔不适应。

镜中君之荔神情淡定，MAC化妆刷在她脸上扫着高光、阴影。

化妆师暗赞，皮肤真好，吹弹可破，她面上不显，心中却已比较了一番，君之荔的气场跟她过去见过的艺人很不一样，果然是成为影后的人。

君之荔分神看了段夏夏一眼，淡淡道：“我没问题。主持人让做的，我会完成。”

段夏夏手掌贴到额头上，这正是她担心的地方："综艺节目的主要目的是让嘉宾接梗抛梗调动气氛，让观众乐。你是影后，淡淡的就可以了。"她反复重申，"不用出丑，一定要注意形象。"电影咖变成综艺咖，那身价地位可就跌了。

君之荔缓了两秒，问道："Super Sense他们上节目也是这样？"

君之荔突然开口问，段夏夏一愣，作为Super Sense的忠粉，他们的情况她自然了如指掌。

"这个，虽然综艺节目上要注意形象，但是自我放飞的也有。比如殷白晨，这孩子自我放飞起来，简直是会撒娇的大尾巴狼，是其他小哥哥、小姐姐的团宠。"

君之荔若有所思，点点头。

化妆师继续做造型，段夏夏拉开一罐拿铁，蓦然回味过来，她家荔荔怎么会问Super Sense的事？她不是对谁都不感兴趣？

化妆间陆续进入工作人员。综艺要开始录制了，工作人员提前和艺人沟通注意事项。段夏夏与他们再次确认流程。突然一个热情的身影扑向君之荔："荔荔，我来了！"

香喷喷的气息扑到君之荔身边，颜环飞来一个大大的拥抱，一段时间没见荔荔，想死她了。

这女的，又来了。

段夏夏内心翻了个白眼："下来，荔荔不喜欢跟人有身体接触。"

"今晚我们又可以同台。"颜环自顾自道，完全不在意身边有段夏夏这号人。

"荔荔，你下部演什么片子？我也要演，到时我就又可以跟你在一起了。"她追了君之荔三部片子、一部真人秀，终于成功地让君之荔记住她的名字，现在还能挨得这么近，好感动。

"荔荔，千万别告诉她。"段夏夏铆足了劲想要分开颜环，她今天要让颜环看看，什么叫一个经纪人的自我修养。

敲门声。

那边的拔河大战还没结束，又有三个英俊青年进了化妆间。顾子逸一见颜环和段夏夏，一脸惊奇地张嘴笑，他凑过去看颜环的脸："你们在玩什么？"

顾子逸神秘兮兮地朝谢可谦伸手："快快。"

谢可谦斜倚在墙，他只瞟了一眼，就知道顾兔子在打什么主意。他用大拇指和食指将手机夹起，递过去。

顾子逸趁机偷拍，完全得到谢可谦的真传。颜环、段夏夏惊呼，顿时一致对外，满屋子追着顾子逸打。开玩笑，女生没美颜过的照片，怎么可以流落在外！顾子逸野兔子模式开启，狂奔，他终于明白谢可谦拍照的乐趣了。

绕过段夏夏、颜环她们，殷白晨不动声色地靠到君之荔身边。他半倚着化妆台，凝视君之荔："怎么不回我微信？"声音充满磁性，近乎耳语。君之荔耳垂一热。

几天前的事，怎么还在追问。

她脸上努力冷漠，心跳却不由得快了一拍。余光望去，青年脚踩Gucci板鞋，身穿Adidas运动裤，清爽英俊又不失时尚。

目光上移，撞进殷白晨低头带笑的眼眸。青年发型很潮，很精神，绝对的时尚达人。卷刘海下的眼睛，正一动不动地望着自己。

"没回复……是不是可以默认，你想用一生来回答这个问题？"

语气中分明有调笑的意味，但眼神却有点认真。

君之荔回视殷白晨。她的眼很深邃，灯光映在她的瞳仁里，有光芒微闪。君之荔姿势未变，唇线淡淡勾起："你考虑清楚了？"声音同样被压得略低，仿佛慵懒夜风。

殷白晨英俊的脸上，嘴角陡然牵起。他还从没听过君之荔用这样的气音跟他说话，磁性而富有韵味。他眼眸颜色深了深，身体前倾，离君之荔额头只有一点点距离。殷白晨眼睛噙笑：“我想承包你身边独一无二的位置。”

“考核很严哦。”她心颤了一下，缓缓开口。

“严苛好，”青年漆眸凝视君之荔，嗓音含着笑，像恋人耳语，“我就喜欢你对我严，最好只对我一个人严，教官。”

君之荔抬眸与之对视，青年深邃的五官在眼前逐步放大。他的眉骨、眼、唇，又欲又纯情，侵占着她的视野。仅仅只是被这样凝视着，心跳就自动加速。如果她是教官，一定拿皮鞭抽这个恃美行凶的坏男人。但她怀疑，把青年衣服抽破，露出性感的腹肌会更中对方下怀。

她表面岿然不动，想把她身体灼热的异样感挥去。

“梦不要做得太开心。”

殷白晨眼神移动，往椅子那儿瞟了瞟。君之荔发现，自己的手指竟颤了两下，仿佛在泄露她的言不由衷、口不对心。她下意识收回手，青年黑眸笑意更深。君之荔暗中恼羞，自己这是怎么了。

青年只是低头望着她笑，随后往旁边移了移，双手举起来，浓密的睫毛下全是宠溺笑意，像是看穿了她：“报告教官，我刚刚什么都没看到。”

这人！吃定了她是吧。

黑发遮掩下，她脸颊更烫，混迹演艺圈多年的影后气场面对青年都要束手无策了。

“荔荔。”殷白晨竟还朝她眨眼，故意趁机重申，“记住，只准对我一个人严。”

严你个头。

那边颜环、段夏夏跑着跑着，门口倏然多了道男声。颜环刹车不及，直直撞进来人怀中。她撞得那叫一个实心，对方胸肌简直铜墙铁壁，眼泪瞬间差点飞出。颜环揉着发痛的鼻子，眼眶含泪抬头。

“幸亏没整容，否则我这鼻子……”她气势汹汹，只是在仰头的一瞬间，张牙舞爪的话全部偃旗息鼓。

去她的，竟然是那个男人！

她内心狂叫，身体下意识想找地方躲起来。

“否则你这鼻子就怎么了？”观寒收回望向殷白晨他们的目光，一双狭长的眼睛微眯，盯着她，声音冷冷的，像是定住老鼠的猫。

颜环干笑着，瑟缩地后退一步。鼻子、鼻子破了还能复原，但上次被这个重度处女座支配的恐惧，她可是终生难忘。那次坐完车，她累死累活清洁了他的后座。她可是一个大明星，自己动手清理，很给对方面子了，她在家都没干过这种活呢。

结果那个观寒目露鄙夷，竟带着嫌弃伸出修长的手指，当着她的面，擦拭着最隐蔽的轿车角落，最后将只沾了一点点灰尘的指尖送到她眼前，硬要强迫她看个清清楚楚。

“你就只能清洁到这种程度？”还肆无忌惮地嘲笑她。

“什么叫这种程度？你那是五星级酒店的检查标准吧。”颜环回呛。

“五星级酒店？”观寒扬眉，哂笑，居高临下，“那种标准也、太、低、了。”

高定西洋甘菊香型清洁喷雾、定制清洁巾、定制手套、定制口罩，从车的后备厢一一取出，崭新干净地出现在她面前。男人逼近她，高大的身形笼罩着娇小的她。男女对比悬殊，令颜环猝不及防。她退一步，他就进一步。强硬的男性气息侵略着她，她当下呼吸不稳。观寒幽深细长的眼睛眯起，薄唇扯开一个弧度，在她耳边俯身低语。

“重做。什么时候达标，什么时候离开。”

手一挥，白色清洁巾正中她的头顶。

“啊啊啊——”颜环尖叫，委屈巴巴地拿起清洁工具，小眼神不停地偷偷飞射观寒。

那个男人一尘不染地靠着车身，袖口、衬衫折痕清晰可见，完全能想象在熨衣板上被熨斗熨压的力度，在任何人眼中都完美至极。

她好懊悔，这种深度洁癖处女座，她怎么会误认他是来接自己的呢？

真是一时鬼迷心窍。

颜环瞥瞥手上的清洁用品，这个男人竟连这些都要高定，每个上面都有G.H特定字母印花。她发誓，在这世上她再也找不到比观寒更洁癖更龟毛的男人了。

颜环铆起劲，蹲在后座整整擦了三遍，最后皮质座椅被擦得闪闪发亮。而她浑身虚脱，发丝凌乱，脸颊红红，仿佛柔弱的灰姑娘，这个男人才肯放过她。她二十二年没做过的保洁，那一天全部体验了。这种恐怖的经历，她能不记忆犹新吗？

“哦，是你，清洁女。”

男人薄薄的嘴唇吐出“清洁女”三个字，颜环顿如石崩，只觉得眼前一黑。

“什么清洁女？”颜环气鼓鼓地瞪向他，她颜值很高好吗？身材也好，演技也可以。她真想把自己小仙女一样的容貌送到他眼前，像观寒强迫她一样，让他拿放大镜仔仔细细瞧个清楚。

“怎么，你不是？”

“我也是有粉丝的人。”颜环据理力争。

观寒眯起眼眸，靠近一步，还真勾起她的下颏，打量了一番。

触碰着她肌肤的指腹微微有些粗糙，是男性专属的硬度。周围还有其他人，自己却猝不及防地被一个男人抬起下巴，颜环的脸颊倏然染上两抹绯红。

干吗突然靠近？还死盯着她看。

颜环内心嘀咕，然后扬起小脸，想逞强回视，然而她的眼睫却像颤巍巍的蝶翅，可怜可爱地抖动着。

男人狭长的眼眸闪了闪，漫不经心地把修长手指收回。他习惯性地掏出绣有G.H字母的深蓝色手帕擦了擦。颜环亲眼见着这一串动作，眼珠都快瞪出来。她的脸这么不干净吗？竟要用手帕擦，虽然女明星脸上有妆，是有粉底、有遮瑕……

刚要爹毛，观寒已眯起眼，先开了口："流量远不如Super Sense。"

嗯？她迷惑。

"演技不如君之荔。"

"路人好感度比不上同批小花。"

观寒昂着下巴望她，手指夹出一张干净到过分的名片："就脸长得还不错。想签新经纪约，可以找我。"

颜环被打击得直不起腰，她又不是受虐狂，才不要跟他签约！

"你这名片该不会也消过毒吧？"她像只小小的老虎，不甘心地还击。

男人一双细长的眼睛俯视她，一脸"怎么会问这么笨的问题"的神情。

"当然，高温杀菌。"

颜环石裂。

观寒毫无半点内疚，极挑剔地将名片插到她头发中，再次用手帕擦了擦手，最后朝谢可谦顾子逸那边打了一个响指："走。"

顾子逸、谢可谦从颜环身边鱼贯而过，看她呆愣愣、头插名片的样子，纷纷憋笑。

“观魔头竟然想签新人了。”

“还是第一次。”

段夏夏特地过去，将颜环头发上的名片取下来，虚情假意地塞进对方手包中：“寒总的名片，其他女明星想要都要不到的。赶紧收好，收好。”惹上圈子里最挑剔的男人，祝你好运。

殷白晨丝毫没在意颜环和观寒的暗潮汹涌，其他成员都走了，他才最后一个离开，青年带上门前，黑眸对着化妆台的方向。

“记得哦，教官。”双指像行军礼一样从额前划过。

室内其他人不明所以，交头接耳：“什么意思？”“他在对谁说？”

化妆师给君之荔涂上YSL唇釉。

君之荔眼睛微微合着，假装与她无关。只是睫毛微颤不已，这家伙离开还要搞事，她对青年又恼又羞。这是只有他们两人才知道的独家暗语。

节目开录，《神秘大逃脱》六个人依次出场。君之荔第一次参加现场综艺录制，有点不知规则，但胜在气场稳定。主持人也十分礼遇，于是她对综艺的好感度也多了一些。

一番介绍后，主持人领着大家玩游戏：“下面，我们要考考大家的默契程度。这里有女嘉宾的几组照片，看看男嘉宾是否能辨认出来。”

君之荔正在想，这是什么？只见一个木质大平板上出现了六张照片，每张照片上是不同形状的眼睛。

“这些是不同女明星的眼睛，只有一个是我们《神秘大逃脱》的女嘉宾，我们的男嘉宾们是否猜得出来呢？”

君之荔一眼就看出右上角的那张是自己的。

主持人“开始”才说完，立刻就有男声抢答：“右边，最上方那张，是君之荔！”

她心一震。

“这速度也太快了吧。” 主持人目瞪口呆，笑道，“要创下我们节目有史以来最快纪录了。”

殷白晨仰着一张俊美的脸，仿佛不知对方在暗示什么。他神采奕奕地迎向舞台下方，右臂朝内旋了旋，献上了一个骑士礼。观众席尖叫连连。

真是超受欢迎，君之荔轻轻望过去。

第二组女嘉宾的照片出来，是鼻子。顾子逸直接猜左上是蒋琬，主持人让谢可谦猜，谢可谦缓缓审视了一番，指着左下：“蒋琬是这张。”

答案揭晓，还真是左下。

顾子逸佩服不已：“你怎么猜到的？”他完全是为了热气氛，随便猜的。

谢可谦眼睛笑弯，直接公布：“直接现场对比。”他指了指顾子逸，“虽然你猜错了，但为我争取了时间。”

顾子逸目瞪口呆，观众大笑，主持人为谢可谦的机智鼓掌：“那待会儿第三张，我们就要请女嘉宾暂时捂一捂嘴，给这个游戏的bug打打补丁。”

果然，下一题六张图上是各种各样的嘴唇。君之荔她们被主持人示意遮住唇。男嘉宾们看了半天，没有一个人敢抢先回答。

主持人半开玩笑：“猜不出来吗，还是不敢猜？”

猜对眼睛，可能是社交中会正视对方的缘故，属于正常的礼仪。嘴唇，虽然社交中也会看到，但却有更多浮想联翩的暗示。Super Sense成员只笑不语。主持人点名殷白晨：“白晨晨，你来。”殷白晨大笑一番，还真跑到图片前看了看，审视起来。

这一瞬间，君之荔发现自己居然有点在意。青年会不会真猜出来？猜对，说明殷白晨对别的女明星也很在意，刚刚猜中自己就没什么大不了。若是猜错里面有她，说明他也并不那么了解自己。等等，她为什么要在意这些？殷白晨猜对猜错跟她有什么关系。

青年归位，脸上带笑，观众席上不少女粉被帅晕过去，所有人都以为他猜到了。主持人问答案，结果殷白晨非常自信道：“猜不出！”

大家倒地狂笑。

君之荔悄然释怀，殷白晨却倏然瞟向她。那视线极快极短，马上就收回了，却藏着嘚瑟意味，好像完全猜透了她的心。君之荔感觉自己的手又痒了，想要一条鞭子。

主持人笑岔气，怂恿：“再给你一次机会。”

殷白晨装作冥思苦想，兴致不错地指着右边下方那张：“是不是颜环？”颜环顿时气得冒烟，自己的照片被摆这么久，结果没有一个人猜得出来。这个嘴唇这么大，一看就是安吉丽娜 · 朱莉，居然猜是自己。

殷白晨肯定是故意的。

台下的观寒目光闪了闪。嫣红的唇色，菱形的唇。他脑海浮现起这个总在他面前像只小奶猫，挥着小猫爪的女星，难道不是中间下方那张？

没有男嘉宾猜对。

颜环红着脸噘嘴，太糗了，难道她在男嘉宾中这么没人气。

主持人公布正确图片：中间下方的是颜环。

观寒微怔，没想到自己会猜中。

位置反调，轮到女嘉宾来猜男嘉宾。颜环哼笑一声，斜睨殷白晨，手骨捏得啪啪响。

主持人大笑："我们是猜图，不用这样热身。"

颜环昂起下巴："我们女生，绝不会因为男生猜不出自己而生气，我们女生只会变身复仇者联盟。"

对，成员和主席都是你。联盟总数1人。

观寒将一切看在眼中，狭长的眼睛不经意弯了一点点。

第一轮照例是眼睛。君之荔等了一两分钟，看了看身边的蒋琬和颜环。

颜环正一脸苦恼、犹犹豫豫地辨认着，刚才的"复仇劲"早没了。她迷迷糊糊地盯着六张图，喃喃道："太难了吧！完全认不出。"如果是荔荔，她早就认出了。她家别墅贴满了荔荔的海报，荔荔主演的电影，每个场景每个镜头她都能背下来。

再旁边一点的蒋琬，也是细眉轻蹙，有些为难："不是二，就是四或六。"这概率猜了等于没猜。

君之荔见状，说出答案："左上第一张，谢可谦。"

眼神警觉，对人有警惕心。即使只是短暂的接触，她也能将对方思维模式、说话方式、行为习惯观察清楚，洞察出对方大致的性格。

全场一片掌声，掌声最大的是殷白晨。男主持人特别偏爱殷白晨，殷白晨身材高挑，一米八几的个子，站在舞台上精神十足。简约时尚的风格愈发显得他轮廓精致。

被猜出的谢可谦瞥了一眼君之荔，笑了笑："对。"

她用余光扫了扫殷白晨，青年胳膊勾上谢可谦脖颈，好像感受到了她的视线，隔空朝她一笑。

君之荔这边一迟缓，第二轮已猜了两次。

蒋琬、颜环都猜错了。女生脸皮薄，猜错了会脸红，有些不好意思。

颜环红着脸，强辩："我们对男明星没太关注。你让我猜荔荔，我闭着眼都可以猜出来。"

主持人乐了："异性相吸，你怎么反而关注女明星去了？"

蒋琬露出一个惊讶的表情，疏离了颜环一步。这个细微的动作传递着很多意思。颜环没注意，还沉浸在跟主持人的对话中。但君之荔注意到了，她拿起话筒："男明星是属于女粉丝的，不用我们注意。"声音淡淡的，不少女观众却鼓起了掌。

第二轮，是顾子逸的鼻子，再次被君之荔猜中。

主持人惊叹："神眼力。"

殷白晨在旁一脸骄傲："影后级别的观察力。"

第三轮，唇。

六张图才翻出一秒，君之荔就看出来了。

唇线清晰流畅，唇尾处向上翘起一点弧度。无论是抿着，还是弯起，都有种引人亲吻的性感。吮吸荔枝的时候，还会带动喉结、脖颈、锁骨，像电影中的慢镜头特写。

对擅长镜头式记忆的人来说，恐怕很难忘记，君之荔的脸无法克制地热了起来，为什么偏偏她最擅长镜头式记忆？

台上一片安静，像刚刚女嘉宾的第三轮一样，没人抢着回答。

主持人偷笑。

君之荔刻意没动，一道炙热的视线却投向她后背，催促着她开口、让她承认。

君之荔不转头，也不开口。

殷白晨下巴搁在谢可谦肩头上，两人靠前几步，青年鲜活的眉眼出现在她视线的余光内。

对方是故意的。

殷白晨挨在谢可谦身上笑，那浓烈的眉眼闪着光，眼神仿佛在说，快猜，必须猜他。

她已经猜了两个，再包揽第三个好吗？

还是令人春心浮动的唇。

身边的蒋琬跃跃欲试，她知道是哪张了，蒋琬举起黑色话筒：“第……”她有些含情脉脉地瞟向殷白晨，整个人变得娇羞了起来，殷白晨直接转向谢可谦，直直与蒋琬的视线错过。

君之荔快速出声。

“中间，第二张，殷白晨。”

君之荔神色淡定。

心脏却在狂跳。

只有她自己知道，刚刚蒋琬想对青年眉目传情，抢先说出答案时，她的心竟浮起一丝占有欲。于是陡然打断蒋琬，做出不像她风格的事。

莫非是她开始在意殷白晨，还是她并不想别的女人猜出殷白晨的唇？君之荔平稳了一下呼吸，自从遇见殷白晨，她的情绪越来越不受控制。

君之荔心中泛起一股懊恼，抬眸，又撞上殷白晨的目光。对别的女星就他直直错过视线，对她的目光却总能恰巧相撞。青年笑得一脸闷骚又嘚瑟，全然不觉得君之荔打断蒋琬不礼貌，甚至还带着藏也藏不住着激动。

好像在说，就知道你舍不得我。

见主持人和殷白晨没有搭理自己，蒋琬有些不满。之前录真人秀，这些人就一直特别尊重君之荔。明明是她先看出殷白晨的唇是哪张，君之荔却故意跟她抢。大牌了不起？蒋琬掩饰着自己的情绪，愤愤不平地瞪了君之荔背影一眼。

猜图结束。接下来是游戏环节，要模仿上一个人的动作。为了综艺效果，嘉宾往往会选择一些比较好笑的姿势。原本前面的排位是殷白晨、君之荔、谢可谦，蒋琬注意着大家的动静，故意插到殷白晨和君之荔中间。

殷白晨转头，见是蒋琬，蒋琬漾起一抹清纯的笑。殷白晨没多大兴趣，中规中矩地做出一个舞蹈动作。对方没多看自己，蒋琬更不甘心。殷白晨是资本认定的顶流，极具商业价值、流量极高。如果对自己特别一点，不知道会有多少女星羡慕她。若是能让她和殷白晨炒炒CP，她的人气不就直上云霄吗？可殷白晨硬是不肯跟她有点任何关联。

蒋琬脸上不显，对着镜头，仍然保持清纯模样。轮到她给君之荔展示动作，蒋琬盯着君之荔一笑，接着一只腿从后往前掰，硬是掰过头顶。蒋琬舞蹈学校毕业，虽然毕业后荒废了日常训练，软开不如从前，但功底还是在的。她已经感到痛，却不肯松手，又继续往下掰了一些，眼底划过一抹挑衅。

在场的嘉宾面色不佳，万一待会儿前一个人给自己出难题，他们岂不是也要当众出丑？主持人尴尬地赞了声："柔韧性真好。"

本来只是游戏而已，现在硬要在全国观众面前，证明自己柔韧性力压影后，这样的心思主持人怎么可能不知道？利用自己的特长做这档事，得罪其他嘉宾，主持人也对蒋琬喜欢不起来。他笑着圆场："这姿势一做，我们男演员都要废了，换一个吧。"主持人打着男生柔韧度很糟糕的名义，给蒋琬台阶下。

蒋琬微笑，望向君之荔："随便模仿一下就行，做不出也没什么呀。"

殷白晨眼神变冷。

谢可谦："那我们没一个人做得出。"

蒋琬看看谢可谦，想了想，笑："那就让荔荔给我做一个，我再给你们换。"

颜环生气。

给男生换动作，却让荔荔做这么高难度的，不要太婊。

殷白晨连礼貌性的动作都变得冷冰冰的，什么叫让荔荔给她做一个？君之荔是大前辈，岂是她能随便喊的？

蒋琬得意忘形，刹那意识到气氛不对，众人好像都在冷冷看她，没一个人接她的话。她一下慌了起来，连忙无辜笑道："刚刚那个是有点难，我给荔荔姐换一个简单的。"

君之荔神色淡淡，自始至终，一句话没应。突然，她动了。众人看着君之荔静静地活动活动了筋骨，不紧不慢地做了做简单拉伸，然后以同样的姿势，将右腿从后往肩上压。她压到一段，后腿已笔直，服帖着耳朵，显示出极好的柔韧性。但君之荔眼神淡定，又往后压了一段，竟无声无息将腿压到了190度。她的脸上，看不出一丝骄傲与较量。从头到尾，仿佛只是一个简简单单的压腿动作。

影后的气度，跟小花的心思，这差距小花下辈子都未必赶得上。从业多年的主持人暗中又摇头又赞许。

观众席哗然，惊讶不已。

大家皆知君之荔演技精湛，可没想到她还有其他才艺。一个舞蹈学校毕业的，软开好，并不出奇。可一个专攻表演的，能轻易将腿压到此种程度，更令人钦佩。

殷白晨带头鼓掌，其他人一愣，紧跟着被带动起来，全场顿时掌声雷鸣。

蒋琬脸色白了白，眼神有些慌乱地瞟向殷白晨和谢可谦。殷白晨直接当她不存在。君之荔小小地喘着气，殷白晨找工作人员，拿过一瓶矿泉水，递给君之荔。

君之荔身穿ADIDAS运动装，之前并不显曲线。刚刚那一幕，他印象很深，不仅柔韧性超好，腿型还特别美。当练习生时，他们老师说，柔韧性好的女孩子，男朋友会很幸福。他的视线不小心又瞟到她，美丽的臀腹曲线被黑色紧身裤包裹着。君之荔喝完水，见青年脸有些发红，微微疑惑。殷白晨再次瞥了她一眼，一声不吭回到谢可谦身边，把脸扭到一边。

君之荔喝着水，纳闷不已。

蒋琬后面没再作妖，节目顺利录制下去。节目最后，主持人望着殷白晨他们，举着话筒朝向观众："让我们在Super Sense最新单曲中结束今天的节目。"

舞台灯光一变，台下的惊喜声铺天盖地般爆发出来。君之荔眼泛惊讶，没想到殷白晨他们这么受欢迎。荧光棒被热烈挥舞着，壮观如海，印着可爱字眼的灯牌在黑暗中清晰可见。

竟能让粉丝们狂热成这样？这就是亚洲顶级男团的魅力？君之荔被现场粉丝们的热情撼动了。她下意识往殷白晨方向望去，却发现对方已不在身边。

她突然意识到，殷白晨是Super Sense的队长，这，才是他的主场。

舞台上方突然闪过几束令人目眩的青色激光，凌厉无比，变化万端。

君之荔瞳仁一缩。

头顶上方，一道青光穿穹而过，无数颗星星陡然下坠，速度越来越快。白的光，黑的影。

三位青年高高跃起，从不同角度跳跃而出，惊艳似夜色流火。

众人惊呼！

一颗星子坠落，殷白晨眉眼前闪了一下，照得他眼眸格外透亮。

大屏幕上投放出特写镜头。

观众们的目光越发亢奋地黏在殷白晨身上。

青年唇角撩起一抹笑，像黑暗中最闪耀的火花。紧接着，他腰身一扭，一个三百六十度回旋，长腿破空挥出劲风，星辰在他脚尖一震，刹那间流光奔散，激流四溅。

君之荔随之一震。

整体动作快如残影，利落干净，精准地击打在强烈节奏上。大屏幕再次投放出殷白晨的特写，眉眼每一丝弯曲，唇角每一处弧度都散发着令人着魔的魅力。

台上殷白晨望着众人，又像是深深凝视着每一个人。

君之荔呼吸一紧。

她的目光像被吸进了旋涡，锁在殷白晨身上，无法挪动片刻。

殷白晨、顾子逸、谢可谦嗓音极具辨识度，高音惊艳，台下观众已醉。

君之荔强压着澎湃的心潮，现场live竟有着如此可怕的震撼力。

电子音一个华丽飙升，成员队形发生变化。殷白晨高高跃起，矫健优美的身影，在半空中画出一道弧，黑瞳亮如星辰。

君之荔倏然发现，殷白晨竟望向自己的方向！

青年帅气跃起，重重叩地，忽一抬眼，眼底迸发出惊人的光。她只感觉，自己视野里皆是青年。

心脏被重重一击。

要命。

节目结束，观众离场。君之荔胸口依然起伏，今晚她第一次见识到青年的真正魅力。段夏夏常在她耳边念叨殷白晨是舞台王者，她以为那是粉丝滤镜，现在现场亲见，太精彩了，她像中了魔，浑身毛孔跟着欢愉战栗。

修长的脖颈淌着汗，殷白晨走到君之荔身边。工作人员正在撤场，头顶的光灭了，只剩浓浓的一团阴影。没人注意到他俩。殷白晨伸手在君之荔眼前晃了晃，嘴角噙着笑，在她耳边轻笑：“我是不是跳舞最厉害的男人？”

越靠越近。

君之荔回过神，殷白晨快要贴到她。大颗汗水，正从殷白晨凸起的男性喉结，绵延滑落到他性感的锁骨上。对方身体此时散发着一股热气，像一团火。君之荔心中余震未消，本想冷漠，此时却被青年火热身躯烫到。热汗、年轻强壮的身躯，还有Tom Ford乌木沉香的滚烫体味，一波又一波如波浪激荡她的心，她身体有点软。青年黑眸歪向她，伴随着低笑："该不会被我男色所惑？"

君之荔缓缓别过脸。

青年瞟了下四周，垂眸低笑，双臂开始收拢，想圈住她。

"小姐姐，我长年跳舞，体力很好。"

他气息低喘，听在旁人耳中像一只低音钩子。热气好像更猛烈了，像烈酒，无孔不入地渗到她的肌肤中。君之荔想压下脸上的微烫，却发觉那根本不是她能控制的。红唇咬了咬，君之荔伸出一只手，将青年壁咚在墙。她陡然一笑，那笑意出现在一向清冷的脸上，像白雾深处绽出单瓣红梅。细白的手指点了点他胸膛的位置，他能感受到她指尖的触动。

"这么会跳，小心把心给跳掉了，我可不会还你。"君之荔缓缓道。

第
八章

弗洛伊德小姐

深夜，君之荔回到别墅，戴上洗脸发带，卸妆、洁面、敷面膜，准备入睡。她很自律，尽管演戏昼夜不分，今晚却翻来覆去睡不着。侧卧睡，脑海中不断闪现青年的撩人眼神；翻身睡，又是青年横空翻身的英俊身影。她眼皮闭得更紧，好像这样就能把殷白晨阻挡在脑海外。眼睛闭上了，然而耳中又不适宜地回响起青年的声音。低音炮一样的男声，低笑，萦绕。

夜色搅动着人的心绪，被单形成山川般的凸起。青年对着她笑，指尖不经意间擦过她的发。她想挣扎，青年却无孔不入。

墙壁上的时钟，已指向凌晨两点多，君之荔睁眼，坐了起来。她深呼吸了几下，长发慵懒垂在肩上，她干脆拿起手机。

不知是不是越在意什么，就越会看到什么。随便点进一个微博，都能看到有关殷白晨的内容。

简直在跟她作对。

“殷白晨表情包。”博主弄了个九宫格，各种可爱的、犯蠢的白晨宝宝。

君之荔挑剔地撇撇嘴。

傻乎乎的。

然而她的手指却很诚实地保存下整套图片。

又是一个殷白晨粉丝。

“殷白晨全球巡回演唱会，solo部分，cut。”

今晚已经看过了一支舞曲，不必再看。然而，君之荔还是点开了视频。可怕，失眠令女人丧失理智。

视频刚一载入，满屏“舞台王者”“太帅了”“声音好好听”“跳起舞的白晨晨不是人”“天生舞者强者”“高音太动听了”……两百多万条弹幕滚动全屏，数量之多，令人咋舌。

十几位舞者屈膝蹲地，深焦镜头特写之下，呈现出油画般光影质感。青年的嗓音、眉峰、喉结，白皙修长的手指，无一不散发着又禁欲又神秘的气场，看得她目不转睛，满脑子都是青年的影像。

君之荔此时已明白，深夜打开手机，是一个错得不能再错的决定。正要退出，首页不知不觉，又多了一条新微博。

“今晚睡不着。”

转眼转发几十万。

竟是殷白晨发的，他也睡不着?

点进去，微博配了照片。是他们今晚录制时的全员剧照，一群人穿着蓝色运动服，袖间三道白色条纹。乍一看，全体人员都在。细看，殷白晨站在了自己身边。青年侧着脸，浓浓眉毛下，眼睛里仿佛有星星。

心陡然猛跳了几下。

君之荔终于明白什么是漫漫长夜，她懊恼地捶了一下床，那个带笑看她的青年应该负全责。

“白荔CP好配。”

“殷白晨对君之荔笑得一脸宠溺。”

“#白荔夫妇#这是我调过色的图。”

修长的手指滑动着屏幕，殷白晨欣赏着君之荔的一颦一笑。顾子逸和谢可谦从健身房回来，脖颈上搭着运动毛巾，进屋就瞥见殷白晨这副模样，眼神透着一股莫名的痴迷。

肉麻兮兮的。

顾子逸和谢可谦对视闷笑。

顾子逸蹑手蹑脚地靠近，手臂倏然勒住殷白晨的脖子，坏笑威胁：“最近天天看你玩手机，老实交代，在跟谁聊天！”

他要看看白晨哥到底被哪个大美人所迷。

殷白晨双臂一剪，上臂绷出流畅的肌肉，反扣顾子逸：“反正网瘾青年不是我。”手机滑落到结实的大腿上。

这下轮到顾子逸跳脚。最喜欢在微博搜索的是他自己，可他家粉丝每天以针对自家偶像为乐，号称自己是娱乐圈的泥石流，他心里那个痛啊。

谢可谦喝了口矿泉水，靠近两步，视线往殷白晨腿上的手机扫了扫。顾子逸注意到这个动作，灵机一动，够着脑袋瞟。

“原来白晨哥你在看……”

殷白晨猛地抢回自己的手机。

“原来在看我们那天的综艺节目啊。”之前录的那期终于播出了，“我当什么呢，竟然没跟颜环聊天。”

“我为什么要跟她聊天？”

顾子逸惊讶得眉毛都要飞了：“难道不是？网上好多你和颜环的CP视频剪辑，我还戳进去看过。”

微博好几组“摸金CP”大热，殷白晨和颜环、君之荔和谢可谦两组人气最高，每天“产粮”不断。当然也有君之荔跟他的，不过少得可怜，殷白晨堂堂一个正主，竟只能可怜得到处找“粮”吃。

“绝对不是！”

顾子逸看着殷白晨不甘心摔门，望向谢可谦：“白晨哥怎么了？”

谢可谦一笑：“被乱点鸳鸯谱。欲求不满。”

顾子逸呆了呆。

乱点鸳鸯谱跟欲求不满有什么关系？

殷白晨飞速给自己的助理舟山打电话：“我们能不能雇点水军？”

舟山正在公司，一听以为出了什么事，整颗心都紧张了：“怎么了，哥？你干了啥事？”

“去去去，你在想什么。”

“那是啥？”不是就好，舟山汗差点流了一脸，他白晨哥这个流量，出点岔子，绝对惊天动地。

青年别扭了半天，憋出一句：“你就不能安排剪辑师多剪剪我和君之荔的视频，或者承包一些民间大V，让他们剪剪我和荔荔的视频？”“产粮”不够，自给自足。

舟山没听明白：“可人家不是跟谢可谦CP吗？”

“你一个大男人，懂什么叫CP！”殷白晨嘲话筒怒吼。

这声量吓得舟山一缩，怎么这么凶残？舟山纳闷，他这不是扫到一些粉丝的微博，大家都这么说，他就活学活用嘛。

“好好好，不配不配，跟你最配。”见风使舵。

“算你有眼力。”他白晨哥好像莫名舒心了一点，“他俩，从星座到血型、从生辰八字到周易易经统统不配！”

手机那端的人再次重重强调。

“是是是。”舟山擦汗。

“还有，”殷白晨语气似乎多了些不自然，“你去探探君之荔最近想拍什么电影？”

黎铭是新晋电影导演，在国际电影节上得过金奖。但是现在的市场，演员转行做导演，作家转行做导演的越来越多。加之资本延伸出的保底协议、对赌协议、粉丝电影，新晋导演拍自己想拍的片子越来越难。但他很沉得住气，慢工出细活，将自己剧本精心打磨了三年。没想到竟被影后看中，愿意来演，颇有纡尊降贵之感。片酬不高，但君之荔并不介意。

即便黎铭不擅长商业人脉那套，也不由得受宠若惊。他对着镜子把自己收拾得比较体面，才敢与君之荔会面。

两人约在一家私密餐厅。餐厅布置得如梦如幻，桌上一只小小的细腰白瓶，烛火在玻璃杯中摇曳，不远处是黑胶唱片留声机。

半明半暗中，黎铭看着女神款款而来。

君之荔穿着黑色长裙，小圆帽斜戴，影影绰绰。小圆帽遮住小半张脸，脸色如莹玉，映着烛光，眼眸有清光。

跟他以前在电影中看到的镜头气质一模一样。

名导偏爱演技精湛、拥有文艺气质的女演员，因为她们演绎出了艺术之美，人性之深。他压抑住心中的喜悦，想稳重地为影后倒茶，白色茶壶靠近古朴的茶杯。茶水流入，壶嘴与杯沿处禁不住磕磕碰碰。

他的手在颤。他该说什么好？他觉得自己不像与演员会面的导演，倒像与影后见面的粉丝。

君之荔眼神下移，黎铭顿时感觉脸被灼了一下。

“剧本看得怎么样？”他连忙转移话题。

“Miss Freud，弗洛伊德小姐，女心理学家。”君之荔缓缓开口，视线虚向远处，“给我的感觉是，暗黑中带着深红，偏凝涸的血。血腥、性感、暧昧，又有原始的热情，被压抑的纯真。”

唇间轻吐血腥的字眼时，她的眉峰一瞬间微挑，像刀刃上的一点光。极危险，又动人。

心中大震，黎铭灵魂的颤动压都压不住。他之前也试镜过一些女演员，可怎么说呢，总差那么一点说不上来的感觉。

如今他终于明白怎么回事。有了君之荔这惊鸿一挑，黎铭总算察觉，那些演员缺少的精准一击！对角色神形的精准把握，那搅动人心的火候。

黎铭脚踩浮云般回家，他找到了他梦寐以求的女主，能与君之荔合作，简直老天垂怜。不愧是影后，才看完剧本，就已能抓住人心。他要将这部电影拍成超一流的文艺犯罪悬疑片。

没过几天，又有一个惊天的消息接踵而至。他接到了耀胜影业的电话，对方表示旗下艺人殷白晨想接演片中热血小警察一角。

黎铭挂完电话，心情不定。他们这种专注电影质感，偏爱文艺片、悬疑片的导演，非常抵触以获利为重的资本数据。殷白晨现在是现在圈内顶流，文艺圈虽嗤之以鼻，却也如雷贯耳。随随便便就能带动巨大流量，这样的人居然不计片酬，想加入自己的电影？

往好处说，投资、后续一系列宣发、粉丝基础，完全不用担忧。往坏处看，对方的演技会不会毁掉一部电影？更有甚者，一贯注重演技的影后君之荔，是否会讨厌小鲜肉，不愿意与他演对手戏？他知道，在乎“演员”二字的艺术家，一般不愿自降格调，耽于商业。

思考了好几天，黎铭决定给君之荔发条微信。君之荔同意，那就让对方试试，若是君之荔流露出一丝不情愿，他绝对要对小鲜肉说不！这部电影，没了殷白晨可以继续拍，但没君之荔，将会成为一部庸作。

“君之荔老师，殷白晨想加入电影*Miss Freud*，您怎么看？” 信息被慎重地发送出去，黎铭心中打鼓。

过了一天，没有回话。就在他觉得自己快要明白君之荔的意思时，对方传来一条信息。

“跟小警察角色符合吗？符合，就没意见。”

黎铭一愣，他都做好了君之荔婉拒的准备。他思索了一阵，仔细衡量了一下角色设定。

“年轻热血小警察，从形象看，殷白晨是符合的。”发完，又再一次感叹君之荔的专业，不从个人情感出发，也不从资本利益出发，而是尊重专业，尊重角色。

不久对方回了一句。

“嗯。”

手指抖了一下，黎铭试探道：“他与您有大量对手戏。”

言下之意，就是对方可能……

“我与他接触过，了解他。”

黎铭这下惊奇了。载誉满满的影后竟说自己了解文艺圈向来排斥的流量，这算在用多年名誉为殷白晨背书吗？

殷白晨戴着拳击手套，跟教练做对打练习。他战意满满，身形矫捷、腹肌漂亮。重拳挥过，大腿肌肉极具爆发力地抬起。他全神贯注，黑眸坚毅，汗水顺着后颈流淌，拳击服后面满是深色汗水。男人的性感躯体与爆发力让人移不开眼。

“哥，合同搞定了，剧组让你这几天就进组！”舟山兴奋地跑到拳击台下方。

听到舟山带来的好消息，殷白晨身体一顿，停止挥拳，浓眉下，眼睛闪烁着光，接着双手在空中举起做出胜利的手势，仿佛获得了世界拳王金腰带。

“明天我就要进组！”他勾了一下拳，片刻都不能等。

舟山也一脸惊喜地翻过红色护栏，语气特别激动，他恨不得手舞足蹈：“没想到黎导竟然同意了，听说还是君小姐钦点。”

“钦点？”

“对，就是你的女神钦点的！影后人太好了。”

殷白晨笑得有点内敛，他将这句话在心里回味了两遍，他双拳对捶了一下，朝舟山眨眨眼，拉低声调：“你说，她是不是认可我有实力了？”

自家艺人必须全力称赞，舟山竖起大拇指，彩虹屁张口就来。

“那必须。全世界都知道你颜值高、实力强。”

“还有没有其他优点？”

“那必须。全世界都知道你的优点，英俊、有担当、能力强、专一、有激情！”

“你说，我会不会给她拖后腿？”

“那必须，说不准。”

“你说什么？就不会给自己老板一点鼓励？”

“我给鼓励有什么用，君小姐给的才有用。”

一语道破天机。

殷白晨无法反驳，勒着对方脖子：“就你懂得多！”

舟山小声：“此地无银三百两的是谁。”天天追着他要CP剪辑，用他的私人账号点赞、转发，还装可爱地评论“我也觉得他俩好配。”再看不出来，当他瞎吗？

殷白晨一脸帅气逼人地在别墅里走动。顾子逸看得怕怕的，问谢可谦：“白晨哥今天是不是吃错药了？”

谢可谦意味深长道：“人类一旦进入思春期，就无法控制自己的荷尔蒙。”

顾子逸挠了挠脖子，蹦出一句：“就是说，白晨哥要有女朋友了，而我们还是单身狗？”

形象一直完美无缺的谢可谦，这次终于差点从沙发上掉下去，他的内心受到了严重打击。

黎铭清早被工作人员叫醒：“黎导，黎导，我们上热搜了！”他心中微惊，上热搜？怎么回事，电影还没开拍，现在也没宣传资金买热搜，难不成有负面新闻，造成社会轰动？这部电影还关系到君之荔、殷白晨，可千万别出什么幺蛾子。黎铭滑动手机，只见*#Miss Freud#*已经上到话题榜第二位。点进去一看，起因是殷白晨的微博。

只发了一条：

“*#Miss Freud#*明日进组。”

下方是戴着黑色口罩，只露出一双眼的单人照片，照片有些模糊，但粉丝们早已激动万分。

“*#Miss Freud#*白晨晨进军影坛的第一部电影，好期待。”

“*#Miss Freud#*这部电影的阵容够优秀的，导演获过奖，还有影后君之荔压阵。”

“*#Miss Freud#*给小哥哥、小姐姐加油，电影出来我们包场！”

黎铭有些震惊，他拍了几年电影，一直低调做事，打磨精品，后续工作交给专业的宣发公司，由他们负责投放物料，想出宣传奇招。没想到这一次，电影还没拍，大堆粉丝们就将他的电影送上了热搜，奔走相告。

黎铭倍感鼓舞。

一时之间，他对殷白晨的感觉复杂了起来。

殷白晨进组，电影剧组挑了个吉日开机。殷白晨跟着君之荔，君之荔上香，他就上香。君之荔做什么，他就跟着做什么。对待剧组工作人员，还有一些粉丝，礼貌得不得了。一段时间下来，片场不少人觉得，所谓的流量小鲜肉挺有素质，不甩大牌，态度也认真。

其他人看不到的角落，青年拦住君之荔，唇角的笑意抑制不住。

“想我没？荔荔。”

“荔荔”，这两个字，被他念得像一颗糖，含在嘴里怕化了。

“听说，你钦点的我。”

君之荔庆幸自己戴着墨镜，否则被殷白晨牵上手的时候，青年绝对会看到自己脸上的神情。

他庞大的粉丝团早已在她微博下刷足了存在感。

“白晨晨第一次拍电影，请影后小姐姐多多关照。”

“谢谢影后小姐姐照顾我家崽崽。”

“能跟漂亮姐姐一起拍电影，我们白晨粉实在荣幸，请多多指点。”

“我没有钦点你，是导演选的你。”

她不想令他产生自己偏袒他的错觉，君之荔刚想拉回自己的手，一动，殷白晨的手指却勾得更紧。青年往前一步，高挑的身影笼罩着她，黑长的睫毛下，眼睛眯起的弧度，噙着笑意。

两人的距离变得极近。

“我听说，你对导演说很了解我，导演才放的心。”低沉的嗓音听得人都苏了。

“并没有‘很’。”别让她知道是哪个浑蛋透露的消息。

“那只是一般了解？”

“对，一般。”

青年好像委屈了一下，隔着墨镜，她突然有种自己欺负他的感觉，她犹豫是不是需要安抚对方一下。青年垂了会儿眸，勾住两人的小手指，缓缓抬起眼，孩子气地摇晃了一下她的手指。

“那我给你机会。”

青年压迪嗓音，她几乎可以感受到青年脸上的绒毛。Creed Silver Mountain Water的香气弥漫在他俩一呼一吸之间。她自持冷静，此时胸口却微微有些不镇定地起伏。青年眼眸幽深，又在她耳边低笑着加了一句。

“也不介意你更深入地了解我。”

他的眼神、嗓音总能轻易将人拉入一种情境之中，微妙的、美好的，荡漾又有点刺激。

“并不想。”她否认。

脸颊倏然一软，青年竟横过脸，飞快地亲了她一下！

蜻蜓点水。

高冷疏离的墨镜也挡不住直冲上脸的热。

君之荔蓦然间像烧开的水，蒸汽呜呜乱鸣，她甚至动弹不得，像尊希腊女神石雕僵硬地站着。那个偷亲了女神脸颊的青年，英俊眉目，低俯着看她，霸道地道：“我不允许你说不。”

然后深情一笑。

君之荔在片场时常能察觉，青年克制又炙热的目光又在偷看自己。最开始她直接忽视，可那被亲过的右脸颊，越漠视越莫名发烫，像是感应体，自发就产生了感应。

次数多了，君之荔无法再无视，选择回视。结果直直撞进青年的视线，对方眼眸有神，蓄势待发，像春潮涌动。

令人羞恼。

演艺圈分分合合，原以为一段时间不见，感觉就会淡很多。对方反而愈挫愈勇，很有几分真心的样子。

君之荔来到殷白晨身前。青年一身警探服饰，拿着剧本背诵。来剧组这么些天，他只干了两件事：一是看剧本，二是看君之荔。除此之外，其他商邀、站台，全部推拒。他可不想因为自己，影响圈内外对君之荔主演电影的口碑和评价。

君之荔的视线从剧本上滑过："准备得怎么样了？"

工作人员竖起耳朵，一个是闻名已久的影后，还有一个全亚洲为之瞩目的偶像，本身就引发了很多人的窥究欲。人人都有八卦之魂。现在影后亲自走过去，问小鲜肉准备好了没，大家内心兴奋起来。

"还行。" 荔荔竟主动找自己说话？青年强压下情绪，浓浓眉毛抬起，但眼底还是克制不住的光。他凝望君之荔："但是还需要有人指点。"

君之荔看了半晌，眼眸低垂，没说话。

众人有些蒙：殷白晨暗示得有点明显了，难道影后不想指点小鲜肉演技？

良久，君之荔淡淡道。

"给我看看你的诚意。"

"200个俯卧撑。"

影后玩这么大？这是看殷白晨不顺眼现场体罚他？众人搞不懂了。所有人齐刷刷关注着殷白晨的一举一动。他会怎么反应？当场跟影后争执起来，还是耐着性子接受这份挑战？

殷白晨微微一怔，脚一蹬，站起来。他也有些吃惊，隐约察觉到君之荔似乎压着些怒气，人却洒脱地捞起衣服下摆要脱。

君之荔后退一步，低声问："你要做什么？"

"当然是，"殷白晨撩起一抹笑，当着君之荔的面，将黑制服一抛，目不斜视，却精准地扔到了舟山手上，“做你想要我做的事。”

这动作帅炸了。

在场人员一片哗然，舟山接过衣服，神态自豪地昂了昂下巴。

青年并不在意其他人，只盯着君之荔的眼。他歪了歪头，唇角含笑。上半身脱得只剩一件紧身T恤，原本黑色制服显得他意气风发，然而脱掉之后，才是真正行走的荷尔蒙，黑色T恤包裹着他的性感身躯，露出脖颈、锁骨、胸口，原始的雄性力量蕴藏其中。他是少女们的理想型，穿衣显瘦，脱衣有肉。

在场男性们看得一片羡慕，只觉得每一个男人都需要这样一件黑色紧身T恤，难怪殷白晨还是男性潮流风向标。

青年对那些视线熟视无睹。

“200个俯卧撑。” 他俯下身，双手撑地，肩线、肌肉线条清晰可见。他抬头朝她挑了挑眉峰，那眉峰藏着一点笑，动人心弦。

“已经开始想了解我了，嗯？”

“196、197、198、199……”

人群渐渐围拢过来，头攒着头，黑压压一片，替殷白晨倒数，越数越自豪。

而被围观的殷白晨，即使做了这么多，动作依旧利落。黑色身影在地面上上下下，肩头的形状被勾勒得分外鲜明。他掌心撑在地上，偶尔头一甩，黑色发丝跳动。

这个流量小鲜肉有两下子！男人们心生佩服。

女人们看得两眼放光，三五个挤在一起，脸红心跳。男性运动的身躯本来就是世上最好看的画面，汗水一滴一滴顺着殷白晨的脸部轮廓流淌在地，又为这幅画面增加了不少张力。

青年顿了顿，抬眸，对着君之荔念出最后一个数字。他站起身，掀了T恤一角，擦擦汗，柔韧的腰腹无意中露出。硬实的腹肌上汗水津津，野性得发亮。

有一两个女性工作人员羞叫起来，其他人捂着嘴，一边小声议论，一边拿起手机拍照。

“那是真的人鱼线？”

“这腹肌！我转粉了，今天起多了一个老公。”

“我把屏幕壁纸换成殷白晨了。”

殷白晨好笑地转身，摇摇头，做了个手势：“自留可以，别发网上。”

“嗯嗯。”这是约定俗成的规矩，大家都懂。一群人恋恋不舍地回到工作位置，空气中残留着青年散发的荷尔蒙。

汗珠沿着他修长的脖颈往下滚落。黑发汗湿，更加透亮。他的身躯因运动变得火热，走到君之荔身边：“我完成得怎么样？”青年的体温掺着银色山泉的香水味，又有些灼热。

君之荔管理着脸部表情，不想让殷白晨看出自己的破绽：“体力还行。以后多看剧本，多背台词。”转身欲走，却被青年一把抓住手。两人来到一隐蔽处，青年的手指炙热，有些尘沙，有点汗，像火炭。她感觉热度从两人相连那一处烧起来，整只手臂到半边脸颊都在发烫。

青年用身体遮住其他方向，他唇角勾笑，贴近君之荔，低声道：“还有一种俯卧撑，叫情侣俯卧撑。以后我们一起做。”

君之荔一怔，她曾无意间在短视频中见过。女方在下，男方在上，做一下亲一个。抬眸，青年眼神滚烫。心像被火舌舔了一下，顿时心如火燎，她羞恼地匆匆抽出手，丢下一句。

“我对这个不感兴趣。”

男人的笑声从身后传来。

然而不管步伐怎么快速，被殷白晨牵起过的手，手上的热度、触感却怎么也甩不掉。

是夜，君之荔翻着明天要拍的部分，下午那幕又倏然溜进她脑海。那撩人的笑、那性感的腹肌，还有那句情侣俯卧撑。她想起段夏夏问她，为什么会忽然刁难对方，她也说不清，就是忽然一阵恼怒。他打破了她的心房。做了会儿睡前瑜伽，君之荔深呼吸了几下，将心情平复。

手机一个振动。

屏幕上闪现出微信提示：情侣俯卧撑（视频）。

吸气。

这家伙真当她不知道情侣俯卧撑是什么吗？刚刚平复下来的情绪一瞬间又被火燎了上去。君之荔将手机放到枕头一边，头转向反面。

不看。

又一个振动。

君之荔闭闭眼，咬咬牙，转回头，手移向手机，只见屏幕上提示。

“快看，超可爱。”

健身情侣卿卿我我撒狗粮，变着法子让她看？她一点也不想点，但是盯着青年头像几秒后，鬼使神差地解锁，滑动，进了微信。

视频中，一对雪白可爱的小仓鼠玩闹着，小肚子白茸茸的，小腿儿短短的，吧嗒吧嗒跑着。两只小仓鼠叠在一起，上面那只支起圆滚滚的身体，嘿咻嘿咻在做俯卧撑，每做一下，就跟下面那只碰在了一起，乍一看像两只小可爱在kiss，萌翻了。

“看完了？可爱吧。”

仿佛未卜先知，又传来一道微信。

“下次我们就试试这种可爱的。”

君之荔红着脸，将手机嗖地翻转，塞到枕头下，不要以为弄两只小可爱就能糊弄她，但是，好像整晚她都梦见那青年半裸着性感的身体，压在她身上起起伏伏，滚烫的汗珠流到她脖颈上，黑眸凝望着她：“可爱类型的情侣俯卧撑喜欢吗？”

第二天拍戏，走进片场的殷白晨神清气爽，君之荔眼下却有一圈淡淡的黑眼圈。化妆师打着遮瑕：“小姐姐，没睡好吗？”

君之荔年少出道，地位超然，剧组不论大小尊称她“小姐姐”，殷白晨视线轻轻移向两人，只听到君之荔缓缓对化妆师说：“睡得还不错。要是没人给我发仓鼠视频，就睡得更好了。”

“仓鼠视频？”化妆师声音扬起，产生兴趣，“感觉挺可爱的，待会儿能传给我吗？”

君之荔点点头，闭目养神了一会儿，鼻子轻微动了动。

“其实一点也不可爱。很累。”

“很累？”化妆师一脸迷惑。

不远处的青年笑出声。

君之荔闻声，转过头去，殷白晨感觉自己被嗔怪地瞪了一眼。高岭之花的眼风在他心里回荡了许久。

第
九章

心都融化了

*Miss Freud*第一场戏。灯光、布景准备就绪。这部电影讲的是一位女心理学家游走在黑白两道。她神秘、美丽、亦正亦邪，帮助警察破获悬疑的犯罪案件，也会助恶名昭彰、疑似凶手之人摆脱困境。没人知道她的真实身份，外界唯一得知的讯息是，她代号Miss Freud，被称为弗洛伊德小姐。

殷白晨饰演热血小警探小晨，刚刚从警校毕业，被分在最神秘的一支调查组。从小到大，他身边的女性一一死亡，小时候被算命的批为天煞孤星。来到局里第一天，他在清晨晨跑中救下的女富豪就离奇死亡了，带他的"师父"神龙见首不见尾，只给他留了几个纸折星星，打开是一个地址，上面还写着让他调查案件。

小晨按照地址找到一栋城堡式的别墅。爬山虎爬满了别墅外墙，别墅里面，厚重神秘红丝绒窗帘从高处落下，只泄露出一丝缝隙，似乎几百年都没人洗过，落满了厚厚的灰尘。地上还残留着褐色痕迹，不知是干涸的油漆，还是血迹。

小晨一进来，就见到这幅场景。他皱皱眉，警惕地打量四周，膝盖微弯，习惯性做出警察的防御动作。

监视器后的黎导极轻地点了点头。

还好，不出戏，比他想象中的要好。

别墅很暗，很多雕像、名画、古董，不知真假，有的缠绕着灰白蜘蛛丝。小晨谨慎地移步，观察着周围环境，纳闷他师父为什么给他这个地址。就在这时，头顶上的吊灯突然晃了一下。

一个抬头，吊灯的影子正迎着他的瞳仁，以无法控制的速度重重跌落。青年机警地往前滚了几圈，险险避开。

吊灯“啪”的一下摔碎，碎片飞溅。

巨大的碎裂声中，他听到一道女人的轻笑声。仿佛从幽暗传来，轻得像暗夜中的昙花，一丝冷意、一丝妖冶。

他的前方多了一整面黑色铁栏杆，像个牢房。栏杆后面，有一张尊贵威仪的红丝绒镶金扶手座椅，座椅四只角是镏金的狮子头。

厚重窗帘突然摇曳了一下，椅子上多了一个人。

一个女人。

女人身着深红色长裙，逆着重重光影，黑发垂在雪白的脖颈间。她的眼眸似乎同黑暗深处连在了一起，深不见底。

似乎从他一进来就在观察他。

小晨眼睛眯了眯，流露出一丝紧张，他隔着黑色栏杆，试着问：“Miss Freud？弗洛伊德小姐？”

对方坐在红丝绒座椅里，她的右手中指戴着一枚金色眼镜蛇戒指。

“你遇到了凶杀案，死者是一名女士。”

青年一怔。

“你身边还有好几名女性去世。”

红唇危险地吐出这些信息。弗洛伊德小姐摸了下手中的戒指，那条金色眼镜蛇蛇身竖立，蛇头高昂，似乎随时都会吐出毒液。

小晨皱着眉，脸上浮现一丝隐忍。

“她们的死，让你很伤心。”

“够了。”小晨打断她的话，“如果你没有什么线索能给我，就此告辞。”

黑暗中弗洛伊德小姐再次轻轻一笑，他感到蛇一样妖异而冰冷的视线从脚踝缠绕到身躯。

“我帮你。”

她摩挲着金蛇戒。这一次，她站起来，头昂着，深红长裙嗜血般地垂下。她直直盯着他，像位高贵女王般伸出手。他的目光不由自主地落在她的手指上，心脏不由自主地失去控制。她的声音缓缓响起。

“在《圣经》中，蛇是引诱亚当夏娃的邪恶化身。在古埃及众神中，蛇是古埃及的象征和守护神。”

“你更相信哪一个？”

她的眼眸仿佛蛇瞳，朝他狡猾危险一笑。

小晨一个惊醒，仿佛坠落进了一个黑洞，原来这只是自己的一场梦。如此真实。他背后汗津津，脑袋有些眩晕，却又闪过对方诱惑性的嗓音、眼眸与金蛇戒指。

黎铭喊了一声“cut”。

工作人员打开窗帘，阳光把君之荔的肌肤照得光亮透明。不妖冶，不诡谲，但一样的美丽。她拖着裙尾，走到殷白晨身边，对方有点蒙。她笑了笑。

“跟小姐姐试对手戏，怕了吗？”

殷白晨从戏中回过神，他刚刚被君之荔带到悬疑气氛中，没法立即抽身。他拿手遮住眼，想了想。

“蛇这种动物很邪恶的。”

这下轮到她懊恼又羞赧。

当晚，殷白晨梦见君之荔要跟他一起做俯卧撑。他嘴角噙笑，肌肉力量迸发，君之荔位于他身下，他每俯一下身，眼神宠溺。有两三次他的头低着低着，眼见就快要碰触到她的唇，却又在下一秒起身。长久难耐中，君之荔的脸由清冷变微红，最后咬着唇，瞪他：“你还要做多久？”

纤长黑密的睫毛微微颤动，青年撑在她狭小的上方，她身体像盖了一层被子，肌肤发热。他黑眸闪动，低笑。

“你想要我做多久？”

他正想轻轻偷一个吻，君之荔眼睛倏忽一变，瞳仁一瞬间混合了美女蛇的妖诡。她黑色长发垂落，脸如美玉，又诱惑，又令人发怵。君之荔已缓缓抚上他的手臂，金蛇戒在晃动。她的动作很轻、很柔，却令人忐忑不安。他想后退，却发现身体被巨大金蛇缠住。蛇尾迤逦，一圈一圈往上绕。周围像撒了金粉，铺天盖地。

对方眼神妩媚中透着一点冷，红唇翘起：“蛇这种动物很危险。”

那蛇身一点点将殷白晨缠紧，挤压着他的大腿，透着一点窒息感，更多的却是欢愉，让他陡然想起那些上古神话中的人头蛇身。殷白晨在清晨中醒来，回想起昨晚旖旎的梦境，他耳朵发红，真是日有所思夜有所梦，还想试试是怎么回事。

颜环刷着微博热搜，一脸揪心，先是殷白晨进组电影*Miss Freud*，再是电影简介，接着是君之荔的人物小传。她盯着荔荔的定妆照看了半个多小时，那冷冷的神秘感，那危险的高傲感，君之荔眉眼间那微微诡谲的神秘气质，令人特想知道她身后隐藏的故事。

不愧是影后，就连一张定妆照都可以传达出无数情绪。

要是她能在现场该多好。

微博上沸沸扬扬，她却只能在手机那端干瞪眼。颜环愤愤咬下一个圣女果，作为女星，她得保持身材。这个电影怎么就让殷白晨捷足先登了呢？她家荔荔的电影，她也想去。

颜环打电话给公司，但她的合同早马上到期，对方道："你现在不算是我们公司艺人了，我们哪儿还有资源供你这个大小姐挥霍，要不你考虑考虑续约？最近你跟殷白晨炒得火热，你回来，我们加把劲，保证把你炒成一线。"

什么炒成一线。

颜环撇撇嘴，挂断电话，只知道炒炒炒。

当她不靠他们，就没办法了吗？

颜环翻着联系人通讯录，翻了一圈，发现有能力搞定这件事的，竟只有那个娱乐圈冷脸狂魔——观寒？

上次的创伤到现在没痊愈，她的心理阴影面积很大。可是，要在电影中塞个角色，比电视剧难多了，不是带资进组就能搞定的。

颜环犹豫不决，抽了两张塔罗牌，闭上眼，在两张牌前嘀咕："点兵点将，点中哪个是哪个。"

手指落在了右边那张。

偷偷睁眼。

翻开塔罗牌，一看，牌面是倒位死神。

她哀号一声，头重重撞床，竟真的要去找观寒？

她现在装死还来得及吗？

颜环给自己做了一晚的心理建设，第二天穿着Gucci连衣裙，领口上是缎带打成的蝴蝶结，来到耀胜影业集团。

观寒坐在办公桌后，见是颜环，手微不可察地一顿。

颜环纤长双腿并拢，坐到黑色椅上，冲他微笑："Hi，早啊。"

观寒西服周正，整洁克制，他微拉左边袖口，露出一支款式大方的腕表："已经十点了。"

颜环脸上微笑一僵，看不出她只是寒暄吗？谁管到底早不早。

但自己有求于人，也就算了。

她压下腹诽，努力笑得更可爱，学着韩国女星撒娇："欧巴，我听说你们耀胜有追投*Miss Freud*，是否还缺演员呢？" 这么一说，就应该知道她来意吧。她坐近了一点点，朝观寒眨眨眼。

观寒狭长的眼睛看着文件。

颜环侧颜，挤挤眼。

然而观寒视而不见，头都没抬一下，仍在低头看文件。

"投资影视是我们耀胜公司的内部战略，不便告诉外人。要是感兴趣，可以关注我们耀胜娱乐的相关新闻和股票行情。"

"哈，股票行情？"颜环惊呆，一场戏白做了，"难不成我还要成为你们的股东？"

"如果有购买股权的打算，也是可以。"

颜环瞪大眼，不可置信地看着对面这个深度洁癖的处女座。她只是要跟君之荔一起拍电影，怎么就被这个男人绕到了股票期权上？

"我也不跟你兜圈子了。我想进*Miss Freud*剧组，说，什么条件，只要能让我进去。"她大小姐气势也不是盖的。

观寒牵了牵唇，拒绝："条件有很多，但对你，一条也不行。"这拒绝之中还有一股气死人不偿命的毒舌。他素有娱乐圈冷脸狂魔之称，早已说明他不是什么好说话之人。

颜环嘴巴都大张起来了。

"什么叫对我一条也不行？"

她这么个娇俏美丽的小仙女，怎么就一条也不行了。颜环将YSL

手包一放，双手撑在桌面上，与观寒对峙。

“把话说清楚。”

平常人用这种口气与观寒说话，他早就将对方轰出办公室了。但对面是颜环，他不知为什么，并没有这样做。

“意思就是，你现在和殷白晨热度炒得太高。作为Super Sense的经纪人，绝无可能再让你们出现在同一部影视作品中。”

“你、你说是我在蹭殷白晨热度？”颜环反应过来。

她张着嘴，手指着观寒。

好气。

她也不想被粉丝给她和殷白晨凑成CP，她在意的是荔荔，荔荔啊。结果每天都有无数CP粉说高举“白环”大旗，头顶“白环”天空。还不停给她发视频，P图。她哭笑不得。

她发一张过去跟君之荔拍电视剧的合影，文字内容发了一颗红心，想表白自己的女神，结果被CP粉误解自己在偷偷向殷白晨隔空示爱。能想象她当时快要惊掉下巴的心吗？

居然还被营销号转了。

转了还不够，还转了无数次，被认定是实锤，锤个头。

天地可鉴，她心都裂了。一批黑粉还把她骂了个狗血淋头，每天翻她以前的绯闻，说她心机。

她的委屈，他懂吗？

“就算我人气的确不如Super Sense，我也有自己的自尊心，别小看我。”

她居高临下地盯着观寒，表达自己的生气，胸口起伏不定。颜环的身材本来就比一些女星丰满一些，尤其在瘦成平胸的世界，她的胸部是纯天然的真材实料，因此幅度也就更为可观。

“哦，怎么小看你，这不是事实？”

经过上次真人秀和综艺节目，颜环和殷白晨几乎绑定了，热门话题总是离不开他们两个。殷白晨定位是全球形象健康向上的偶像，被女明星绑在一起，对殷白晨有害无利，而颜环的热度却翻了百倍，一下就打开了国民度。这就是他这个经纪人眼中看到的事实。他现在每天都在公关，淡化CP印象，重新稳固殷白晨的人设。

观寒停下手中的黑色签字笔，抬眼，正想回应，却措不及防撞见颜环上下起伏的胸。那完美的胸型被柔软的布料包裹着，红蓝白缎带垂在它们上面。一呼一吸之间，饱满的形状起起落落。

一向冷静洁癖的观寒倏地耳尖一红，极快地垂下眼，快速命令道："给我坐回沙发上去！"

啊？颜环整个人都愣了，完全搞不清眼前的观寒为何突然语气大变。原本白皙瘦削的脸上，好像浮现出一丝慌乱，还有一丝红晕。

她懵懵懂懂地退到沙发上。

"坐好了吗？"观寒垂着头问。

"嗯，坐好了。"颜环答道，心中越发觉得奇怪。

观寒抬头，视线不自觉滑到颜环身上。这次他直接忽略对方的胸，却不小心又瞟见对方裙角没放好，翘了起来，露出雪白的大腿外侧。尺度自然没有比基尼那么大，可对方今天有股学生气，肌肤与黑色沙发对比又太鲜明，这点点雪白就越发显得动人。

观寒再次飞快收回视线，声音从牙齿中挤出："裙子。"

要是一般女星，敢跟殷白晨炒CP，又故意在自己办公室这样那样，他早就觉得对方图谋不轨，居心不良。但可疑的是，他对颜环的人品却并未有这方面的推测。

颜环循声望去，惊呼了一声，脸也飞快浮出绯红，赶紧把裙角拉了拉，密密遮住大腿，又拿手包放在膝盖上遮住。

但这下两人都坐得不安稳了。

颜环为了掩饰自己刚刚的窘境，刻意红着脸大声说："我不管，反正我要进*Miss Freud*。”故意胡搅蛮缠，想一笔带过刚才的尴尬。

观寒看破了她的意图，双手支起，合掌搭在面前，遮住自己黑眸一点笑意。

“不行。”

“为什么？”

“这部电影已经没有女性角色了。”观寒叹了口气，细细长长的眼眸在她身上转了一圈，“你又不是男的。”脑海里又飞快浮现那两幕，起伏不定的大胸和雪白长腿。

“你、你……”

颜环无法反驳。

颜环脸红红、气呼呼地离开。观寒定了片刻，从抽屉拿出一个黑色小本本。前面已经记了很多页，他翻到颜环那页，对方已经被他扣了三十分。

黑色签字笔滑动，他字迹利落。

下方又写上：-10。理由：胸太大。

引人分心。

殷白晨收到一条语音。微信头像是君之荔跟另外一个女孩的合影。合照不大，但肤白冷艳的荔荔轻盈灵动，令人惊艳。殷白晨爱不释手，欣赏了很久。

等点开语言，才发现上了当，里面竟传来颜环的声音。

“殷白晨，不要以为我不知道，你故意让观寒舟山他们拦我。别得意，荔荔迷妹有很多，少了我一个，还有千千万。”

荔荔两个字叫得很亲昵嘛。

殷白晨懒洋洋地钳住手机两侧，嘚瑟而不失优雅：“荔荔身边的位置，我早就承包了，某人想也想不来。”

他满脸自信地点了返回。

还想恐吓他，哼。

瞥了瞥误导过自己的微信头像，刚才没在意，只看到荔荔一人，现在定睛一看，才发现跟君之荔合影的是颜环。

居然把跟荔荔的合影放出来摆显。

当他没有？

殷白晨挑眉皱鼻，想从相册翻出一张，结果翻了个遍，发现还真没有。君之荔界限分明，对男明星不假颜色，君之荔从没跟他单独合影过，他与她只有群体合照。

殷白晨悻悻然。

戳进颜环朋友圈。

相册封面竟然放的也是跟荔荔的合影。

再瞟了眼个性签名。

荔荔虐我千百遍，我待荔荔如初恋。

殷白晨哼哼。

往下拉，不是颜环自己的自拍，就是跟荔荔一起的表情包。

不在意。我不在意。小学生才这么幼稚。

殷白晨直接把颜环备注成“小学鸡”。

他虎视眈眈，盯着那些照片片刻，忽然转念，坏笑着按动手指，一张张保存下来。他可以将颜环裁掉，把自己P到君之荔身边去嘛。

凭自己的本事P表情包，更凭自己的本事占有君之荔身边的位置。

简直完美。

隔天继续拍戏。*Miss Freud*从电影名字就可看出，主要戏份全压在君之荔身上，她的拍摄任务非常重。殷白晨虽是男一，但作用也只是将案情进展串起来，不算真正挑大梁。

殷白晨坐在导演旁边，其他人以为他好学、偷师，实际上君之荔的每一场戏，他都想在现场见证。

这一幕是君之荔与男二周曦的对手戏。周曦饰演殷白晨那位神龙见首不见尾的师父，最神秘的侧写师，同时与弗洛伊德小姐之间有着千丝万缕的联系。

昏暗别墅内，身穿马甲，带着佩枪的侧写师转过身，杯中的咖啡热气四溢，在光尘里无规律地飘散。

“我送来的礼物喜欢吗？”

侧写师端着咖啡，胳膊上扣着袖箍。光影打在他的脸上，他的眼睛、嘴唇、棕色佩枪套，散发出浓郁的油画质感。

镜头慢慢摇向弗洛伊德小姐。

弗洛伊德小姐一身女伯爵式骑马服。深红丝绒外套有棱有角，两排铜扣非常精致，勾勒出挺括的轮廓。长筒裤衬得她的腿异常地长，黑色高筒靴加深了这股气势。她的手上是一本用古英语写的《莎士比亚十四行诗》。

她的眼睛缓缓抬起，美丽的唇渐启：“还不错。”

男人的眼与女人的眼隔着黑色铁栏杆对视。

墙壁上悬挂着长有鹿角的大鹿头，被一排黑色铁栏杆分割成几何形，呈现出电影镜头美学。

“第六个受害者出现了。”

“你的心中依旧有怒火。”

侧写师唇角忽而勾起：“在远古时代，人类的基因就刻下了恐惧与愤怒，这两股力量让人类生存，也让人类毁灭。”

“何必压抑自己？释放，才是最正确的选择。”

宗教、哲学、心理学，两人的对话如在国际象棋棋盘中下快棋，一旦捕捉到微小缺口，立刻重兵压城，摧毁对方城池。

弗洛伊德小姐微微昂首，她的眼眸里露出一个颇有深意的笑。

“那你，到底是原罪的携带者，还是控制者？”

侧写师一愣，顿了顿，他目光凝视君之荔，空气中蓦然蒸腾出苦涩的香气，他将咖啡缓缓浇在地上，对黑栏杆内的女人说道。

“总有一天你会自己出来。”

两大实力演员飙戏，整个张力刺激得现场工作人员都快起鸡皮疙瘩。那微表情，那节奏的控制感，内心戏的精准度，太恐怖了。

君之荔望向不远处，那处的掌声最有力，青年头发蓬松，穿着连帽卫衣，卖力鼓掌，从胸前鼓到脸庞前，简直是花式鼓掌大法。他的眉眼极富魅力与生机。

君之荔唇角抑制不住地微微勾了勾。她正要过去，周曦将她拦了下来。周曦是电影咖，虽然在电影中常年演男二、男三或反派，但是演技不俗，甚至得过一次最佳男配奖。

“百闻不如一见。”周曦开口，与拍摄时不同，此时他的肢体小动作不如电影角色沉稳，魅力黯淡了很多，“以前就久闻您的大名，不愧是史上最年轻的影后，刚刚台词功底真是绝了，可以说是教科书般的演技。”周曦吹捧着对方。冲着君之荔，他才接演的这部片子。没想到，真不亏，连流量小鲜肉都参演了。

“谢谢。”君之荔淡淡道。

君之荔想走，但周曦强行跟随：“要不加个微信，聊剧本也方便？”

“现场对戏就可以了。”她不习惯跟不熟的人加微信。

“今天跟您见面特别开心，晚上一起去吃个饭吧。”

“在节食。”更不喜欢随随便便跟人吃饭。

周曦掏出手机，就这耽误的一下工夫，君之荔已走出两三步远，他连忙追过去：“君小姐，要不我们合拍一张？”微信不给，约吃饭不去，合影总可以吧。等这照片一拍，他就可以发朋友圈了，他也是跟传说中的高岭之花合影过的人了。

“先来后到，君小姐都还没跟我拍过。”

一道男声突然出现，殷白晨朝君之荔走来，他长腿一跨，挡在两人之间。周曦感觉自己被对方瞪了一眼。对方高大帅气，身形挺拔，脸庞精致立体，自己瞬间被比得像个土气大叔。

殷白晨现在是最炙手可热的超人气男艺人，君之荔尚未与他合过影，那么拒绝自己也是情理之中？周曦打消了主意，但是又有点不甘心，他遇到殷白晨居然秒输了。

君之荔站在身旁，被殷白晨的眼神扫了一下，他跟她那么久，都没合过影。周曦看着这两人，莫名觉得两人之间气氛有些异样，只是一时之间也说不出怪在哪儿。

本来这部电影有君之荔加盟，还有殷白晨庞大的粉丝群体，周曦心里打过算盘，觉得自己选的戏不错，但现在他心底对殷白晨起了敌意，有些嘲讽地看了殷白晨两眼。

“哦，流量小鲜肉。”

小鲜肉这个词，最开始是褒义，现在在圈内却成了没演技的代名词。

君之荔眼神一冷，清冷的脸上划过一丝厌恶。她第一时间瞟向殷白晨，对周曦态度明显变了。

“也不知剧组怎么想的，君小姐堂堂影后，却要跟你们这种小鲜肉搭戏，真是为她不值。”周曦越发恶意，原来踩小鲜肉，以前辈的名义打压他们，这么爽，你看，就算他这样说了，小鲜肉顾及形象，也没法还口不是？

“你看你，功底单薄，表情单调，别辱了影后的演技……”

“够了！”

周曦、殷白晨同时一震，他们竟听到君之荔发出呵斥！君之荔为人冷淡，距离感很强，像冰一样令人无法靠近，但从不会发火，更不会为别人动怒。

君之荔眼神冷冷，面无表情地看着周曦。

“是不是对我的侮辱，我自有评判，不需要别人借着我名气去打压他人。所谓流量，是资本为了量化变现能力制造的数据概念，它的前身指超人气，跟资本毫无关系。一个人能受欢迎、有影响力是他的能力之一，只要他没用这种影响力做坏事，就不应该替资本背负原罪。”

殷白晨望着君之荔，心头一暖，这一刻，他清楚自己遇到了这世上最好的女人。

周曦老脸一红。

青年也站了出来，眉眼认真：“现在我二十二岁，演戏可能还不够成熟，但不代表三十岁、四十岁，交不出一个满意的答卷。但无论什么时候，我都尊重真正的演员，真正的老戏骨。”

整个空气寂静了一会儿，周曦神色复杂地看了看殷白晨，走了。

半晌，青年摸着自己脑袋，朝君之荔侧颜一笑：“我好像记得，我们合作第一场戏时，你不是也把我贬得一团糟？”跟刚才略微严肃的神情不同，此时殷白晨脸部线条柔和了一些，他用胳膊肘戳君之荔，缓和气氛。他只希望君之荔心里跟他有关的记忆都是开心的。

“与你无关。”

君之荔慌乱了一下，刚刚她也不知道为什么，就不愿意别人说殷白晨坏话，下意识就那样做了。她好像变得更加不像她自己。

她凝神看着殷白晨：“他刚才那些话，你别往心里去。”

她知道每位演员背负的压力，也能知道他心中的压力。

“我知道外界是怎么说我的。” 青年抬眸笑了笑，有一丝丝苦，但更多的是坚韧，“我会成长，我也会让他们刮目相看。”

“你为什么不对外说出你的抱负？”说出来能正名很多。

“因为我是男人，男人只会将野心放在心中。”只会用实力做出来。

两人眼神交汇良久，君之荔脸开始热。青年的人品、行动渐渐打动了她的心，但是他们两人不可能。

“我先走了。”君之荔走了两步又回头强调，“刚才那番话只是随口说说，你别多想。”

英俊青年愣了两秒，轻快跟上，脸上一脸笑意，像完全听不懂她的话似的，反而用身体挤挤君之荔，漆黑的眼里浮现出一抹光。

“荔荔，你知道吗？你刚才的样子很像护夫仙妻，我心底很高兴。”

她脚步一个踉跄，他赶紧扶住，打趣道：“投怀送抱？”

青年低沉的嗓音响在她耳边：“荔荔，你好急，不能等等吗？”

君之荔红着耳，咬牙：“给我闭嘴。”

青年笑得宠溺。

君之荔在休息间背剧本。

几个女性工作人员经过：“快快，殷白晨今天跟周曦拍对手戏。”她们以为没人，说话也就没什么忌惮。

房间内的君之荔耳朵一尖，注意力已不在剧本上。

“白晨晨真是帅，没想到真人比照片上瘦多了。”

“演技没周曦好。”

“光凭殷白晨的颜，我就可以把电影看三遍。”人心总有偏爱。

黎铭见君之荔来现场，有点惊奇。进组这些天，他和工作人员看得到这位影后十分敬业，无时无刻不在揣摩角色，电影剧本上做满了笔记。拍摄期间任何活动都不参加，洁身自好得很。果然能称之影后的，必有其影后的风骨态度。最近尤为入戏，有时一个眼风过来，甚至能感受到Miss Freud本体附体。

虽然表演方法分为体验派和表现派，入戏之后能马上出戏，能体现一个演员的自我控制能力，但凭他这些年观察，那种更适合电视剧的拍法，作为电影则会损失掉细节质感的精细度，而正是那种打磨到精准的微乎其微的细腻，才让艺术电影值得被一遍又一遍回味。

平日此时，君之荔肯定在其他地方阅读剧本，然而此刻却站到了现场。她上身是件不规则黑色荷叶边露单肩白衬衫，下身是简约的黑色A字裙，很显气质。

黎铭示意工作人员加把椅子："来来来，坐。今天怎么过来了？"

"来看看其他人的状态。"君之荔淡雅一笑，端正坐下。

黎铭了然般地点点头。影后总有影后的想法，看看其他人的表演，能对她的人物塑造更有益处吧。他没发现的是，君之荔口里说着其他人，视线却轻轻地瞟向了殷白晨。

殷白晨在满是卷宗的道具旁，抓紧最后一分钟看剧本。一双浓浓微皱的眉毛下，眼神异常认真。见青年没有察觉到自己来了，君之荔心中反而升起一点欣慰，她并不希望殷白晨只是为了跟自己合作才参演这部电影。

常年与凶杀、死亡、大案要案纠缠联系，调查组气氛十分沉重。通风口处的通风扇一圈一圈转着，晦暗不明的光明明灭灭。桌上卷宗高筑，电话、文件、钢笔散落四处。整个营造一股糙老爷们儿的风格。

警探们熬了通宵，下巴上冒起青色胡茬，早已习以为常。

前景处是殷白晨和周曦。

小晨翻完结案卷宗，年轻的眼中泛起一丝迷惑："难道女富豪真是自杀？"

他那次晨跑救下的女富豪又离奇死亡的案子出结果了。被Miss

Freud一语命中。女富豪已破产，丈夫欲与小三远走高飞。她伪装他杀实为自杀，利用社会舆论替自己复仇。但这个案件有一个突兀的点，女富豪生前突然给自己买了100万保险金，他们顺着这条线索顺藤摸瓜，但100万在富人圈不算什么，要买也是亿万起价。这条线索似乎太过刻意。

“人性最可怕的是，一旦养成好逸恶劳的习性，就只会恶性循环。”

“按照他们的消费习惯，钱很快就会花光。没了金钱，两人很快就会开始争吵、争执，最后男性把脑筋动到小三头上，什么会给他启示？”

Miss Freud神秘一笑。

“100万只是一个人性的开关。也是女富豪给她丈夫和小三设下的致命陷阱。社会舆论只能唾弃他们，却不能诛心，她要的是渣男最后亲自动手杀小三。她是不擅长爱情的女强人，却十分擅长算计金钱与人性。”

小晨从对话回到现实。

“你对Miss Freud怎么看？”师父端着咖啡，他唇角的弧度有些高深，竟与Miss Freud有种相似感。

“我觉得她有点危险。”热血小警探神情恍惚了一下。那个女人太让他印象深刻，他甚至做梦都梦见过那条深红色长裙。长裙滴着血，金蛇吐着芯子，却将他往她身边引。

“危险是好奇的另一种呈现。”师父眼眸动了动，缓缓饮下咖啡，“说不定，你想了解她的欲望比你想克制住这个欲望更强。”

整场戏的节奏被周曦主导，他独揽大局，气势稳定，又有一丝神秘。这正是他要的效果，他要在与殷白晨的对手戏中体现自己演技的老练。原本剧本到此为止，但周曦余光一瞥，见导演黎铭和君之荔都在看这场戏，不由地想再表现一番。

光影打在周曦的脸上，他顺着刚才的气氛，将咖啡杯递给殷白晨："给我倒杯咖啡。"

殷白晨微微一怔，剧本和先前的对戏中，并没有这个动作。

君之荔身体前倾，她一扫周曦的微神态就知道，这是周曦的即兴发挥。如果顺从地接过杯子，殷白晨这段表演就毫无亮点，如果不接，又对不上戏，因为作为热血小警探的师父，周曦的动作、命令要求，又是符合人物身份的。

君之荔嘴唇微微抿起。

殷白晨突然若有所思，"咦"了一声。周曦被这眼打量得有点怪，一下没接住。"怎么？"刚开完口，他就意识到，自己这句仓促了。

"没事，这就去给师父冲。"殷白晨笑了笑，答道，但他的视线在咖啡杯上停留了半秒，为影片添加了一份悬疑气氛。

导演黎铭喊："Cut！"

君之荔眼神柔和了起来，青年在最后一秒利用细节构建了张力，将周曦的节奏打乱，小小翻盘了一下。像一盘棋局，原本黑子霸占了半壁，但最后一角，白子落下，赢得了一些局面。俨然已让人看到新生的潜力。

殷白晨活动了一下右臂，望见导演旁的君之荔，黑眸亮了起来。

"你怎么过来了？"

他的眼神有点欣喜有点不可置信，她的心莫名扬起一下。

青年一身黑色警探制服向她走来，黑色制服有板有眼，将他高挑的身材显现出来。

"我刚刚演得怎么样？"

他询问着她的建议，眉眼间流淌着一抹光。

她压住想夸奖他的冲动："还行，60分。"其实完成度不错。

殷白晨脸上划过一丝波动，正了正警帽，走近君之荔："昨天你跟我交谈了一下，我就演技进步到60分，要不今天再谈会儿，说不定明天就涨到了80分？”

青年漾着笑，眼睛闪着光，眼尾细致而清晰，说的话像春风撩动水雾。

这家伙，怎么每件事都能跟她扯上关系？

“再做两百个俯卧撑，还能涨到100分。”君之荔冷冷道。

殷白晨大笑。他的唇线舒展着，黑眸低垂，俯视着君之荔。旁人眼中，一个女人可以是冷艳的，可以是高贵的，他们看到的是她的外在印象。但在喜欢的人眼中，他的女孩做什么都可爱。

“不用遮掩了，你的心我都懂。”

殷白晨宠溺地看着君之荔装作瞟着别处的模样。他一靠近，她就压根不敢与自己对视，纤长的睫毛会颤。即使她是高冷的小姐姐，他也想呵护她、宠爱她，像个男人一样爱她。

跟殷白晨在一起的每一分每一秒都像一场艰难的战役。她努力防守，青年却一次又一次对她的心发动进攻。她害怕沦陷。一个女孩要把自己的心交给其他人，这需要多么大的勇气。

君之荔按下波澜起伏的心，认真道：“定个时间，我给你特训一下。”

这是她看完周曦与殷白晨的对手戏后的决定。能够万中选优，成为顶流偶像，外形、资质不会差，但是没有专业的引导训练，演技会一直徘徊在门外。

“特训？”殷白晨一怔，接着唇角抑制不住地扬起，年轻脸庞上的喜悦无以复加，浓浓的眉宇下，眼神热切望着她，追问道，“是专门为我定制的演技特训？”

“只是不想被你拖累而已。”

“口是心非，荔荔，”青年黑眸含笑，看穿了她，额头靠近，

“明明是在关心我。”

君之荔佯装没听懂，刻意侧过脸。

就不能简单地答应或拒绝吗？为什么这个男人总有种魔力，能把普普通通的一个提议变成一种亲昵到令人羞赧的气氛。

“信不信随你。”她头一别，离去。

“徒儿定当不辱使命，必将好好服侍女恩师。”殷白晨的声音从身后传来，青年的尾音有种奇特的宠溺。

什么叫好好服侍？！听起来这么、这么……

君之荔脸红心跳，幸好对方看不到她的表情，特训还没开始，她就已经开始怀疑这个决定是不是错了。

舟山瞥见自家顶流远送影后的眼神，感觉殷白晨中了爱情蛊。

舟山和段夏夏坐在酒店咖啡厅的小圆桌旁，白色遮阳伞下两人径自喝着橙汁，看似各干各的，实则防止隔墙有耳。两人偷偷摸摸用微信与对方“商谈”。自家艺人要与对方特训，这可是了不得的大事。场地选哪儿？怎么安排？艺人不操心，他们操碎心。肯定不能被人看见、拍到吧。舟山跟段夏夏两人苦着脸，偷偷摸摸，活像一对假扮情侣的地下党。

“去君小姐的房间？”舟山发送接头暗号。

“怎么可以去荔荔那儿。”语气有一丝嗔怪，男生去女生房间像话吗？

“那去白晨哥房间？”这下可以吧。

“怎么可以去他那儿。”女生去男生房间更不好，万一被狗仔队拍到，她家荔荔不就洗都洗不清了？不行不行。

“你说怎么办，难道去我房间？”舟山随口一提。

“你是白晨晨的人。”段夏夏继续道，“去你房间，跟去白晨晨房间性质一样，万一被拍到，一样会被媒体误会，就没有别的提案吗？”

哎呀，这也不行，那也不行，君之荔经纪人有点难搞。舟山抓了抓头，抬眸，瞥了段夏夏一眼。秋风吹去了烦躁，对方栗色卷翘短发也跟着摆动了一下。圆圆的小脸，嘴唇嫣红，白白嫩嫩，舟山突然发现，对方竟有点可爱。

他无意中瞟了瞟其他桌子，大多是一男一女，两两依偎的亲密情侣。不少桌子上还摆着一盒高级玫瑰，娇嫩的玫瑰色给傍晚涂抹上一丝妩媚。

舟山这才记起来，今天是七夕！竟没被当是异类，难道是他旁边有段夏夏，无形中伪装了一下？一想到这种可能，他莫名骄傲了一下是怎么回事。

“那你说去哪儿吧。”舟山的口吻不自觉软了。

段夏夏左思右想，一时之间也想不出其他地方，但是让荔荔去男生房间总有点不安全。

“那来我房间吧。” 贡献出自己的房间总比荔荔去别处放心一些。

舟山微微一怔。

“哦哦。”好险，他刚刚竟心猿意马会错意。都怪段夏夏脸嘟嘟的、白白的，让他很想捏。

段夏夏喝了一口橙汁，一抬头，没想到对方伸出了手，想捏自己的脸。她猝不及防，一时呛红了脸。舟山也尬住了，连忙够过去，帮她拍背顺气。一定是今晚月色太美。

段夏夏低头咳着，她没想到，竟有男性对自己有这番心思，难道、难道……

“你在干吗？”她佯装呵斥，声音却轻若蚊吟。

舟山有些心虚，刚想否认，却鬼使神差说了一句：“觉得你很可爱。”

可爱。

明明很常见的词，但这会儿听的人有不一样的情愫，这个词的情感意义也就不一样了……可爱到想摸她的脸吗？

“就这么说定了。我、我先走了。”段夏夏佯装镇定站起，抓过金色手包，娇小的身影快速跑远。

舟山看着段夏夏的背影，一直抿着嘴笑。他感觉自己像中了魔咒，越看越觉得对方娇俏可爱。直到段夏夏背影远去，才浑身一震，他刚刚在干吗？难道他被殷白晨传染了恋爱病毒。

当晚，舟山四处侦查过后，将殷白晨带到了段夏夏的房间。开门的瞬间，两人打了个照面，舟山、段夏夏不自然地瞥开眼神。双方心中不约而同地感到奇怪：我为什么要瞥开？又不是做贼心虚。

双层窗帘早已被紧紧拉好。君之荔身着一条宝蓝色真丝长裙，耳环是金色几何形状，简洁、时尚。她正坐在美人榻上翻剧本，一转身，黑色长发涌动，瞬间吸走了殷白晨的目光。殷白晨一身白色卫衣、破洞牛仔裤，嘴角的笑意退都退不下去。

这一对明秀暗撩，段夏夏、舟山快看不下去。互看一眼：“我们撤了。”不撤等着被亮瞎吗？

房门被轻轻锁上。

被殷白晨这样看着，君之荔感觉自己有点不自然，她站起来，先发制人：“我特训很严。”

殷白晨的眼神仍然暖暖的：“好。”

“要是不能好好演戏，我随时会喊停，让你出局。”她更加严厉。

“我不会让你有‘cut’的可能。”

对方的回答不按套路出牌，君之荔不想再陷入那种令人心悸的微妙氛围，她翻了翻专门写给殷白晨的辅导笔记，开始了第一场特训：“想象一个喝咖啡的场景，描述出来。”

殷白晨有点诧异。喝咖啡？他回想了一下平时的场景：“从舟山手中接过白色杯装咖啡。放在手心有点重，有点烫。吸一口，咖啡香气很醇，微苦。”

“用动作演绎出来。”

君之荔拉开一把凳子，用下巴示意，殷白晨愣了一会儿，这怎么展现，动作好像寥寥无几？一看他的神情君之荔就明白怎么回事。她径自坐上去，做了个示范。一只脚大马金刀地搁在了左腿上，身体懒懒地往后靠，还抖了两下。一下子男性的痞气与粗糙感全出来了。她伸出双指，往鼻梁上的虚无地推了推，殷白晨一看就知道她在推墨镜。紧接着，拇指和食指一托一扣。那是握着手机语音的姿态。脑袋被脖颈晃晃地支着，脸上流露出一丝又渴又虚脱的表情：“舟山，咖啡好了吗？”

殷白晨眉毛钦佩地扬起，啪啪啪鼓掌，一脸“神了”的表情。

“你怎么能演出这么多细节？”太可怕了。一看就知道君之荔演的是男明星，惟妙惟肖。

君之荔淡淡道：“现实生活中演员要多观察。”

殷白晨点头，刚刚短暂却精准的演绎就足以可见君之荔观察模仿本领之强。他感觉君之荔上下打量了自己一圈。

“我看过你跳舞。”君之荔回想起深夜看殷白晨视频的记忆，“你们经常练舞，对肌肉的运用，节奏、肢体动作的把控应该更敏锐。”她的眼神转向殷白晨，“所以我相信这点难不倒你。”

舞蹈要记动作要跳得好看，就要格外注意肢体的运用，抠每一个步骤的细节，这点与表演中的肢体表现有一定相通之处。

殷白晨眼睛弯出一个弧度。

他能感受到君之荔对他的体贴与用心，对方专业能力极强，却没有轻视他，而是以发展的角度看问题，还帮他列出优势，不动声色地鼓励他。对方对他潜力挖掘的心意他收下了。

他不想气氛太严肃，皮了一下。

“不过荔荔，你想看我跳舞，说一声就行，我现场就跳给你看。但你为什么喜欢偷偷翻视频看我跳舞？是不是对我有什么企图？”

殷白晨的笑脸在眼前放大，君之荔被逼得一步又一步后退，心如擂鼓，膝盖发软。她闭着眼，快速喊了一声：“Cut！再不停，就出局。”

殷白晨举双手投降，闷笑：“不要cut，你的徒弟很乖很听话。”当一个干干净净的美青年说出这样的话时，你真是一点责罚他的心都没有。

君之荔只好咬咬牙：“把刚才的场景再试一遍。”

青年头微微往左侧了一下，进入到一个极快的思考模式中。片刻之后，殷白晨回头，脸庞猛地在君之荔眼前放大了一下，五官愈发英俊。殷白晨坐在椅子上，面前仿佛有了一张桌子，他懒懒地趴着。

好像在等人。等了很长时间，心情却有一丝甜蜜。

突然，他坐直了，挠了挠脸，嘴巴勾起一抹弧度。他从旁边拿出一支马克笔，拔开笔盖。左手握着一个杯子，右手在上面画着什么，好像是一颗桃心。画完后，他满意地笑了笑，眼睛弯得更深，里面一片柔情。他又模仿着先前的模样，画完第二个杯子。最后看着自己手里的两只，慢慢靠拢它们。轻轻一碰，好像刚刚画的两个桃心在kiss。

殷白晨笑了。用手指戳着右边那个，柔声道：“你在哪儿？快出现。”

君之荔看出殷白晨在演什么，令人诧异的是，青年竟这么快就掌握了精髓，马上就知道抓动作、眼神和情绪，一方面也恼殷白晨，她敏锐地觉察到殷白晨是靠想象着与一个女人的互动在演，而那个女人极有可能是……

青年英俊的脸凑过来：“演得怎么样？”

“还行。演戏不只靠片段，还要看整体。”她避重就轻。

殷白晨黑眸含着笑意：“明白。君老师，你猜，我演时脑中想的是谁？”

君之荔羞恼，他明知故问。

第

十章

最美是牵着你的手

颜环一身Dior白裙，开车驶向*Miss Freud*片场。跟公司解约后，她孑然一身。想成立工作室吧，又不认识什么资源好、捧人能力强的团队，单干接了两部戏，累得她肌肤状态都不好了，干脆给自己放了大假，去探班君之荔好了。

路过加油站，无意一瞥，有辆车很眼熟，越想越觉得自己在哪儿见过，就凭那光可鉴人、堪比镜面的白色车身，这在她记忆中不是独一份？狐疑地后退了几米，靠近一看，还真是观寒那辆劳斯莱斯。

颜环一惊，接着心中一喜。她跳下车门，狡黠地巡视了下四周，又故意装模作样，在车周围溜达了一圈，一边围着车转，一边敲敲车窗。美丽的脸微微倾斜，她装模作样打招呼：“观寒？观寒？”见没人答应，又蹭着车玻璃，探头探脑往里看。

天助她也，还真没人！

颜环内心狂笑，今天双喜临门，又能见到荔荔，还有机会“复仇”。她抚摸着光洁的车身，想起那日被当成小女仆，被大魔王使唤挑剔的场景，寸寸都是泪。

推了推玳瑁墨镜，颜环反派般哼笑了两声，“戏精小仙女”上身，她得意扬扬，掏枪一样掏出MAC口红：“不流泪，是因为我的睫毛膏很贵。”颜环旋出大红色膏体，对着车比来画去，“但是为了你，再贵的口红又算得了什么呢？”

白色车体上顿时多了一抹红。

“哎呀，不小心碰到了。”颜环装作惊讶捂嘴，脸蛋清纯，眼中戏谑满满，随手又一画，“好事成双。”

车上红痕越来越多，颜环觉得还不够，干脆连成了一个蝴蝶结。英气的劳斯莱斯被涂成骚包蝴蝶结。一想到处女座的观寒可能会出现的脸色，颜环笑得停不下来。

“让你叫我打扫卫生，我美丽细滑的小手都糙了。

“让你说我蹭殷白晨热度，老娘天生丽质，不用蹭。

“让你阻拦我参演*Miss Freud*，呜呜呜，我的荔荔……”

颜环眯了眯眼，又心生一计。

“洁癖严重成你这样，性格也不行，肯定母胎单身一万年，没有女朋友！我就好人做到底，送你一程。”

颜环微微昂着下巴，像个蛇蝎美女，弯腰，翘臀，趴在车上拿着口红乱写，还自觉字迹飘逸。写完，满意地点点头，大功告成拍拍手。

“写完了？”

“嗯。”

“写得很开心？”

“当然。”

有人跟她一唱一和，是谁这么懂她，转头一看，整个魂都惊飞了。

“啊你怎么像个鬼一样，都不出声！”刚刚跟她说话的竟是观寒！不知道在她背后站了多久，太可怕了。

男人深蓝色西装整洁得一丝褶皱都没有，一只手随意举着手机，袖口边缘有棱有角。

“没出声？你以为在跟谁说话。”他危险地眯眯眼。

她竟被大魔王抓到个现行。

颜环干笑着用身体遮住刚刚写好的那行字，整个人缩成小乌龟，眼睛乱瞟，想趁机开溜。

“想跑也没关系。”细细长长的眼眸居高临下，大魔王晃了晃手中的手机视频，“我会直接把这些传给营销号，数量不多，就一些照片和录像视频。”

这些还不够多？还传给营销号，那她不被黑子们骂死？

观寒抱着双臂，好整以暇：“不用担心，追Super Sense的狗仔很多，我跟他们学过技术，是专业级别的，录得很清晰。”

还清晰？这是恐吓！

盯着她的观寒从容不迫、寒气逼人，伸出一点点指尖，像抓小奶猫脖子似的，把她抓走，显露出她刚刚写下的最后几行字。

“急招女朋友。微信号：……”

“急招女朋友？”观寒犀利挑起眉峰，语气冷冷地读完，狭长的眼眸唰一下，“还放上了我的微信号？”

颜环哆哆嗦嗦，装傻笑，没见到真人时，她超嘚瑟，怎么真人一出现，她那二米八的气场就掉线了。

“我这不是为你的终身大事着想吗？”颜环胡乱扯着理由，眨着大眼睛，“你每天跟着Super Sense三个，时间久了，说不定性取向会出问题。招募一个女朋友，有益身心。”她真是个善良的小仙女。

“哦，这么说你是关心我？”

“对对，否则我怎么会用这么贵的口红呢？还是我最喜欢的一支。”

颜环傻乎乎假笑，还轻轻摇着观寒的手臂。

“放开。”黑眸瞥了一下。

颜环微微一怔，噘嘴，放手：“放开就放开，干吗那么凶，以为我对其他男人都会这样？”

男人眼眸微微一动。

视线在脸颊鼓鼓的颜环脸上转了一圈，语气缓了一下，命令道：“打开手机，找到添加，输入×××××。”

颜环呆头呆脑地遵照指令，直到填完验证，弹出对话框：“对方已经通过你的请求。”她才发现，她刚刚加的不是观寒的微信吗？

“让我加你干吗？”

“你不是要替我招募女朋友？”

“是啊。”

“你不是女的？”

“没错，但是……”

“你不是说关心我的终身大事，对我的心天地可鉴，不想让我误入歧途，想对我做有益身心的事？”

“是，可是……”

每条有理有据，令人欲辩已忘言，但她怎么觉得有点奇怪呢？观寒像看出她心中所想，从上到下，挑剔地将颜环打量了一圈。

“招募只表示有应聘的资格，是不是被选上还不一定。你性格不是最好，也不爱干净，现在没经纪公司，没资源，怎么看都是我比较吃亏。算了，勉强当你的经纪人吧。”

什么？她还不一定会被选上？颜环被这眼神一激，愤愤挺胸，纤细的手指戳着男人的胸膛：“搞清楚，我这么漂亮大方，性格开朗，当你的女朋友绰绰有余。我可是别人想要都要不到的小宝贝，必须捧在手里怕摔了，含在嘴里怕化了！”

观寒的眼眸极快地笑了一下。

“哦，含在嘴里？”

颜环陡然一个刹车，脸迅速涨得通红：“那只是一个俗语、比喻，懂不懂？”

观寒不再多言，拿过颜环的口红，涂掉微信号，然后走到颜环的车边，打开车门，对她示意：“上车。”颜环晕乎乎地坐到副驾上，观寒走回另一边，嫌弃地看了看蕾丝花边的方向盘，粉粉嫩嫩的车座，最后还是长腿跨进车，发动车子。身边多了一个俊男司机，颜环这才反应过来：“你开我的车干吗？”

观寒目视前方。

“虽然不算整洁，但勉强能开。”

“你的车呢？”

颜环话一说完，就感觉一道鄙夷的视线扫过她的脖颈，好像自己说了什么大逆不道的话。

“被某人拿口红画得乱七八糟，在她没有清洁干净之前，作为经纪人，她的车先归我管。”

颜环呆滞。难道又要她当女仆，还要扣押她的宝贝爱车？

“这不是个误会吗？”垂死挣扎，她再不想像灰姑娘那样去洗车了。

“也许把证据发到营销号，你可以对他们这样解释。”

毒舌刁钻。

颜环气鼓鼓，漂亮的眼珠一转，想到一个打击观寒的好借口：“我又还没答应你做我的经纪人。”

求她，来求她呀。

观寒嗤笑一声，都懒得瞟她。

“你去探班的电影*Miss Freud*，我们公司有投资，只要我一声令下，你绝对会被拦在外面，八百年见不到一面。”

颜环惊了，奇了，不甘心地说：“凭什么啊？片场又不是你家开的。”

“第一，基于电影保密原则；

“第二，作为Super Sense的经纪人，严禁你去探班，避免被媒体误认你去探班殷白晨；

“第三，身为一个没后台、没资源、没团队的三无女星，不光是今天探班你会被阻拦，就连以后发布会、现场活动，还有其他，你都极有可能被阻拦在外。”

“作为经纪人，”观寒特地顿了顿，意味深长看了颜环一眼，再漫不经心地收回视线，“满足你探班君之荔，跟她同框这点权利，我还是有的。”

颜环慢慢从眼睛瞪大，到目瞪口呆，再到留意到观寒最后一个眼神。正直的她立刻从善如流，一把扑向观寒的胳膊：“我签！”

丰满的胸部无意中摩擦着观寒的手臂，刚刚语言犀利、面色高冷的观寒耳尖不经意红了一秒，他飞快抽出手臂，整了整深蓝色西服，声音极轻地说了一下。

“不要以为这样，就可以免去洗车的劳动。”

“你就不能假装忘记这件事吗？”

“呵呵，那你怕是对处女座有什么误解。”

“你最好牢记你经纪人的禁忌，做得不好，扣分警告。忘了告诉你，在你兴致勃勃给我的车涂口红时，我已在小黑本上扣过你的分了。”

颜环吐血。

一个人怎么能又偷拍她，又完成扣分警告的动作呢？

“我到底被扣了多少分？还有几分？”

观寒闻言，挑了挑眉，语气居然很愉悦：“还有十分，还可以在我车上再涂一次。”

这个变态的大魔王。

“不敢了，再也不敢了。”她再也不想洗车了！

“听话了？”

“听！”颜环含泪。

两人到了片场。君之荔正跟周曦拍戏。颜环立刻放轻了脚步，跑一旁偷习。一转眼，竟发现殷白晨也在学。她瞪大眼，小鲜肉也这么认真？

殷白晨一见是颜环，用口型无声无息地说：“怎么又是你？”颜环不甘示弱，消音回击：“怎么不能是我？别以为不让我参演，你就能一个人独占荔荔。”两人幼稚得像两个宝宝，竟这样唇枪舌剑了几大回合。

旁边的工作人员看在眼里，心中弹幕掠过。

“原来‘白环CP’是真的！我就觉得他们两人有猫腻。”

“白环夫妇秀恩爱，现场狗粮甜死人。”

“颜环探班殷白晨，就算不能同演，也要同框。”

工作人员吃瓜吃得开心，完全无视了两人你争我夺的战火硝烟。观寒注意着两人动静，见颜环用肩头挤了挤殷白晨，明知两人之间没什么，但他还是无意识皱了皱眉头。

“颜环，过来。”他命令道。

见观寒发声，殷白晨冲着颜环做了个嘚瑟的表情。颜环还想争一会儿，瞧见观寒掏出黑色小本本，忙道：“我来，这就来。你让我坐哪儿，我就坐哪儿。”开玩笑，再不过去，她岂不是要被扣成负分？她装乖，语气也柔柔的，见观寒的眉眼微乎其微地舒了一下，她笑了笑，实则内心将大魔王观寒鞭笞了一顿。

周曦和君之荔拍完戏，见到圈内最有手腕的经纪人观寒也在，有些吃惊。对方一丝不苟，冷峻高挑，挑不出破绽。见观寒目光冷冷扫了一下自己，周曦发现自己的预感有错，对方真的是来找自己的。

观寒用下巴示意了一下，周曦忐忑不安地握了握拳头，暗藏了一手，这才跟过去。

两人到了偏僻角落。对方狭长的眼眸上下扫视了他一圈，第一句话就是："手机交出来。"

周曦一愣，他逞强道："就算是大名鼎鼎的经纪人，也没有权利逼人交手机吧？难道你们玩惯了以大欺小？"

观寒冷笑。

"那你就最好录得再清楚一点。国家严禁品行恶劣艺人，周先生有原配，在外还有婚外情，要是爆出来，是否有影视方敢要你，周先生想必比我更清楚。"

周曦脸色一白："你、你别瞎说。"

观寒根本不理他，唇角冷冷勾起："手机。"

周曦白着脸，过了片刻，才把手机递出。手机还是录音状态。他本来想，观寒肯定是来替自己艺人出头的，他正好可以把这段录下来。没想到对方一上来，蛇打七寸，直接将军。

观寒垂眸，看了下红色的录音按钮。

"想让我删？"

周曦猛点头。

"知道以后该怎么做？"

周曦狠狠点头，许诺："我不会再为难殷白晨。"

对方当着周曦的面，删掉了录音。

"你以为最可怕的是你出轨？天真。"网络世界最可怕的是网络暴力。

观寒回来，瞥见颜环一脸惊艳，他随着颜环视线看去，只见殷白晨在与君之荔跳探戈。

阴森森的别墅打了一道大暖光。黑胶唱片机中放着阿根廷经典探戈舞曲*Por Una Cabeza*（《一步之遥》），强烈的节奏感之中，殷白晨托着君之荔的纤腰。他穿着一件黑色燕尾服三件套，在电影中这只是件基础款，但是雪白的衬衫映着英俊立体的脸庞，显出了殷白晨最好看的眉眼模样。他深情地凝视着君之荔。

“你为什么要帮我？”小晨随着拍子，用力一顿，他不解。

第一次是女富豪死亡之案，第二次是幼童之案，随着案件一次次增多，他感觉自己更需要她，也更想见到她。

“想帮就帮了。”红裙依旧神秘，像一个猜不透的谜题。

音乐一变，一个断奏，Miss Freud长发一甩，纤白的美腿勾住小晨。她脸上神情极度冷漠，眉梢间却多了一点冷魅。她的长裙颜色渐深，凝墨般的深红，裙腰一扭，眼神冷挑殷白晨，真丝长裙内侧又释放出妩媚的红。

探戈势均力敌、相互挑逗，是你退我进的性感较量。

“你到底是好人，还是……坏人？”她入侵了他的心，但他必须知道她是正义，还是邪恶。

她缓慢地笑了笑，笑容高傲，却有一丝悲伤瞬间即逝。等他想再看清时，阴影遮住了她的眉眼，令她看起来愈发邪恶。

“你觉得呢？”

这一场戏，Miss Freud与热血小警察，终于第一次肢体接触。Miss Freud借着探戈进攻、侵占，而热血小警探差点迷失在对手危险的魅力之中。

正义是美好的，但极度的邪恶也会有惊人的魅力。

最后一个顿点，小晨扣住Miss Freud的腰，俯身，修长的手指撩起Miss Freud长裙。缓慢的特写镜头下，魅惑的深红色裙摆被一点点往上撩，撩到了雪白的大腿处。浓眉之下，眼神从最初的迷惑，到激情，再到最后微微颤动的克制。Miss Freud一只光滑裸露的长腿露出，她黑色长发猛烈一扬，打在小晨的脸上，像是海盗船的黑色风帆。

“如果我是坏人，你会逮捕我吗？”邪恶的笑声，轻轻耳语。

随着一个定点，激情的探戈结束。

金色的灯光洒在两人身边，构成一片片梦幻的金箔，这是全片阴暗冷调中最暖的一幕。

周围人一片沉迷，看颜值超高的俊男美女跳激情探戈，撩死他们了。

青年凑近她耳垂：“你最后一个姿势真好看。”

他俯身在上，君之荔在他下方。他望着君之荔美丽的脸，托着她的纤腰，满脑子都是君之荔美丽的长发、眉眼和唇。

君之荔撇开视线，刻意拉开距离。探戈太要命。彼此距离这么近，还要被对方托腰、摸腿，眼神还要相互挑逗，她用尽全力才抵抗住青年身体的灼热。

“不要沉溺于美丽的错误中。”一语双关。

“为了你，我愿意画地为牢。”

观寒在不远处看了看殷白晨的眼神，深深皱了皱眉心。殷白晨可以喜欢任何人，唯独君之荔不可以。

“荔荔，我可以跟你合影吗？”颜环冲上去，刚才君之荔的探戈，迷得她不行了。

君之荔这妆容、这裙子、这气势超暗黑，超酷。

君之荔看了眼颜环，对方一脸仰望，像可爱小动物一样："来吧。"颜环捧心尖叫，立刻拿起手机。她依偎着君之荔，两人近距离地靠在一起，颜环心花怒放。

殷白晨大长腿一跨，悄然无声站到另一边。男性气息靠近，火一样灼热，感受到异样的君之荔瞥了一眼，微怔。殷白晨站在她背后，他的脸庞清爽英俊。君之荔的心微微一跳，这个角度看上去有点像情侣姿势，如果没有颜环的话。

眼瞅着两人合影变三人，颜环气恼："我跟荔荔合影，你能别插足吗？"

搂也搂了，探戈也跳了，对手戏也演了，殷白晨戏多，颜环气得想哭。

殷白晨眯着眼，瞅她：经常对荔荔搂搂抱抱，他都没有享受过这待遇，这女的能不总在荔荔跟前晃吗？

两个幼稚宝宝又斗起嘴来。

"你拍你的，我拍我和荔荔的，井水不犯河水。"殷白晨吊着眉梢，做鬼脸欺负对方。

"先来后到，懂不懂？"颜环也毫不示弱，扮猪鼻子丑对方。

咔嚓一声，三人就这样被拍到了同框照。

殷白晨、颜环震惊到了极点，段夏夏看也不看他俩，编辑着微博："颜环探班。"

发送。

让她来好好给小朋友们上上课，什么叫螳螂捕蝉黄雀在后。

想抢她的荔荔，没门。

君之荔经纪人发布微博，立即引起粉丝热议，白环夫妇粉吃到了狗粮，开心得像过节。

“殷白晨拍电影，颜环都去探班了呢。”

“#白环夫妇#超甜，谢谢夏夏姐发糖。”

君之荔拿过手机，刷了一下评论，抬头看了眼殷白晨，眼神多了一分了悟：“原来是这么回事。”

一直留意着君之荔的殷白晨想吐血。

不是你想的那样！

祸不单行，热搜排名还直线上升。

“不是你想的那样！人家身心清白。”

“你点赞，居然点赞……你都没给我点过！”

“平时发你的‘白荔CP’视频，你看了吗？那才是真相。”

“怎么感觉自己被颜环给绿了，头上绿油油。”

殷白晨悲惨兮兮，颜环偷笑不已。一回头，瞟见观寒投掷过来的视线。明明她没做错什么，为何目光一与观寒相碰，就心底发虚？

颜环试图卖萌，降低对方的杀伤力。

观寒细长的眼睛盯着她，逐步靠近：“‘白环CP’又上热搜了，很开心？”

颜环赶紧摇头，后退一步：“没有，没有，不开心。”见观寒眼神捉摸不透，她赶紧加把劲，用力拍胸脯保证，“你不是说了，不能跟Super Sense炒绯闻，蹭热度吗？你是我的经纪人，你说什么，我就做什么。我超听话。”

观寒眉峰挑了挑，打量了颜环一眼，像是在考虑她话的真实性。

颜环赶紧冲着观寒笑，表决心。

废话，小鲜肉可以不要，但惹恼了观寒，以后她跟荔荔见面的机会不就没了。

男人如草芥，女神最重要。

观寒眉头微不可察地点了点，眼睛眯了眯，薄唇轻启："所以，你不喜欢殷白晨那种类型？"

颜环以为观寒在考验她，连忙摆手否认："怎么可能？！"她跟殷白晨可是劲敌，眼见荔荔跟对方的关系越来越好，她感觉自己越来越孤单了，她举手发誓，"我宁愿给你洗一百遍车，也不会喜欢上他。"

观寒脸上似乎流露出了一点笑意，不过转瞬即逝。

颜环有点疑惑，后怕起来，观寒不会真要她洗一百遍车吧？她只是随口一说，他可千万别当真。

"如果让你跟其他男星炒绯闻呢？"

这个……颜环歪着头，犹豫了片刻。对方是打造出Super Sense男团的金牌经纪人，她说她不想炒，会不会得罪对方？他们才刚达成协议。她干笑着："我听你的，你让我跟他们炒，我就炒……"

咦，对方神色怎么好像越来越不对劲？没有明显的情绪波动，为何她却有种乌云密布的感觉？

颜环赶紧机智改口："但是，你不让我炒，我就坚决不炒！"

男人脸色阴转晴。

颜环内心小得意，跟处女座大魔王说话，要学会从微观之中辨认对方的心情，难度这么高的事，果然只有她颜环能做。

她自恋地虚擦了一下汗，精明不过三秒，随口问了句："你准备让我跟谁炒绯闻？"

观寒的神情瞬间冷傲，狭长的眼眸一眯："探班时间到了，现在开车回去！钥匙给我。"

"啊，这么快？"

颜环哀号，忘了问为什么回去他还要坐她的车。

*Miss Freud*拍摄大结局。Miss Freud涉嫌杀害几名人命，周曦扮演的角色让热血小警探杀了她，实则在枪上做了手脚，一旦扣动扳机，死的会是殷白晨。

几个主演面容严肃。周曦被观寒敲打过，不敢再为难殷白晨，他紧张地调整着最后的情绪。而一旁的殷白晨放松吐气再深呼吸，还在原地来回踱了几步，引起了君之荔的注意。

“有点担心？” 她合上剧本。

殷白晨转向君之荔，露出一个看似轻松的笑：“没事。”这是他参与的第一部大电影，结尾尤为重要。如若不能演绎精彩，整个悬念就会打折。可三角对峙的这幕，君之荔和周曦都是老戏骨，同台飙戏激烈，任何一个新人都会担心自己的状态。

“嘴角紧绷，眼睛略沉，肩膀微僵。”君之荔左手托着腮，“还跟我伪装轻松？”

“这都能看出来？荔荔，你太强了。” 殷白晨顿了顿，轻笑出声，“不能对你撒谎。”

撒谎，这两个字令君之荔睫毛一颤。

“为什么要撒谎？”

殷白晨一怔，眼前的君之荔似乎一语双关。对方边界清晰、防卫严密，很难突破她的心理防线，大多数时只是冷冷的旁观者。但这一瞬间，他感受到君之荔微妙的情绪波动，他没有随口回复，而是思索了一下。

“大概撒谎的人很自卑。”

君之荔眼中一震。

殷白晨抬头望了望天。

“撒谎有两种，一种善意，一种故意为之。后一种为了欺骗别人，隐藏在背后，为此得意的，必定是一个自卑而偏激的灵魂。”

君之荔垂下睫毛，顿了两秒。

“假若Miss Freud欺骗了你，你可以照着这个诠释你的理解。”

殷白晨想了想，摆手。

“不，Miss Freud不是这样。”

“哦，怎么不是？”

“Miss Freud的欺骗里有令人疼惜的脆弱，还有对我的感情。”殷白晨自动带入角色，把Miss Freud对小警探的异样感情，直接用自己代称，弄得好像君之荔在对他表白。

受不了殷白晨这种乱七八糟的说法，君之荔别开脸，纠正：“是对小警探的爱。”

“好好好，是Miss Freud对小警探的爱。”

“你……”

被对方堵得没话说，君之荔扬起剧本，敲了殷白晨一下。青年容颜英俊，对着这张脸力道落下去就意外地轻。像一枝花落下。殷白晨有一丝惊讶，顿了顿，洞悉到了什么，青年眼神别有深意地对视上君之荔的眼睛。

殷白晨装模作样，摸摸被打的脑袋，凑近。浓浓的墨眉下，眼睛笑眯眯地瞟着君之荔。

“有句话怎么说的，打是亲，骂是……”

“少自作多情，才不是打是亲，骂是爱。”君之荔一下没控制住，脱口而出，万幸她音量一直压得极低。

殷白晨瞥到她耳朵微红，极美极诱人，要很努力才能克制住自己的心思。

“原来打是亲，骂是爱啊。”他装作恍然大悟。

还在调戏她！面前这人不应该是品行优良的顶级偶像吗？

“你粉丝知道你这一面吗？”

“我想想……”青年佯装思索了一下，“应该不知道。”

刚要吐槽他。

“因为她们都不是我要的女孩。”

心怦地一跳。

君之荔感觉全身又快烧起来了。这个人好讨厌，她一点也不想再对任何人产生兴趣。玫瑰已冰冻，美丽却无情，然而他一次又一次扣响她的世界。

“你这样，会让人认真的。”女人最宝贵的真心，一旦认真就会受伤。

他把她因紧张而握紧的拳头一点点抚平。

“很早以前，我就对你认真了。”

“很过分，”她胸口上下起伏着，声音有点沙哑，“你真的很过分……”

“所以不许对我始乱终弃。”青年道。

花瓣上绽着冰雪，晨风吹拂，玫瑰一层层露出美。

别墅。拱形的吊顶，罗马风格的圆柱，宗教彩绘玻璃窗。圣母玛利亚在上，慈悲地看着芸芸众生。

Miss Freud负伤，鲜血从她白皙的小腿蜿蜒到了格子地板上。她穿着黑色斗篷，金蛇戒幽光微闪。斗篷帽下方，露出一双燃烧着生命之火的黑眸。

圣洁空灵的咏叹调与黑暗四伏的气氛格格不入，熊熊大火吞噬别墅，名画一幅幅掉落，火舌舔舐着梁柱。

侧写师被Miss Freud一枪打中腹部，他奄奄一息地倒在三楼楼梯上，命令热血小警探：“开枪。犯人就是她！”

小警探双手握枪，大喝一声：“站住！”

他的师父是资深侧写师，已发现很多证据：DNA、作案动机、犯罪现场的目击证人，一项一项精准地指向了她。

Miss Freud与小警探对峙。她危险一笑，甚至还煽动他：“哦，确认了我是凶手？那就开枪啊。”她的身影透在火光中流淌着死亡气息。

小警探拿枪的手隐隐发抖。他目光闪动，咬牙紧绷，额头上迸出青筋。

无数画面仿佛被火舌舔舐的画像在他眼前燃落。

梦中红裙金戒的她，一次次精准地说出凶手；冷酷剖析人心的她，神秘而邪气的美令他晃神，一闪而逝的脆弱又令他悄然心疼。

侧写师见他迟疑，皱紧眉头，手按着腹部的枪伤，大喊：“难道你要放走凶手？”

凶手，这两个字提醒了他心中的正义。

小警探再次举起手枪，黑洞的枪口对准Miss Freud：“到底是不是你？”

Miss Freud的身影摇摇欲坠，快要虚化到了火堆中。

她看着小警探，黑色睫毛下，眼眸映着火光。一丝自嘲转瞬即逝，她的眼神太复杂、太幽深，藏着不为人知的暗河。

“你觉得是就是。”

她把决定生死的权力交到了热血小警察手中，却又似乎知道对方会怎么选择。

侧写师恨铁不成钢：“你忘了那些死者？你不想伸张正义了？想想你的家人是怎么死的，现在罪犯就在你眼前！你要背叛良心、背叛了正义吗？”

黑烟在别墅内弥漫。

三人不停咳着。

燃烧的家具，四溅的火星，被高温扭曲的空气。

脸上的肌肉微微颤抖，小警探打开手枪保险栓。

侧写师露出最终胜利者的微笑，他从怀中掏出备用枪，在背后对准殷白晨。

Miss Freud黑眸一颤：“小心！”

一根冒火的横梁突然砸向一层，Miss Freud被卷了下去。一阵惊呼，再定睛一看，她被吊在了空中。

黑色手枪“砰——”地跟着掉下。

千钧一发之际，小警探扔掉了枪。他半个身子够出楼梯外，牢牢抓住了她的一只手。

Miss Freud、侧写师皆是一震。

斗篷在翻飞，火星从篷角烧了上来。

“我是凶手，为什么要救我？”她脱口而出。

“不知道！”他痛苦喊道，“但我还是觉得，你不是凶手！”

他心中的正义、他坚信的善与恶在烈火中煎熬，但他仍不相信Miss Freud就是凶手。

“砰”的一声枪响。

原本奄奄一息趴在地上的侧写师，此刻已完好无损地站在他背后。

子弹射进了殷白晨的肩胛骨。

“为什么不开枪？”侧写师眼眸冷冰冰的，阴气森森。大火已经烧上三楼，楼梯被“啪”地烧断，浓烟呛得人直流眼泪。

“你应该怀疑她、怪罪她，最后开枪打死她。”

侧写师变成了一个所有人都不认识的恶魔。

“是我把她关在这儿。

“我循环地做着这个人性心理实验，我要让她永远记住，人类只会相信他们想相信的。”

侧写师狰狞靠近，用枪托狠狠撞击殷白晨的伤口。

“你不是最正义的吗？你不是应该最憎恨犯罪吗？为什么不开枪？啊！”

鲜血淋漓。

小警探被砸得血一直流。

“够了！够了！”

男人听而不闻，下手越来越重。小警探的鲜血溅在了Miss Freud的脸上。终于，她大喊：“这个实验你还要做多久，哥！”

殷白晨血流得成了一个血人，手却死死扣住她不放，他的眼神心疼地对上她。

他生命垂危，却露出一个想让她放心的眼神。

Miss Freud浑身激烈地颤抖着，再抬起眼眸时，她脸上的神情像变了一个人，柔软、神秘又透着高贵。

侧写师眼神游离恍惚。

Miss Freud露出前所未有的温柔，像一个柔软的小女孩。

“哥哥，我知道，这世上除了你，其他人都不可信……”

男人放掉濒临死亡的殷白晨，伸出手，抓住Miss Freud的手。好像回到了小时候，他为了保护妹妹杀掉了养父母。

就在他抓住对方的那一刹那，Miss Freud脸上那抹柔软与天真猛地消失，她重重将男人一扯，两人一起从三楼摔了下去。

小警探奋力去抓。

他的指尖与她的指尖错过。

黑篷红裙的女人与疯狂的男人齐齐被大火吞噬。男人死死钳住Miss Freud，露出占有欲的眼神。

Miss Freud仰头，用唇形说了几个字。

“好好活下去。”

她转身，手用力，一把匕首捅穿男人。

别墅爆燃，大火轰的一声，从一楼窜上整个楼层。燃烧的天花板塌陷，朝着坠落的两人急速仰去。

“不——”

特写镜头中，所有的声音被刻意消音，只剩下满身是血的殷白晨和他撕心裂肺的眼神，惨痛强烈到迸出屏幕。

整栋别墅只剩下被烧焦的漆黑骨架和无数尸骨。

殷白晨在房间瘫坐着。

舟山感受到了殷白晨的心累，赶紧替他捏捏肩，捶着背："别唉声叹气。杀青了不好吗？"

"想到我和荔荔这样生离死别……"殷白晨仰头，用剧本盖住脸，他还沉浸在拍摄最后那一幕强烈的情绪中，有点拔不出，"心里不舒服。"

"但是Miss Freud最后不是没死吗？"

剧本最后有一个彩蛋。

热血小警察变得成熟利落，下班总会站在夕阳中眺望那栋被烧毁的别墅。

很久之前，四岁的Miss Freud和六岁的男孩由一对被研究所开除的疯狂教授领养，他们在领养的小孩身上做实验。心理学实验需要受到伦理管制，但他们不管不顾，Miss Freud和哥哥一直痛苦承受，最后哥哥心灵扭曲，从受害人变成了加害者。

夕阳中，殷白晨被一个背着书包的小女孩一撞。小女孩梳着双马尾，白嫩的小腿"噔噔噔"跑远了。

殷白晨一怔。

他的手中被塞了一枚金蛇戒指。

死亡才是开端。

"幸好Miss Freud没死。如果她死了，估计这戏我三个月都出不来。"

"我都怀疑给你接这戏是不是正确的了？"舟山摇摇头，"想点开心的，你今晚不是跟君小姐有约会吗？”

殷白晨看着舟山一笑。

舟山内心：这散发的荷尔蒙，这笑容，快把他迷倒了。

“今晚先吃法式大餐，再去海边看烟花，我再从车的后备厢拿出白玫瑰，你记得同时放烟花。完不完美？”

舟山：“呃……非常偶像剧。”

殷白晨眼睛一眯，气势顿时弱了下来：“为什么我没有约会经验！好恨。”

“你有约会经验，恨的就是君小姐了。”

殷白晨像摸着土狗的头，摸着舟山夸奖：“说得好！”

君之荔看着一堆裙子，她的裙子多是庄重的黑白灰，有高级质感，却缺少女性感。

拿过一套红色真丝裙。

真丝在雪白的肌肤上游走，像梦里红花，她微微一颤，好久没见过自己这一面。

微信振了振，青年发来的。

殷白晨一想到晚上就跃跃欲试。

“人家第一次跟女生约会，荔荔你要好生怜惜哦。”

“约会完了，人家就是你的人了，要对人家负责。”

君之荔忍不住扶额。

耍流氓。

殷白晨：“难道现在就开始嫌弃人家了吗？”

君之荔冷冷地说：“戏还没演够？要不要再杀青一次？”

殷白晨捧着手机哈哈大笑，乐得不能自已。

砰砰砰，有人敲门。

君之荔深呼吸了一下，赶紧抓过Serge Lutens往身上喷了喷。

以为是殷白晨。

门开了。

来人却是观寒。

见君之荔展露出不同以往的一面，观寒也停滞了一下，良久，他垂眸，声音带着歉意，却不容拒绝。

“抱歉，君小姐，您不能跟殷白晨谈恋爱。”

八个月后。

耀胜影业集团。

殷白晨接到*Miss Freud*即将上映的消息。他身着窄版西服，侧对面坐着观寒。这大半年以来，观寒处女座的挑剔作风依旧随处可见，但那股苛刻逼人的气息中，似乎因某人的影响，开始掺揉了些人情味。

“两部电视剧收视率获全年之冠。现在新生代明星中，你的人气、演技、时尚资源一骑绝尘，深入人心。”

观寒不动声色地顿了顿，暗地打量了一眼殷白晨。

面前的英俊青年，一脸无动于衷。

殷白晨戴着墨镜，唇线到手指都透着冰冷不羁。

观寒深知，如今的殷白晨已与过去截然不同，现在性子深沉得连他都摸不清。他想到了一些事，皱皱眉，又把那些事情甩开。

“现在*Miss Freud*这部电影对你非常重要。”

“*Miss Freud*被送去国际电影节参赛，进入很多竞赛单元，甚至获得了一座国际金奖。黎铭导演那边准备让*Miss Freud*从国外打回国内。这次宣传配合一下，对你演技口碑很有帮助。”

演技、口碑两个词一说完，黑色墨镜之下，青年的唇角就讥讽地扯起一个弧度。

观寒现在也不懂他了，他担心殷白晨会反对。

“哦。”

但青年只是缓缓地、似笑非笑地应了一声。

观寒抬眸，仔细观察了一番，但对方只是大大咧咧地倚在沙发上，神情一点也不在意，仿佛一切与他无关。

他咳了一声，不太自然。

“君之荔小姐是女主，所以也会参与宣传。”

良久，他听到殷白晨从鼻子里哼了一声。青年仰头，双臂搭在沙发上，墨镜遮住神色：“哦？跟我有什么关系。”

第
十一章
人生若只如初见

媒体造势。

“*Miss Freud*捧获柏林金奖。”

“外媒称*Miss Freud*口碑完爆。”

“*Miss Freud*小成本文艺片，口碑逆袭国际电影节。”

雪花般稿件中，君之荔听从电影官方的安排转发。君之荔为人低调，微博流量不怎么高，但广大影迷无比为她开心，将她视为女神，无可替代。

“女神的新作，一定要去看！”

“希望女神这次能斩获影后。”

“太难得了，您终于又拍电影了。所有艺人中，我最钟情于您的表演艺术，您天生为艺术而生。”

不久有人发现，作为男主角的殷白晨，好像没怎么转过*Miss*

Freud，有公众号开始八卦，*Miss Freud*之后，殷白晨与君之荔似乎再无联系。为何殷白晨不宣传*Miss Freud*，难道流量小生与电影团队爆发内部矛盾?

微博上也开始有八卦苗头，观寒立刻让人撤稿、控评、屏蔽，同时电话殷白晨："不是答应了会好好宣传吗？"

青年懒懒的声音传来："没错。"

"那你现在？"他捉摸不透殷白晨的想法。

"在练新舞，过几天宣传。"

电话被挂断，观寒拧着眉，看了看手机。他已经越发无法控制殷白晨的行为了。

段夏夏一边在手机屏幕上滑动看评论，一边偷窥君之荔。这大半年来，君之荔又接了一部电影。演技、敬业态度被导演盛赞，又斩获了一个导演粉丝。但她怎么觉得荔荔好像更厌世了？以前高冷之中还有股对表演的执念，现在连执念都没有了。

"看我干吗？"君之荔坐在沙发上，单手按着太阳穴，翻着尼采的哲学书。

段夏夏眼珠转了一圈。

"你看这网上的黑子多坏，开始怀疑殷白晨人品不好。"

君之荔手指微顿。

"还说，跟剧组的人起过冲突？"

段夏夏偷瞄君之荔，想窥见些端倪，然而君之荔神情淡淡，变都没变。难道荔荔和白晨晨真的闹崩了?

不可能吧。

那时她眼见君之荔都快陷进去了。

段夏夏做着最后的试探。

"荔荔，你说，殷白晨会不会真的不宣传*Miss Freud*？"

美人目不斜视，过了两秒，慢慢开口：“这跟我们有关系吗？”

要是观寒在场，就会发现君之荔跟殷白晨这两人几乎说得一模一样。

突然，段夏夏惊呼：“殷白晨更微博了！”

君之荔手上翻书的动作骤然一停，视线紧跟段夏夏。段夏夏手舞足蹈：“白晨晨宣传了，宣传了，我天，好震撼啊！”

君之荔心里突突了两下。

她故作镇定地找到微博。

只见殷白晨发了一张巨大电影海报，极具艺术感。

文字是：

“#*Miss Freud*#这是我最深爱的电影。最深的梦。最爱的梦。”

艺人很少用“最”这个字，为了不把话说死。

殷白晨却一连三个“最”字，力道万钧。整个微博沸腾了！转发量噌噌噌上到百万，点赞快到200万。

君之荔神情深深一怔。

最深的梦，最爱的梦，梦……

舟山在另外一边，看着殷白晨面色冷峻地发完宣传，眼神冷得像一个没有感情的杀手。直到按下发送键，舟山才紧张兮兮地挨近，悄悄抬眼问：“白晨哥，你现在全力配合*Miss Freud*的宣传，那，五天后，我们跟君之荔小姐同场宣传，应该没事吧？”

殷白晨戴着墨镜，舟山看不清他的神色。青年从意大利银质水果托盘里拿起一颗荔枝，修长手指一用力，深红色的壳破开一道裂缝，汁水流出。

“我不会轻易放过她。”

舟山下意识缩了缩脖子。

*Miss Freud*发布会正式举行。新晋导演黎铭、影后君之荔、顶级流量偶像殷白晨首次电影合作。这部电影不是大投资，但其格调、口碑、话题性早已令媒体激动万分，争抢热点。

殷白晨的车早早到场。他一身正装，高挑挺拔，气场独特。礼服不是常规黑，佩戴顶奢豹头胸针，设计上很难驾驭，但殷白晨穿得层次分明，发型、尾戒、手链、鞋，细节用心。

黑压压的人海追着他跑。

十几个人高马大的保镖护着他。

饶是见惯了明星的工作人员遥见殷白晨下车，大长腿跨出豪车，也瞬间激动，跟粉丝似的，视线克制不住地往殷白晨的方向张望。

直到殷白晨进去，工作人员才纷纷回头。

“我原以为我对小鲜肉不感兴趣，结果刚才心跳得飞快。”

“白晨晨好酷好帅，莫名激动怎么回事。”

“一看到他就想起他跟颜环演的那部电视剧，好想被他摁在墙上……”

殷白晨进入发布会现场，他找到贴有自己名字的座位，戴上墨镜。

舟山在旁小声：“哥，待会君之荔小姐进场，不会有事发生吧？”

殷白晨越冷酷，他怎么心里越发毛呢？

青年微昂下巴，无情地透过墨镜丢给他一个白眼。

舟山心好累，追着殷白晨要保证：“哥，你情商这么高，待会儿采访一定不会呛她，对吧？”

男人交叉的长腿翘了翘，唇线缓缓开启。

“说不准。”

舟山心里咯噔一下，声音发虚，企图说服对方：“这，就算不考虑别的，咱们也要注意形象吧？”

墨镜透出危险的光。

“无所谓，反正明星当厌了。”

舟山真心快哭了，内心求爷爷告奶奶。殷白晨家巨有钱，是娱乐圈混不好就要回去继承宏大家业那种。说不想当明星，可能真就不当了。

过了不久，周围突然爆发出惊叹。舟山扭头望去，眼神瞬间发直，他被美瞎了眼。仙女、女神，完全不足以形容此时的君之荔，不知该用什么话赞赏。

君之荔今日一套灰色纱裙，白皙雪肩，灰色给人的印象是单调、沉闷，却被君之荔穿得高雅不凡。轻薄灰纱裹出纤腰，裙褶间隐有细白珍珠垂落。

君之荔天鹅颈纤细挺拔，款款而行。

众人惊艳不已。

长久以来，只闻其名不见其人。热搜上全是流量小花，对美女的标准也就那样了。此刻见到君之荔，在场男女心中不由得狂呼，这才是真正的倾城倾国，冰肌玉骨，仪态万方。

所有人臣服于君之荔的天生丽质。

舟山头转回头看他家艺人。墨镜遮住殷白晨大半张脸，但他手指骨节仍克制不住微颤。

君之荔进入座位，必须经过殷白晨。

舟山从对美的沉迷中清醒过来，摇着殷白晨：“怎么办，怎么办，君之荔小姐要过来了。”

舟山低头一看，牙齿打战。

完了完了，殷白晨无动于衷，竟还在打游戏。

君之荔缓缓走来，中途一刻，与殷白晨擦肩。

殷白晨蓦然跷起长腿。

灰色纱裙不小心勾了一下。

舟山全程看在眼里，无力仰天扶额，殷白晨竟对君之荔下绊子？

灰色细纱拂过殷白晨的腿。

不带一点留恋地离去。

君之荔没有回头，好像不知道这一幕。

殷白晨垂着眼眸，自始至终，好像眼前过去的只是一个路人。

然而手游里的敌方却再次被虐得满脸血，大叫大佬求饶，大佬今天发飙了，发疯了。

发布会开始。

黎铭导演带着主创人员一同上台，与记者们相互交流。记者问了黎导有关国外获奖的情况，纷纷表示祝贺。

电影终归还是艺术。

艺术得到艺术国度的表彰，媒体与同行任何时候都与有荣焉。

大屏幕上投放了*Miss Freud*一些片段，尤其是热血小警察与Miss Freud跳探戈那场，整个场景如名画质感，碎金色的氤氲光圈令所有人荷尔蒙飙升。

记者们看得醉心入迷。

提问的重点从电影获奖情况转移到君之荔、殷白晨身上。

一名记者崇拜地问君之荔：“这次是殷白晨第一次触电，君小姐会给他打多少分？”

君之荔道：“殷白晨先生在片场很努力，所有动作场面都是他亲自完成，不用替身，十分敬业。”

偶像很努力，很敬业，这是偶像粉丝们最喜欢听到的赞词。

女记者赞同地点头。

话筒刚一放回，君之荔听见一道嗤笑，接着，余光瞥见，那边的殷白晨举起了话筒。

“到现在还叫我殷白晨先生，会不会太见外?

“影后没有评价我的演技，是对我的分数保留意见？”

在场人突然感到殷白晨与君之荔之间产生了一种微妙的角力。

舟山一听殷白晨的发言，吓得凳子都快坐不住了。这两句虽听上去有趣，但内藏针锋。殷白晨是铁了心要跟君之荔过不去?

英俊青年好整以暇地将墨镜放到一边。

似乎在期待君之荔的回答。

“那我给满分，作为第一次触电者来说。”

一锤定音，在场人挑不出不妥。

舟山心中暗夸君之荔。

殷白晨用骨节分明的手指重重捏了几下墨镜镜脚。

记者再欲提问。

殷白晨眼睫一敛：“我们第一次合作那会儿，你可不是这样说的。”语气有点缓，有点漫不经心，还有一丝笑意。

舟山手心冒汗，紧张地瞥瞥君之荔。

记者们都是人精，隐约嗅出今天的殷白晨，似乎有点逾越。只是殷白晨这一年来，轮廓越发深邃，帝国级神颜越发名副其实。瘦削的下颌骨，线条沉稳有力，让人惊叹的男性之美。

他们不敢反驳他，怀疑是自己多心了。

殷白晨手指摩挲着墨镜。这个女人越是无风无浪，他就越想激她。

君之荔清冷的眼神恍惚了一秒。

“那说明你成长了很多。”

君之荔乌发清新，露着秀美玉颈，仙气十足，极有涵养，因此没有人觉得两人在针锋相对。

青年对着记者一笑。

“拜你所赐。”有点冷意。

“那殷白晨，你怎么评价君之荔的演技？跟影后合作，有什么感受？”

“不好。”

所有人齐齐一愣。

全场目光皆好奇地瞟向君之荔，君之荔伸出白皙的手臂，轻轻拿过矿泉水。矿泉水有些冰，她垂眸，抿了一口。

“她是个很神秘的女人。

“很坏。

“毒蝎美人。”

殷白晨在说谁？难道在暗示影后君之荔很神秘，很坏？这是在放料？劲爆。讯息来得太突然，竟然来自全亚洲顶流艺人殷白晨，攻击对象还是国民口碑爆表的影后。

记者们张着嘴，眼中闪过惊奇、不可置信。

君之荔纤细的手指握紧矿泉水瓶身。

殷白晨面向记者，垂垂眸。

“还是个激荡人心的浪漫的梦，梦醒了，才发现一场空。

“我指的是Miss Freud。”

舟山松了一口气。

刚刚那一下，他额头冷汗都冒出来了，以为殷白晨要放飞自我，简直命悬一线。

殷白晨笑笑："感兴趣的话，请务必来观看这部电影。它讲的是一个极端危险的女心理学家与热血小警察之间一场神秘而甜蜜的噩梦。"

台下记者们的心落回原处，私下道：

"果然是高高抬起，轻轻落下。我就说嘛，殷白晨双商很高的。"

"君之荔这些年有口皆碑，也不会与人不和，她是老江湖。"

"不过，殷白晨这样说，到底是想宣传电影，还是，单纯地想引起君之荔的注意……"

记者闪动着八卦的眼神，望向殷白晨。比起正儿八经的新闻，吃瓜群众更想听不那么正经的传闻。

"跟君之荔拍戏时有没擦出过什么火花？"

"听说你的绯闻女友颜环去探过班？"

"你现在有女朋友吗，跟君之荔这么高颜值的女星合作，女朋友会有意见吗？"

对于养成系偶像艺人，娱乐公司管得很严，禁止问女朋友这类问题，媒体记者也知道反正小鲜肉们一定会否认。但现在气氛一下上来了，记者们就干脆一口气问出心里最想知道的。

主持人顿了顿，清清嗓："大家还是多关注电影本身。"

看来，小鲜肉们又会给出老套的答案。

记者们顿觉无聊，晃晃头。

就在这时，殷白晨忽然开口。

"我只有一个女朋友。

“她对我跟君之荔演情侣，没意见。”

君之荔睫毛瞬间几不可察地一颤。女友那两个字，扎了她的心一下。

在她遮掩目光的那一霎时，殷白晨飞速瞥了她一眼。

全体瞬间哗然。

所有人感觉今天不虚此行。

殷白晨居然有女友！他竟然亲口承认。

还对殷白晨跟君之荔演戏没意见，那就是在拍戏之前就交往了？现场有记者立即发布了这则消息。短短几秒，“殷白晨女友”就成了热搜词，轰动全网。整个娱乐圈炸了。

主持人想控制住场面，让大家不要再问这个问题。

记者们举着粘有网站媒体标志的黑色话筒，不停追问殷白晨。

“她是谁？”

“能透露一下吗？”

“我包场，你们去看*Miss Freud*，看完就知道了。” 殷白晨说道。

“你现在越来越坏了，为了新电影，足足吊死我们的胃口。不会看完电影，再告诉我们，我的女朋友就是电影女主？”

微博热搜词更换成：殷白晨电影女友。

殷白晨不说话，只是眼眸一抬，露出一个笑。

墨眉深目。

撩得人心战栗。

记者们内心：妈呀，光是这个脸就很迷人。

发布会结束。

君之荔准备坐车离开，车内一只大手将她纤腰一搂一拖，她差点叫出声，却闻到了那股熟悉的男人香。

车内空间狭小。

灰色柔软的纱裙挨到殷白晨笔直西服裤，有的碰触到他的脸。她被拖到后座，几乎快贴到了他的身体上。肢体交叠，奇怪又暧昧。

“再次见到我，就只有一句殷白晨先生？”

男性胸腔透着浓浓不满。

“说了你演技满分。”

“说谎。”雄性气息吐在她脖颈上，“你这个坏女人。”

她感觉搂住自己腰的手臂又牢了一些。男人胳膊上的肌肉散发出烫人的热度，她像一块冰，不受控住，融化淌水。

“你到底想怎么样？”

“你说呢？”强硬霸道的男音响在她耳畔。

耳垂忽然被含住，温热地舔弄着，极细微的酥麻，清晰地传到神经末梢，君之荔脖颈红了一片，几乎快躺到殷白晨身上。柔软的纱裙下，是男人饱满有力的大腿肌肉，腰后是男性强韧的腹肌，她甚至能感受到他腹部的灼热。她与他的距离，暗藏火热。

“我不会做你女朋友。”

耳垂被俊美的男人一咬。

痛。

男人危险而沙哑的声音说道：

“那就是想做我的女人。”

“你以为还会像以前那般容易？”

颜环二十二岁生日到了，花了一个月来筹备。谁说女演员要在剧组过生日，她只想美美地跟自己圈内好友举办开心party。

地点挑在了自己的别墅，有巨大的泳池。早早想好了要配哪几款香槟、红酒、法式甜点，整个空中飘散着她最爱的香氛。甚至连音乐都挑好了，全是她拍过的电视剧的片头曲、片尾曲和插曲，十分符合她的大小姐作风。

来宾名单印在高级压纹纸上，颜环与观寒做最后确认。

“君之荔是一定要请的，我疯狂地连续给她打了18天的电话，荔荔女神终于被我打动了。”

颜环像怀春少女，一双白皙小腿晃来晃去。

观寒眉头拧了一下，从什么时候起，这家伙在他面前开始这么随心所欲、无法无天了。

“她没有把你拉入黑名单，一定是你祖上积德。”

言下之意，这种举动早该被拉黑。

观寒握着Montblanc钢笔，眼眸难测。

眼前人一身白色银吊带，趴在沙发上，纤细小腿晃动，圆润的胸部也随之晃动。

令人……心浮气躁。

“你在其他男人面前也这样？”

颜环微微愣了愣，才反应过来：“怎么可能？！他们都是直男，我怎么可能在他们面前这样，万一不小心爱上我怎么办？”

观寒眉梢挑起。

“我不是直男？”

颜环赶紧打哈哈，露出“都是好兄弟”的笑容。

她朝观寒挤挤眼：“我们谁跟谁，我们不是好闺密吗？整个娱乐圈都知道，你观寒，观先生不谈恋爱，也没女友。”

看上去像在抛媚眼。

观寒冷笑：“谁跟你‘塑料姐妹花闺密情’。”

观寒长身玉立，居高临下。

他来到颜环面前，浓浓身影投在颜环身上。

狭眸薄唇。

颜环被他看得心跳加速。观寒怎么一下子这么令人害怕，又这么英俊。

观寒冷着一张禁欲脸，右手开始解开衬衫扣，从领口处抽领带。解开的脖颈隐隐透出男人的冷白，他手中的黑色领带更增添了一份压迫力，仿佛要做什么不好的事。

颜环想要逃。

她刚想从沙发上起来，白皙的脚踝就被观寒一把抓住。她小腿在空中蹬着，像被揪住耳朵的兔子。

观寒冷笑，抽出黑色领带。

“怀疑我不是直男？

“怀疑我不行？”

颜环的小腿被观寒的大手抓住，细腻的肌肤贴着男性微微粗糙的肤质，令她羞恼得脸颊飞红。

“观寒，你给我放开，放开。”

“需不需要我现场证明给你看，嗯？”

现场证明？

颜环脸红得要滴血。

“不要，不要，你饶了我吧。”

她发丝乱飞。

胸口的雪白更加汹涌。

观寒眼眸深了深。

颜环不知死活继续道：“再说，是网友说的，不是我说的。网友说，你整天跟Super Sense在一起，那是什么你知道。都有人写你和谢可谦的同人文，你俩这样这样，那样那样。”

“……”

黑色领带往她腿上一捆。

“这样，那样？”

他的手圈住她洁白的脚踝。

她的脚踝感受到他掌心的热，观寒最后那点鼻音，那种沙哑的男人味，让她心跳得好快，她好像快被他征服了。

“你、你，大变态。”

她慌忙掩饰自己的心跳声。

羞耻地拿领带绑她不是大变态是什么。

颜环脸红了好一会儿，在沙发上乱扭着。

过了一会儿，观寒好像停手了。

她从岔开的指缝中一看。

观寒站在离她一两步远的地方，双手抱臂，就是呼吸好像有点不稳。

一件毫无皱纹的男士外套从空中抛来，盖住了她的翘臀。

颜环逐渐明白过来。

“啊，走光了。”

她难以想象自己刚才乱扭时走光多少，又被观寒看到多少。

红晕爬满她的小脸。

“以后在我面前注意形象。”

“我、我这不是没把你当外人嘛。我还跟荔荔一起泡过温泉，我们俩都脱光了衣服，相互看过裸体。”

观寒眼眸深了深，压住躁动。

“闭嘴。”

“严禁在外人面前走光。”

颜环立刻应下来：“是，是。”又小声嘀咕：“我又不可能在别人面前走光。”

“嗯？”

观寒细长手指抚上黑色领带。

“不走光了，不走光了。”颜环想起刚才的画面，脸再次红得说不出话。

颜环是富家女，家族经营钻石产业。没进娱乐圈前，名下就有好几处房产，全是父母送给她的。开生日宴的别墅，是颜环近两年常住的一套，她特别喜欢游泳池，晚上会游一两个小时塑身。

今晚是她二十二岁生日，别墅香风阵阵，灯光富丽堂皇，仿佛《了不起的盖茨比》的电影场景。

颜环头戴MIU MIU发箍，带着银色流苏。一字肩粉色仙女裙，点缀着白贝母，名副其实的小仙女。

男嘉宾大赞今晚寿星好美。

女嘉宾穿过圆拱门下的花路，掠过日式石灯，再到别墅的客厅，对颜环的审美惊羡不已。

颜环踩着黑色缀珍珠高跟鞋，在观寒面前仰脸陶醉：“怎么样？布置得很棒吧？”

观寒用手帕擦了下手，双手插进裤袋：“还不错。”

颜环一看到对方掏出手帕就有心理阴影，捧脸害怕地叫道：“都到我家了，还要这么洁癖吗？”

观寒黑眸微弯：“反正不会让你洗车。”

目前媒体眼中，颜环已是快速上位的准一线女明星了，不过在他眼中，她好像越来越可爱了。

颜环后退一步，手指哆嗦地指他：“别告诉我，这条赦令是你今晚送我的礼物。”

观寒唇角笑意更甚：“你猜。”

颜环觉得自己仿佛看到了悲催的未来。

夜风吹拂，一片花瓣吹到颜环肩上。

观寒眼眸动了动，情不自禁伸出修长手指。

颜环瞳仁微颤。

与颜环合作过的一名华裔男明星到场。

颜环转身，与对方打招呼："Hi，David！"

"颜颜，有了你，今晚月色更美了。"David敞开双臂，热情地要与颜环来一个大大的拥抱。

观寒将颜环带往后一揽，顷刻间，两人分开。

颜环诧异回头。

观寒黑眸沉了沉，昂起下巴。

David看到颜环肩上浮着花瓣，也准备伸过手去，就要碰到颜环的小香肩，观寒极快将对方手背一拍。David震惊，他整个手被拍麻了！都红了。

观寒已将颜环肩上花瓣拿下。

"严禁动手动脚。"

David犹在争辩："那只是友人间的举动。"

观寒声音冷了冷，把颜环拦在身后："我不允许。"

David整个人都不好了，这浓浓的独占欲。

目光越过男人的肩看颜环，结果那个女人一脸心旌摇曳，红云遍满。

David顿时话都说不出了，悻悻离去。

观寒转过身，细长的手指又抚了抚颜环头发。

颜环被他拂得一阵酥麻。

她眼眸盛满了月色，盈盈荡荡："你怎么对David那么坏。"

男人俯视她，眼神危险。

"别再让我看到其他男人对你动手动脚。"

观寒的手轻压在了她肩胛骨上方一点的位置。

“为什么？”她战栗地问，心里又仿佛知道答案。

“你是我的女艺人，对你具有使用权的只有我。”

一束火苗直窜背脊，震得她整个后背又软又麻，夜幕中观寒身材高挑，眉眼冷峻，而她心跳火热。

殷白晨西服是暗红色，尽管整晚寡言少语，女艺人们自持身价，但还是有很多人围在他身边，舍不得离开。

观寒帮忙招待其他客人，颜环抽空歇了口气，瞧着殷白晨这模样，有点不顺眼。凭什么荔荔低调地待在角落，这家伙却被这么多美女包围？

颜环晃动着手中的淡金色液体，硬挤过去。

“我要跟殷白晨聊聊。”

女星们见今晚寿星发话了，都很给面子地散开。

殷白晨见颜环来者不善，不想与她计较，直接恭喜：“生日快乐。”他今晚送了一幅在拍卖行拍到的名画，听荔荔说过，颜环对西方艺术很感兴趣。想到君之荔，他的眼神又有点阴沉。

颜环啜了一口香槟，轻晃着身子。

“在这边聊得很开心？”颜环故意道，“我们荔荔今晚也很开心呢。你不知道吧，今天影帝黄煜也来了。他跟荔荔以前就熟，上部电影两人又一起合作，现场气氛可好了。”

她不知道殷白晨和君之荔之间到底发生了什么，她只是单纯想让殷白晨吃醋，重新追求君之荔。

殷白晨眼眸一闪，顿了顿，冷然喝了一口红酒。

“跟我有什么关系。”

颜环内心极度吃惊，演技差点崩了。难道殷白晨一点也不在意君之荔？这还是之前那个跟她争风吃醋、抢送水、抢送椅子的白晨晨吗？

她瞪大眼睛，上下惊讶地打量殷白晨，该不会被什么给穿越附身了吧。

殷白晨被对方莫名其妙的目光看得心里发毛。

颜环赶紧收回视线，她试探着加把劲：“他们两人很早就在我的书房哦。”

“你的书房？”

殷白晨截断她的话，还以为对方为了躲他，把颜环生日宴都推了。

有戏。

颜环趁机加了把火。

“就是，我本想进去掺和一脚，结果他们俩竟把我赶了出来……”

殷白晨先开始还绷着脸，然而神色越来越不受控制，终于，听到他们把她赶出来时，身形一转，青年的身影已经走远。

颜环在背后笑嘻嘻喊道：“书房在二楼左手第二间。”

书房。

整面墙是深棕色书柜，美式沙发的正对面挂着一只雄鹿头，地上铺着柔软地毯。

君之荔喝着红茶，与黄煜有一茬没一茬闲聊。退圈前，两人合作过一部《暗杀者》的电影，没想到复出后还有机会再度合作，还是黄煜主动介绍的资源。

黄煜这人演技很刁钻，恃才傲物，脾气有点怪，不大看得上人。他不搞和和气气那套，骂哭过很多与他演对手戏的演员，嫌弃对方演得差，NG次数多。但第一次与君之荔演电影，他一反常态的发言令整个媒体震惊了："君之荔的演技比她母亲还要纯粹，青出于蓝而胜于蓝，很有天赋。"

先前黄煜只有嫌弃其他人的新闻，陡然冒出这么一句赞赏，现场不少记者跌破眼镜，小心翼翼确认了好几遍，还猜过黄煜是不是想拿这个举动替自己洗白。后来电影一上映，君之荔一体两面，前期少女纯真微甜，后期大反转，锐利，对自己特别狠，令人大吃一惊！天才演员的神话从此响彻影坛，影帝评语成为佐证。

成名太早，君之荔与黄煜有点老江湖英雄相惜的感觉。黄煜懒懒靠在沙发另一边上："成片剪辑出来了，李导叫我过去看了。"黄煜抽着烟，慢条斯理，下巴上一圈小胡茬。

"哦？怎么样？"君之荔搭了一句。

"Miss Freud"是她最好的状态，有重新复出后的决心，以及与殷白晨对手戏的新鲜与激情，但和黄煜那部电影……

君之荔微微皱了皱眉心。

"你的演技自然还是那么细腻。"黄煜吸了一口烟，慢悠悠道，"退圈那几年，你干吗去了？没有你，我这几年状态有点松了。"没有好的对手，一个人曲高和寡，毫无知音。

君之荔也放松地靠在沙发上，淡淡一笑："怎么，寂寞了？"

她点到即止，预感黄煜还有话说。

"其他的都很好。不过，情爱处理这块，多了点生硬、迷茫。"相比起来，还是他们之前那部处理得更好。这部，似乎力不从心。

君之荔睫毛一震。

演技与生活一脉相通，她知道根源所在。

书房响起敲门声。两人懒懒地待着，没动，不想被闲人破坏了难得的见面和艺术的探讨。过了一会儿，门口转敲为砸。

黄煜："怎么还没走，难道是狗仔？"

君之荔眉头一挑，几乎知道门口是谁了。她在沙发上，继续坐了两秒，眉头轻轻蹙着，最终还是起身，朝门口走去。

黄煜叼着烟，有点惊奇。君之荔向来最为淡漠，就算有人把门拍烂了，应该也不会理会，怎么突然转性了？

门打开露出光亮。

呈现出殷白晨的高挑身影。

他拍门的姿势还在半空，有些恼意。见来人是君之荔，他冷酷面容微动，强力压下火气。

君之荔站在门前，他往内一扫，沙发上还有一个男性，殷白晨冷眸微动，长腿一跨，直接迈入。

黄煜闲散地将烟灰掸进烟灰缸，被殷白晨犀利眼神一盯，他手不自觉一颤。对方浓眉之下，视线逼人，他认出，这不是全亚洲最有号召力的小鲜肉吗？

怎么拿这种眼神看他？

像搜查情敌的丈夫？

黄煜还没思索明白，只见面前的俊美青年头一转，用平静得可怕的声音问他："你和君小姐一直在这儿？"

黄煜摸了摸下巴，好像知道点什么了。

他看戏的不嫌事大："我跟荔荔正在谈心，先来后到，你以什么身份说这话？"

他往沙发上一靠，将滤嘴抿进口中，以为这样，对方多少会慌乱一下。

谁知道，殷白晨漆黑眼眸自上而下地俯视他，冷静之中亦透着锐利的敌意，黄煜感觉自己被对方刺到了。

"她的男人。"对方缓声道，黄煜微微一愣，对方继续道，"我的身份。"

君之荔的男人？男人……

香烟从黄煜嘴中惊得掉下来了。他今天知道了一个什么娱乐圈大秘密？不愧是顶流偶像，料这么大。

黄煜震惊地瞥了瞥君之荔，她可是影后，居然选了一个流量，还是流量中的顶级那种。这两人什么时候在一起的？藏得够深。

而君之荔说的第一句话，竟不是反驳，而是："已经分手大半年了。"

黄煜被呛得猛咳起来。

影后就是影后，一玩就玩这么大，还把人家顶流玩死了。

黄煜立刻看到英俊男人恼怒而不甘心的眼神。

"麻烦出去一下，我们俩也要谈会儿心。"殷白晨冷着脸，压着怒意开口。

谈心两个字，像被牙齿咬过。

黄煜从善如流起身，门快被掩上时，他露出半张脸，突然道："对了，我是黄煜，就是新电影中，与荔荔接吻的那个。"

点燃炸药引线，拉了拉领带，他很懂点到即止，老男人跨着少女小碎步跑了。他明显看到青年的脸瞬间由青转黑。

书房门重新合上。君之荔听到黄煜最后那句，睫毛紧张一颤。脸再一侧回，就见到殷白晨逐渐逼近的身影。

"单独在书房，敲半天不开门，嗯？"

"你现在像一座活火山。"

她原意是让他控制好自己的情绪。不料，殷白晨上半身前倾。黑发下，目光隐忍却侵略起来。

"怎么，你想以身堵火山？"

语气冷静，却更感可怕。

"啪"地一下，裸背贴上整面书柜，她被殷白晨一步一步紧逼至此。昏暗的檀色灯光打在她身上，为了不夺颜环的光彩，她今晚只低调地穿了一件金色带钻长裙，暗暗优雅。灯光下锁骨愈显清晰莹白。

殷白晨低着头，黑暗波涛拍打着礁石。

“你们刚才在谈什么？”

一进门，黄煜那么惬意地倚在沙发上，令人生气。

“随便聊聊。”

她别开头。

他把她的脸拨正，对着她的眼。他一只手撑在书柜上，把这个美丽却冷淡至极的女人困在怀中，另一只手在对方白皙的脖颈上游走。似抚摸，又似掐。

“哦，随便聊聊？”黑眸微动，声线更低，“那怎么不找我？”

她有些想逃。

“你我之间已经聊过了。”

对方现在的强硬，令她无法理直气壮。随着一次又一次的接触，现在的殷白晨早已不是那个她能自如应对的青年了。

白皙的手腕“啪”地一下，被男人另一只手禁锢在书柜高处，她像一个双手被囚禁吊起的人，金色细裙带在裸肩上滑动着，男人的目光在上面停留了半秒。

浓浓的阴影之下，对方看上去极度危险。

“你确定？”

君之荔正想回答。

男人线条性感的唇直接压了过来。她的唇蓦然被吮吸着，接着又被狠狠一咬。

君之荔睁大眼睛。

殷白晨冷冷一笑，命令道：“闭上眼睛。”

一只男性的手强硬地托着她的后颈。她的身体被顶在坚硬的书柜前，后腰的肌肤被书的背脊戳到，生硬、锐痛。但前方男人有力的臂膀，强有力的吻令她极度战栗。君之荔犹在震惊之中，她被他强吻了。

男人的唇热而有力，她双手不断推着殷白晨，压在对方胸膛上，阻止男人继续侵入。对方被弄烦了，直接大掌将她净白的手腕重新钳住举高。她感觉自己被吊起，对方像要把自己嵌进去。

蜜色灯光下，男人将那抹金色抵在书柜上，年轻健美的躯体带着火，有那么一刹那，君之荔甚至察觉到，他的手撩起她的裙子。

她心底震荡，身体却被殷白晨越搂越紧。殷白晨猛吸了几口气，最后眼神黯了黯，将裙子放了下来。过了好久，两人才气喘吁吁地分开。

君之荔胸口起伏着，清冷的脸颊此时此刻绯红。殷白晨沙哑着嗓子："我们还没试过，对吧？"

君之荔的背靠在书柜上喘息。她有些失神，耳朵里迷糊地听着男人柔情又挑衅的声音，脑子里却一时半会儿做不出反应。这个吻竟给她带来那么大的冲击，她感到自己的身体被点燃了。殷白晨是座活火山，却全部爆发在她的身上。

她和他竟真的接吻了，一切都乱了套。

"不行，我们这样不行。"她呼吸难平。

"是吗？我觉得很好。"

"不可以。"

殷白晨眉骨高挑，唇愈发性感，欢愉之中又带着点冷酷，甚至手还轻抚着君之荔的发。

"之前一直听你的。

"从现在开始，不会再这样了。"

楼下迸发出一阵喧哗，颜环的生日晚宴开始了，所有人一片欢声庆祝。

“君之荔，我不会再让你踩在我的心上，为所欲为。”

第

十二章

情若能自控

*Miss Freud*全面爆热，票房破十亿！对一部以细腻长镜头、文艺美学见长的心理悬疑电影来说，这绝对是个天文数字。

导演黎铭再稳重，也抑制不住激动。个人电影票房的一小步，文艺电影的一大步，意义大于形式。韩国媒体和日本媒体都表示十分期待引进。

黎铭对媒体大赞君之荔和殷白晨。两人不负众望，双双拿下最佳女主角和最佳新人提名。这样一来，*Miss Freud*便斩获最佳导演、最佳摄影、最佳音乐等在内的八项提名，领跑即将来临的电影节。

喜讯一传出，君之荔的影迷淡定又自豪，女神一出手，就是他们心中最佳女主角，旁人无可替代，无须评委评定。

殷白晨的粉丝们则尤为光荣，自家艺人终于不再是流量咖了，也有代表电影作品了！不仅话题榜飞起，还纷纷跑去导演、君之荔微博下面，感谢他们把自家爱豆带得会演戏了。

他们喜气洋洋，腰杆子在其他流量粉面前挺得直直的。其他粉免不了酸：“要不是有影后君之荔罩着，你爱豆能演得这么好吗？”殷白晨粉丝反驳：“这就是命！好人品结下好人缘，获得圈内大咖认可。有本事你爱豆也去跟影后合作一个？”

时尚杂志趁热打铁，邀请君之荔和殷白晨，以心理学、犯罪学为主题，拍摄杂志平面电影。舟山一接到对方传来的合作邮件，脸就苦了下来。

“恐怕没戏。”

一拍完*Miss Freud*，君之荔那边就像躲什么似的，避开了与他们的一切合作。搞得他跟段夏夏见面也少了，郁闷。不过这也是殷白晨粉丝完全没掐君之荔的原因，向来跟殷白晨合作的女星都是要被殷白晨女友粉骂的。

舟山瞅着殷白晨。

“要不是我亲眼看着你变成这样，还以为是哥你做了对不起人家的事。”

影后把顶流给甩了，而不是顶流渣了影后，这谁料得到啊。

殷白晨一记眼刀丢过去。

舟山立刻缩了缩脖子：“我瞎说，我瞎说。你们只是没长时间见面，没分手，没分手。”殷白晨最恨人提他和荔荔分手了。

“这杂志合拍，我们是去还是不去？”

殷白晨看着邀请函，手指摩挲了下唇，眼眸深沉。想起君之荔嘴唇的触感，像花骨朵一样嫩，蜜一样甜，令人又爱又恨。

“去。”

君之荔收到邀请时，她正在吃荔枝，莹润的指尖捏着深红色的皮。她捻着一颗，一脸茫然，不知在想什么。

段夏夏在旁插了一句：“回绝，对吧？”

这大半年来所有跟殷白晨有关的合作，全推了。

墨西哥淡蓝色水晶玻璃瓶插着花朵，纯洁的百合端庄又大方。

君之荔侧颜静谧。

段夏夏装模作样地叹息。

君之荔挑眉，她的经纪人怎么了？

段夏夏偷偷瞟着君之荔的脸色：“我们资历深，就算没有时尚资源，也有国际奢侈品牌邀请我们做代言大使。倒是殷白晨这种年轻顶流，爱豆转型演员，十分需要实力证明自己，这种由电影带来的时尚资源认可就很重要了。”

君之荔闻言，颦眉沉思。

段夏夏按住胸口，心道，作为一个“白荔CP”粉，白晨晨，我只能替你卖苦情到这个份儿上，剩下的听天由命。

殷白晨撑着银狮手柄的黑色英伦风格大伞。雨淅淅沥沥地落了一个晚上，柏油路地面湿漉漉的。黑色伞布“砰”地撑开，雨珠瞬间弹飞。

殷白晨从轿车上下来，双眼望向前方。颈围Burberry格纹围巾，深蓝色长裤泛着淡淡光泽，尖头皮鞋踩在浅浅的水渍上。

侧脸深邃。

身高，衣品好，大长腿。

舟山内心赞叹，已然一帧帧贵气时尚大片。

殷白晨完全没在意舟山的眼神，只是眉心微凸：“那边还没消息？”

舟山心中一苦，肩膀耷拉：“这个，貌似是的。”

原本是两人拍摄计划，段夏夏私下同他说，君之荔不知跟杂志主编谈了什么，主编同意让殷白晨单独拍，君之荔可能随后去拍，最后再合成。这种概率比较大，虽然也有百分之十的概率会去现场合拍。

见殷白晨一言不发，舟山连忙缓和气氛："听说在给新电影配音，会晚一点，晚一点。"

殷白晨脸色微霁。

舟山偷抹虚汗，他哪儿敢对殷白晨说真相。

殷白晨左等右等，等得不耐烦。他现在轮廓变深，在专业化妆师的手下，反而呈现出一股时尚成熟的男性魅力。

殷白晨点开君之荔的微信。明星都爱用自己的照片当头像，但君之荔的是一只低头玩着自己爪爪的小猫，他曾无数次在夜晚摩挲着手机看着这只小奶猫。

殷白晨脸色冷了冷，对舟山道："她今天不会来了。"

不是疑问句，是肯定句。

舟山眼神不敢与殷白晨对视，嗫嚅着："就算不来，也不影响我们拍摄。哥，别放在心上。"

殷白晨冷笑一声。

享誉国外的摄影师捕捉着殷白晨的神情，他惊人地发现，殷白晨穿白大褂时，仿佛一个英俊却忧郁的青年医生，然而换上西服，又像汉尼拔，像极了电影《沉默的羔羊》的气质。

锋利的眉宇下竟呈现出如此微妙的英俊与邪恶。

难怪这个偶像派艺人会被提名最佳新人奖。

白光闪烁，咔嚓咔嚓，拍了好多张。突然，整个摄影棚安静。殷白晨像是意识到了什么，猛地抬头。

一阵风吹过。

君之荔迈入摄影棚，她肩膀还淌着些雨水，

她弯着手臂，抱着摩托车头盔，她长发柔顺，一身黑色皮衣，铆钉突刺，脚踩马丁鞋，十足帅气。

男男女女纷纷尖叫，围上君之荔，整个摄影棚乱了章法，有男的甚至拿自己衣服让君之荔签名。君之荔安安静静低头签字，她签名极快，字却很好看。

主编靠近君之荔，瞥瞥殷白晨，小声道："不是说分开拍吗？"

君之荔淡淡："有时间，就赶过来了。"

主编极喜："那好，那好，我再让他们调整一下。"影后和顶流一起登上他们杂志有什么不好？乐见其成。

殷白晨径自上前："我以为你没胆来。"

君之荔将头盔丢开。

两人手碰到时，有一股静电，那种触电感让他们双双无意识望了下对方的唇。

男性线唇线清晰、性感。

女性浅浅、淡淡的。

殷白晨盯着君之荔菱形的唇角，声音有些喑哑："你这么喜欢逃？"

他一直在挑衅，君之荔淡淡道："你说，我一切归你？"

"行，待会儿让我看看，你怎么管。"

君之荔换衣服做造型，殷白晨等她。为了跟*Miss Freud*电影主题符合，造型师给君之荔配了套深红色丝绒裙，发型复古，头戴vintage珍珠钻石首饰，嘴唇是饱满李子红。

君之荔身上顿时体现出一种古老的典雅、端静与高贵，像一位真正有着良好教养、身处上流社会的伯爵之女。

君之荔走动一步。红裙有些长，容易绞住高跟鞋。男性工作人员立刻上前，想要搀扶君之荔。

殷白晨长腿一跨，修长身影挡住了对方，男性工作人员一抬头，对方已经将胳膊抬了起来，长长睫毛下的黑眸，是不容忽视的霸道。工作人员手下意识一缩，生怕自己冒犯到了殷白晨。

“这么点路，不用了吧。”君之荔轻轻说道。

“有异议？”殷白晨目不斜视，只用胳膊示意了一下。黑色质地的面料衬得他面容沉静。他油头后梳，显现出社会大佬感。

两人步伐同步，缓慢前行。

刚刚想要扶君之荔的男人目泛羡慕，可也知道自己完全比不上殷白晨。

摄影师看着颜值都极高的两人，一脸兴奋。干摄影这行的，就偏爱一切出自上帝之手的美的事物。

摄影师在前方拍，殷白晨、君之荔在后小声交谈。

“把我从黑名单里拖出来。”

“已经删了。”

“删了再加上。”

两人变化姿势，殷白晨身体前倾，托住君之荔的腰，挟带着占有欲。

“你说加就加？”

“加上。以后删一次，我强吻一次。”

殷白晨面容蓦然压近。

君之荔身体慌了半拍，急忙用高跟鞋勾住殷白晨的长腿，长裙像迷人光滑的丝绸缓缓淌下。

“你流氓。”声音低低挤出。

惹来男人一阵低笑。

道具场景一换，两人相拥躺在浴缸之中。周围是钢笔、怀表、台灯、流沙，白色实验报告用纸散落了满地。浴缸里面有流水，慢慢积累，浸着他们，营造着出催眠式的离幻梦境。

光影打在水上，映出层层倒影。尽管水是温的，但今天下雨，空气凉到骨子里。

殷白晨的姿势需要把君之荔揽在怀中。

君之荔一倚到他胸膛就想起身，这谁设计的动作？她整个人差不多坐在殷白晨怀中，挨着美青年的大长腿。

她一扶浴缸边，他的声音从耳边传来。

“又要逃？”

两人贴得很紧，她稍微动一动，他就知道她想干什么。

殷白晨盯着君之荔白皙的脖颈，气息喷在她的后面。他长臂在水中一勾环住她的细腰，两人的衣物在水中浸湿、漂浮、相连。

“想逃也逃不了。”

“晚了。”

男人高挺的鼻尖碰她的颈后，抚摸着她的锁骨，像吸血鬼在享用美味。

君之荔快要战栗。

“手拿开一点，你手乱放，我能不动吗？”

话一落音，摄影师就在前方喊：“白晨哥，麻烦手收拢一些。你俩现在是恋人！你要禁锢她！”

耳后一阵低笑声。

“看来没法从命了，摄影师不让。”

她感受到男人手臂饱满的肌肉，原来就圈住她的手臂又收紧了一圈。水是温凉的，挨紧的身躯却是滚烫的。

摄影师又指导着。

“君小姐，往后，亲密一点。”

君之荔后颈僵硬，再往后，她跟殷白晨就密不可分了。

此刻对方已全部被水浸湿，勾勒出胸膛的轮廓。流水从他身前流下，两人衣衫全湿。蒙蒙的水色渲染着欲，圈住她的那个人更是散发着男性危险的荷尔蒙。

君之荔悄悄撑起身体，虽然这样很费力，但是视觉效果跟摄影师要求得差不多。

男人在后面缓缓道：“荔荔，难道你连摄影师都不配合？”

他手未动，大长腿却忽然箍住她，将她往后一压。

君之荔整个人“咚”地倒在他怀里。

她倒吸一口气。

“给你忠告了，还是不听。怎么办？”

水珠打在君之荔脸上，男人长腿压在她的腿上。

“别这样。”她低声警告。

白色浴缸紧紧挤着两人身体。

“我从不对别的女人这样。如果你不想，可以试试。”

黑发湿润的男人在浴缸箍着她，“你总是太坚强，可我希望你知道，任何时候你都可以依靠我。”

他在她身后吻了吻她的发丝。

君之荔睫毛极快颤了颤。

直直的走廊仿佛没有尽头，空气刺骨的冷，渗到毛孔里。不管来过多少次，他始终觉得这间豪宅阴冷，令人窒息。观寒屏气凝神，微微弯腰，汇报着君之荔近来的一举一动。

“君小姐目前在为新电影做配音工作。前晚跟黎铭导演聚会，庆祝获得影后提名。昨天与殷白晨拍摄时尚杂志封面。”

君之荔的每一件事，掌握得一清二楚。

面前之人背对观寒，逆着光。窗外小鸟啾鸣，室内却仿佛冻着一层千年不化的薄冰。那人坐在皮椅中，在地上拖出一道浓浓阴影。

观寒垂着眸，肃穆报告。

对方手往半空一举，观寒的声音戛然而止。

那人十根手指交叉，搁在膝盖上：“这么说，她最近跟殷白晨又见面了？”

观寒如芒刺背，顿了顿，弯腰回话：“是，拍摄杂志。”

“杂志拍摄。”对方笑了笑，将这几个字念了一遍，“她君之荔还需要时尚杂志版面？”

话很轻，观寒脸上却发沉，双目紧盯面前的地板。血一般的深红色地毯，大块的红色将人淹没。

观寒回想，他是什么时候碰见君之荔的？那时君之荔已经退圈。一身黑白分明的长裙，同样黑白分明的眼珠，了无生气。她翻着画册、尼采的哲学书，见到他只是冷冷一瞥。不曾料到，他们会因为殷白晨再次有了交集。

“他们俩能长久吗？”那人端详着面前日本花艺，抚弄着长条花枝，没等观寒答复，对方又笑了笑，捏着一枝花，“娱乐圈的男男女女。”

一朵细小的粉色的花骨朵掉落在地。

空气静默。

“照旧，不要让两人进一步接触。”

那人摆摆手，厌倦了般，让观寒离去。

观寒目不斜视，直至外界阳光重新照在身上，他才有一种从阴冷之地走出来的感觉，浑身被杀毒消菌。

手机响了，来电显示的是颜环的照片。

他设置的。

头上有猫耳，脸颊有红晕。

眼睛明亮，微微弯着，嘴角也调皮地翘着。

观寒这才笑了笑。

真正的阳光。

【上册完】

图书在版编目（CIP）数据

心上人：全2册/青罗扇子著．—南京：江苏凤凰文艺出版社，2020.7（2022.4重印）
ISBN 978-7-5594-4736-4

Ⅰ．①心… Ⅱ．①青… Ⅲ．①长篇小说－中国－当代
Ⅳ．①I247.5

中国版本图书馆CIP数据核字(2020)第054946号

心上人:全2册

青罗扇子 著

选题策划　北京记忆坊文化
特约策划　暖　暖
特约编辑　绪　花卡　啾
责任编辑　刘洲原　白　涵
封面绘图　陶　然
封面设计　80零·小贾
版式设计　天　缈
出版发行　江苏凤凰文艺出版社
　　　　　南京市中央路165号，邮编：210009
网　　址　http://www.jswenyi.com
印　　刷　环球东方(北京)印务有限公司
开　　本　880毫米×1230毫米 1/32
字　　数　382千字
印　　张　14.5
版　　次　2020年7月第1版　2022年4月第2次印刷
书　　号　ISBN 978-7-5594-4736-4
定　　价　59.80元（全二册）

MEMORY
HOUSE

MEMORY HOUSE
记忆坊文化

心上人

下

（全二册）

青罗扇子 著

江苏凤凰文艺出版社
JIANGSU PHOENIX LITERATURE AND ART PUBLISHING

Contents
目录

第
十三章
心上人

半个月后。

谢可谦看殷白晨每天在手机上搜索君之荔，还曾笑话过他，结果殷白晨冷着眼睨回来，那眼神摄人惊得他立刻举手投降。他比殷白晨大两岁，但殷白晨如今骨子里多了些东西，有点霸道，有点深沉。他时常觉得危险。

微博提醒跳出消息。

“君之荔和谢可谦即将共同主演民国谍战大剧《双面》。”

下面谢可谦粉丝火热控评。

“Super Sense谢可谦！名校学霸谢可谦！高冷才子谢可谦！优秀青年演员谢可谦！”

“期待谢荔夫妇主演的新剧，高甜 CP，多撒狗粮。”

谢可谦的眉一跳。

这新闻是想让他死?

想法刚一冒出，殷白晨就已二话不说，用胳膊勒住他的脖子，眼里冒着火光道：“你能跟荔荔一起演戏！”

这滔天炉火。

谢可谦挣扎着，手握住殷白晨的双手：“果然嫉妒使人丑陋，你现在活像被老婆绿了的老公。”

殷白晨冷笑：“我还可以让你知道，什么叫除掉奸夫！”

谢可谦求生欲极强，立即求饶：“别别，我也很纳闷，但观寒指定让我演，我主动让贤了 800 次，跟他说朋友妻，不可戏，要搭戏，找殷白晨。结果他说如果我不演，他就另外找公司外的男演员跟君之荔搭戏。”

殷白晨松手，眼神犀利，像在审问犯人。

谢可谦小心翼翼瞥着殷白晨，轻轻揉了揉自己脖子：“真不怪我，死谏也用上了，不演不给开演唱会。”

殷白晨眯了眯眼，光线照过他半边脸，侧面阴影深邃。

“不演不给开演唱会？”

谢可谦点点头。

空气中静默了半晌了，殷白晨忽然靠近，他进一步，谢可谦就退一步，他盯着这个英俊至极的弟弟，对方怎么看都像不怀好意。

“你要干什么？”

殷白晨笑意森然。

谢可谦毛骨悚然。

殷白晨露出白牙，像深海里的鲨鱼凶猛迅速地向他游来，谢可谦感觉自己脖颈直发凉，很想伸手捂捂，他忽然觉得不开演唱会也没什么，只要不用与殷白晨面对面。

殷白晨眼神居高临下。

谢可谦："您有什么命令请吩咐。"

殷白晨三根手指在他眼前晃着。

"严禁跟荔荔有不必要的片场交流。"

"严禁休息时找她。"

"严禁拍吻戏。"

"呃……万一剧本需要呢？"

殷白晨指骨捏了两声响，一只手搭上谢可谦的肩："你看着办，不过我会天天探班！"

两根手指头触在他颈动脉旁。

牙齿森白。

"其他以后想到再加。"

谢可谦脖子上的鸡皮疙瘩起来了。

观寒非常擅长给艺人精准定位，扩散国民知名度，颜环一签到他那儿，就跟殷白晨成为《神秘大逃脱》固定嘉宾。两人又捆绑合作了一部电视剧，人气唰一下飙升，成为当红小花。

殷白晨拍完这期《神秘大逃脱》，没休息，直接骚扰手机那边的谢可谦。

"汇报今天荔荔动态。

"偷拍两张荔荔照片给我。

"快。"

背着民国大剧《双面》台词的谢可谦，看到微信红点数字不断上涨，心理压力骤增。他才是现实版的双面卧底吧，每日向殷白晨汇报情报还兼职偷拍，搞得他现在见到君之荔就十分心虚。

得亏他心理素质极好。

在君之荔问他殷白晨是不是要过来探班时，他还能装出惊讶：

"是吗？没听他提过。他现在想做什么，都不太跟人说。"

"不过，听说公司那边要安排他跟新生代小花拍新片。"谢可谦暗藏心机道："那个小花女星家世很好，出道前就是殷白晨的私生饭，圈内传言，她很想当殷白晨女友。"

君之荔淡眉微微一挑。

他顿了顿，又加了一把火。

"公众号最喜欢写这种'最励志的人生，就是把顶流偶像变顶级男友''追星最成功的例子：她的励志爱情''做最好的自己，拥有最好的爱情'。"

君之荔嘴唇微动，神色却在克制。

"殷白晨很优秀，被很多女生喜欢很正常。你忙你的，我先去背台词。"

谢可谦点头，绅士地送君之荔出门。

表面平静，背地里唇角笑意不断扩大。

心口不一，口硬心软。

越装不在意，越是放心上，别扭得可爱。

他好像都有点喜欢上君之荔了。

谢可谦拿起手机，哼出一段新旋律，修长的手指按着字母键盘："君之荔刚刚说你很优秀。"

谢可谦等着殷白晨夸自己。

过了半秒，微信传来提示音。

"严禁跟君之荔搭讪！"

谢可谦笑容垮下。

他一得意忘了。

颜环眼巴巴地看着殷白晨回着微信，又羡慕又期盼，在殷白晨身边绕来绕去："是不是荔荔的消息？"

殷白晨占有欲极强地将手机塞到裤子口袋中。

"不给看。"

颜环眼睛瞪直了，手指着殷白晨："你、你幼稚。"

殷白晨用下巴高傲地对着颜环，看了她一两眼，笑容阴恻恻："要怪就怪你男友，问问他为什么逼谢可谦接这部剧？"

这句话信息量太大。

颜环消化了好一会儿，最后脸嗖地一红，慌张了一下："乱说什么，我、我们只是艺人和经纪人的关系。"她平日说话中气十足，此时却磕磕绊绊，眼神游离不定，脸泛红霞。

"聊得很开心？"

两人转头，只见观寒眼眸眯成一条线。他在不远处招了招手，命令从车上卸货的工作人员，将他探班带的国外零卡路里饮料、新鲜水果装回去。

颜环走到观寒身旁："不用这么斤斤计较吧。"

男人掏出随身携带的小黑本，拧开钢笔帽在上面计分："抱歉，我就是一个斤斤计较的经纪人。"

颜环："……"

观寒扫了她一眼："很好，这次扣完，正好零分。"

殷白晨站在观寒对面："零分。这么光荣的分数，颜环你都做到了，上一个零分的人，天天被这家伙安排整蛊节目，不是吃虫子，就是摸大蜘蛛。"

观寒没有反驳，薄薄的唇角肆意一扯，似乎在默认殷白晨的话。颜环一阵后怕，这么恐怖？她才不要吃虫子！男人正要动笔，下一秒胳膊被紧紧搂住，他的胳膊在颜环双臂与她的胸口之间。

"别别别，别扣！"漂亮的脸蛋闪着害怕，她仰头望着他，惹人怜爱，“观寒，你人最好了。你是世界上最好最好的经纪人，你绝对不会干这种事，对不对？”

毕生的肉麻话都被她说出了。

好害羞。

观寒眼眸微动，好整以暇地望着她，神情不显，脸上线条却柔和了两分。

“世界上最好的经纪人？”

黑本上滑动的钢笔也缓了下来。

“对，对。”颜环瞧见观寒脸色，连忙迎合，“全世界最好最好的经纪人。”

“除了经纪人，还有呢？”

对方问得漫不经心，颜环却心跳加速，掌心冒汗，眼珠转动。

“还有什么……”

等了半天，见对方半天没有说出答案。观寒神色不耐，用钢笔在小黑本上画了一只头扎蝴蝶结的小母猪：“一定是我太聪明，才让我带这么笨的艺人。”

《双面》顺利拍摄，君之荔的微博却没动静。她不喜欢在拍戏过程中剧透，她喜欢拿出完美的作品后再发。有实力的人总是不急一时。谢可谦倒是发了微博，他拍了君之荔和工作人员，黑白光影，百乐门牌匾上密密匝匝排着灯泡，舞女裙上珠片虚虚实实、明明暗暗。

君之荔不在黄金角度，而是占据了一大幅左侧位置，只露出小半张侧脸和高挑的眉，下巴微微昂着，旗袍裹身，色深一些，手中细长烟杆，亮一些。

风姿从她高高的眉弓上透出。

高傲又舒展的体态。

殷白晨欣赏着镜头里的君之荔，谢可谦把君之荔的艺术气质拍了出来。摄影一词源自希腊语，指光与影的魔法。他爱的女人让光影增添了艺术美感。

不过……

一刷留言，下面一片热情洋溢。

“啊啊啊，谢荔夫妇终于发糖了。”

“谢谢拍的君之荔就是不一样，好美哦，只有懂她的人才能把她拍得这么细致吧。”

手机差点“啪”地被他扔出去。

发什么糖？全是玻璃碴儿。他内心清楚谢可谦只是为君之荔的演技倾倒，但还是对着自己默念：我不吃醋，我不吃醋。不，他明明就是亚洲醋王！

再往下一拉。

“快公布恋情吧，你跟其他女明星谈恋爱，我一定会反对，但如果是君之荔，竟然觉得超配的。你们都那么低调，那么有夫妻脸！”

没过多久，谢可谦收到微信。

“君之荔那条，给我删了！”

谢可谦叹息：被嫉妒心冲昏头脑的男人。

殷白晨反扣黑色棒球帽，于紧密行程中，调出空档飞去探班，一路上谁也没惊动。民国摄影基地很大，找了半天也没找对地方。殷白晨打谢可谦手机，对方没接。他抓过一个男性工作人员。

工作人员激动不已：“你、你你是殷白晨！”

“谢可谦在哪儿？”

“他们今天拍室内戏。”对方指了一个方向，犹在兴奋，“你来探班谢可谦的吧？Super Sense感情真好。”

殷白晨打哈哈：“是啊是啊，我就是来看他，我先过去了。”

对方挥手：“去吧！忘了跟你说，我特别喜欢你跟君之荔演的那部*Miss Freud*。”

往前走出一大截的殷白晨猛地回头，朝男性工作人员一笑：“我会把你这句话带到。”

工作人员嘴大张，满脸晕乎乎：怎么感觉自己被电到了。

《双面》剧组人员正在围观君之荔、谢可谦飙戏。殷白晨如今一眼就能分辨，有君之荔在的戏，整个剧组气氛会纯粹很多。他悄然靠过去，女场记一看到是他，眉飞色舞。殷白晨低声说：“来看谢可谦，没影响你们拍摄吧？”

“没有没有。”女场记连忙道。

殷白晨合掌：“打扰到大家，抱歉。”

导演让殷白晨来自己旁边观看，影视圈没有不知道殷白晨的，说不定以后还能邀请他演自己的作品呢。

殷白晨礼貌地打完招呼，视线定在某个人身上。君之荔民国装扮，烫着波浪头，摇着王星记纸扇，香风阵阵。谢可谦饰演国民党高官，实为地下党卧底，神枪手。一身墨绿军装，目光深沉，黑色军统靴箍紧长腿。

一场意外，国民党高官帮君之荔饰演的舞厅老板娘解围，最后在他的感召下，舞厅老板娘成为一名地下共产党员，帮对方截获情报。现在拍摄的一幕是，日本人在府邸举办宴会，国民党高官携舞厅老板娘参加。

日本高层邀请了京都祇园当红艺妓。层层叠叠的和服，金色流水细纹细密合着红绿，艺妓们露出雪白的脖颈，和着三弦琴，为来客们倒着日本清酒。

日本高官木村直人，他恋慕舞厅老板娘已久，但他的爱慕很畸形，比起占有，他认为毁灭更凄美。

当红艺妓织田智美知道木村直人的心思，她一直留心着舞厅老板娘。织田智美极力展现自己的美，拿着日式扇，跳着日本舞，博得日本军官们阵阵掌声。

一片夸赞之中，她低头跪坐到木村直人身边。织田智美斟着酒，见木村直人的视线还在舞厅老板娘身上，心中一阵凄苦。

遥望过去，对坐的舞厅老板娘、国民党高官正在用膳。一身正装的国民党高官，正把辅食、日式糖渍小番茄放到舞厅老板娘面前的漆木食具里。

外面的殷白晨发酸冷哼，君之荔不爱吃糖渍小番茄，她最喜欢吃荔枝。

室内，舞厅老板娘露出一抹浅浅的笑意，浮光掠影，极快从她眼眸里划过。她顿了顿，用筷子夹到嘴里。国民党高官眼眸微弯。

舞厅老板娘轻声说道：“我们上海人做糖水番茄，白砂糖撒在番茄芯上。盆子一抖，空中一翻，再用井水冰一会儿那才叫吃得舒服。上海人老喜欢吃甜的。”

国民党高官唇角笑意更深：“下次你做给我吃。”

舞厅老板娘拿纸扇极快打了他一下，扇面翻飞，细微一看，姿态还是有些不自在，她脸有点红。

拍摄中的谢可谦忽然感到背后一寒。

殷白晨再次亚洲醋王上身。周围的工作人员摸了摸胳膊上的汗毛，咦，怎么身边一股寒气，不由自主地望了望“一脸高兴”的殷白晨。

突然，织田直美一动。

一截白皙手腕从她宽大和服袖口露出。

她手腕一翻，众人只觉得眼前一香，便见几道极精妙的手势，将手中和风纸扇舞出一个漂亮扇花。

日本军官喝彩。

织田直美羞涩一笑，如小鹿的眼睛一转，望向舞厅老板娘。

“听闻白玫瑰的老板娘也极擅长跳舞，不知可否为我们表演一场？”单音一个个迸出，一个日本艺妓竟也说一口流利汉语。

在场人心中惊赞，目光转向老板娘。

白玫瑰舞厅，那是老板娘的主场，现在换了阵，她这位平日里风光的老板娘能镇住场吗？有道是强龙难压地头蛇。

谢可谦饰演的军官蹙眉，目光射向木村直人。今日老板娘是以自己女朋友的身份出现，众目睽睽之下表演，岂非有失身份？再者，老板娘江湖女儿，仗义爱国，区区一个日本艺妓何以与之相提并论？

这织田直美分明是有备而来。

她跳得已是极好，老板娘哪儿可能在短短时间内跳出相同水准？

他的手在下方握了握老板娘的手。

谢可谦刚握住君之荔的手，就感到一道锋利的视线压住他的背脊。他艰难地抬眼望去，只见殷白晨唇角下压，肩膀绷紧，整个人自带低气压，黑眸盯得他的手一颤。

导演无意中瞥见殷白晨的表情，纳闷，难道对他们剧组有意见？

殷白晨察觉到对方的迟疑，扯出一缕笑："他们拍得太好了。我在旁边只是看看，就代入了剧情，简直义愤填膺。"微微咬牙。

导演展露笑颜："君之荔、谢可谦他们演得确实好。君之荔一流演员，谢可谦入戏也比较快，谢荔夫妇是不是特别默契？"

连导演都知道这两人被外界称为谢荔夫妇？

殷白晨眼神直直投在君之荔身上，嘴角皮笑肉不笑，低着嗓子："并没觉得。"

导演一脸蒙。

以前他不明白为什么圈内恋人最好不要看对方现场拍戏，特别是恋爱戏吻戏，还想着大家都是专业的，怎么可能在意这些。现在，殷白晨竟有些磨刀霍霍的心态，就算知道君之荔、谢可谦极其专业，他仍忍不住将杀人视线射向谢可谦。

道理他都懂，但握他女人的手必须死。

爱会让一个人强烈在意另一个人的每一处细节，从每一次眨眼、每一根手指弯曲的弧度、每一缕耳旁落下的发丝，到每一寸与他人相处的距离……这就是爱的独占欲。

室内，老板娘一笑，笑得镇定、笑得清丽。对比唇红齿白的艺妓，可谓一个秾艳如浮世绘，一个如写意山水清灵画境。只是微微一笑，便让旁人的心瞬间一静。

"织田直美小姐的扇子舞看样子从小就练，应该达到了七级水准。"

织田直美手指微攥衣角，没料到老板娘这么有眼力，对日本舞如此精通，一眼就看出她的功底深浅。

老板娘淡淡开口。

“来者是客，在我们中国，东道主断没有让客人表演的道理，不知日本礼仪文化又是如何？”

客人们已经细细交头接耳起来。

虽然是日本高官的宴会，但毕竟在中国国土上，大多数来宾还是中国人，不懂主客场规矩是要被看低的。

简单说，织田直美要求太过，她什么身份，能让一名客人表演？

织田直美脸上一烫，感觉自己替日本人丢脸了，手指藏进和服袖口中。

木村直人眼眸深沉。

织田直美垂下眸，暗中咬了咬贝齿，知道自己的鲁莽令对方极其失望。

老板娘纸扇“啪”地一展。

“不过织田直美小姐既然提出了要求，那我也愿意宾客两欢，献献丑。”

这扇展如桃花绽，潇洒至极。

峰回路转，大家兴致一下子被吊得极高。老板娘稳稳端坐在席，但见她手指一转，犹如兰花飞叶，舒展的纸扇忽地在她指间飞旋起来，仿若一只只灵动白蝶在美如盈玉的纤手间穿梭。刚才织田直美只翻了几道扇花，老板娘却一次翻了十几道，两相对比，织田直美的表演简直是雕虫小技，众人纷纷惊艳。织田直美的脸色从阴晴不定，到红得发烫，最后死死地低着头，掌声如雷，在她恨红了的耳旁炸开一次又一次。

“啊——”有客人失声一叫。

只见纸扇飞出老板娘指间。

谢可谦饰演的军官眉心一紧，已准备好了为老板娘圆场的说辞，织田直美眉头猛地一抬，喜不自禁，眼神亮得发光！

老板娘失误了！

还是不如她！木村君也看到了吧！巨大的喜悦与报复在她胸口猛烈炸开，她瞥向木村直人。

然而，木村直人脸上竟没有她预想的那样。

这不对……

木村君不应该是高兴的吗？难道木村君他……她顺着木村直人的眼神望去，对方的视线静静地停在老板娘脸上。

须臾。

那把雪白纸扇如一只振翅飞起的大蝴蝶，扑闪着美丽的翅膀，在空中飞旋了一圈。阳光淡淡照进庭院，翠绿青苔，扇面点点金光，柔雾一样轻盈。

那扇洒了金箔。

更被老板娘提了几个墨字：捻花一笑万山横。

监视器后的导演："这字真是君之荔写的？！"语气中不乏钦佩。

殷白晨点头："她的书法、马术是专业级别的。"

导演："你对君之荔挺了解啊。"

英俊的青年将目光从君之荔身上挪开，声音里有股说不清道不明的情绪。

"在谢可谦之前，我才是第一个与她合作电影的男人。"

一群人没听出他真正想表达的意思，夸赞起电影来。

"对对，那部我看过，你们探戈跳得真好。"超火热。

"那个彩蛋意味着会拍第二部吗？"

殷白晨噙着一抹笑，望向君之荔："谢谢，我也很喜欢。"

他一定会将*Miss Freud* 2推上日程。

那只白蝶旋成半道弧，不但没有掉落在地，反而在半空中转了几圈，竟又稳稳回到老板娘的手中。

捻花一笑万山横。

殷白晨琢磨了一会儿，这一行字出自佛教典故——

世尊在灵山说法，善男信女皆虔，无数金婆罗花自天上落下，山中飞禽走兽也跟着迎风起舞。神迹现世，场面异常壮观。

众人赞道：“佛法无边。”

一个假行僧撇嘴道：“如果佛能把这座山说动，我就服他。”

佛含笑不语，随手从空中捻取一朵莲花，朝群山一笑。

原本耸立的山峦，顷刻间全横倒下来。

禅自拈花一笑来，有两层含义，一层是对佛禅的透彻领悟，一层是指彼此精神默契、心意相通。

他眼神深了一下。

莫非君之荔一直渴望一心意相通之人？

织田直美脸上发青，她难堪地咬着唇，浑身颤抖，几乎快要稳不住身形。

军官露出一抹笑意。

那只纸扇上下飞舞，扇影重重，渐如一枝白牡丹，老板娘手一抖，大家知道，这是要最后收尾了，只见那纸扇被高高抛开，“啪”地一下，那扇竟飘出一阵异香，在场所有人只觉得芳香扑鼻，沁人心扉。

扇柄稳稳落入老板娘的纤手中。

系着玉环的雪白扇穗柔顺垂下。

老板娘双手往前一躬。

“早在商周时期，我们中国就有扇子了。不仅唐诗中有‘轻罗小扇扑流萤’，《西游记》中牛魔王的妻子铁扇公主也有芭蕉扇，能扑火焰山大火。中国文化源远流长，不只歌舞艺曲，欢迎织田小姐多多了解。”

织田直美脸色青白相交，羞愤欲死。

在场人只感觉心中热血沸腾，爱国豪情油然而生，纷纷大叫：“好！”“说得好！”“就是这样！”

不知谁起了个头，掌声再次响起。

不同于之前因歌舞而起的惊艳，现在是敬佩的热血之情。

比起靡靡之音，国家大义更为重要。

气氛震撼。

殷白晨在场外，他的眼睛深深凝视着君之荔。

那一刹那，他什么话都不想说了。

这就是他所爱所恨的女人，拥有最精湛的演技，以及最令人着魔的吸引力。

他所爱之人，君之荔，明显站在更高的位置。

身旁的导演克制不住激动。

“天哪！演得太好了！完全把我们的电视剧提升到了电影档次。这细微的表情控制，这肢体语言，这台词功底，神了！”

周围副导、场记跟着连连赞同。

大家将目光投在君之荔身上，追随着她的一举一动。他们也拍过不少戏，组过不少剧组，但君之荔这样优异的演员还是头一回遇见。长久拍戏已经乏了的心，被重新唤起了艺术激情。

阳光折射在殷白晨深邃眉眼上。

他在众人脸上看到了一种由衷的膜拜。

场内的君之荔激发着民国时期有志之士的热血，而场外之人的情绪又何尝没有被她激荡?

一个出色的演员，既能精准诠释出角色人物的细腻情感，同时也会让旁观者从她身上看到人生海海，这便是演员的共情力。

最好的电影不是你演了一个多好的故事，而是你在观众心里激起什么样的感觉。没有人在看你，他们是在看自己，这便是电影艺术的人文关怀。

人，未必能区分出好与很好之间的差别，但经典的人与物，必定会调起所有人的艺术感知力。

君之荔做得极好。

他看着这个女人。说不清自己是因爱她而爱上电影艺术，还是因电影艺术而更爱她，但此时此刻，他对这女人的爱比全世界的暴风雨都要更猛烈。

白玫瑰老板娘震惊四座，被当场称赞美人在骨不在皮，这里的骨，何止冰肌玉骨之美，更是骨气、节气之美。

织田直美以袖掩面，在木村直人冷冷的视线下，仓皇退下。

一名工作人员完全沉浸在老板娘单挑织田直美的剧情中，扯了扯殷白晨的袖子，荡漾地分享着自己的心情：“君之荔令人尖叫！”

过了一会儿，她才记起，殷白晨是来探班谢可谦的。

连忙加了一句：“谢可谦演得也不错。”

虽是新人，但在君之荔的指导下，进步神速。

殷白晨察觉到了工作人员的视线，他脸庞微微一转，眼眸朝下看她，修长的手指在唇边比了比。

“嘘，小声。”不要打扰他们拍戏。

漆黑的眼珠迷人得令人不敢直视，浓密的睫毛让他的脸部轮廓更添俊美。

“嗯嗯。”工作人员连忙噤声，但还是不忘感叹，“君之荔好美。”

殷白晨眼皮一掀，露出漆黑的瞳仁。

“我从未怀疑过这点。”

嘴角的笑意更深。

那边换了场景，准备下一幕戏。老板娘要潜入木村直人的卧室，盗窃从日本传来的军事情报。

他的视线追随着君之荔。

他始终觉得，有一份不安藏在君之荔清冷的海面之下。

他等着君之荔向他吐露，而在暴风雨来临之前，他会做好一切准备。

老板娘翻查军事情报时，情况突变。

一群青年学生忽然闯入日本官邸，纷纷举着旗帜抗议：“日本人滚出中国！”“抗议日本侵略行为！”“你们这些汉奸，为你们羞耻！”

不知是谁先放的冷枪。

一名日本军官忽然被打死，额头中弹，血迹缓缓从子弹射进处冒出，砰然倒地。其他日本军官震怒不已，从配枪套中掏出手枪。

木村直人脸色阴沉，他身着灰色和服，手一挥，一群身着土黄色制服的日本士兵出现，黑洞洞的枪口对准了青年学生们。

在场同胞忧心忡忡：“今天是宴会之日，不好造杀孽。”“开枪的不一定是学生，学生们哪儿有枪？”

他们着急地劝着。

年轻稚嫩的学子们眼神干净，却不知道自己死期将近，在场同胞们们为此痛心，却又不敢太劝，怕惹祸上身。这就是成年人的悲悯与世故。

木村直人神情未变，毫不为之所动。

他的声音冷冰、生硬：“开枪。除非行刺佐佐木中尉的，自首。”

人群站着没动，缄默着。

第一排日本士兵扣动扳机，子弹飞出，最前面的学生们倒下了。

第二排日本士兵上前一步，替换下第一排，继续开枪，又一批学生倒下。

每一次枪响，参与宴会的来宾身体就随之一震。

他们心酸、懦弱地别过头去，不想再见到这残酷流血的一面。

“啊——要冲就冲我来！是我开枪的！”

掩藏在学生之中的暗杀者再也忍受不住良心的谴责，他的身体却被学生们死死护住：“你走，你快走。”

有人已经不忍再看，用手遮眼。

眼见日本士兵再次举起枪。

突然，一阵阵急促日语：“着火了！”“着火了！”“书房着火了，木村将军的书房着火了。”

伴随着慌乱的声音，阵阵浓烟蔓延侵袭。

不知怎么的，人群开始混乱，推攘起来。

谢可谦饰演的军官双眼一眯，发号施令，厉声：“愣着干什么！还不快去灭火！”

其他日本军官一听，也觉得有道理，连连指挥日本士兵过去。

浓烟、脚步声、叫喊声，凌乱不堪。

日本士兵停止了射击，年轻学生们趁乱逃走。

木村直人不发一言，只是用鹰一样阴沉的眼睛，扫视了一圈。

大火被扑灭。

木村直人来到书房，挥退众人。

他的手抚摸着一块墙壁，往里一推，一个暗格显露出来。

情报好好地放在里面。

木村直人眼皮子缓了缓，过了一会儿，又微微缩起。

一根女子的长发被他拈起。

小巷中，老板娘与国民党军官接头。

军官见老板娘手中空空："这次没找到情报也不要紧，以后有机会。我知道是你放的火，你救了那些学生。"

老板娘哀悼着那些逝去的生命："可惜晚了一步。"

军官把她揽在怀中，橄榄色军装制服衬得他的肩膀硬挺可靠，他想为她遮风挡雨。

"你已经做得很好了。"

木村直人在机密要房与自己的秘书商谈。他面无表情，任谁都猜不出他的心思。

"大火发生，是谁先发现的？"

"好像是仆人，我听到一个女声呼喊'着火了、着火了'。"

"日语？"

"是日语。"

秘书百思不得其解，努力回想着，用日语恭恭敬敬回答着。

木村直人缓缓地烫着茶具，慢慢端着日式茶杯，饮下。

秘书恭敬弓着腰。

良久。

“直美会说汉语，但中国女人未必不会说日语。”

慌乱之中，每一个人的身影都没有逃过他的眼睛，所有人都在，包括死去的佐佐木。

除了她。

一天戏份拍完，夕阳渐渐落下。

两个演员都很认真、敬业，拍摄进度没有延误，每场质量都超高，导演很满意。

谢可谦和君之荔拍完最后一场戏，双双瘫倒，靠在椅子上不想动弹。

这部剧的表演难度非常大，追求细节到位，标准很严。

谢可谦右手扶了扶脖颈：“我怎么感觉今天一直有目光虎视眈眈地盯着我。”

他脖子后面被盯得凉意嗖嗖。

最后揽了君之荔那一下，他浑身每个毛孔都感受到了杀机。

君之荔：“你也有这感觉？”

整个拍戏过程中她也觉得被人注视着，抬抬头，又没有见到异常。

这感觉，和与某人第一次合作时很像。

真是久违了。

现在经过谢可谦的确认，她越发肯定了。

谢可谦抬眼，见一向冷静的君之荔，竟流露出一点浅浅的笑意，似有嗔怪之色，颇为吃惊。幸而他逻辑思维能力极强，眉梢一挑，马上悟出：“是他？”

君之荔眼睛往旁边的大学生群演里一瞟。

谢可谦心中震撼。

殷白晨为了靠近君之荔，一个红遍亚洲的顶流偶像，竟偷偷客串剧中被乱枪打死的学生群演。

他怎么说服导演的?

真有能耐啊。

舟山、观寒要是知道了，恐怕想自闭。

这爱情的力量……

谢可谦感动得毛骨悚然。

君之荔没觉得当群演有什么不好。电影学院上的第一堂课，老师们就在塑造他们的价值观，只有小演员，没有小角色，让他们正视每一个角色的塑造。

当时拍最后那场戏时，她的确觉得有个身影很眼熟。

虽然同样穿着粗布衣服，头微微低着，匿在其他青年学生中，时不时地举着拳头、喊着口号，但她一眼就察觉出，那人与其他人都不一样。

大概，她早已熟悉了他的气息。

君之荔细细打量着那人的身影。

还没来得及卸妆，脸上黄黄的，衣服也很粗糙，可练过的身材就是不一样，肌肉线条把群演戏服都撑得挺括。

难怪刚刚缩腰勾背，怕太醒目了吧。

谢可谦已经发现，君之荔恐怕自己都不知道。她一望向殷白晨，眼神就柔和多了，整个人的气质从冷色调转成暖色调。

君之荔被对方瞧得不好意思。

谢可谦似笑非笑。

“殷白晨不知今日有没有来探班？”好兄弟，怎么也要助攻一把。

君之荔咳了咳，顿了顿：“不清楚。”

她脸转向别处。

谢可谦眼眸含笑：“说不定他会打着探班我的旗号过来，目标实际另有其人。”

君之荔被谢可谦逼着回应：“会这样吗？我觉得他不会这样做吧。”

谢可谦半真半假：“这可难说。毕竟只要是你的事，他什么都干得出。”

“不至于吧。”

看你们能拖到几时？

谢可谦不再多说，只是笑。

“我很好奇，我和殷白晨，谁的演技比较好？”谢可谦抛出一个专业性问题。

谢可谦唇角翘得更深。

“殷白晨不在，直说没关系。”

一方面他清楚殷白晨在不远处，另一方面，他很推崇君之荔的演技，这段时间从对方身上受益良多。很多念不顺口的对话、台词，跟君之荔一搭戏，就能自如讲出。

就像跳探戈的高手，若是一方很会跳，很会带舞伴，那另一方也能超水准发挥。君之荔往那儿一站，眼神一递，他就有稳住角色的底气。

君之荔将被晚风吹乱的发丝绾到耳后。

她低垂眼眸，目光不经意掠过殷白晨，青年在华灯初上的夜晚被月光映照得很迷人。

此时，青年背挺得有些直。

“我更喜欢殷白晨的表演。”

一道清悦的女声从后方贯穿他的耳朵，他整个人如被电击。

他没听错吧？！

谢可谦也是一震，不曾料到君之荔如此直白，一句场面话也没有。

“演戏是跳一支完整的舞。拍平面、摆pose，只是舞曲中的一个定点。拍MV，出演广告，相当于一小段旋律。只有从头到尾，掌握了整支舞曲的精髓、人物情感的完整性，才能将一支舞蹈跳好。”

君之荔说出对演技的理解。

谢可谦、殷白晨内心撼动。

第一次听见如此鞭辟入里的阐述。他们好像隐隐约约看到了某个切入口，从偶像转型成实力派演员的那一束光。细细一想，这个类比十分精准、恰当。不对演戏进行过深刻的思考，是无法得出这么透彻的见解的。

谢可谦点点头，意识到他还处在一段旋律的地步。

君之荔真是一个有见解坚定，又令人尊敬的女性，她不虚与委蛇，会直接说出更喜欢殷白晨的演技，却又给出其专业见解，令人信服。

“所以，现在殷白晨能跳完整支舞曲？”谢可谦故意问道，目光落在殷白晨身上。

风把她的话语轻轻送了过去：“毕竟，他是跟我跳完过整支探戈的人。”

简单的一句话，却内含着无数情境。

俊美青年眼前浮现出君之荔一身深红长裙，在金色光线下与他共舞的场景。那是他最奔放、最有激情的一段记忆。君之荔是他一辈子都不会想放开的女人。

谢可谦笑而不语，对这个答案很满意。

时机已到。

“君之荔把你夸上天了，还不过来探班。”

殷白晨转身，步伐慵懒随意，揍了他一拳：“过来看你，不行？”

谢可谦左躲右闪，不忘调侃：“对对，只看我，一点都没有‘身在曹营心在汉’。”

殷白晨直接停在君之荔身边，把谢可谦丢在一边。夕阳把最后一点余光留在了人间，层层贝壳纹般的紫色、青色、深橙晕染天际。

殷白晨直视着君之荔的眼。

浓浓的阴影笼罩着君之荔，君之荔像被他深沉又霸道的影子包裹，她只觉得热气又往脸上冲，被对方盯得手脚无法自如。她拿起矿泉水，呷了两口，才平息下心中的躁动。

他身上装了个小太阳吗？

为什么每次被对方黑眸一盯，她就变得不像自己。

“你说，你更喜欢我的演技？”

男低音在夜风中更有磁性。

那边的谢可谦忍不住搓了搓自己的手臂，天，殷白晨竟然能肉麻成这样。

“只是演技而已。”

镇定、镇定。

“唯有我是与你跳完过整支探戈的男人？”

男人低头，眼眸含笑。

君之荔手指捏着矿泉水，脸又要烧了起来。

谢可谦鸡皮疙瘩直冒。

恋爱中的男人真可怕。

谢可谦的存在，让君之荔的头微微侧了侧，神情有些不自在。殷白晨立刻朝谢可谦放话："快回去背剧本吧你！"

谢可谦在不远处"哈"了一声，高挑的身体在地上落下长长的影子。

"开始嫌弃我了是吧？"

"当心我告诉君之荔，你让我干了什么。"他手机满满的照片库都是殷白晨逼他拍的君之荔。

殷白晨一把车钥匙抛过去。

"你不是喜欢我那款跑车吗？拿去！"

谢可谦反射性接过车钥匙，惊呆。他只是随口拿君之荔一要挟，就换来了一辆全球限量100辆的跑车。

为爱一掷千金。

男人打哑谜，以为女人猜不到吗？

君之荔无语地看着这两人，看了眼殷白晨，又瞟了眼谢可谦："偷拍我就能换一辆跑车？经过我的肖像权许可了吗？交过手续费授权费了吗？"

淡淡的女音散在空气中。

两个男人双双石化。

这个女人怎么这么聪明？

谢可谦用余光瞟殷白晨，哪知，青年看都不看他，专心蛊惑着君之荔，那张俊脸写满了：不是我干的，荔荔信我。

谢可谦惊讶得眼睛要掉在地上了。

他重重扶额。

君之荔一手摊开："车钥匙。"

谢可谦从善如流，道着歉："我不是故意的。"

君之荔"嗯"了一声。

车钥匙一交，谢可谦赶紧溜了。这两个人的爱情战场，他站哪儿都是雷区。

摄影基地的风很大，吹拂出一波又一波的树影。风与月的世界，将两人围绕。

青年时不时低头看她，他的眼睛像含着蜜，嘴唇线条性感。君之荔被对方的黑眸看得无所适从。这个男人体温是热的、目光是热的、心也是滚烫的。君之荔眼神闪烁了一下，无法正视男人炙热的眼神。

男人想牵她，她缩手。

男人又想牵住她，她再次缩手，对方用力，一把握住她的手，抬高，她不由自主地被殷白晨拉着转了一个圈，黑发如一朵花在夜下散开。

她的腰被殷白晨轻轻揽住。

“你小腿要是勾住我的腿，我们就又能携手共舞了。”

君之荔猛然想起自己先前说的话，蓦然觉得全世界都能听到她的心跳声。

腰身在对方手掌下颤动。

男人眼眸很深，是甜蜜的拷问。

君之荔侧侧脸。

“你是否愿意再次与我共舞？”

他的眼神很醉人，像月光酿的酒，想把她醉倒。

君之荔轻轻撑在对方的胸口上。

“这个问题，之前不是有过答案吗？”

她几乎用尽力气说出这句话。

殷白晨眼眸下垂：“不是我要的答案，我不接受。”

男人的眼神锁死了他。

君之荔心跳飞快。

全世界好像只剩下他与她。

“再告诉我一遍，你的答案。”

“你真正的想法。”

他修长的手指揽着她，那只手是那么有力，那么温热，这种实实在在的碰触让她心底生出一种感觉，这个男人会呵护她，会深深爱着她，哪怕她不需要，哪怕她自己很独立。像放弃一般，她将自己最后的心防向他打开。

他喜欢她。

她也喜欢他。

至于观寒的担忧，君之荔浅笑，见鬼去吧，此时此刻，花木浮动，她只想爱自己、爱他。

“这样共舞也不错。”她轻轻道。

声音比她想象中还要柔，她难以想象自己竟还会有如此女性的一面。

殷白晨过了几秒，才反应过来。

青年浓长的睫毛颤抖着，猛地一用力，竟抱着她转了一圈。君之荔猝不及防，轻呼了一声。男人笑得更大声，君之荔红着脸，捶了他好几下。

殷白晨环着她的腰，又转了好几圈。

她身上的香水味跟男性大西洋杉木、白麝的香气混在一起。

君之荔被殷白晨弄得又叫又笑。

她长发有些散，脸颊发烫。

“快放我下来！下来。”万一这个样子被影迷看到，她真是一生都不好意思再面对他们了。

“不放。”

“再不放，小心我车钥匙不还你。”

“那就放你那儿，当作我的第一份彩礼。”

“什么彩礼？”君之荔脸又红又羞，“八字还没一撇呢。”

殷白晨点点头。

“说得也是。”嘴上如是说，却并未放手。男性的躯体越发炙热，那滚烫的肌肤相亲令她身心发烫，青年男性力量令她沉醉，黑眸蕴藏的热度令她战栗，他勾起笑，那笑像把她吸住，他手臂一点点收紧，她禁不住靠在他胸膛上。

“那我先收点嫁妆。”

一个吻落在她唇上。

唇舌交缠，浑身发热，黑发顺着她的玉颈滑落。

结束后，她双手捂着自己的脸，感觉自己一辈子都没这样羞得无法见人。

现在后悔还来得及吗？

第

十四章

给你倾城温暖

最近一段时间殷白晨恨不得一收工就往君之荔那边飞，不小心被粉丝拍到，粉丝们见状感动不已。

“啊啊啊，谢可谦和殷白晨是娱乐圈难得的真兄弟。”

“我家殷哥哥又是送餐又是送水果，感谢全剧组，白晨晨好有义气。”

有人佐证。

“上次还看到影后君之荔吃了一块蛋糕。”

“啊！”一群女粉彻底激动，“连君之荔都吃了吗？”

君之荔几乎不出现在娱乐圈热搜上，新闻不是关于拍电影，就是拍的电影得奖了。其他明星是圈粉，君之荔却圈各大媒体、公众号、大V。

“不仅拿过十项电影节金奖，更是红毯零出错的衣品高手。”

“98%的女星靠爆料博版面，唯有这个女人，电影名导与她见面也会为她托裙子。”

“演遍国内外影视热剧，这个女人的演技不得不服。”

此类文章比比皆是。

大V曾说，君之荔一直在神坛上，从没掉落过人间。各家明星粉丝对她只有敬仰，希望能把自家爱豆演技带得一飞升天，拿几个视帝影帝。

因此在小细节上，粉丝一致把君之荔的态度与艺人人品挂钩。君之荔肯吃殷白晨送的食物，在她们眼中就是对殷白晨品行的肯定。

殷白晨指挥舟山，把大大小小的探班礼物送向谢可谦、君之荔的休息室，“花放这儿，水果盒放这儿，常用药放那边。”

谢可谦观摩了一下：“你还给盒子绑丝带？”

目光从白色盒子上掠过，谢可谦手指勾了勾红绸丝带，这么花心思吗？

殷白晨目光深情，抚着礼盒。

“什么是浪漫？浪漫就是要体现在细节之处。”

“舟山，我说得有没有道理？”

舟山卖力搬着礼盒，不忘应声：“有，非常有。”

当然有道理。

君之荔和殷白晨终于和好，他和段夏夏见面的时间都多了。这些吃食有一部分是他挑的，段夏夏一开心又胖了五斤。

殷白晨点点头。孺子可教，他的小助理舟山表现不错。

“女人就是一种在意细节的生物，女人喜欢浪漫。能让女朋友满意，那是男人的无上荣耀。”

殷白晨本就英俊动人，此时眉眼深邃，浑身散发出优雅的男人味。谢可谦觉得自己被闪瞎了。他看着这两人一唱一和，直摇头，这两人简直为爱着魔。

殷白晨转过头，斜睨了一眼："算了，你这种没谈过恋爱的人不会懂。"他懒散地摆摆手。

谢可谦发誓，他居然在殷白晨的眼神里看到了一点点鄙视的意味。擅长理性分析的谢可谦，第一次差点说不出话来，一口老血憋在心头。他不甘示弱："谈恋爱了不起？有女朋友很了不起？"

殷白晨和舟山齐齐点头。

两人眼中怜悯的光芒更深："就是很了不起。现在全球有23亿男性都是单身狗，你知道吗？来，汪一声听听。"

旁边有工作人员不小心路过。

谢可谦没有注意到。

他的注意力被殷白晨说出的数字震撼了。

全球竟有23亿男性单身？

这么多？

谢可谦突然觉得自己的人生莫名有点悲凉，他情不自禁……

"汪。"

工作人员惊讶地看到这一幕，接着相视会心一笑："感情好好。"

谢可谦下意识觉得不对。

再一看，那端舟山正比着狗的耳朵，汪汪叫着。

这两人！

谢可谦道："真是有什么样的明星，就有什么样的助理。"

手指在空中打了个响指，殷白晨格外嚣张："错，这叫拥有爱情的明星，连带助理都会得到爱情。"

舟山一脸认同，同时一脸怜悯地望向谢可谦。

谢可谦无语扶额。

他今天有点怀疑人生了。

君之荔一身白色银钻长裙，姗姗来迟，后面跟着段夏夏。段夏夏一见这么多好吃的，甜蜜蜜朝舟山喊着：“舟舟——”

舟舟也甜蜜蜜地回应着：“夏夏——”

两人你侬我侬，一旁腻歪去了，谢可谦被甜齁，心想殷白晨和君之荔你们也不管管。

抬头一看。

殷白晨凝视着君之荔，目光柔情款款。

对方怎么像比平日更好看了？难道这也是爱情的魔力？

谢可谦脑海闪过这个念头。

殷白晨将白玫瑰递给君之荔，君之荔细心接过，低头嗅了嗅。白玫瑰和她很配，君之荔肌肤吹弹可破，整个人如同一枝沾着露水的法国白玫瑰。

身为影后，君之荔什么样的花没收过呢？难得的是，对殷白晨送的花这么郑重其事。

君之荔还没靠近，殷白晨已面带笑意，一把牵过君之荔的手。君之荔瞟了一眼室内的谢可谦，微微有点不自在。她的手刚有往回缩的迹象，殷白晨就又稳稳地将她握住，还宣告主权般看了谢可谦一眼。

这一眼看得谢可谦更冤。

他又有错？

殷白晨直接无视谢可谦，他牵着君之荔，指指那些白色礼盒：“入秋了，喉咙不舒服喝这个，我小姨在国外买的。她推荐的。”

君之荔：“你小姨？”

谢可谦似笑非笑，重复了一遍：“小姨。”哟，家人都知道了。

殷白晨对君之荔笑得柔情，回头却对着谢可谦就是一记眼神杀。

谢可谦立刻举起手："有小姨真好。我说的是，小姨喜欢君之荔很好。"

君之荔也瞥了谢可谦一眼，被揶揄得有点脸红。她被殷白晨介绍给亲戚，亲戚甚至给她带了礼物。她没想过自己的恋情会进展成这样，有种失真的感觉。但一切好像只用交给殷白晨，就足以安心。她想着自己的心事，一时微微失了神。

脸被一双手托起，殷白晨冲她一笑，她满眼都是对方英俊深情的样子。

君之荔重新回过神来。

男人捧着她的脸："我对她提起过你，她也是你的影迷。"又低头耳语，"你只用想我一个就好。"

又说这种话。

君之荔嗔怪地轻捶了他一下。

力道柔柔的，黑长睫毛下，目光微微羞涩。

谢可谦看得肉麻兮兮。

心想殷白晨这招不错，把全家变成君之荔影迷，过门媳妇不就全家最大？他记得殷白晨家世不菲，当初练习生选拔走的就是特级VIP通道，父亲是世界闻名的建筑设计大师，母亲是法国贵族，拥有自己的古堡与红酒庄园，外祖父横跨商界与慈善界。

"这两箱是空运过来的草莓、荔枝、柑橘，很新鲜，都是你爱吃的……"

殷白晨继续说着，黑眸却一动不动地望着她。

君之荔也默契回视殷白晨。

两人含情脉脉，柔情蜜意。君之荔有时被殷白晨看得不好意思，会微微垂眸侧过脸。

谢可谦心想：两人看都没看果盒一眼，知道哪个是哪个吗？

青年细细叮嘱："没记住也没关系，随时跟我打电话、视频，我的手机每天只想接你的消息。"

谢可谦再也不能直视殷白晨了。

男人的恋爱脑好可怕，时刻不忘给自己制造机会。

余光瞥见谢可谦的神情，君之荔知道他们的举动太亲密了，这让她有点不好意思，她本身也不喜欢高调。君之荔看了看殷白晨送来的东西，表面上不动声色，心中惊讶于殷白晨为她考虑得这么细致，连她喜欢收藏的电影音乐原声碟都有。

她拿起《惊情四百年》电影原声碟，纤细的手指摸索着具有艺术感的封面。殷白晨望着君之荔的神情，见对方的眼中划过一抹惊喜，他的唇角也悄悄上扬。

君之荔悄声问："你怎么知道我喜欢这些电影原声碟？"

青年黑眸直视君之荔，盯着她脸颊泛红。

他将君之荔牵到一旁。

"因为我每晚都去你梦里。梦里的你，我问什么，你就答什么。我问，荔荔你喜欢我吗？你答，喜欢，喜欢到心颤。"

君之荔听得又羞又气，她哪儿会那样！"胡扯。"透白的手攥拳推开青年越靠越近的胸膛，"没有，你瞎说。"

殷白晨装模作样捂着胸口，哀号了两声，可怜巴巴瞅向君之荔："痛，好痛。"

君之荔明知他是装，偏又忍不住关心他，踌躇得有点烦闷，只好扭头不看他。

青年弯下腰，手按着心脏处，眼眸勾着她："好疼，荔荔，帮我揉揉，揉揉就不疼了。"

君之荔刚要伸手去揉，忽然意识到不对，她把手收了回去，青年直起身，英俊的面孔上一脸可惜，他轻轻拉着她的手指："就差一点。荔荔，你就不能替我揉揉吗？"

她脖颈一粉，羞恼地拍开他的手。

现在喜爱的人在身边，君之荔才知道，原来恋人们喜欢黏在一起，说什么话都甜蜜动心。旁人再觉得腻歪，自己也浑然不知。

青年低头，拿俊脸对着君之荔，浓密的睫毛忽闪。被男人这样凝视着，是世上最令人心悸的时刻。

她被圈在他的双臂之间，额头抵着额头。君之荔身体微微一怔，紧张地眨了眨眼，身体不自觉紧绷了一下。但殷白晨的体温很快透过额头传来，使她的身体渐渐放松下来。深海辽阔又深情，掺杂着烈日的金，这是他给她的感受。

"我就想欺负你。"

低沉的嗓音是高雅的大提琴。两人沉溺在这种气氛中，相互抵着对方，仿若粉色的风吹拂着他们。绑着红色礼带的白盒塞满了半个空间，像是圣诞老人的雪花。

沙发上坐着段夏夏和舟山，他与她也相互依偎在一起。

唯有谢可谦"啪"的一声，将剧本正面拍到脑门上。

"我就不应该待在这儿。"

被惊动的殷白晨看了过来。他黑眸一转，戏弄道："狗粮管饱。"

君之荔被搂在怀里，她好笑地抬头："你这是要气死谢可谦吧。"

谢可谦决定抓一根救命稻草，对君之荔道："君之荔，你看看，你俩成天拿我当掩护，我当你们的幌子，还被这样对待，合适吗？”

外界都以为殷白晨天天来看他，有谁知他待遇如斯。

君之荔也觉得谢可谦有点可怜。恋情的小火苗在两情相悦却不稳定时最弱，谢可谦算是帮了他们一个大忙，为他们创造独处机会。

不过……

殷白晨与君之荔对视一笑。

她摆出前辈教导的模样：“演技这行，没经验，就要找经验。找不到经验，就要多看示范。前些日子还有人问我怎么提高演技，如何演好感情戏，让我想想，那人是谁来着？”

谢可谦咬牙：“是我。”

谢可谦双眸幽怨地望着君之荔：“君之荔，你变坏了，你现在成了护夫狂魔。”

他的气息越变越弱，最后哀怨地飘出休息室。听着谢可谦心碎的声音，君之荔和殷白晨相视，扑哧笑出声。

殷白晨鼻尖抵着她：“谢可谦说你是护夫狂魔。”

君之荔睫毛不自然地眨着：“他乱说的。”

青年黑眸笑意更甚：“荔荔，自古有句俗语：当局者迷，旁观者清。”

君之荔秒懂他的意有所指，羞躁的红晕爬上耳尖，视线躲避殷白晨。这家伙越来越坏，现在经常说些让她没法接的话。

青年偏偏将脸凑下来，要对着她的眼睛看。男性的手臂放在她腰间，想躲闪，却被更亲昵地搂住。殷白晨绕到君之荔身后，把下巴搁在她肩头上。两人的肌肤贴着对方。他把玩着君之荔的手，修长有力的手指有一下没一下，玩着她细白的指尖。像一只不乖的猫，舔着你的手，又天真又性感。君之荔的心脏猛地鼓动起来，心跳快要失调。

青年迷人的嗓音响起，男性的气息扑到她敏感的脖颈上。

“你可以不当护夫狂魔，但我要当宠妻狂魔。”

青年唇角勾起笑意，黑眸深不可测。现在的一切都是他博取来的，所以，决不容许任何人阻碍他，包括曾经的亲近之人。

耀胜影业集团大厦。天空乌云密布，大片大片的铅云沉重地遮住整个城市，风雨欲来。

观寒眉头紧锁，他几乎压下所有媒体报道殷白晨探班谢可谦的事，但微博上依旧炒得热火朝天。

那人已打来电话。

咚咚咚，熟悉的敲门声，伴随着颜环小鸟般轻悦的声音。

“观寒，你看殷白晨他，当我不知道，他肯定是探班君之荔，谢可谦只是挡箭牌。我们也去探班好不好？”

他从电脑屏幕后抬起头，缓了缓，薄唇微微抿起。

“可以。”

观寒合上黑色笔记本，内页夹满了殷白晨和君之荔的偷拍照。

颜环来到民国时期的摄影基地。旧上海的电车轨道，法租界的洋楼，英吉利银行，复古建筑比比皆是。

栗色长发下，颜环的心形脸白里透红，明艳之中透着些英气。她穿着破洞牛仔裤，Gucci小白鞋。

“快，观寒，拍我拍我。”颜环坐到铜造算命先生雕像对面。

她还没拍过民国剧，不免觉得新鲜。

观寒身材修长高挑，精瘦的身形堪比国际时尚模特，只是眼神有点挑剔。

“让我给你当摄影师？”没人敢使唤他，胆子不小。

颜环冲他笑：“对啊，就是给你这个荣幸。”

“我看是想爬我头上去吧！”观寒眉毛上挑，手却接过了iPhone，不动声色地把颜环放在黄金分割线的构图里。

颜环接回手机，满意地看了看：“拍照技术不错，未来的女朋友不会吐槽。”观寒把她拍得好漂亮。

她在朋友圈发布了照片。

马上就有男艺人回。

“美人美腿。”

“腿好长。”

“一看就是别人家的男朋友，这摄影技术。”

颜环定睛一看，发现自己的腿还真的被拍得又长又白，都不用美图。

她侧过脸瞅了瞅观寒。

对方衣品依旧无可挑剔，非常有范儿。

旁边有人路过，小心议论着：“这么帅，是不是哪家新艺人？”“肯定是的吧，不过看起来好难接近……”

他人口中难以接近的人，却离自己这么近。想到这份特殊待遇，她就像拥有了一个小秘密，成了这世上最开心的女孩。而且观寒和自己穿得好像情侣装，颜环的心跳莫名加速了一下。

观寒也瞥了瞥颜环的手机。

那几个留言猛夸颜环的男艺人，观寒眼睛眯了眯，他们的名字被他一一记住了。

颜环的腿，是他们可以多看的吗？

颜环没注意到这点，问古铜雕像：“算命先生，你看我红鸾星动了没？”

观寒神色莫测：“有动没动，你到现在还没感觉出？”

颜环歪了歪脑袋，视线看着自己的鞋，脚尖有一下没一下踢着地。

“可我怎么觉得动静不够大。”

“动静不够大？下流星雨砸你，阵势够吗？”

想想这个场景，颜环一脸嗔怪，冲着对方喊了一声：“观寒！你讨厌，不毒舌会死吗？”

心中却因对方的话感到有点甜蜜。

对方越针对她，就说明越在意她。

颜环偷偷笑。

女孩子的心太奇怪了，有些话明明不可爱，可是听在有心人耳中，却别有一番甜。

颜环、观寒来到《双面》拍摄场地，两人到访之前，观寒已正式跟剧组说明过来意，向导演打过招呼，因此一路通畅。

君之荔和谢可谦正在拍戏。

颜环一听这消息，连忙拉着观寒，过去“偷师”。

观寒跟在颜环身后，并不介意被她拉着。只是若圈中其他人在场，铁定惊呆。他一个大咖经纪人，性格中多多少少有点控制欲，最讨厌别人替他做决定，可此时被颜环拉着，竟就这样顺从了，一句反对也没有。

观寒低头瞥着牵着自己的手。

指甲浅浅粉粉的。

女孩子的手，公主一样的手。

他的唇角浅浅勾起一个弧度。

前方的颜环浑然不觉，地点到了，目不转睛地盯着君之荔看，自然而然地放下了手。

观寒再次看了看自己的手，空空的。

没了被牵住的温度。

撩完就跑?

男人若无其事般，左手往颜环手边送了送，又碰了碰，企图让对方抓回他的手指。奈何颜环正看戏看得入迷，丝毫没有觉察。

观寒脸色冷峻无波。

他盯了盯颜环细白的脖颈，很想盖上自己的烙印。

见颜环看君之荔看得痴迷入神，他一瞬间居然有点吃味："都是女的，有这么好看吗？"

颜环眼神崇拜："只要荔荔愿意娶，我就愿意嫁。"

话一说完，一道危险的视线死死盯着她，带来巨大的胁迫力。

颜环弱弱地回头。

"我、我开玩笑的……"

观寒细长的眼睛俯视她的发心。

"哦，是吗？"

观寒装作事不关己，然后颜环看见她的手被男人握进掌中。她的手没热，胸口却滚烫。

花瓣般的唇抖了一下。

"你、你，我没洗手，你不是有洁癖吗？"

观寒一听，眼睛一闭，最后还是没松开手。

"闭嘴，还想不想我牵你。"

颜环低着头，过了半天，耳朵红红。

"想。"

观寒一怔，高冷的脸上闪过一丝笑意。

颜环捂着脸，她刚刚怎么就意乱情迷，说出心声了。

“不准笑，不准笑。”她双颊飘红。

观寒扣住她的手。

男人恢复成高冷疏离的模样。

手轻轻捏了捏她的手。

“不许松开。”

命令的口吻，语气依旧挑剔。

颜环觉得自己完了，她是不是被观寒虐出什么症状了，她竟然鬼使神差觉得好甜。

君之荔正在拍戏。

木村直人在小炭炉上烧掉了重要情报，老板娘在最后一秒，凭借过人的记忆力，将日文情报全部记住，并成功传递出去，为战争胜利做出了巨大努力。

这段剧情君之荔一气呵成，一条过。

与她演对手戏，饰演木村直人的黄桥，也被带得极其入戏。

黄桥私下对君之荔佩服得紧。

“之荔姐，你看下一场，我这么理解对不对……”

刚刚在戏中一脸狠戾的日本高官，此时像个虚心寻求前辈指点的学生。

君之荔拢了拢肩上的外套。银杏叶落下，她的发丝被秋阳照得似流丽金边。她神情淡淡的，与足智多谋、高贵冷艳的戏中角色又判若两人，又神似。

黄桥说着说着，视线不由自主移向了眼前人的耳垂。洁白清丽，骨肉匀称。他眼神有点发愣。

君之荔一直低头看剧本，头发垂下来了一束，乌黑、蓬松而微卷，又被她纤长的手指绾到耳后。

听完黄桥的见解，她轻轻点点头。

“就这样演吧。”

黄桥脸庞上立刻浮现出一抹欣喜。他是学院派出身，原以为现在的影帝影后虚有其名，实力不过如此，没想到君之荔精湛的演技令他当场折服。

他很想与君之荔继续深聊，对方却忽然道：“我喝口水，先休息以一下。”黄桥一愣，君之荔已经走远好几步。

殷白晨又伪装成工作人员，在她的椅子后等着。浓眉之下，黑眸占有欲满满。

秋老虎也是很晒的，亏他等这么久。

君之荔一边走，脸上却情不自禁绽出一抹浅笑。喜欢的人默默等你，总叫人心底开出一枝花。

黄桥遗憾地望着君之荔的背影远去。

他在原地待了半晌，自己也不知道自己在踟蹰什么，一直看着君之荔坐回椅子。

秋风刮起，风中起了一股凉意。

黄桥贪恋地收回眼神，蓦然发现，一向高冷的君之荔竟对旁边的“工作人员”扬起了罕见的笑脸。

高冷的女神竟会有这一面，还是对着工作人员。他心中莫名吃味。咦，那个“工作人员”好眼熟，他、他是?

黄桥震惊所看到的，脚像被钉在了地面上。

身旁多出一个人，是谢可谦。谢可谦比他高一个头，他的脸上带着一点威仪，手指对他比画了一下：“不想被君之荔讨厌，就不要乱说。”眼眸含笑却令人不敢动弹。

黄桥浑身一个激灵，颤了颤，仿若被一桶冰水泼醒。直到黄桥失魂落魄地远去，谢可谦才遥看了下君之荔和殷白晨两人。他兄弟的爱情世界不准任何人打扰。

金黄的光线下，殷白晨喂君之荔黑杏脯。君之荔不吃零食，殷白晨硬让她尝尝。高冷的影后一脸嫌弃又有点无奈，最后闭眼，像吞药一样含了进去，她不小心含住青年的手指，对方眸色深了深，喉结滑动了一下。

谢可谦站在几米开外，他宠溺地笑了笑："你俩啊，真不知要惊翻多少人。"

殷白晨明亮的眼睛上是一层浓密睫毛，眼眸是清晨雾气弥漫的湖畔。

"怎么样？是不是很好吃。"

他望着君之荔眼眸深处，伸出拇指，从她唇边细心擦过。她的唇角沾了一点金色。君之荔向来仪态优雅。

"这是阿克苏黑杏脯，刚开始微苦，而后回甘。"

君之荔嚼了两口，白皙的右颊鼓起一个小小的凸起。她细细品尝着，微微的苦涩与之后的甘甜自然融合，唇齿之间仿佛能感受到炎热季风的吹拂和无垠沙漠的辽阔感。

她感到殷白晨一直盯着她。

好像比起黑杏脯的滋味，青年更在意她品尝时的每一个细节。

"你这样看我干吗？"

君之荔脸上不动声色，心口却被看得发热，她的嘴角还留有黑杏脯的清冽。

青年的眼神跟粉丝们拿她当神祇的崇拜目光不同，眉眼间透着占有欲与深情。

"喂我一颗。"

包着黑杏脯的牛皮纸袋就在他怀中，却要自己喂他吃。

“你是小孩子吗？”

光天化日之下，提这个要求，幸亏剧组还在忙碌地拍着谢可谦的戏份，没人看见。

英俊青年似笑非笑。

“我只是在索取作为男朋友的合法权利。”语气中却有着不容置疑的霸道。

她挑了一个黑软如蜜的，胸口也跟着发甜。

君之荔手很诚实，嘴上却不诚实。

“合法权利不怕被狗仔拍到曝光？”

殷白晨目无表情，仿佛这个问题早就不在话下。

“本来是怕的。但是，如若君之荔小姐肯天天喂她男朋友吃荔枝，就一点都不在意。”

君之荔微微用力，将黑杏脯塞到青年嘴里。

殷白晨嘴里含着杏脯。

“我的影后女友怎么能这么暴力？”

她被他逗红了脸。

“怕了？”

青年趁人不注意，忽然一撩衣服下摆，露出漂亮的腹肌。

“你的男人能扛揍。”

光裸诱人的男性腹部肌肉从眼帘掠过。

君之荔脸上一臊，心脏狂跳，伸手虚捂住眼，这家伙怎么动不动就散发荷尔蒙引诱人。

她稍稍抗议，青年就会顶着一张俊脸，说“只想对你一个人厚脸皮”。然后趁她心软，就又开始霸道无赖耍流氓了。

允许殷白晨来探班就是个错误。

甜蜜又疯狂的错误。

颜环和观寒不小心目睹了那二人亲密的全过程。颜环心中发烫，脸红红，又情不自禁地向往，小白鞋无意识地蹭蹭地：“我们要过去吗？不过耽误人家谈恋爱，会不会被雷劈？”

观寒十分无语。

联想到半年前自己劝阻君之荔的一番话。若是这样的话，他早就被雷劈焦了。

颜环双手握在胸口，遥看银杏树金黄扇形叶片下，君之荔和殷白晨两人又清新又唯美，像她喜欢的浪漫爱情韩剧海报。她很崇拜君之荔，又常吃殷白晨的醋，可此时此刻又不好意思上前打扰。

见自己的手又被松开，观寒神色郁闷，再次牵起颜环的手朝恩爱现场走去：“这么大个人，谈恋爱也不知道避嫌。”

颜环被观寒往前拉，她一路往后直躲，双腿跟地面形成一个锐角：“我们过去就是电灯泡了。”

“我没觉得。”观寒掷地有声。

颜环欲辩已忘言，将手大大地蒙在眼睛上。

殷白晨瞧见观寒，他的脸上呈现出微妙的变化。青年的轮廓沉稳冷淡，完美的下颌带着一种锋利的攻击力。阳光从他脸上退去，青年眉毛微挑，君之荔立即洞若观火。

君之荔神情淡淡地瞥向观寒，又看了看他旁边的颜环，最后视线往两人牵住的手上落了落。半秒后，她收回目光。颜环丢脸地看着脚下，脸上扬起干笑，有点腼腆，她感觉有什么已经开始发生变化了。

“嘿，荔荔。”

爱情让荔荔多了女人味。以前君之荔是高岭之花，高山顶上一捧雪，太古幽远，如今是含露花枝，神近意美。

“打扰人恋爱会遭报应。”

颜环一愣。只见殷白晨似笑非笑，昂着下巴，目光扫过观寒，神态有些不羁。他与观寒之间有股说不清道不明的对抗张力。

观寒细长的眼睛微眯：“不守承诺的人也是如此。”

青年黑眸幽深，下颌线锋利，看得颜环隐隐生骇。君之荔不动声色，心中抽丝剥茧，了然两人之间说的定与当初拍摄*Miss Freud*的事情有关。

君之荔递给颜环一包黑杏脯：“尝尝。”

她俩的友情全靠颜环一头热，但时间久了，她也知晓颜环是个活泼坦率的好女孩。颜环受宠若惊，指着自己：“可以吃吗？”又瞟瞟殷白晨，“我吃了，他会不会生气？”

她跟殷白晨两人可是不对盘。

君之荔笑笑：“没事，他不会的。”

颜环趁君之荔不注意朝青年投去一道得意的眼神。

殷白晨警告地看了看她。

颜环吓得缩了缩脖子。

观寒低气压发声：“不准吃。”

颜环捧着黑杏脯，将梳着马尾的后脑勺对着他：“不听不听打猩猩，猴子说话不好听。”

她女神给她的杏脯，居然不准她吃。

观寒双手抱臂：“你在减肥期，下个月还有时尚杂志封面要拍。”

颜环直接吞了一颗。

观寒脸黑了。

殷白晨不厚道地大笑出声。

颜环毫不理会，眼睛甜蜜蜜地眯起，小动物一样围在君之荔旁边："好好吃，荔荔你给的零食都好好吃。"

观寒斜睨殷白晨："引狼入室。"

殷白晨嗤笑一声，阴恻恻道："颜环，你'经纪人'说你是狼。"

观寒察觉失言，正想补救，回头就看到一双水灵灵的眼睛怒瞪自己。

"竟然说我是狼！"

"不……"

颜环一把拉起君之荔的手："荔荔，我们走，再也不要理这些臭男人。"

殷白晨："……"

观寒："……"

他们怎么就成臭男人了？！

第

十五章

最爱的一首歌

一群人去了KTV，谢可谦、段夏夏、舟山也被叫上。天气渐冷，秋风凋落叶，寒气凝在路灯暖黄的灯罩上。

君之荔被风一吹，肩微微瑟缩。一件外套瞬间披在她身上。抬眸一看，殷白晨侧脸被路灯照得似琥珀，光影打在下颌。

青年手指冷白，鼻梁高挺，黑眸令人心颤。

君之荔长发落下，手揣着他的外套。殷白晨的外套很挡风，身上的男性香水味漫进鼻息。她不由得侧了侧脸，脸上一阵发热。

段夏夏和舟山在后面相互用胳膊撞了撞，示意对方看那两人，四目是甜蜜的默许。热恋中的人钟情于吃狗粮，看到任何浪漫的事都会感同身受。

观寒眼眸冷了冷。

颜环在他身后嘀咕，水磨牛仔外套系在腰间，一双笔直雪白的长腿从下方露出。

“干吗板着脸？不知道的还以为你在吃醋。”

前面的人脚步一停。

颜环额头“砰”一下撞到男人挺拔的后背。观寒转过身，用眼眸上下打量了她一眼，意味深长。

“不是什么人都能让我吃醋。”

颜环突然慌神了一下，下意识脸上一红，直到观寒回过身，她才拉了拉谢可谦的袖子，声音期期艾艾：“观、观寒什么意思？”

谢可谦慢悠悠地对着长夜寒天吁了口气：“我也不清楚。”

谢可谦弯着眼睛笑。他脸上笑眯眯，心中骂咧咧。七人之中，三对恋爱，剩他一个孤家寡人，他为什么还要替思春期的恋人们答疑解惑？

包厢早就订好，位置隐秘，暗调的光线令人神经舒缓而放松，情歌弥漫在整个空间，似海水浮动。

殷白晨的轮廓在暗光下依旧深邃，他脸上反着微白的光，没人敢跟他抢麦。

君之荔身边沙发下陷，青年径自坐到她身旁。其他人毫无异议，好似顺理成章。殷白晨将话筒放入她手中，侧向她，眉眼极迷人。

“想唱什么？”他问她。

他的手碰到她的手，令她心跳不已。

茶几上摆满饮料、果盘、零食。剔透的玻璃酒杯、饮料罐、玻璃器皿流光溢彩。

那两人挨得很近，谢可谦的视线不自觉被吸引，他浑身感受到一种陌生的冲击。不清楚这是种什么感觉。恋爱的甜蜜感？不是，更像是一种爱情的震撼感。那两个人社会身份显赫，但在一起又能感受到他们对这份恋情的郑重与投入。

娱乐圈如此有影响力的两个人，还能认认真真地谈一场恋爱，这才是最震撼到他的。

谢可谦内心生出男人们都会有的隐秘羡慕。他吃着水果，与舟山交头接耳，调侃道：“平时，麦霸把KTV当作自己的演唱会，现在一有女朋友就这样。”

殷白晨远远望过来。

谢可谦在青年脸上看到那股熟悉的炫耀。

青年声音低沉：“男人一生只有两件事最重要的：爱情与事业。没有事业，失去很多，没有爱情，丧失全部。”

舟山、段夏夏整个人都懵了，灵魂受到强烈撞击，但是细细想来，说得好有道理、好深刻。

殷白晨侧目，对着谢可谦，意有所指：“但是单身狗就没办法了，毕竟恋爱这种事强求不来。”

谢可谦上一秒还在回味青年的见解，下一秒就堪比被核弹攻击，谢可谦惨痛闭眼，他为什么要自寻死路？

君之荔扫了眼他们，淡笑。

她与殷白晨的视线交织，肩上依旧披着青年的外套。

“别老欺负可谦。”君之荔朝殷白晨道。

谢可谦心脏好受了些，影后帮他说话了，他正要点头。

“人家本来就是二十三亿单身人士的渺小分母，戳破这个没意思。”

谢可谦无语凝噎。

影后不该是高冷型的吗？不应该淡淡说句公道话，怎么能拉偏架？

他恨自己识人不清。

君之荔才是补刀狂魔，还是高手。

殷白晨嘴角翘起，毫不留情：“是我过分了。”

谢可谦再受暴击。

柔情的音乐不绝，情歌“浪漫”着众人，霓虹射灯闪闪烁烁，仿佛一张充满噪点的夜间照片。

恋人们的眼角愈发隐秘而感性。

殷白晨挨着君之荔，头快碰到一起，修长的男性手指把玩着君之荔的手。

颜环插过去抢话筒。

殷白晨阻止：“这首是我和荔荔的，你下一首。”

颜环气鼓鼓：“上一首是你跟荔荔，上上首也是你跟荔荔，下一首还是你跟荔荔，殷白晨，做人能不能不要这么霸道？荔荔又不是你一个人的，我也要跟荔荔合唱！”

青年看也不看她，只回了一句：“小朋友去别的地方玩。”

颜环快被对方怄死了，她搂过君之荔脖子，她就是要霸占君之荔。

君之荔被两人左争右抢，她转向颜环，颜环可怜兮兮地撇着嘴，视线平移向殷白晨，狡黠腹黑的青年赶紧从得意扬扬，装出一副我也很委屈的神情。

小样，你们就在这儿装。

当她看不见？

君之荔一把将话筒塞进谢可谦怀里：“我们唱。”

两人双双目瞪口呆。

谢可谦对着他们眯眼一笑，感觉自己复仇的机会来了：“这叫作人算不如天算。别瞪，我的麦是君之荔给的。”

话还没说完，青年的身躯就欺压过来。谢可谦看着殷白晨越来越逼近的脸，身体不由得向后倒。周围的人兴奋以待。殷白晨一手捞过他的手，谢可谦感觉自己的手腕一紧，青年浓黑眉眼帅气逼人，他头皮发麻，心脏跳空一拍，下一秒话筒被殷白晨抢去。

颜环从指缝中看，神情激动不已，她刚刚看到了什么？

青年起身，丢下一句："别问，问就是凭自己本事抢的麦。"

众人无言以对。

观寒坐在离殷白晨最远的地方，他的身影被阴暗笼罩，他看着其他人嬉笑打闹，玩成一团。

自己形单影只。

狭长的眼睛看着一切，像在看最后的狂欢。

颜环尽兴了，瞧见观寒一个人，她端了两杯无酒精的Mojito（莫吉托）。柯林斯杯装着碎冰、薄荷和青柠檬。

她递给观寒一杯。

"过来跟我们一起唱歌嘛！"

男人摇了摇杯中冰块，大量的细密气泡往上浮动，剔透、美丽又脆弱。昏暗的光线下，薄荷叶与青柠檬的颜色更深，仿佛加了层暗边，混合散发出青涩的果香。

观寒坐着不动。颜环见状，不再拉他，也跟着坐在他身旁。她白皙的手腕托着腮，灌了一大口冰饮，发出一声感叹。

"你看大家玩得多开心，在这个圈子超难得的。"

同阶段的小花都是竞争对手，圈内的男星每一个事业心都很重。未来会发生什么谁也猜不到，可是他们现在却能稳当当地按照自己的本心走。

她将视线对准君之荔。

那边君之荔侧着脸，屏幕的光在她脸上一亮一暗，将她的轮廓照得更迷离、更深邃，她在唱着一首粤语歌，嗓音带着一点爵士的咬字韵味。

若是人对艺术有信仰，一定是君之荔这样的态度。

万古山河，岿然不动

“都是因为君之荔。虽然有点冷，在她身边却能很安心。像能看见自己所坚持的，会是什么样的结果。”

不会掉进旋涡，不会在商业中迷失。

颜环看着君之荔，眼眸弯了弯。

观寒仰头喝了口Mojito，喉结动了动，薄荷的激爽冲入喉间。

若是这个安稳的支柱崩塌了，会怎么样？

颜环终于抢到与君之荔合唱的机会。殷白晨抓着话筒不想放，被君之荔看了一眼。

“下一首要跟我唱。”青年将帝国级神颜逼近她，把她的手拉在自己腿上，要着承诺。

青年的气息越靠近，她手指就越发颤。

他身体向她一靠，腰腹露出，满满男性荷尔蒙的腹肌极度晃眼。

这家伙，对着别人依旧是明朗健康的公众形象，而在自己面前，为了博取自己的关注，仗着盛世颜值与得天独厚的身材，泼皮耍赖，无法无天。

颜环跳来跳去，指着殷白晨，替他“羞耻”。

“你只是停了一首而已！竟然装可怜，想让荔荔同情你。心机男孩，人设崩塌！”

殷白晨懒懒地昂起下巴：“什么人设不人设，我从不在意。我的人设只有一个，那就是宠妻狂魔。”

颜环一口气没提上来。

青年揽过君之荔，亲上她的脸颊。

正在调话筒的君之荔愣了一下。

颜环尖叫连连，心脏病都要发了，伸着的手指哆嗦不已。

君之荔转过头，低笑："你干吗欺负她？"

"男人就是这样的雄性动物，容不得他人挑衅。"

颜环撇着嘴，快哭了。

君之荔单手支着额头，美丽的脸，似水中动人的花。

青年黑眸黯了黯。

"我想对你做最更坏的事。"

君之荔一怔，肩顿了顿，装作没有听懂，耳垂却在暗光下红了。

"我要跟颜环唱了。"

青年玩着她的手，不放。

"再干扰颜环跟我唱歌，下面所有歌我都跟她唱。"

青年后退坐好，嘴巴撇着，盯着颜环，眼神冷冷。

颜环不经意对上一眼，摸了摸自己脖子，浑身抖了抖，最拿手的歌都跑了一个音。

两个漂亮的女人在屏幕前面唱着歌，赏心悦目。

昏暗的灯光吻着青年眉眼，他一直凝视着君之荔的背影，仿佛看不够。

段夏夏和舟山你侬我侬，但在需要气氛的时候绝不含糊，马上模仿粉丝，兴奋鼓掌。

"给漂亮小姐姐们加油。"

"唱得太棒了！Bravo，Bravo！"

"女团二人组正式出道！"

君之荔唱得很投入，也很尽兴，在歌词最浓情的时候，她回头看了殷白晨一眼。

他也在看着她。

两人的眼神在空气中碰在一起。

深情，如蜜。

透明冰块在柯林斯杯中撞击。观寒下了决断，将喝空的Mojito放到了茶几上。

殷白晨抬眸看到了观寒深沉的眼神。他起身站起，单手插进口袋，下巴往门外点了点：“出去说。”

观寒眉峰微微紧蹙，突然意识到，现在的殷白晨，他恐怕难以招架。

两个高挑俊美的男性一起出门，观寒走在青年身后，离开包厢的时候，他看了正在开怀大笑的颜环一眼。

两人进了没人的小包厢。刚一进来，就重重落锁。音乐陡然消失，只剩一股凉飕飕的寒意。

观寒不动声色，眼神眯了眯：“冷？”

青年笑了一声，跟在君之荔面前不同，不是宠溺的笑，而是令人捉摸不透的笑：“你觉得呢？”

观寒有点烦躁地拨弄了下头发。他的头发本就一丝不苟，现在，反而被弄乱了几根。

冷静而惨白的射灯光线打在他的眼睛里。

“那晚跟你说的，你忘了。你这样会毁了她。”

观寒用的是肯定的语句。他是经纪人，在圈中见得最多的，就是中途崩盘、星途陨落的明星。

一个好的操盘手就是懂得及时中止，掰向正轨。

青年黑眸有一闪而过的愤怒。

发布会那晚，他挑了一套藏蓝色西装，领口比身上的西装色块略深。正统代表正式，稍深的领口又显得沉稳，压一压活泼。薄荷味的漱口水，保证牙齿洁白，口腔清新。

然而君之荔一直没有出现。

玻璃上开始沾上了雨丝。蒙蒙细雨如蛛丝，如毫针，一点一点沾满玻璃窗。外面有模糊的车流闪动，尾灯在窗户上凝成一团雾红。

那雀跃、紧张的心逐渐沉到潭底。

那晚的西装淋透了雨水。

后来，再也没见到君之荔。

“跟你有绯闻，对她百害而无一利，她为什么不能躲着你？一旦爆发出来，你的粉丝只会把她撕了。

“男星谈恋爱，女友粉全跑。

“她是影后，国民口碑是一切根基，跟流量小生谈恋爱，她的影迷只会觉得她轻浮，对她失望！”

观寒一双冷眼看着当时正颓废的他。

“你想想，她退圈五年，这趟复出只是为了寻个乐子？

“你想让她当不成影后？你想让她只是成为你的一个女朋友？你不把她的事业当事业？根基毁了，你让她如何面对她的影迷？”

每一个字都像一把刀子。

扎在他心上。

“跟你炒一波热度，恢复电影热度已足够，她现在抽身很明智。”

“给我闭嘴！”那是他第一次情绪失控。

青年暴跳而起，迎向观寒冷漠的视线，怒摔了那个怎么也收不到君之荔微信的手机，厉声反驳观寒。

“别把每件事都跟圈中利益挂钩。她也喜欢上我了，我很清楚！”

然而，对方更残酷。

“跟她在一起，你就是害她。”

包厢一片昏暗，似沉闷无声的海底，偶尔外面的嬉笑声一掠而过，更显讽刺。

观寒双手交叉，坐在沙发上，他头微仰，看着殷白晨：“我以为你想明白了。”

青年在一步之遥的地方。他的腕骨、腿部的线条极硬，眉眼笼成阴影，浑身散发出没有丝毫转圜余地的信息。

观寒细细打量着殷白晨，内心不像上次那么有底气。那时青年遭受君之荔的“遗弃”，整个状态最虚弱，人一旦虚弱就容易一击即中。

青年俯视观寒，黑眸划过一抹冷光。他无视对方的挑衅，双手抱臂，下颌线极度冷硬。

“不用再说。

“人生只有一次，她只有一个，我的爱也只有一次。

“我不会放手！”

观寒气得站了起来：“事业也只有一次！”

他快走两步，逼近殷白晨。两个高挑的男性对上。观寒略显狭长的眼睛满是苛责，他恨不得在他耳边一字一句道。

“你选择所谓的真爱，你确定君之荔跟你一样，也选择爱情，放弃事业?

“你这么了解她?

“你凭什么认为现在的女性就没有上进心、事业心？”

观寒的目光极有压迫力。他像是一座一触即发的黑色火山，但似乎背后还有其他东西，令一向冷静的观寒十分畏惧。

然而青年神色丝毫没有改变，不仅抵住了观寒的视线，他回视的力度更有力、更锋利。

“我不需要她为我放弃事业！

“我比你更懂她的专业态度、她对电影艺术的追求，一名优秀的女性当然能拥有自己的事业，包括爱情。

“有这样的女朋友，才是我的荣幸。”

“你疯了。我不这么认为。”观寒冷笑，“你们成功得太轻松，才把娱乐圈看得太简单！你们有流量、有人气，戏演砸了没人骂，出了负面新闻有团队帮你们公关，还有无数大牌代言，其他演员做梦都要不到的资源，你们轻轻松松就能得到，所以才能轻易说出这种话。”

跟其他全力打拼的艺人相比，他们太要风得风要雨得雨。

流量、小鲜肉，一开始是资本套路的产物，而现在被钉上了贬义的耻辱柱。

观寒鼻翼微微颤动。

殷白晨低着头，头发遮住他的眼神。

观寒一瞬间有一丝慌张。他本该是艺人的后盾，此时此刻，他却在往他们身上捅刀，用他们的原罪伤害他们，抨击他们。

他在做什么！

整个空间只听得到两个男人的呼吸声。过了两分钟，殷白晨头动了，他一点一点把脸正了回来。

观寒看到青年眼底黑沉沉的一片。

“你太不了解我。

“怀有欲望的奴隶，才会对财富卑躬屈膝。

“人生并非一成不变。二十岁，我是小鲜肉，三十岁，我会是实力派演员，四十岁，我可能是越发优秀的演技派，也有可能是后起之秀、优秀的导演。

“我的人生不靠别人的定义。”

他的手指尖点在观寒的胸膛上。

这些话令观寒身体一震，他重重往后退了一步，一刹那陷入沉思。他从没发现原来事情还可以这样想，思维还能有这样的一面，每个人还能有不同的选择、不同的人生。

殷白晨再次开口，他眼睛逼视观寒。

“我是通过年轻人喜欢的才华换回的认可与尊严，即使是你，也无法将它抹杀。

“以后，我会让社会更认可我。

“那些话，我不喜欢听，以后不要说。”

观寒躯体重重一震。

“记住，君之荔是我的女人。我不会放手。”

青年转身离去。

观寒顿了顿，他缓了缓情绪，感觉全身血液阻塞，仿佛被钉在了大理石地板上。头顶的射灯把他的影子照成一团极小的浓黑。殷白晨陡然爆发的强大气场压得他说不出话。

他只能看着殷白晨走出门。

观寒闭上眼。

太年轻了。

根本不知道将来会发生什么。

殷白晨回到原来的包厢。从观寒来探班片场的那一刻，他就知道这场战役必会发生，但他不想让君之荔知道。男人与男人之间的事，他会用自己的方式解决。

颜环和君之荔又唱完一首歌。

殷白晨坐到君之荔身边，颜环被两人的气氛弄得不好再靠近。他嗅着她的发香，鼻尖有淡淡的荔枝味。他最喜欢的味道。

“赖皮，赖皮！一回来就抢荔荔。”

“把老婆借给你，已经够意思了。小朋友要懂得见好就收。”

君之荔用胳膊肘轻撞了他一下，青年假意捧胸喊痛，整个身子往君之荔身上蹭。

她察觉出他笑容之下的异样。

君之荔往门口的方向看了一眼，跟着一起出去的观寒还没回来。

青年把她的脸扳正。

“全世界最帅的男人就在你面前，只准看我。”

旁边的颜环喊着肉麻。

她看着他的眼眸淡淡笑着。

青年顿了一下，看了看天花板，忽然用着一种轻松但认真的语气说道：“若是有天恋情曝光，需要牺牲事业的话，让我来。”

良久。

君之荔将手渐渐放上殷白晨的手背，她白皙的手叠在骨节分明的男性手掌上。

“事业与爱情不是通过谁牺牲换来的。”

君之荔抬起眼眸，淡定地凝视着殷白晨。

“只要够专业，就会获得尊重与认可。”

青年黑眸一笑。

若不是怕君之荔翻脸，他想立刻深吻她。

“我想吻你。”

第 十六章 偏爱

观寒在办公室，双手抱臂，眉间蹙起川字。他向来冷面，与人保持距离，艺人见到更多的是他的挑剔与严苛，不会见到他为事烦心，如今他已沉思了一个多小时。

观寒走至窗前。

下面是来来往往的行人与车辆，苍白、渺小。

人在高位，看什么都是小的。

登上山巅的人，自觉高人一等，洞悉一切，看不起芸芸众生。

他眺望远方。

夕阳投落下重重橙影，大厦玻璃折射出刺亮的光带。这样亮到极致的色块，却并没让人明快舒心，反而有种被逼迫的压抑感。

殷白晨和君之荔……

观寒眼眸眯了一下，他瘦削的面容显得有点冷。要不要向那人汇报？他清楚地看见这两人恋情曝光后的后果，也更清楚幕后资本的手段。

为什么他们不懂？

人生如棋，任何棋子，命运都会暗中标价。太多人，债务来临后，才开始悔恨。

但这与他有什么关系？

观寒居高临下，嘲讽地弯了弯唇角。

他绝不会不理智。

观寒来到那栋豪宅，穿过偌大的庭院，高高的院墙。走廊大厅摆满了动物标本，熊、鹿、蛇，在棕色背景墙前保持着死亡前的瘆人眼神。每一次打量着这一切，他都在想，难道将杀戮变成仪式感，就能获得力量？

管家低头带路，一副行将就木似的样子。

观寒在后，面无表情。

庭院空气清新，宅子内却只剩下两人麻木的脚步声。

来这儿已经很多次。

什么时候开始的，四年级、五年级？

那个小男孩将他领进来，抱着足球，向他介绍着他的母亲，带他去庭院草坪上踢球。

回忆起来，那时的阳光也很亮，却并不暖。

然而，这些已经过去了。

观寒冷漠地将表情凝固成一片冰。

手机在口袋中振动着，他看了一眼。

定妆照传来。一身红衣的颜环女侠装扮，身背长剑，乌发雪肤，明眸皓齿。

只是看着这个女孩，他那散发着寒意的气息，便消融了许多。眉眼间陡然展现的柔和，已与这座宅子的阴冷格格不入。

“我最新的定妆照，怎么样？”

美得动人。

仿佛听到颜环清甜悦耳的欢笑声。

观寒修长的手指却惜字如金打了两个字。

“不错。”

他给她拿下的女主角。上部与殷白晨搭档的现代剧效果很好，这次安排两人演古装，资源通通跟上，再火一次，彻底坐稳一线小花的位置。

“只是不错？请观先生回家翻翻字典，‘倾国倾城’四个字怎么写？”

他的眼睛情不自禁弯起弧度。

颜环的风格。

“不过这部戏要跟那家伙搭档，好怕荔荔打我。

“干脆下次安排我和荔荔主演好不好？姐妹情深，金枝欲孽，放马过来。”

腐朽宅邸似吹进一股清爽的、颜环味的甜风。

顿觉沁人心脾。

“不怕她演技碾压你？”

颜环瞬间秒回。

“现在演技好的有几个？能被影后碾压，我心甘情愿！况且，我人很聪明的，我会请教，会进步，这样差距不就小了吗？”

他的嘴角不由自主翘起。

他的聪明女孩。

老管家似乎也嗅到了这清风，回过头，瞥见观寒的微笑，沉默了近二十多年的下巴惊掉了。

观寒敛住神色。

但浮冰遇朝阳，是没有办法掩藏的。

“好好演。”

颜环回给他一个皱鼻子的表情。男人的眼眸留恋地多看了一秒才关掉屏幕。

房间到了，眼前一暗。

熟悉的室内充斥着消毒水的味道，经过这么久的时间，已经成为一种仪式象征。他理应习惯了，但还是微不可察地皱了皱鼻子。

周围是阴冷、死一般的黑色调。

对方在一片阴影里，一动也不动。

声音像蛇从暗处爬出来。

“这么多年没见你排斥过这味道，怎么今天开始不习惯了？”

他那么细微的动作，都被对方看得清清楚楚。

观寒心中一惊。

一阵寒气瞬间窜上背脊，疯狂拉响警报。和风拂面太过温暖，令人丧失了警惕心。

他僵硬地垂下眼。

对方的指尖在椅子扶手上有节奏地敲击着。落下，抬起，再次落下。

观寒没有抬头，眉头像压了千斤重，身体绷得紧紧的。

对方终于开口：“说说吧。”

“君之荔与谢可谦的戏快杀青了。

“殷白晨探班了一段时间。”

汇报被训练成了条件反射。

张口就能有条不紊，不带任何情绪。

对方静静听着，直至听到殷白晨探班，敲击的手势才倏地收住，如同草书一个回钩。

“到了什么程度，他们俩？”

终于来了。

观寒双眼微闭。

两人正在恋爱中，感情是真的，难分难舍，哪天公布恋情，也没有什么意外。

本该这样回。

这是事实，但后果会很残酷。

然而就在吐露真相的一刹那间，颜环的笑脸在观寒眼前晃了一晃。那股带着玫瑰花的香风好像又涌了进来，吹散了空中腐朽的味道。他想做个好人，为了他的女孩。

“很熟，毕竟谢可谦跟殷白晨关系很不错。”

空气陡然寂静。

过了半晌，阴影里缓缓传来低笑。

“哦，是吗？”

每一个调子都像蛇的吐芯。

令人毛骨悚然。

观寒的心猛地揪在了一起。

“把颜环的经纪事务交给别人。”

观寒飞速抬眼。

对上那人黑幽幽的眼眸。

“砰”的一声，窗户被风撞开，狂风突卷，吹在脸上一片刺痛。

观寒麻木地任风侵着他的全身，他这才发现，这座宅子根本没有什么玫瑰花的香气，令人窒息的消毒水味反而更重。

他不知怎么走出宅子的。

阳光在他的头顶上，亮得他无法睁眼。

观寒掏出手机。

颜环的微信上还有一个红点，刚刚最后一条语音他还没来得及听。

“当然会好好演。我现在每天早上五点就跟着武术老师练打戏。打桩、打沙袋、武术，样样训练，手臂青得不像话。不许嫌我滚沙地脏了，也不许嫌我皮肤变糙了。知道你有洁癖，但我要做唯一的例外。回头请我吃大餐，好好犒劳犒劳你的艺人。”

男人无声闭了闭眼。

殷白晨黑色口罩遮脸，身着Gucci毛衣。他警惕地顿了一顿，现场有些不对劲，但剧组照常运转，道具组、服装师又跟往日似乎没什么不同，确认四周没有记者跟踪，才走向君之荔的私人休息室。

演员休息室旁人禁止入内，君之荔的休息室只有他有权利进入。这是女朋友给他的特权。这微小而隐秘的愉悦足够令恋人们心跳不已。君之荔不在，殷白晨转了一会儿，目光落在对方椅子上。嗅着熟悉的荔枝香气，英俊青年露出一抹笑，缓了两秒，环视四周，他觉察出那抹不对劲了。

白玫瑰堆了满满一面花墙，是他送给君之荔的。如今化妆桌上多了一束花，乍一看也是白色，但是花香是另一种。不同于白玫瑰的饱满，白色鸢尾像是被欺凌的碎瓣。

殷白晨极度嫌弃，随手翻了翻插在花中的卡片。追求君之荔的人极多，但现在还敢追求荔荔的，只能送给对方四个字：不想活了。

卡面内短短三句诗。

“日落总是令人不安，但尚且更令人不安的，是最后那绝望的闪耀。”

呵，博尔赫斯的诗。

舟山发来一条微信："糟了，君之荔小姐好像移情别恋了！在跟别的男人说话……"

剧场另一角，君之荔身边坐着一位男士。君之荔气场特别，很少有男人能与她匹配，但对方的举止、气质挑不出一点失误。

殷白晨喉结动了动，眼睛眯了起来，危险地审视对方。

那人微微侧脸，没有看到他。那人的手突然一动，欲将君之荔的发丝绾在耳后。君之荔身形动了动，避开。

忽然，一只充满着男性魅力的手搭在了她的肩上，修长的手指替她将发丝绾了起来。青年微微俯下身，亲了亲君之荔的长发，同时圈住君之荔。他英俊的脸庞转过来，黑眸懒懒散散地扫了一眼对方。

"我是荔荔的男友，殷白晨。"

对方竟然是张熟面孔。

"园老板？"

殷白晨诧异了一下，视线不经意瞥到园古庭的手，仍然很碍眼，男性竞争心陡然升起，自家老板也未必没有喜欢上君之荔的可能。殷白晨再次站直，眼里的笑意中蕴藏力量。

园古庭温润的眼睛闪了闪，右边脸颊多了一个浅浅的酒窝。他待人温和，翩翩有礼，很多记者第一次采访他时，很难将他与耀胜影业集团总裁联系在一起。园古庭气质太儒雅、太艺术，后得知他毕业于英国曼彻斯特大学，艺术管理与哲学双硕士，才恍然发现这种与众不同来自何处。一个人所受的教育会影响他的性格气质，而一个人的心灵取决于他对世界、对他人的关怀。

"我们正在讨论如何将你女朋友拐跑。"园古庭开启英式幽默，

“是不是非常担心？”

殷白晨意味深长地摇了摇头，视线柔情地停在君之荔的脸上。

“这问题我想过两千遍，”殷白晨眼眸深邃，唇线弧度弯了弯，“不过自从荔荔说，我是她身边所有男人中最有魅力的那个，就不担心了。”

青年朝君之荔眨了眨眼，自信张狂，颜值高的人总是得天独厚。

殷白晨用眼神去观察君之荔，君之荔不演戏时表情很少，但他现在能洞察她脸上那些细微波动的意义。君之荔看向他的眼中飞快闪过一丝笑意，默许了他的放肆。殷白晨深知她认同了他是最有魅力的男人的说法，他想亲吻她的手。

园古庭拿起英国皇家骨瓷杯，缓缓抿了口茶。浅琥珀茶色遮住他的视线，园古庭脸带笑意，没有深究眼前二人。他品了两口，站了起来。

殷白晨足有一米八五，而他竟与殷白晨差不多，但是要瘦很多。这样瘦长的身段让人觉得园古庭十分善于克制。

“好了，我们刚才在商谈你下一部古装电视剧。我想请君影后过去客串一个角色。”即使君之荔不是旗下艺人，但园古庭依旧十分礼貌。

“真的？！”青年目光炽烈，接着质问，“为什么客串，不能直接当女主角？”艺人情侣最烦的就是聚少离多。身为公众人物，恋情极不容易被看好。一个剧组拍戏能很好解决异地问题，感情也会稳定得多。

“把女主换成荔荔，我可以不要片酬。”

“你这条件可比带资进组还要狠。”八位数的片酬说不要就不要，园古庭双手放在背后，摇摇头，眼眸又弯了几分，“君影后是电影圈的，客串全是为了你。”

君之荔不自然了一下。

园古庭仿佛没看到，又笑了笑："你们感情真好。"

她眉心一皱。

颜环拦住观寒。她头上左右两边梳着小小的花苞头，发丝垂在耳边。她的脸娇嫩雪白，唇瓣如同花骨朵，只是眼底写着生气。

她张开手，挡在观寒前方，仰着脸，控诉："为什么不回我电话？为什么不当我经纪人了？！"她不知道自己做错了什么，眼前的这个男人一言不发就给自己换了另一个经纪人。她与他之间的关系就这么容易被斩断吗？

观寒低头端详手里的文件夹，整张脸上写着疏离，口吻公事公办："公司安排。这种事情很常见。"说罢就要挪开身体，离去。

颜环一着急，忙用身体拦住他。

"可是、可是当初说好你当我经纪人，我才过来签约的。"她慌乱地发着火，眼睛却透出一丝祈求。

"你现在是准一线小花，目的已经达成，有没有我都一样。"男人十分冷淡，那双狭长的眼睛一直没看颜环。

"不一样。"

她词不达意，只能焦急地挥动着手，表示反对。

那怎么会一样呢？

他是观寒，所以她才对他多了一份信任；因为他是观寒，她才愿意把自己的演艺事业交到他手上。那些信任是独一无二的，不是谁都可以。

她对上他的眼神，可是只看到了冷淡。

她疑惑、不解，更多的是伤心，有种自己像陡然间被抛弃的小动物的错觉。

以前的观寒不是这样的。

“我不管，给我回来！重新当我经纪人。”

颜环不得其法，只得揪住对方衣袖，娇横命令着。她认定，只要观寒回来，一切便会安好。人在不知所措时，只私心祈求一切回到原点。

观寒眉头微微蹙起，双手合上文件夹，从上往下打量了她一圈，像是无法忍受她的小性子。

“就算你是白富美，进了公司就是公司艺人，一切要听从公司安排。”

“我……”

“你是不是想说你有钱解约？我会安排公司法务部与你联系。”

“你……”

“我利益第一，生来有洁癖，不要跟我打什么感情牌。”

颜环感到一股湿润的潮热从脸颊滑下，两只眼睛又酸又胀，她的尊严好像都被他扯下来了。一瞬间，她觉得自己似乎从没有认识过这个男人。

这般冷漠，这般陌生，简直伤透了她的心。

颜环嘴唇微颤，眼神隐隐含泪。胸中乌云滚滚，雷电交加，在她柔软的心上四处开虐。

想说些什么，却只觉得受伤。

颜环委屈地憋着一口气，眼眶发红，就这么直直看着观寒。

几个公司员工不经意经过，像鲨鱼在大海里闻到血腥味，视线透着八卦刺探。观寒皱眉，身体挪了一下，用背影挡住对方的视线，防止颜环暴露在他们面前。圈内闲言闲语的杀伤力，他比谁都更清楚。

“没有什么问题就回去拍戏。”

他赶她走？

“我已经不是女一号了！”

颜环答非所问，红着眼，赌气看他。她还记得那时他对她说恭喜，让她好好演，还要带她去吃大餐。她当时还特地买了一堆最新款的名牌裙子，真是蠢得令自己都生气。

男人低头看着颜环鼻尖发红、满脸哭意，却还在逞强的小脸，他细长的眼睛里有什么一闪而逝，但是下一秒，观寒冰冷冷开口。

“女二戏份也很多。”

颜环终于忍不住，左手揪住他，右手重重捶了好几下，哽咽开口：“观寒，你这个浑蛋！”

她那么用力地哭喘着，扎好的头发都散了。他被她抓着，一下也没有还手。娇小的身形不稳，晃晃荡荡。观寒眼眸深了深，迅速伸出手，顿了顿，手指又收了回去，最终没有扶颜环，像一座自始至终无动于衷的冰雕。人间爱恨，置身事外。

她再也忍受不了这种冷漠。他冷淡的样子仿佛在嘲笑她心中曾有过的所有悸动，让她觉得自己很傻。全天下的女孩最怕的就是来自心爱之人的冷漠，她却还没有立场义正词严地指出这一点。

是啊，她与他算什么呢？他只是当她是公司艺人而已，而她也有自己要维护的自尊。

颜环难受不已，闷着头，红着眼往外冲，因为太过用力，不小心撞倒了一个铝合金垃圾桶。垃圾桶在走廊道发出哐当回响，震得人耳膜都要破了。她也被撞得歪歪扭扭，高跟鞋一崴，差点摔倒，扎得好看的花苞头彻底乱了。

但她当下感受不到，重重磕到的腿也感觉不到疼。眼泪怎么也止不住，她哭得很委屈、很伤心，她很久没这样哭过，泪水快要令她窒息。

殷白晨坐在黑色车座中，手里翻着剧本，目光从上往下移，一页一页读着。车外，白杨树飞快往后退，树顶叶子闪着点点银光，点缀绵长秋色。

青年眉头稍蹙，偶尔停下来思索，拿笔在剧本上圈圈画画。跟君之荔共戏过的人，对剧本会更敬重。当你知道顶尖艺人的专业态度是什么样，就不会再给自己找借口了。

这次的古装剧叫《海中仙》，以《山海经》为蓝本，涉及东方传说、神话、地理、历史，殷白晨扮演帝王景岚，与君之荔饰演的月中仙有一段短暂的爱情。

殷白晨仰仰脖颈，在车中给君之荔打电话："你说，我能不能让编剧重写我们的爱情线？"

帝王景岚心爱的月中仙后期竟然黑化，他竟不是对方最爱的人，对方只是利用他的帝王之气。

想摔剧本。

君之荔那边刚拍完打戏，指尖连拿手机的力气都快没有了，听到青年的声音，她眼角眉梢仍禁不住流露出一丝笑意。她压低声音："你想加戏？加什么，送入洞房？"

段夏夏正在一旁，为她淤青的小腿做冷敷。受伤处被碰到，君之荔眉头一皱，段夏夏担心地抬头，君之荔对她摇摇头，暗示不要告诉殷白晨。

殷白晨在飞驰的车中浑然不知，幻想了下他和荔荔红袍缠身、鸳鸯交颈的样子。君之荔跟他玩情趣呢，青年按捺住躁动："也不是不可以，虽然人家很矜持，但这种事还是挺能胜任的。"

"美得你。"君之荔扑哧笑出声。

"你那么美，夫复何求？"青年声音性感，眼眸弯得更深，拿着手机像在握君之荔的手，"什么时候过来？"他俩又要分隔两地。

“还有一个月杀青。”

“太长了。”他怕自己控制不住思念。

君之荔在手机那端笑了笑。她性子比较淡，与殷白晨的感情能维系这么久，全靠对方给予的热情与独占欲。倘若哪天殷白晨的热情熄灭了，他们之间会变成什么样？君之荔脑海里忽然闪过这个念头，想起那件事，顿了顿，话到了嘴边，还是没说出口。

“有时间我会过来探班。”她轻声许下承诺。

青年心思得逞，嗓音低沉。

“说好了，不来，就把你摁在墙上强吻一千遍。”

“幼稚。”她脸红了。

殷白晨片场遇到颜环，对方脸庞消瘦，瘦成甘蔗，小脸苍白，仿佛能随时被风吹走。女星都瘦，但她这样起码掉了十斤，搞不好体重只剩八十斤，跟以往的娇俏判若两人。要是君之荔瘦成这样，他绝对心疼死。

“这是怎么了？拍戏也不用这么刻苦吧。”两人也算是相交一场，总得关心关心。

颜环目中含泪，幽怨地望过来。

这小眼神太惹人想象，青年后退三米，以证清白。

“我可没对你怎样，别这样看，头转过去，转过去。

“我可是有女朋友的，绝不能让她误会。”

颜环作势要打人，嚷着：“你想对我怎样，我还不愿意呢。”她一受刺激，声音终于大了点，人也恢复了些过往的活泼劲。

就这细胳膊细腿，还想打人？

青年笑嘻嘻。

“那让你愿意的那个人是谁？”

答案心知肚明，不就是观寒。早就觉得他俩有猫腻。

一个洁癖狂，一个大小姐，正好相生相克。

颜环睫毛微微一抽，像触动到了什么，别过脸。她望着远处，露出不在乎的神色："我才不在意他。我跟我新经纪人说好了，我一定会成为一线明星。以为人人都要靠他吗？"

青年抓住重点："新经纪人？"

哦，两人闹别扭了。

颜环小脸高傲，扭回头，眉眼挣扎了一会儿，看着殷白晨，仿佛下定决心："这次电视剧，不如我们联手炒一炒流量，对你对我都有好处。"

上次虽然被殷白晨粉丝骂得很难听，但是她的知名度的确上去了。

厉害了，颜环都开始用脑了。

青年挑挑眉，点点头："女人一不甘心就想变强，让对方后悔死，这想法没毛病，你加油。"观寒要倒大霉了。

他就不蹚这浑水了。

跟他炒流量？荔荔都没跟他炒过呢。

古装剧剧组开拍。

观寒面色沉郁，殷白晨也不戳破。旁人稍多看一眼观寒，便觉凛冽寒风吹遍全身，不由得暗地纳闷：观大经纪人怎么着了？越来越可怕，难道在酝酿什么大动作?

唯独殷白晨跟个没事人一样。

一个男人要多没用，才连自己心爱的女人都会舍弃？那时观寒阻拦君之荔跟他在一起，做恶人的滋味很爽吧，那现在就轮到他自己感受感受。

剧组演员第一次碰面。颜环一身红裙，从另一头走来，瘦得锁骨都清晰了，避都避不开。殷白晨察觉他身边的观寒尽管脸上不显，但身体明显微微绷紧。

“颜环。”

殷白晨喊着颜环，观寒眼神立刻闪了闪，他用力控制，依旧目视前方，似乎一点都不在意。

殷白晨心里门儿清，但脸上一本正经道：“你听说没，颜环说她很欣赏现在的新经纪人，马上就帮她搞到了两个大牌代言。”青年蔫坏蔫坏，暗中观察，缓了一缓，唇角翘起，“也是，艺人到了一线的位置，商业代言就很重要了。新经纪人的确干得不错。”

观寒不发一言，似乎充耳未闻，只是周身的寒气更重。她新经纪人搞的代言？也不看看是谁在后面布局牵线。

两组人越来越靠近，十米、五米……

观寒和颜环擦身而过。

双双目不斜视，互不认识一样。

颜环逞强做出一副面无表情的模样，只是眼眶逐渐泛红，睫毛微微颤动，像风中颤巍巍的淡红的花。

她眼睛越发红，脸色就越冷。

观寒好像没看到，头颅、脖颈、手腕的姿势都没有变过。

殷白晨看到了，也当作没看到，不想她难堪。

不过颜环的新经纪人就没这么好命，对方经过观寒时，观寒眉一斜飞，发出一丝戾气。纵然短暂，那名经纪人也是个老手，陡然间还是膝盖一软，用手无意识摸了摸脖子。狂怒之中的观寒像一座深海冰川，内部“咔嚓咔嚓”地崩裂。直至走远，对方仍小声对颜环嘀咕：“我没得罪观先生吧。”

颜环的声音从远处传来：“别理他。他重度处女座，精神紊乱的。”

殷白晨在电话里把这件事讲给君之荔听："也算报了一箭之仇。"当初隔了他们多少日日夜夜，现在观寒得尝尝。人是没有感同身受的，除非自己也遭遇不公。

讲到后来颜环暴瘦，青年顿了一顿，正色道："荔荔，以后有什么困难，我们敞开说，不要像他们那样好吗？"

君之荔在手机那边沉默了一下。

"你若瘦成那般，我会心疼。"

她的心蓦然一跳。

他总觉得前方隐隐约约有一只看不见的怪物，想阻止他们幸福。人无法预测未来的事，但能把握自己的勇气。

君之荔握着手机，轻轻呼出一口气。

与最有流量的男艺人谈恋爱，说自己很有安全感是不可能的。对方跳跳舞就能让所有女性疯狂，影视圈、商业圈女老板都想认识他，暗地向他表白的女星更是不少。可是，这样一个年轻、迷人，本应在光环下挥洒荷尔蒙的男性，却对自己如此着迷、执着。

她的嘴唇动了动，无意识地握紧手机。

很想答应。

可是陷入过陷阱的人，是否应该继续持有一点警戒心？

青年发出一声询问："嗯？"。

良久，君之荔定定回了一个"嗯"。

"不过，这段时间先别再打电话给我。"

"为什么？！"

这口气，活像她要红杏出墙，君之荔无奈扶额："别激动。"

"不激动，我现在就飞过去。"

"够了。"她命令道，"坐回沙发，把鞋放回去。"

"你怎么什么都知道？"手机那端的青年傲娇了一下，"哼，我的心被你捏得死死的。”

她脸上情不自禁浅笑。

“捏得死死的，才会对你负责。”

“这话让我特舒服。就爱负责的荔荔。”

青年好得意、好开心。

“听着，这剧马上杀青，是个悲剧。我得酝酿酝酿下情绪。你每天电话过来……”

那边的女声迟疑了一下。

青年蹙眉，每天电话怎么了？不喜欢他打电话？

随后，他在君之荔清冷的声音里听出一点点被压抑的害羞。

“你每天电话过来，我就只想跟你讲话。”她的心每晚都被他的声音弄得柔软微甜的，还怎么酝酿悲壮沉重的情绪？

“不说这些了。”

他几乎能看见君之荔是怎样红着脸佯装冷静地挂掉电话的。

青年闭上眼睛。

脸上浮现出一抹恋人才能品味的笑。

颜环杀青很快，观寒和颜环两人再次见面，她已一口气接了三部戏加一个真人秀。

观寒直皱眉。

又瘦了，身体吃得消吗？

颜环戴着金色细圈耳环，烫了新发型，交叠着大长腿，翻着时尚杂志，拿观寒当空气。今天公司高管找她她才来，她根本不想见到这个人，只是眼睛在看杂志上的时尚单品，观寒的一举一动却像在她脑海中直播。

男人依旧禁欲高冷，袖口系得整整齐齐。合同被一页一页地翻阅，桌面上没有任何多余的东西，纤尘不染。

耀胜影业的高管人未至笑先到。

颜环打起精神。

对方是老练的中年人，据说是蒋琬的新男友。“坐坐坐，”高管伸伸手，“颜小姐跟琬琬也认识，你们一起上过另一档真人秀。”

她有点印象。

“你和琬琬都是公司艺人，上综艺相互有照应也挺好，公司这边会替你们宣传。”

颜环似懂非懂。

钢笔在合同上画了一条线，观寒抬起头。

高管忌惮地打量了一眼观寒，想哥俩好地拍拍观寒的肩，但见到对方深蓝色西服连个褶皱都没有，悬在半空的手有点尴尬地放下了。

观寒冷冷地擦了擦手。

高管压力备至，抬手擦了擦额头虚无的汗。

他笑眯眯道：“颜小姐，那就这样说定了。”

“谁的艺人谁负责。”

观寒抬眸，冷淡望向高管。

“艺人们的事她们自己沟通。”

想拉着颜环炒一波姐妹情深，借颜环名气上位，胃口也未免太大了。

对方干笑。

“这不对两人都有好处吗？蒋琬有什么比不上颜环的？”

观寒缓缓勾起唇，轻笑，脸色一冷。

“颜环人气比蒋琬高，代表作比蒋琬多，商业价值比蒋琬大，人也比蒋琬漂亮，不明摆着吗？”

他带出来的艺人凭什么给别人当梯子。

颜环一怔，眼直直地盯着观寒。

她刚刚听到了什么？观寒竟然说她漂亮。呜呜呜，他说她漂亮，竟然是在这个时候。

高管脸色顿时有点不好看。

“观寒，你别得寸进尺。

“把你叫上，只不过是BOSS的意思。别忘了，你现在已经不是颜环的经纪人了。

“莫非，你对颜小姐还有别的心思？”

对方意味深长。

颜环此刻一点也不想管那个高管，她感觉自己冻得死去活来的心，在这一刻好像又复活了起来。

观寒会怎么答？她现在只想知道这个。

观寒瞥见颜环渴望的小眼神，双颊都荡上了一抹春色。她的眼睛水汪汪地看着他。

这几个月来都没见过她如此柔软的眼神了。

“我的事轮不到你管。”他对高管说，高管被当场气走。

刚刚还眼巴巴望着观寒的颜环，双肩顿时像崩塌的小山丘，难受地把杂志拧成了一团。她盯着观寒的脸，观寒睫毛未动半分。期待的眼神成了被秋雨打湿的花。

“观寒，你根本不知道什么叫心痛。”她控诉他。

她不知自己为何一遍又一遍地为这个男人难受，她人生前二十年是那么恣意欢乐，直至碰到观寒。爱让人尝到一点点甜，却要用这么多眼泪来还。

观寒看着颜环将脸掩在长长黑发里。她双肩细微颤抖着，眼泪一滴一滴从精致的脸上往下掉，掉得他的心都碎了。

“我讨厌你！讨厌你！”

颜环红了眼睛，声音带着哭腔，观寒感到胸前被猛捶了几拳。

“以后不准再出现在我面前！”

连命令人都依旧是大小姐的方式。

颜环哭着跑了出去。

观寒冷情的面具上这才出现裂纹。

圈内谁人不虚与委蛇，她却真实又任性，连嚣张都美得动人，一再拨动他的心。

观寒望了望窗外。

飞机在天际留下两条白色长痕。

他想，她刚刚的力气怎么这么小，再重些，把他的心捶开多好。

不过半个月，观寒就在热搜榜上看到“颜环 恋情”关键词。说颜环跟一男星在一起了。两人以前合作过一部戏，营销号传两人拍戏生情，颜环粉丝很不满，认为对方配不上自家，纷纷控评，怒斥假消息。

热搜刚上不到半分钟，颜环的新经纪人王实就接到观寒的电话。

“热搜给我撤掉。

“发通告律师函，停止造谣恋情。”

王实颤巍巍地捧着电话，观先生像是忍着极大的火，藏都藏不住。虽然名义上他是颜环的新经纪人，但私底下大大小小的事务依旧掌握在观寒手中。

“是是是。”王实点头如捣蒜。

过了两分钟，他苦哈哈地回禀观寒：“观先生，颜小姐不让……”

莫名地，他就是感觉观先生会很生气。

啪。

不出所料。

手机那端传来钢笔落地的声音。

观寒的钢笔都是极为昂贵的。

恋情爆料还是被极为强硬的手段压下去了。颜小姐和观先生像看不见的两只手，相互较劲一般，那边记者刚拍到两人吃火锅的照片，这边官方就澄清还有几个工作人员一起去的。

哪儿来的工作人员？还不是他编的。

王实感觉自己被玩坏了，一边帮颜环安排人偷拍她自己，一边帮观寒洗白实锤，这都什么事？这年头做经纪人真不易，全凭实力精分，他仰天长叹。

《海中仙》进入拍摄期。殷白晨一番，蒋琬二番，颜环三番。君之荔特别演出，名字反而在蒋琬和颜环的上方。君之荔是影后，要是认真排，殷白晨都要往后站。所以粉丝们见了官方宣传，比较满意，只有蒋琬和颜环粉丝掐得比较狠。两人都是小花，新仇加旧恨，粉丝掐架，正主也记恨在心。

这部戏蒋琬的高管男友出了不少力，才捡了这个漏，蒋琬第一次担任女主，跃跃欲试。她盯了殷白晨很久了，上次真人秀颜环就是蹭了殷白晨热度，搞得比她红，这次说什么她都要上位。

蒋琬戏不差，导演一开始也比较认可，就是戏下爱往殷白晨那儿凑。

君之荔的戏份在前世，很晚才会进组。于是殷白晨在剧组不是研究剧本，就是手机不离手，但时下最有流量的男艺人，不要大牌还认真演戏，不请假不轧戏，已经很好了。爱玩手机就玩吧，谁还没点手机瘾呢。

“荔荔，你知道最冷的地方是哪里？”

“北极？”

“错，是没有你的地方。”

青年笑眯眯地打出正确答案。

荔荔不进组，好寂寞，只好用这种方式撩她。

“你知道我最想看什么？”

“……”

“你。”

青年厚脸皮，对君之荔狂说情话。

“借我13块。急急急！”

又使出一招。

君之荔：“没有。”

她不玩朋友圈，不抢红包，微信零钱里面只有8块钱。

他瞬间转了520块过去。

君之荔眯眼：“……”

殷白晨：“收。再转我。”

君之荔点了接收，再点了转账。

青年笑眯眯回了一个14块：“你借我一生我还你一世。”

君之荔扶额，脸上却露出一丝笑。

这么肉麻又冷兮兮的土味情话，她竟然会吃这一套。

蒋琬见殷白晨对着手机，眉眼深情，手指修长如艺术品，看都不往她那儿看一眼，心里一瞬间有丝不甘心。她管理好脸部表情，清纯地挨近殷白晨，轻搭上他的胳膊：“白晨，我们来对一下台词吧？”

殷白晨漫不经心地转过头。他头上束着Supreme发带，鼻梁高挺，脸庞俊白。，姿势慵懒地靠在座椅上，脸虽然正过来了，但视线还黏在手机屏幕上。

蒋琬心痒得不行，比自己男友帅太多。

殷白晨只顾着低头看君之荔的微信，见来人竟靠得这么近，眉心一皱，胳膊条件反射性往后一避：“有事？”

蒋琬的手被晾在空气中，脸色不太好看。

青年抬眸：“刚在看手机，不知道是你。”他修养极好，语气自然，避免令女生下不来台。

蒋琬尬笑了两声：“明天咱俩有对手戏，台词很多，我们先对一下吧。”她不会因此放弃自己的目的。

对台词也不是不可以。演员提前做功课，是业内认可的敬业态度。但现在拍戏都在抢时间，现场收音效果又不好，台词往往是后期配音。

“那就对一场吧。”

青年思考了一下，毕竟是男女主角，对方的理由也很正当。他看了眼君之荔的微信头像，收好手机，认真拿起剧本。

蒋琬专科出身，师从业界鼎鼎有名的导师，深知古装戏台词绕口，要读出气势、节奏、韵律感很不容易。她是故意要在殷白晨面前露一手。

她频频抬眼，望向青年，没想到对方台词处理竟然很不错，很有自己的风格。

不是说小鲜肉都没演技吗？

她本想让殷白晨围着她请教。

计划又一次落空，蒋琬改变策略，少女捧心地夸赞："没想到你台词功底这么好。外界都说小鲜肉没演技，但你完全可以靠实力。"

对方果然如她所想般眯起眼笑。

男人都是禁不住夸的动物。

"我的演技？全靠高人一手调教。"青年想到君之荔，嘴角扬起。

对方唇线很好看，看得蒋琬迷住了。

"对方是哪位导师？"蒋琬暗自推测，应该是专门请了专业教授辅导吧。

"但怕是到现在都入不了她的法眼。"

想到君之荔嫌自己演技不够精湛，殷白晨眼神写满了宠溺，轻轻摇了摇头，对方私下为自己补课，严格要求。

当初他跟荔荔合拍*Miss Freud*，君之荔一点都没因他追求她而手下留情，反而经常要求他一点点抠戏。以往其他人觉得只要他加盟，流量就有了，粉丝宣传也有了，影视热度更有了保障，对他要求很低，夸他有天赋，不说实话。只有君之荔淡声道："好什么好！这是他第一部电影，要用这种演技跟全国观众见面吗？"

女性天生敏锐。蒋琬渐渐听出味了，也从刚才的着迷中回过神，那人恐怕不是什么白发苍苍的教授导师。

她听着青年柔情的口吻，心里不是滋味，就算不是自己男朋友，她也想要对方对她比对女友更特别。

"我觉得你演技很好啊，对方要求这么高，这么嫌弃你啊。"她装作不经意地说，见青年脸色微变，连忙补了一句，"我只是随口一说，不要放在心上。"

殷白晨长腿一跨。

"我还有事，你自己练吧。"

蒋琬不能在殷白晨那儿讨到好，把气暗暗出在颜环身上。碰到两人对手戏，经常临时改台词、抢镜。颜环本就见不得她作妖，有事没事往殷白晨那儿跑，最过火的是还想找殷白晨合照，但还好被舟山拦了下来。

第
十七章
甜如蜜

蒋琬团队营销了几个月的热搜，流量变大，开始踩颜环上位。

“最有演技的小花 蒋琬颜环哪个好 网友说了四个字”点开一看——颜环不配。

“颜环不P图素颜流出”一系列P得惨不忍睹的模糊丑图。

公司安排观寒同时带带蒋琬，蒋琬团队向观寒邀功，观寒手指不耐烦地敲着办公桌：“撤掉！”

蒋琬团队不明所以，他们这么操作其实很成功，颜环“路人黑”比较多，黑历史没得到过有效澄清，但是正正经经拍过不少戏，流量和认知度是有的，这么一踩，蒋琬咖位立刻上升。

观寒黑眸盯了对方半秒，嘴角扯出一丝冷笑。他护过的人容不得别人拉踩。对方扛不住这种威压，立刻撤稿。

办公桌的门被关上。

观寒有些烦躁，他站在落地窗前，巨大的燃烧般的夕阳将他背影湮灭，画地为牢，被牢笼困住的是他。

蒋琬听闻这件事，内心快气疯了。她的助理也是个没眼力见儿的，添油加醋了一番，把颜环贬得不成人样。化妆灯闪亮的镜子里，蒋琬眉眼闪过一丝戾气，随即又恢复成小白花。既然拉踩是提升咖位最快的方法，比好好演戏，钻研演技快多了，那她这么做有什么错？她已经享受到走捷径的红利，才不会拱手让人。

剧组有殷白晨这个顶流在，《海中仙》热度就没从影视榜第一的位置掉下过。杀青后，主演们上了一档很火的综艺节目。君之荔不参加，节目组想请请不到，殷白晨一番不用说，必上，蒋琬争着上，颜环以前就很有综艺体质，圈了不少粉，节目制片人点名找她，正等着她制造热点。

青年给君之荔打电话：“才刚见你没几天。”

君之荔进组客串月中仙这个角色，只给出了三天的时间，但影后级别的演技骤然将整部剧的格调提升了不止一星半点。

君之荔在别墅看剧本，将下一部电影剧本搁到一边，她淡淡笑了笑：“三天你就够缠人了。”

青年很霸道，晚上溜到她房间，缠着她搂着她，还要跟她挤在一起腻歪，硬是搞得缠绵火热。幸好月中仙在剧中跟帝王景岚恋情虽短却情长千年，适当的亲密反而会给表演加分。

青年眯着眼笑：“还有更火热的你没试过。”

舟山过来送饮料矿泉水，无意中听见，真的苏爆了。殷白晨持着手机，嫌弃地让舟山转身，长腿一踢，把对方踢出休息室，脚勾住门一关。

他跟荔荔的电话，岂能让别人听墙角。自从不再遮掩自己对影后的倾慕，他内心的火热犹如压抑了十多年的火山。

君之荔受不了他这样撩她，决定反撩回去。

她放低了声音："下次让我感受感受。"

那端传来一道男性的喘息。

青年咬牙忍耐、声音暗哑："知不知道男人禁不起你的诱惑？"

君之荔细白的手指拨了拨长发："哦，是吗？"

唇角浮现出一抹笑，丽色倾城。

这个男人的爱意将凛冬之寒点燃，将茫茫长夜点亮，孤独冒出新芽，枯枝盛开玫瑰，唤醒了她那久违的、快要逝去的激情。

颜环的成长过程没被拘束过。她大小姐作风，随心所欲惯了。真性情很容易出笑点、爆点，天然受到综艺制作人的青睐。颜环粉丝做过不少表情包、动图，P上小花花、小书包、小帽子，而且特别喜欢把她叫作"环崽崽""我女鹅""大小姐"，满满的宠溺纵容。

这期综艺，殷白晨往那儿一站，女主持人激动得语无伦次，全程抬头仰望他。青年特别英俊，帝国级神颜，玩游戏时，身手矫捷，眼神又野又危险，男性荷尔蒙爆棚。

综艺有个环节是接球游戏，颜环在这个上面是游戏黑洞，被球砸了好几次，砸得千奇百怪，有时球都跑到身后了，她还穿着运动服，特认真地备战，现场观众笑得前俯后仰。

殷白晨当场"嘲笑"颜环："用脸接球的女明星我第一次见到。"

观众：哈哈哈哈。

颜环被调侃得脸红，隔着球网气呼呼地跳起来："不要以为这样就会打击我的志气！我强着呢。"话一说完，又被球砸了。颜环差点被砸傻，表情明显呆滞了半秒。

主持人笑称："史上最快的打脸现场。"

蒋琬表现平平，她不是综艺咖，没亮点，见全场笑声都是冲着颜环去的，心有不甘。球再一次传来，蒋琬挺身上前，看似要接球，实则绊了一下颜环。颜环真枪实弹摔出去好远。她穿着运动裙，差点走光，双腿膝盖和两只手掌震得又痛又麻。

主持人都没想到会摔得这么惨，连忙过去照顾嘉宾。蒋琬露出吃惊模样跟过去安慰。观众席骚乱起来，节目组的意外让原本欢快的气氛立刻冻住，大家纷纷不安。

殷白晨快速靠了过去，众人给青年让出一个位置。颜环忍着痛，手撑在伤口前，膝盖渗出血，眼泪在眼眶里直打转。蒋琬柔柔道歉：“要怪就怪我，都是我不好，我不是故意的，全是我的错，都怪我玩游戏没看到。”

青年一把脱下红白色运动上装，系在颜环腰间。

有了运动服遮着，颜环感觉安全多了，她吸着鼻子，手指还在打战，抬眼看了看殷白晨。

青年关掉麦：“别乱感动。谁欺负你就是不给荔荔面子。”

颜环用手背抹掉泪，小声哼道：“别以为这样，我就会承认你。”她可是荔荔的粉头。

工作人员过来，将颜环扶了下去。

主持人控场，节目继续录制，但颜环显然无法再上场，这一段到时也会剪辑掉不少。后半场只剩蒋琬一个女明星在场，蒋琬好几次想跟殷白晨搭话，青年看似俊美的脸却冷漠至极，不给一个眼神。

主持人对蒋琬也望而却步，他们在这个圈子见多了，艺人什么样心里有数得很。蒋琬又气又憋屈，节目一录完，钻进保姆车开始发飙：“我才是《海中仙》女主角！看我红了他们不跪下来求我。”

汹涌暗夜，似饕餮之欲。

颜环回到公寓，伤口已被医生处理过，她拎着医用药水，膝盖裹着白纱。她踢掉高跟鞋，助理扶着，回到软软的沙发上。助理叮嘱了一番，又转身打开冰箱，给她洗了一盒智利车厘子后就出去了。

颜环趴在沙发上，下巴搁在扶手上，越想越觉得委屈。月色透过落地窗，她捏着车厘子小小的梗，一个一个吞着，车厘子鲜美多汁，却吃得她想流泪。

是不是自己太矫情了？颜环胡思乱想。可是心里有个地方好像空洞。白日尚能维持往日的模样，一到夜里，情绪一低落，那个空空的地方就开始难受。她像缺了一块的拼图，不完整的感觉令人如此难过。

门铃响了，颜环一跳一跳去开门。

原以为是助理，没想到门外站的竟是观寒。颜环愣了一秒，接着“啊”地尖叫一声，顾不得膝盖痛、手痛，对着观寒一阵猛捶，捶完了往卧室一溜，头往被子里一藏。

观寒看着她美丽的脚趾上涂着红色指甲油，白皙的小腿却一瘸一瘸。他扯了扯领带，抽出，丢进客厅沙发上，顺着颜环刚才的背影来到卧室。

颜环躲在被窝里，突然一个用力，被他连人带被整个搂住。被男人搂在怀中的一瞬间让她觉得好暖好想哭。身体条件反射地挣扎，小脸露出半张。

“你坏你坏，你走你走。是你先不要我的。你最坏了。”明明是蒋琬绊倒的她，可此时此刻，她全部归罪于观寒，仿佛是他害得自己受伤，害得自己这么委屈。

观寒手臂很稳很有力，他一言不发地听着，黑眸沉沉，听到颜环的哭诉反而将她搂得更紧，恨不得一生一世这样搂紧她。

两人的相拥像礁石那么安全，任凭海浪冲击都不会离散。她在他的怀中从哭嚷到抽噎，从哽咽到默默流泪，她到现在也不明白，他们两个人是怎么到了如今地步？是不够爱，还是对方先放了手。

“如果我做错了什么，我可以改……”她抽泣着，身体发着抖，这段时间她想了好久好久，是不是她脾气太大，是不是她哪里做得不好。她知道她好任性，她有时会无理取闹，可她可以改，为了他全可以。

黑色发丝被眼泪打湿，颜环泪眼婆娑，像孤零零的花瓣被风雨摧残。

观寒捧着颜环的脸，他的心绞在了一起。他以为那时只是放弃了一段情缘，但现在他终是骗不了自己，这个女人的一举一动都令他魂牵梦萦。他轻轻吻着她的手指，目光掠到掌心的伤，男人黑眸泛起心疼。

“你什么都不用改，你哪里都好。

“你本就是天之娇女，不用为爱卑微。”

颜环微微一怔，不可置信，又似被抚慰，她蓦然“哇”的一声，偎在他肩上，双手搂着他的脖子，像个小孩哭得很大声。那些日日夜夜的委屈，那些日日夜夜的想念，那些日日日夜夜的回忆，她以为她能放下，实际早已痛入骨髓，伤及五脏。爱情来临时甜如蜜，爱走了，才是慢性毒药，受伤的那个人才知道有多痛。

“你个坏蛋……”她大声哭着，像要哭出无尽心酸。眼泪顺着她的脸颊淌落，小脸在莹莹泪水中楚楚动人。

“我要罚你。

“我要罚你在黑本本上写爱我一辈子。”

观寒顿了顿，笑了，揉着她的头发，拍着她的背，呵护一个失而复得的珍宝。

“就这点要求？”

“没那么容易，”颜环趴在他怀里，仰起头，“以后想到再加。”

手机忽然狂振，观寒和颜环不约而同看向自己的手机。

蒋琬团队："蒋琬颜环上热搜了！"

颜环助理："环环你上热搜了。"

两人滑开屏幕，微博热搜第十位"颜环蒋琬"，排名以肉眼可见的速度上升。不知谁爆料的，营销号播出了几张颜环被蒋琬绊倒惨摔的动图，下面颜环粉和蒋琬粉互掐，颜环黑粉虽然多，但粉丝战斗力极强。

颜环粉：参加节目故意绊倒颜环，太恶毒了，蒋琬，劝你善良。

蒋琬粉：蒋琬眼睛又不长在脑后，颜环自己不看怪谁。

观寒眼睛毒，一看便知，十有八九是节目组自己炒热度。蒋琬团队联系观寒："要不要洗白，说是颜环自己买热搜拖蒋琬下水。反正颜环路人黑多，名声不干净，不如把蒋琬摘出来。"

"敢这么做试试。"

男人声音结上一层霜气。

对方在手机那端打了个哆嗦。

"还有，蒋琬我不带了。"

颜环裹着被子，手撑着腮，看着男人冷静挂断电话的模样，又酷又苏，她心快跳到外太空。

"真的不带蒋琬了吗？"她其实好开心。

"嗯。"

"园古庭不怪你吗？"

观寒没有回答，握住她的手，俯视着她掌上的伤口。

"还疼吗？"

"亲亲我，它就不疼了。"说出来又有点羞，颜环撒娇，挤进观寒怀里，"真的真的。"

观寒眼眸一深，注视着她的嘴唇。

“那就不是亲亲这么简单了，我可无法就这么容易满足。”男人帮颜环掖好被子，拍了拍她的后背，“睡吧。”

颜环脸红红的，从善如流地躺好，露出一双白玉似的美臂。

“可不可以等我睡着了再走？”

“嗯。”

她在被子里蠕动了一下，黑发落在美丽的脸边。

“可不可以牵着我的手？”颜环眼神黯了黯，笑容飞快一闪，顿了顿，说，“好怕明天醒来，今晚的一切只是一场梦。”

观寒心一揪。

修长的手指握住净白美丽的手。

“不会。以后一切都会成真。”

他很少给人承诺，但这个女人令他想用一生来兑现。

耀胜影业集团坐落在最繁华的地段，象征着高不可攀的艺术、商业与憧憬。建筑拔地而起，路过的路人会仰头拍照，还会分享朋友圈，带上地标，以在耀胜集团前自拍而兴奋，仿佛自己也当过一回明星。

大厅一层吊顶很高，视野开阔，装修奢华，前台小姐姐妆容精致，涂着MAC最新限量款唇釉，蜜一样闪闪动人。她曾被不少人高呼这么美怎么不进娱乐圈，她当然也畅想过，但在这儿待了两年，每每亲眼见到来公司的艺人，比如君之荔、颜环等女神，她只会自惭形秽。美人在骨不在皮，有些美是灵气、是动人、是高级感，不需要修图App的滤镜。

前台今天一抬头就看到观寒先生。她对观先生有种畏惧，这个人又挑剔又有洁癖，她好担心自己说错话会被对方用消毒液消毒。她猜测他的占有欲很强，极其注重细节，因为他的西装、笔记本会打上专有logo。打下独特烙印，是占有欲强的表现之一。

男士皮鞋在大理石地面上弹出回响。

她眉目温顺，垂眸一瞥。

一如既往，衣着非常有品位，很有审美地展现男士时尚。

直至对方高挑的背影渐渐消失，她才想起来哪里不对——观先生今天外套上竟有褶皱！衬衫领子也没有往日挺括！这简直是不可能发生的事。

观寒手磨咖啡豆，再用滤纸亲手冲咖啡。他捧着杯子，远眺这座城市的高楼如林。那些高楼成了一个个里程碑，每胜利一次，野心和快感就更加肆意。

咖啡烫得惊人，苦涩令舌尖强烈不适。

观寒毫不犹豫一口灌下，比起待会儿那场战役，他宁愿极致的苦涩先将五感剥夺。

女助理敲门，声量控制得谨小慎微："园总请您过去。"

半晌没有回音。

她迟疑抬头，窗前的观总恍若未闻，他缓缓放下咖啡杯，眉眼恍惚了一秒，才道："知道了。"

进入专用电梯，观寒思考着一个问题，为什么权力越大的人越喜欢待在最高处？他审视着电梯镜子中的自己。大抵是古代帝王的权力欲望刻在男性基因里，手握生杀大权的高位感无上美妙。想到这儿，他不禁笑了一下。电梯"叮"一声停了。全层静得像没有人，但所有人都心怀恐惧。

恐惧是比畏惧还要深刻的情绪。

他有过吗？

观寒仔细思考着这个问题。

园古庭办公室很大很暗，大多数人适应不了外面的日光一下转暗，眼睛顿时会出现盲区，视野会有盲点闪动。观寒皱了皱眉，无意识拿手挡了一下。

“就这么害怕我？”

声音是优雅的，甚至带着点笑，但他只听出骨子里的冷意。

观寒立在门前，隔着远远一段距离，并不打算靠前。

“找我有什么事？”

他的声音竟然也同样冷漠。

原来生理上的防御机制比心理防御更快，心理还在动摇，不到最后凌迟一刻不会死心，然而身体早已做出最真实的反应。这样的细节征兆令观寒又警醒又遗憾。

对方轻笑了两声，像在嘲弄。

“不带蒋琬了？”

“嗯。”

“说都不跟我先说一声？”

园古庭侧着脸，微弱的光线下，他右边的脸像文雅的艺术家，连睫毛都显得那么敏感脆弱。

“你疯了。”园古庭微微轻叹。

观寒抬眼，似早有预料，静默等候着即将降临的一切。

下一秒，对面的人狂躁发怒，以最尖锐最疯狂的语言攻击着观寒：“你为了一个戏子疯成这样！这样的女人要多少有多少！你是蠢货吗？为这样女人跟我翻脸，拿自己的事业不当一回事！你看看你自己成了什么！”

那双眼睛极端轻蔑地盯着他。

跟年少时打压他人时的神情一模一样。

他有一瞬间想，这么一个身体单薄的青年怎么会有这种炸弹般的狂躁、这样张狂刻薄的眼神？当时他心中给自己的回答是：野心家都是这样的。先给自己披一层皮，但内心满是暴躁和攻击性。

现在，他看得更清晰了。

对方不是野心家，对方是不折不扣的狂躁症。

“没事我先走了。”观寒冷静回复。

金刚石烟灰缸猛地砸过来！

观寒额头瞬间溢出红色，他身形晃了晃，几滴血滴在地面上，他盯着园古庭的方向，过了几秒，手指冷冷抹了一下。

黏腻。

几滴滑落在他的西装上。

观寒垂眸看了看，皱眉。

弄不干净了。

园古庭鼻尖明显闻到一股幽甜，他露出一抹狰狞的笑，他的办公室常年熏着日本檀香，因此女人的香水味显得异常刺鼻，挑动着他的神经让他暴怒。

“就为了那个婊子！”

他脸皮抽搐，声音狰狞。

观寒走向办公室门的脚步一顿，他握在门把上的修长手指松开。男人折返身，眼神彻底漠然到底，仿佛面对的不是一起长大的少年，而是一个毫无关系的陌生人。

“第一，她不是婊子，她是我喜欢的人。

“第二，你自己有病。”

对方赫然暴怒。

所有物品被狂躁地挥落到地。

“一个女人就把你洗脑了！骂自己的兄弟！你看看你没有脑子！”

满地碎片。

电话、文件夹、名片框被摔得粉碎。不知什么物品碰到开关，窗帘刹那间自动升起，日光照进，绞杀黑暗。

园古庭猝不及防，手遮着脸，痛苦地叫了一声。他左眼上有道不甚显眼的疤痕，曾经差点刺穿过眼球。他习惯待在昏暗里，用黏稠的暗色遮掩伤疤。黑暗令他强大。

观寒无动于衷，冷冷看着对方痛苦不堪地被阳光刺到。

他头一次清晰认知到，他从没在阳光下真正看过这个人。对方曾在他最困难的时候帮助过他和他母亲。于是他戴上滤镜，总在为他开脱，为他们有着相似的原生家庭、成长背景开脱。然而，他在向前走，去释然、去修复。这个曾经被他视为手足的人却沉溺过往，妄图把所有人拖在过去共同沉沦。

“你以前伤害过君之荔。”

“你以刺伤别人为乐，用他人的痛苦滋养你的怨恨，你以自我为中心，妄想将所有人拖进丑陋沼泽一起怨恨这个世界。”

观寒冷静分析道。

精明的他往往一秒就能速读出他人的人格、思维模式。过去他不想分析自己的兄弟，现在他以外人之距观察着对面那个人。

园古庭捂着眼睛重新站起来，他的眼睛快被光亮刺瞎了。他脸上没有失去兄弟的伤感，神情反而更苛刻更偏激。

“那也是你们这些弱者该死！”

恶意令人胆战。

没过两天，耀胜影业集团员工收到公司内部邮件。观寒停职停薪，白致接管他手上所有艺人以及全部权利。原本被撤下去的“颜环蒋琬”热搜，瞬间变成“颜环心机”。

倾盆大雨，柏油路被淋湿。

颜环关上窗户，不经意被风扫到，她笼了笼披肩，身体感到一丝冷意。她有些忐忑，想开口又怕让观寒不开心。她上前泡了一杯咖啡，递给观寒，两人相依在沙发上，蒸腾的热气令外界雨意也变得温暖。

热搜实时广场上，她被说得不堪入目。

全是抹黑。

颜环凝视着观寒，手抚上他的脸，心疼：“为什么不辞职？”低下眸，捧着咖啡杯，颜环嗫嚅了一会儿，“我可以不当艺人的，反正我的钱也够花。”

观寒挑挑眉，放下笔记本电脑。他的肩膀上披着一件蓝色毛衣：“你不想追星了吗？美美的你不想拍最时尚的造型吗？”

颜环噘嘴，握着热热的咖啡杯。

她当然想了。

她想跟荔荔待在一个圈子里，她还有点小虚荣，想戴着珠宝穿最美最顶奢的高定。

“可是……”为了观寒她可以忍痛放弃。

“我不会辞职。辞了，怎么保护你。”那天与园古庭会见，他早已预料到了结局。男人手臂一伸，将颜环揽入怀中，脸上露出令人安稳的笑，“真正的男人不会知难而退，为了心爱的女人，他只会越挫越勇。”

微博热搜除了“颜环心机”，另一个话题也在急速上升——“心疼颜环”。

白致乘坐电梯来到园古庭的办公室，他来这儿次数很少，新鲜之中又带着一点漫不经心。这里光线暗淡，挂着海报，影影绰绰的。

视线一扫而过。

飞快辨认出是君之荔过去主演过的电影海报。

白致恭敬一笑，就着办公室对面的椅子坐下。对方身影瘦削，散发着一股令人恐惧的气息。

白致率先表示臣服。

他当然不会忘记自己是怎么坐到这个位置的，观寒不愿意做狗，而他愿意。

“蒋琬、Super Sense那几个你带。”

“好。”

“我要颜环名声尽毁。”

“好。”

白致面带微笑，毫不拖泥带水。他跟正常男人没什么两样，唯一不同的是商业气息浓厚。他单腿叠在另一只上，手指摩挲着一个拳头大的玻璃球。玻璃纯净，里面是一片蔚蓝色地球。像一个玻璃球型镇纸，却被他当核桃把玩着。

“君之荔……暂时别动。”

对方声音迟缓了半秒。

白致起身，顿了顿，朝后面黑暗处再次恭敬一笑。

“遵命。”

空寂走廊里，白致转着蓝色玻璃球，地毯吸走了脚步声。他哼着小调，那是很早的一部艺术电影的配乐，现在没多少人记得。电梯停下，电梯门外是消失了很久的君之荔。

白致一怔，感觉自己的脸皮微微发抖。

君之荔眼睛像看不到任何人，云淡风轻，美得惊人。在银幕上，她是艺术，银幕外，仙子也比不上她的美。

君之荔进入电梯，白致收回脚步，手放在按钮处，漫不经心地问：“几楼？”

“B2。”地下车库。

白致按下B2。

君之荔眼珠微微往右转了转，她原以为他要出电梯。白致习惯性地哼着熟悉的小调，有几个音却荒唐走调。君之荔觉得有点耳熟，侧头瞥了一眼。白致正好看向她，顿了顿，冲她一笑：“我是Super Sense的新经纪人。”他把玩着蓝色玻璃球。

君之荔没有反应。

最近两天颜环热搜上了不少，舆论两极分化严重，往往一个热搜把她往死里黑，另一个力挽狂澜打脸造谣者，反而博得了一些赞誉，粉丝更加死忠。

观寒被替换，相当于十级大地震。

橘色数字B2亮了。

电梯停稳，电梯门往外分开。黑黝黝的地下车库一片寒意。

高跟鞋啪嗒啪嗒走出电梯。

“如果你想拍电影，可以联系我。”

白致的声音从身后追来，现在是影视寒冬，名导也需要宣传，更需要资本支撑，他可以弄到高级电影资源。

“不用了。”

女声一转眼就消失在空气里。

明星日程非常繁忙，电视剧演员一进组更是被挤压得一点时间都没有，唯独像君之荔这样有影后头衔加身的，反而自由度很高，只要等好的电影剧本即可。不过电影观众却更加挑剔，唯有碾压般的演技才能征服众人严苛的艺术审视。

段夏夏接完一个朋友的电话，摇头笑着道：“这什么跟什么，竟然问我们去不去一档宣传文物的节目？费用还少到不行。”

她们的时间都很宝贵，即使不去也不能自降格调。君之荔倒没在意，从剧本里抬起头：“文物节目？制作人是谁。”

段夏夏快速找来导演、总监、艺术总监履历，邮件转给君之荔。她家艺人跟别的艺人不一样，其他人看报酬、看能不能火、看能不能吸粉，君之荔却会细细看整个班底。

人的贪欲若是太大，就会变本加厉，就算一时撞到风口也无法维持后继。她清楚地记得君之荔说过这样的话。君之荔食指轻轻顶了顶下巴，浏览着邮件信息，慢条斯理道：“我以前看过他们的节目。”

她十几岁时看过他们制作的节目。

“接了。”

段夏夏惊掉下巴。

“一个毒饼也值得接？！”其他明星团队听到这个消息嗤之以鼻。她们有的也收到过节目组的邀请，但参加这种不能提升流量的节目有什么用？

她们羡慕嫉妒君之荔的影后地位，却又紧盯着她的一举一动。这是一个光速竞争的时代，流量为王，她们一边觉得君之荔过时了，又一边向往君之荔被最高端的艺术殿堂盛赞。

这些自然传不到君之荔的耳中。

她与她们不是一个等级。

君之荔做足功课，有备而来，讲解台词极其流利。节目组的人本来就是她的影迷，知晓她年少成名，20岁国外封后，陡然息影五年，没想到再次见到时，对方轻盈优雅，惊若仙人，又极其敬业，摄影师的镜头就没有一秒从她脸上挪开过。

录制完毕，节目艺术总监找君之荔签名，像粉丝一样合影。

坐入黑色保姆车，已快深夜十点。外面的夜风吹到她的脸上，有点凉意，有点舒服。夜晚的空气好多了。

殷白晨电话打来："录得这么晚？"

刚下飞机，他今天为一个国际品牌腕表站台，这个资源几家抢得很凶，争了大半年，最终国外总部选择了他。殷白晨甩了几下胳膊，国外国内飞了十几个小时，生物钟已经混乱，但君之荔的行程他了如指掌。

"有点，不过挺有意思的。"君之荔想了想，笑，"你要不要也试试？"

车外的霓虹灯被模糊成雾色红点，青年那端传来轻轻的笑，他还没参加过这种活动。

"好玩吗？"

"很有意义。"

青年一笑："那就去！"

一旁舟山龇牙咧嘴，头发都竖了起来，又是摆手又是双手合十祈祷，求爷爷告奶奶地让他家祖宗撤回。

"我的大爷，你的通告都排不完，每天就睡几个小时，干吗还去这种节目？"他心要碎了，"而且我们还没跟白致报备。"

墨发半遮眼，青年为这次顶奢腕表全球代言人做了新造型，又酷又冷，气质高贵又令人难以接近。官宣海报一出来，全球少女激动发抖，越是拒人以千里之外，越是飞蛾扑火般令人爱意满满。

白致不会管他们的，上次撤换掉观寒，Super Sense的粉丝就将公司撕上了热搜。大家对观寒很认可，白致不会自找麻烦。

青年嫌弃地横了他一眼。

“女朋友的事你不支持？段夏夏还没甩你，奇迹！”

舟山被噎得无言以对，他瑟瑟抱住自己，好像完全被戳中痛处。

节目组听到殷白晨要来，全体轰然，他们虽然不青睐流量，但殷白晨是时下最炙手可热的明星，能带来多少正面影响力！每天微博热搜都能看到“殷白晨新单曲”“殷白晨海中仙”“殷白晨游泳”，这么一个顶流，君之荔一句“给你们推荐个艺人”，对方就说来就来，惊得他们一时无所适从。

“会不会很大牌？”工作人员担心。

“需要再确认一次报价吗？”他们酬劳很低。

工作人员在奇异又莫名兴奋的情绪中与殷白晨团队联系，团队那边表示的确可以安排一天时间录制，并会提前做准备。再次得到确认后，节目组还是有种不真切感。

录制现场第一次火爆无比。

维持秩序的保安人员震惊了，这些粉丝是不是走错了录制组？他们头一次遇到这种人声鼎沸、熙熙攘攘、激情洋溢的场面，满场“白晨晨、白晨晨”地呼喊，自带手幅、灯牌的大型应援。还自带垃圾袋，不乱扔瓜果垃圾。大楼外面有专门的餐点车，甜点、水果、奶茶分给其他观众，后援会甚至专程给导演组、工作人员备了礼物。

工作人员录制了好几期，没遇见过这种待遇，他们着实体验了一把顶流艺人自带粉丝是什么感受。太真情实感、太多爱。但被爱的感觉真好。

主持人介绍完毕，殷白晨一身正式深红西装出场，年轻时尚不拘谨，风采动人又不失庄重。镜头全场一转，观众芳心乱撞。摄影师也不由得啧啧称赞，即使他是男人，也不得不承认青年十分抢眼。

随着舞台效果，珍宝文物出现，殷白晨流畅地讲述着有关文物的故事。节目导演早已做好可能要重录或录制多次的准备，没想到青年解说得相当好，用词准确、咬字清晰，很绕口很生涩的地方一点都没出错。

节目录完，青年朝制片人、全组工作人员鞠躬，态度十分礼貌。工作人员也忍不住想全场一起合影，有的还悄悄问殷白晨，能不能给她女儿签名。青年十分有礼貌地答应了。

导演失笑："看不出来啊你们，平时对流量不怎么认可，现在都露出'真面目'了。"

艺术总监拿着刚要到的签名，喜上眉梢："也不是全部，要分人。这小伙子不错，我看他日后大有可为！"

回程路上，车行驶在夜里，车头的灯照得前方一片白。舟山苦着脸，有点耿耿于怀："参加这个值得吗？都没什么报酬。"那点报酬忽略不计，若是因此耽误其他资源就得不偿失。

青年在车内玩着手游，这是他跟君之荔最新相聚方式。艺人很多碎片时间在路上、在后台。原本担心荔荔会嫌弃游戏，没想到君之荔很快就接受了他的邀请。

屏幕上十分热闹，两人玩得火热。

君之荔脑子十分聪明，操作又准又狠。

黑发搭在额前，青年头抬也不抬："有些事不是资源能比的。"

君之荔特地听过他念讲解词。

原本上这种传统节目，他稍微有点缺底气，但君之荔说："你歌唱得好，音色动听，气息流畅，会下意识注意韵律、节奏，这是你的优势。讲解词也好、台词也好，只要找到法门就会事半功倍。”

一盘结束，拿下MVP。

殷白晨从游戏里抬头，望了舟山一会儿，说出一句令他震惊的话。

“我好像对演戏开始有信心了。”

舟山满脸惊恐，从座上跌下来。最怕流量说自己会演戏。这种圈内默认的情况连他都知道，流量演戏只有被嘲笑的份儿。是谁给了殷白晨这样的信心?

君之荔被殷白晨带着上分。在游戏中没人能察觉到殷白晨的真实身份，他像普通人一样自由，遇到没有素质的玩家喷子，殷白晨语气冷冷，一顿操作，打得对方呼爹喊娘。

青年玩游戏是一把好手，胜负心超强，被许多人称呼“大神”，有时刚进PK场，对方一看他的ID就跪地求饶，直喊“给爸爸跪下了”“求爸爸放过”！君之荔看到一群大老爷们儿毫不脸红地叫青年“爸爸爸爸”，笑得不行。她人生的冰河好像又震开了一些。

所有玩家都知道，这个操作很猛的游戏玩家的女神是君之荔。游戏账号都叫“君之荔的小哥哥”，大佬取这种名字，其他人也不敢嘲，还要当面狂夸君之荔，博取青年一笑。

君之荔被殷白晨约去韩国看国际电竞大赛，她对电竞一点也不了解，但青年只对她说了三个字——交给我。视频中正在操作游戏的青年手指白皙，黑发垂下来，有点酷，眼神很苏。他看着屏幕，中途极快地看了她一眼，眯眼一笑，她被他迷得有点上头。

段夏夏知晓后，嘴巴大到可以塞下一个门框。化妆间的灯光美如幻，暖烘烘的，镜子反着光，台上摆放着高级化妆品、护肤品。

“你们真的要去韩国？要去看电竞？”妈呀，那是什么?

虽然她是殷白晨的颜粉，但更是君之荔的事业粉，荔荔的事业会不会被拖后腿？

粉刷在君之荔脸上刷了两下。

君之荔对着镜子看了看自己，眼神仿佛凝向遥远的时空，一瞬间好像什么都没想，又像想了很多。

许久，她望回段夏夏。

“我感觉我，重新活过来了。”

重焕新生是种什么感觉？不只是不再逃避，也不是按部就班，而是再次拥有丰沛的创造力与激情，因殷白晨的闯入而被唤醒。

高楼外，法国梧桐树分出两个树干，树身被染成枯寒之色，却依旧挺拔从容。

君之荔、殷白晨一前一后戴着口罩，飞机在轰鸣声中落地，两人压低帽子走出韩国机场。殷白晨穿着运动服，灰色加荧绿色，脚上是秋冬新款运动鞋，鞋边处一抹正红。

青年深色头发一抖一抖，没几秒钟就回头看她一眼，生怕她走丢了。君之荔披着一件香奈儿外套，丝巾遮住半张脸，长发若有若无地拂动。国际机场不少男士回头瞟她，但转瞬就被青年盯得脖颈发寒。

君之荔目不斜视，她感觉自己回到了少女时代，好像放学后偷偷溜出去与青年谈恋爱。

拿好行李，两人坐上出租车，青年扯下口罩，深邃黑眸近距离看她，微暗光线下睫毛极长。

司机是韩国大叔，青年欺负对方不懂中文，咬着她耳朵说：“真想把你禁锢起来。”嗓音微微低哑，似颤动琴弦。

身体莫名战栗，她缓缓道：“哦？”

男人下巴抵在她肩上，浑身独占欲爆棚，他已是一个成年男性了。君之荔从青年身上深刻意识到这一点。

青年眼神像把钩子。

“每天只有我能见到，你一丝肌肤他们都见不到。

“只有我能对你做这样那样的事。”

他黑眸的暗光在诱惑着她，他的嗓音在抚摸她的肌肤。

君之荔的指甲涂着深红色，头戴质感极好的宽大礼帽，任何一个侧影都有着电影级别画质。她用指尖勾了勾青年的下巴：“别光说不练。”

曾经，愧疚感让她压抑，而现在，激情被青年一再唤醒，爱令她如焕新生。

两人抵达酒店，低头办完入住手续。订的是两间豪华套房，君之荔洗完澡，松松地绑了绑白色浴衣腰带，柔美的两只脚踝从下方露出。

首尔特别冷，空调吹出的暖风吹在脸上发干。君之荔闭上眼，手腕轻摆，海洋水喷雾如山中云霭落在她的脸上。房间门铃响了。嘴角情不自禁弯起弧度，君之荔懒懒倚在门框上，歪着头，一截皓白从浴袍袖口露出，搭在门框上。任何时候她身上都有着一种令人奉为缪斯的美。

青年佯装镇定，黑眸看向君之荔，两张门票在空中晃了晃。

“给你送门票。”

君之荔微动，手指从对方手中勾出一张。她姿势不变，微湿黑发衬着白雪似的肌肤与红唇，像浸泡在水中的山茶花。

她好整以暇又慵懒地看着殷白晨。

青年眸色黯了黯，他的脸依旧优雅迷人，那难驯的独占欲却从骨子里散发出来。男性的手臂充满肌肉线条，轻揽裹在浴袍里的纤腰，青年对她一笑。

“给你讲讲明天的战队情况。”

她浅笑，放对方进来。这是她的套房，她却被他牵在后面，像参观对方卧室一样，一步一步被对方引导着。从酒柜取出酒，青年给她调了杯鸡尾酒。

外面星子闪烁。

玻璃酒杯圆口轻轻碰撞着。

青年一下一下勾着她的手指，深红色的指甲被他把玩着，好听的嗓音从他迷人的喉结、唇里散出，荡漾在漂亮的鸡尾酒杯中。

君之荔有点微醺。

她眼中的殷白晨好像越来越帅了。

两人肩挨着肩，青年讲解着各个竞赛队伍的情况，声音令人沉溺其中，青年的眼一下看着她，一下看向酒杯，最后落在她的眼睛、发丝、耳垂上。

烟嗓爵士乐旖旎着夜。

她与他不知不觉地接吻了。碎冰、薄荷、鸡尾酒，还有女人的香，男人的味道。男性与女性的身体顺其自然地融在一起，低喘混进了怀旧而浪漫的爵士乐中。白色拖鞋从秀美的脚上滑了下来，两张门票不知何时落到地毯上。

音乐、鸡尾酒、星。

拉开厚重窗帘，天色发阴，偶尔一两滴雨撞上玻璃。两人一身低调来到国际电竞赛场。赛场在体育馆，环形观众席一阶一阶坐满了人，两人的座位在内场不错的位置，巨大显示屏在前方。

观众的热情高涨。殷白晨穿着印有中国电竞队logo的外套，头发被风吹得左摇右摆，但青年此时丝毫没有偶像包袱，全神贯注地看着大屏幕。君之荔不是非常精通规则，不过也被气氛感染跟着融入赛事，她拢了拢驼色风衣，竖起衣领，风灌入脖颈生寒。

大屏幕上游戏光芒乱闪冲破天际。

主持人语速飞快地讲解，声音通过耳朵震动到心脏。电竞队员注意力高度集。君之荔目视显示屏，角色在地图中快速移动，她手指不自觉搭上殷白晨的手腕。英俊青年转回脸，黑眸因电竞而兴奋，他眼底有什么东西划过，嘴角一扬，随即手指交叉，扣住她的手。

风很凉，掌心很热。

赛场一片片黑压压的观众，他们穿着御寒大衣，倾着身，注视着屏幕上的激烈对抗，谁也没注意到两只手在下方牵在了一起。

随着最后一击，比赛彻底落幕，中国电竞队赢了！

国人一片欢腾，青年更是冲上前，张开双臂跑了半圈。殷白晨随即被一群从决赛中回过神的电竞粉丝认出："我眼睛没瞎吧？""那是不是殷白晨？""他打电竞很厉害的！""他也来了？！"众人想拉着殷白晨合影。青年十分豪气，不仅同意了合影，还表示全场国人热饮全包，现场一阵欢呼！

君之荔远远望去，见青年被众人围绕，像大男孩一样跟电竞观众合影，她的心情也飞扬起来，为这场胜利自豪愉悦。摄影机扫过观众席，她压了压快被风吹跑的礼帽，驼色风衣衣摆角飞起，她朝着青年柔情一笑。

两人回国。殷白晨出现在国际电竞大赛之事已上热搜整整两天。"殷白晨韩国""殷白晨电竞高手""殷白晨承包热饮"。有对家本想趁机黑一把殷白晨玩物丧志，想让事业粉脱粉，结果中国电竞队夺冠消息一出来，黑子们纷纷被打脸。承包所有华人热饮的视频再一出来，黑子们丢脸丢出天际，殷白晨粉丝们十分解气，他们爱豆就是实力爱国！

国际电竞大赛官网发了一组摄影师追拍的观众照片。镜头对准观众席的一名女子，对方没有看镜头，大礼帽与驼色风衣质感高级，女子侧目莞尔，望着别的方向。其他观众席虚焦成模糊背景。天地间一抹绝色，温柔了整个深秋。

无数电竞粉丝疯狂留言：女神气质好好。直男论坛上更是问了一圈，是哪个电竞小姐姐？“最美韩国电竞女观众”这样的新闻还上了头条、热搜。

待国内影迷看到，再三擦了擦眼睛。

“什么韩国最美女观众？那是我们国宝级女神，国际影后君之荔！”

“不是别国的女神，是我国自己的女神，女神不外销不出口。”

“君之荔最美女观众。”

“君之荔原来你是这样的影后。”

微博吃瓜群众纷纷震惊，影后居然也爱电竞，还飞去国外看决赛现场？不可思议。原来高岭之花也接地气，莫名对君之荔好高度更高。

颜环手指划过屏幕，见殷白晨、君之荔在热搜榜第一、第二，自己的话题掉到比较靠后的位置，舒了一口气。这段时间她快被蒋琬烦死了，天天阴魂不散捆绑她。

“荔荔，你又拯救了我一次！我爱你！”

激动地给君之荔发微信，没过一会儿，一条语音消息，颜环期待地点了点红点。

“别想肖想别人的老婆。”白色语音框竟传出殷白晨的声音。

为什么殷白晨能开荔荔的手机？颜环不愿相信，难道两人关系又突飞猛进了？这行为刺激到了她，原本还想祝福对方，可青年这嘚瑟霸道劲，怎么就让她牙痒痒的。颜环感觉自己像得知偶像恋爱的女粉，一边吃醋，一边觉得男方配不上自家女神。

颜环心酸了一阵。

她看了眼自己的热搜关键词“颜环大小姐”，往下一扫，隔了五行是“蒋琬颜环”，不屑地噘了噘嘴，这段时间蒋琬抢她资源、抢她角色，还想抢她代言，《海中仙》还在做后期，还没播就天天买通稿压番，吹自己艳压她。

颜环粉丝群体很傲，拿着蒋琬的奖项跟颜环对比，颜环吊打对方。况且不论奖项，光是本尊，颜环美得夺目，蒋琬顶多算清秀佳人。颜环粉丝开超话嘲讽：“艳压？张张艳压你丑琬。丑琬粉丢人现眼。请丑琬粉摸摸自己的脸，脸还在吗？”路人也跟着吃瓜，这还需要比较吗？颜环男粉们更是撸袖子要打人：“别碰瓷环环。”

国外两个轻奢品牌在找新的人气小花代言，本来快跟白致谈好，看中蒋琬跟殷白晨主演的电视剧马上会播，肯定会大爆一把。不料观寒强势把“颜环大小姐”词条弄上热搜，微博广场全部是颜环漂亮的剧照、机场照。

观寒对品牌负责人道：“小花要有剧才有曝光，但剧爆，人不一定爆。颜环不同，粉丝路人都知道她是白富美，人设都不需要，天生带货能力强。”

没过几天，蒋琬发现其中一个品牌方官宣颜环为品牌代言人。广告在法国城堡拍的，颜环戴着吊坠项链，戴着白色蕾丝手套，眼角下方点了一颗钻石痣，享受公主一般的宠爱待遇。颜环粉丝惊艳得眼睛都直了，惊喜地截了好多美图。“颜环公主”又喜提热搜。

蒋琬心快被嫉妒的毒蛇咬疯，幽怨地瞄向白致。

白致漫不经心地刷着热搜。蒋琬虚瞟过去，怎么是君之荔的热搜？对方眼睛一眯，将手机反过来。

蒋琬声音带着委屈，还有一丝煽动：“观寒简直不把你放在眼里。早知道你跟品牌方联系过了还要抢。”

男人眼神斜斜瞥过。

蒋琬立刻噤声，有些后怕地缩了缩。白致刚上任时，她还仗着自己当过女主演，想给白致一个下马威，结果隔天她的黑料就上了热搜。她看着黑子们蹦跶，黑料满天飞，抓狂。本以为对方弄一波就够了，没想到自己的黑料上了三天三夜，还没有要收手的样子。蒋琬再蠢也知道是白致的手笔。这个男人竟能毫不留情地对自己艺人下手，她心生恐惧，从此再也不敢对白致说三道四。

白致垂下眼眸，哼笑两声：“现在只是热身，慌什么慌。”

颜环点开视频，欣赏着自己在广告里面的样子。法国城堡，绿色庄园，铺着长长白色桌布的长餐桌。她拿着银勺，在鸡蛋上小小敲了一下。粉色宽沿蕾丝帽下露出一张姣好的颜，大块大块阳光浪漫地照在中世纪晚礼服上。颜环手腕白皙，青春的脸庞美如爱神。

颜环在电视机画面外捧着自己的脸，热情赞叹：“这个女明星是谁？怎么能这么美？”

观寒对着笔记本工作。颜环盖上笔记本外壳，跨坐在观寒身上，揪着观寒的衣领：“笔记本这么好看吗？”

观寒随她拉扯，黑眸划过一抹笑：“当然。”

颜环哼了一声，作势走人。

观寒将她细腰一揽：“但跟美丽的公主比起来，一文不值。”

颜环娇嗔：“算你嘴甜。”

她笑得睫毛翘起，又得意又娇气：“那你还看笔记本不看我。”

“大小姐，你在法国拍摄，我跟着看完全程，后期剪辑又亲自看了几十遍，还不够吗？”

颜环想了想，好像是这样。

不过她才不会承认，她玩着他的衣领。

“我不管，就要你时时刻刻都看着我。”

观寒弯眸一笑。

“衣服被你弄乱。扣十分。”

颜环“啊”的一声，想从观寒身上下来，男人唇角一牵，环过她的后腰，黑眸笑了笑。

“都弄乱了我的衣服，什么时候弄乱我的床？”

颜环的脸瞬间通红。

第十八章 想你

寒冬来临。《海中仙》与《双面》作为压轴大戏一起开播，两大剧争相热榜第一。《海中仙》这部是顶级流量加古偶大制作，粉丝多、数据高，君之荔这部是献礼大剧，班底纯正、口碑好、主流媒体认可、观众缘好。

一时间，“殷白晨海中仙”“殷白晨颜环”“殷白晨蒋琬”“君之荔谢可谦”“君之荔双面间谍”轮流热搜。三十个热搜里就有九个、十个与他们相关。殷白晨明星势力榜第一，君之荔第二，两人排名不断变换。

殷白晨粉丝热情呼唤：“《海中仙》必爆！”“专辑全球一亿销量、五个顶奢代言人专机特邀、顶级时尚杂志大满贯、电影一番、电视机收视率每部必爆，没有这样实绩的别碰瓷我家！”

君之荔的剧则受到主流媒体高度肯定：“主题好，演技好，剧本好，质感好，拍摄好”，导演与制作公司面有荣光。

《海中仙》宣传投放到全国各地，上海外滩LED、地铁大屏幕、飞机场，粉丝们欢呼开屏解锁。中老年人们则每天准时打开电视追《双面》。两部剧在收视榜上遥遥领先，同期播出的其他剧被碾压得毫无水花。购买了这两部剧的电视台笑逐颜开，收视率双双破2，全年KPI还能再升，年终奖金多多。

地暖开着。青年斜靠在Fendi沙发上，大长腿跷起，脚形优美。舟山以为殷白晨在看自己的剧，结果屏幕上赫赫是君之荔演的抗日神剧。

“手撕鬼子？这种剧有什么好看？”

话还没说完，就被青年一脚踹飞。

“你知道个屁。”

舟山灰不溜秋地摸摸鼻子。

“是是，是我没眼光，君之荔小姐是谁啊？她看中的剧本能差吗？”他怎么就忘记了殷白晨的逆鳞呢？说谁都可以，就是不能说君之荔。

青年目不斜视，唇角弯了弯。

“算你懂行。她真的很会挑班底。这个剧本非常扎实，解密过硬，剧情快，悬念一个接着一个。”

电视屏幕上。

雨线反着光，石子路面亮的亮、暗的暗。茫茫雨夜，一袭绿色旗袍在小巷中摇曳生姿。一个墨绿色军官服的身影截住了女人。雨伞被撞翻在地上滚了两下。军帽黑檐下鹰眉压眼，一双眼睛危险地掠过光。黑色手枪顶住她的腰：“谁是你的接头人？”

电视“啪”地一下被关掉。

舟山吃了一惊，怎么了？

沙发上的青年猛地抓了抓头发，身子一板，俊脸狰狞，拿起手机吼道：

“谢可谦！哪只手扶她的，给我剁掉！”

舟山吓得胆战心惊，准备偷偷溜走，青年鹰眼般锋利的视线盯上他。

“站住！《海中仙》荔荔的戏份什么时候上？”

舟山抱着头想逃。

“快了快了。”一天催十几次，他快萎了。

“把我和荔荔的名字放一起！”

最近每天被蒋琬捆绑CP，还暗示真人CP，青年一想到就厌恶。

“知道知道。”

“没安排上就等着被我拧下脑袋。”

青年双拳虚握，用力一拧，目光危险。

舟山脖子一缩，想哭，他这是惹了什么祖宗。

君之荔在《海中仙》那边上线，全网一片欢呼。从不转发其他女星微博，甚至连电视剧官网消息都很少转发的殷白晨一天之内转了三条！

粉丝路人吃惊不已，最后觉得理由是这样的：

“因为两人合作过电影，票房不错，君之荔还帮殷白晨拿下电影最佳新人奖。”

“君之荔带过殷白晨，指导过他的演技。”

“君之荔毕竟也是大前辈，国宝级影后，最近她的剧也很火。”

青年这么一转，《海中仙》大受鼓舞，收视率再度飙升0.7，打破古装剧历史记录，连海外观众都热火朝天翻墙来看！

君之荔面蒙轻纱，美人倚梅，仙气混着梅花四溢。

少年帝王，器宇轩昂，梅花林中雾气散开，见到神仙般的倾国盛颜。听到马蹄声，君之荔慢慢睁开眼，额前一串月华银流苏。

睫毛透着点金。

清丽的眼如冷泉映月，淡漠、高贵。

两人定定相视了一瞬。

君之荔冷淡地收回眼神，挥了挥仙袖，梅花闪现环绕。少年帝王豪迈一笑，策马追逐。美人微诧回首，一枚梅花耳坠掉落。帝王迟疑了一下，下马去捡，不待抬头，仙子已从梅林上空飞走，只剩淡淡梅香。少年帝王从此日思夜想，亲手绘了幅美人倚梅图挂在皇宫，旁边高瓶插了一枝远梅。

“殷白晨君之荔”“少年帝王梅花仙”“殷白晨美人倚梅图”齐齐上了热搜。

本来白琬 CP 很多人站，结果等君之荔一上线，颜狗们纷纷爬墙。

“我好像要倒戈了。”

“君之荔不愧是大影后，我也想美成她那样。”

“蒋琬演技被吊打，不得不服，让他们两人在一起吧。”

年底，各大颁奖典礼很多，君之荔、殷白晨一同参加顶级时尚大典之夜。两部电视剧开播时，两人分别上过这家时尚杂志封面，可惜不在一期没有同框。

蒋琬是女一，压在颜环前走红毯。蒋琬今年豁出去了，不再立清纯小花人设，开始走黑红路线。晚礼服也是一件纱长裙，想走大花气场，但她骨架小，没有撑住，气质起不来。

主持人介绍她是今年蹿红最快的女明星，蒋琬脸上微微一笑，心中得意，这种闪耀的地位令她沉醉。

短暂的红毯采访完毕，蒋琬刚要走，后面刹那一阵热烈欢呼。

“颜环！”“颜环！”“环环我爱你！”媒体采访声夹杂着到场粉丝的大力呼唤，震得她耳鸣了一下。

蒋琬脖子发硬，唇角颤了颤，本来天就冷，下着雪，此时她心口堵着一股气，她刚刚进场时怎么就没这么多的欢呼声？眼角余光瞟了下，颜环竟穿着同款长纱裙，款款走上红毯，腰特别细。

虽然同款，但颜环裙摆下方缀着华丽亮片，顿时显得她蒋琬的裙子平庸至极。对方浓眉红唇，黑发如瀑，耳坠、手链、戒指都极致奢华，蒋琬怨恨得快得心脏病。

男主持人殷勤迎过去：“环环，今天走红毯感觉如何？”

颜环没留意到蒋琬，自顾自抚了下双臂，她直笑：“好冷啊，特别冷。”黑发随着笑意抖动，腰肢微颤，裙摆亮片闪烁。

每一个细节都像针一样扎在蒋琬眼中，她眉眼藏着恨意，匆匆提裙往宴会厅里走。就算颜环再漂亮再受欢迎又如何，她才是《海中仙》的女主角。

颜环笑声渐渐远去。

夜越来越暗，天空开始飘下细雪，明星一个个走着红毯，接受媒体采访，时间渐渐不够，一些小明星被缩短了采访，或是直接没有这个环节了。

终于轮到时尚大典的压轴明星——《海中仙》男主殷白晨与国宝级影后、《双面》女主君之荔，媒体人疲倦不堪的脸上闪现出今晚最巨大的兴奋！

媒体人称赞举办方非常会搞事，若是让殷白晨和蒋琬一起走红毯，哪里会有这样轰动的效果。让今年最火爆、收视率对飙的两部剧的大男主、大女主一同出场，热搜绝对爆炸、话题绝对第一。

长裙缓缓显露一角。

灰色的长裙，闪着隐隐的光，很仙。

长裙慢慢出现在视野中，如薄雾，如仙气，细看会发现上面用银线晶珠绣成精致的六棱雪片，仙美的裙尾缓缓地在地上逶迤。灰与银，像雪夜，波浪状的轻纱柔裹着君之荔雪白美好的胸，她淡淡向媒体人招手，唇角弯了半秒。

在场众人心脏遭受暴击，屏气凝神，望着绝美影后。

轻柔的雪，落在发间。

君之荔抬起皓腕，轻轻拂下雪花，侧脸轮廓美好如画。所有人呼吸止住了，生怕惊动了人间美神。

这时殷白晨出现在众人眼帘，青年一身纯正西装，设计师精细地在白衬衫上设计了三条褶皱纹路。他绅士地递出胳膊，君之荔轻轻挽住。墨眉下，青年眼神极有穿透力，他一边走，一边单手解开一颗扣子，对面瞬间有女记者脸红心跳。

媒体用最快速度对着两人疯狂猛拍。

殷白晨指尖捻着雪，细碎的雪一秒就融化了。神情一向淡淡的君之荔罕见地露出笑意。

这一幕令记者们心颤，这是什么仙子一笑？

两人被拍的时间比其他人久很多。男女主持人在旁边万分激动，他们面对其他明星没什么异常，但殷白晨、君之荔往那儿一站，他们就热血沸腾是怎么回事。

女主持人仰望着殷白晨，眼神直勾勾盯着他，声音发颤：“殷白晨先生，今晚与君之荔小姐一同参加时尚大典有什么感觉？”

青年修长笔挺，眼神有力。

“非常开心。

“再安排我们杂志同框就更……”

男主持人笑道：“就更会促进你们两人的电视剧收视率是不是？”

青年眼神转向他，抿唇一笑。

“你很优秀，这个主意我喜欢。”

媒体人笑得不行。

男主持身体前倾，接近君之荔，他发现自己只是多靠近一点点，整个心脏就在发颤，跳得他昏头昏脑。美的力量这么强大吗？

“君之荔小姐，明年有什么工作计划，可以给我们透露一下吗？”

君之荔侧了一下身，话筒位置不太对。男主持人正要调整距离，青年拿过男主持人的话筒，自如地举到君之荔面前。男主持人一愣，君之荔一笑，伸手把黑发往雪白脖颈旁拢了拢。

男记者们顿时恨不得替君之荔举话筒的是自己。

君之荔顿了顿，想了想。

“可能，我还是想拍电影。”

现场有君之荔的狂热影迷，立马大声：“好，太好了！”黑压压的人群起了骚动。

有人高喊：“我最喜欢你的电影，只看你的电影！”

君之荔礼貌得体道：“很多电影都很优秀。”

青年把话筒转向自己。

“我也最爱你，和你的电影。”

他说得毫不犹豫，神色磊落，英俊迷人到极点。一时之间没人知道这到底是不是商业互吹。

君之荔反应极快速地圆场。

“你和我合作过*Miss Freud*，自然不一样。”

青年黑眸转向她。

迷人一笑。

天寒地冻，细雪飘零，君之荔的肩、颈微微发抖，青年挽紧她，把眼神投向女主持人："宴会大典是不是快开始了？"

女主持人没反应过来，只是顺着殷白晨："对对。"

"那我们该进场了。"

主持人这才如梦初醒，结束了采访，媒体人目送两位顶级明星进场。他们在细雪中站立了一会儿，感叹要是这对俊男美女真成一对就有趣了，想想又摇摇头，凭君之荔的地位怎么可能。

内场暖气足，光线暗淡，殷白晨找到贴有两人姓名的那一桌，极绅士地拉开座椅，让君之荔坐进去。附近有几位正当红的艺人，对殷白晨、君之荔早已闻名，今晚见到真人，像粉丝追星一样，目光一直追随两人。

青年为君之荔提着裙摆，君之荔坐入席间。她今晚的礼服是拖地款，金珠镶在灰色纱裙间闪着微光，俊美的青年弯腰替她整理放好裙摆。君之荔伸手将黑发绾在耳后，心中一阵暖意，她拍了拍身边的位置："别弄了，坐上来吧。"青年抬起黑眸，嘴角翘起："为最美的女人做这件事，我很荣幸。"

"你喝点香槟。"青年俯耳，目光划过君之荔的胳膊，内场没外面那么冷，对方没在打寒战了，他招了招手，又叫来服务生为她倒香槟，"我先去后台。"

君之荔抬眸对上青年的视线，青年自幽蓝光线下冲她一笑，黑发搭在额前，眼神危险又迷人。

"待会儿听我唱歌。"

她露出一个笑："好。"

君之荔看着对方的身影，手指碰到玻璃杯，餐桌上有香槟、红酒、烛光、鲜花。青年把一切安排好了，暖意从她指尖流淌到心。

君之荔望回正前方的舞台，神情淡淡的。瞟到他们一举一动的当红艺人交头接耳。

“顶流就是顶流，帅到爆。”

“君之荔好女神，美得让人不敢接近。”

“他们两人……”有人刚想说殷白晨跟君之荔是不是过于亲密了点，但是一想殷白晨的地位，再一想君之荔的咖位，完全不敢开口，最后摇摇头，觉得自己乱想。

现场幽蓝色光线贯穿巨大的场地，这场时尚盛宴费了不少财力。君之荔手指晃着玻璃杯，风轻云淡地望着台上。她经历过不少影视盛宴、时尚沙龙，现在不同于其他人的拘谨兴奋，只剩下无负担地独处欣赏。

光线一变，变成魅惑红。

女主持人略激动，发颤宣布：“下面有请殷白晨先生出场。”

魅色光束闪烁，升降台从天而降。巨大的灯将青年的剪影投在舞台上。背景是Y B C 三个字母，青年姓名拼音首字母。青年一身白色制服，肩上有亮丽流苏，极具质感的肩佩与腰带在腰间汇合，铜质军扣闪着微光，像个危险有力的符号。

一阵激昂节奏响起，殷白晨往下一跳，酷帅落地。

青年从光线中抬起眼，眼神肃杀。

大屏幕上，他前倾、站直，脸一点点地往回收。

浓眉下眼睛却极有穿透力地凝视着你，然后，右边嘴角危险地一扯，眼神直视，青年做出一个持枪动作：“Bang！”

音乐重重一叩。

全场猛地沸腾。

君之荔心一跳，灵魂在战栗。

她听到背后尖叫声不断，不少艺人横举手机，追星般录制视频，她的心也如被海浪一次次撞击的礁石。

“居然是全开麦。”

“跳成这样，声音还这么稳。”

“殷白晨又一次获得了我的尊重，虏获了我的芳心。”

全场骚乱。

君之荔抿唇而笑。

殷白晨下颌高高抬起，流苏在空中跳动，白色制服衬着他漂亮的身体线条，似天生王者。

“这套是顶奢品牌为他打造的高级定制。”

“白制服上好多钻。”

“难怪有型。”

高音倏然袭击全场，君之荔感觉自己的心猛地被青年抓住。全场一震，疯狂鼓掌。

“实力唱将！”

“Bravo！”

舞台王者只有他，全场焦点只有他，没人敢与之匹敌。

一曲完毕，君之荔的心久久没有平复，附近明星仍在热议：“待会儿想跟他合一张影，会不会被他拒绝？”“我成了殷白晨的追星女孩。”

君之荔手指不经意地触向香槟杯，一股饱含荷尔蒙气息的热浪已在她身边。青年黑眸带笑睨着她，胸口微微喘息，他大长腿一抬，跨坐到她身边。

“怎么样？一下舞台，我就过来了。”

君之荔心中发颤，眼眸中有蜜。

“刚刚唱歌你没喘，难道跑过来喘了？”

青年朝她眨眼，睫毛浓长，修长的手指伸向她的香槟。她的手指被男性手掌触碰。青年仰头，将她的香槟一口而尽。喉结在昏暗中一动一动，每一帧都性感得像电影画面。

君之荔屏息。

青年黑眸闪着光，嘴里带着香槟香气。

“速度慢一点，说不定女神就被别人抢走了。”

她被撩到不行。

时尚大典结束，夜空飘起中雪。雪粒落速很快，积雪泛着昏暗的微光。艺人们呵着气，瑟缩着，柏油路上停了长长一排车，橘色车光将寒气照成白雾，艺人们纷纷上车，驱车离开。

寒冬凛夜，整条路上车灯淡去。一辆劳斯莱斯幻影从左驶来停在颜环面前，车前雨刷摇了两下，轮胎在薄雪上轧出两道痕迹。颜环一见这车比其他轿车崭新一截，完全是重度洁癖症的手笔，美艳小脸上立刻展开一个弧度。

穿着灰色大衣的男士顶着风雪出来，雪落在他的眼睫、肩膀上，观寒走向颜环，摸了摸她的手，为她拉开车门：“冷吗？”颜环的长纱裙拖在雪夜里，她往对方怀里一靠，双臂搂住对方：“好冷好冷好冷，快给我充电！”

男人拉开大衣将颜环拢进去，厚厚的呢子布料裹住她被冻得有点僵的身躯，体温渐渐回升。呢子毛毛的刺感刺在她的肌肤上，不扎人，反而有种自己被拥裹的安心感。颜环感觉自己是依偎着暖炉的小奶猫，又暖和又娇娇的。

“你的小仙女只剩一格电量，即将黑屏。”

她仰着脸，往男人胸膛上蹭了蹭。

观寒俯视着对方的美目，笑："看来得快充。"

男人的嘴唇席卷了她的双唇。颜环手指揪住男人的大衣，镶钻高跟鞋悄悄踮了起来，又紧张又暗暗期待着这个雪夜之吻。男人修长的手指插入她的黑发，托着她的身子，颜环战栗不已，像被带领着，深情的细吻点燃冬夜，雪花在两人身边簌簌下落。

车外雪花纷飞。道路两边满是碎雪，沿路风景渐渐变成树。树梢落了一层白，夜幕中似皑皑白雪封顶的群山。殷白晨将君之荔邀入车中，车内隔绝了风雪，身上沾染的寒气渐渐被暖气融化。

青年握着她的手指，裤子膝盖处蹭着灰色纱裙。狭窄的空间，对方身上传来阿拉斯加雪松、西洋杉、白檀的香气，每每靠近一点，君之荔的身子就更软了。青年冲着她笑，黑眸炯炯又暗光流动。车在雪夜飞驰，微微颠簸，两人挤在一处，好像全世界只剩他们。

青年偶尔手勾勾她的发丝，膝盖又故意撞撞她。对方眼眸噙着笑，君之荔被弄得心湖微澜。她想佯装镇定，瞟向窗外，又被青年拉回去。青年指节微微发力，掰正她的脸，她的纱裙覆盖住对方长腿。

"窗外有我好看吗？"声音有点撩。

"你怎么知道没你好看？"她不想让他这么飘。

青年浓眉一低，呈现出一点点委屈。

君之荔立刻想收回自己的话。

对方心机得逞，唇角立即漾起一抹笑，他身上的雪松气息挑动着她的感官。

青年侧头耳语，揽着她的腰："姐姐，是我的美色不够，还是我肉体展示得太少？"

青年每次用"姐姐"称她时，都令她忍不住心生战栗。

被暖气烘开的男香飘散在后车座内。

春情荡漾。

君之荔想往后退，被对方骨节分明的手指钳住，深邃黑眸盯着她："姐姐每次被我弄得把控不住的时候，就喜欢逃跑掩饰。"

青年的手臂不知道何时变得如此有力，这种雄性肌肉的热度与力量令她又着迷又想逃开。对方似乎看出她心底那极细微的复杂，西洋杉的冷冽气味在她肌肤上游走。

"我的心永远是姐姐的。"

青年抬眸，荡漾起一个迷人的笑。

"姐姐可以对我做任何事。坏坏的事。"

对方贴着她的身体好像更热了。

君之荔耳红腰软。

舟山隔几秒就看看后视镜，咳一声，他是司机，每次亲眼见到殷白晨和君之荔如此亲密，他总有种捧着核武器的后怕。顶级流量爆出恋情，就算他逃到银河系也会被殷白晨女粉逮住殴死吧。

舟山再一次要咳时，青年凉凉盯住他的后脖颈。

"感冒了？没好就给我下车。"

舟山脖子一缩，苦着脸求饶："没没，嗓子痒而已。"

大冬天把他丢路上，岂非叫天天不应叫地地不灵。

他的小祖宗，怎么越来越过分了。

风雪夜归人，皑皑大雪压着青松。房顶、路面雪白一片，别墅散出蜜色的光，驱赶着寒冬冷意。轮胎轧过马路上的雪，车停在君之荔的别墅前。

青年将Burberry围巾裹在对方肩上，用伸手捂了捂君之荔的耳朵，叮嘱："外面冷，快进去。"她清幽的眸子望着殷白晨，寒意侵入肌肤，夜色暗淡。高挑英俊的青年在身边，雪夜也多了一份浪漫。

她嘴角微微扬起，睫毛半垂。

"你不觉得少了点什么吗?

"比如，用美色吸引我。"

君之荔一笑，双手环上青年的脖颈，浅驼色格子羊绒围巾从香肩滑下一点。青年身体一震，随即猛烈加深了这个吻。

火热激情燃烧冰冷冬意。

口红被吻出唇线，君之荔哼着殷白晨今晚唱的rap，步伐轻盈地走向私人别墅。虽是冬夜，可是有了青年的吻和围巾就不再寒冷了。

别墅前的松树落满了雪，影影绰绰。

前方出现一个人影!

她心中一惊!

来人大衣上沾着雪花，是白致，他手中捧着礼盒。君之荔眉头无意识微蹙，眼神闪过一丝冷漠，径自向家门走去。

"你还是眼中看不到别人的模样。"

白致声音透着刻薄，君之荔没有搭理他，对方将礼盒往她身前一递，她压根不接。

"园古庭让我给你的。"

君之荔拒而不接，眼神也没扫一下。

对方强行将礼盒塞进她手中。

"你母亲的，园古庭是这么说的。"

君之荔脸色一变。

夜风猛地刮起满树雪花，卷走人的体温。

天寒地冻。

白致心情愉悦地哼着小调，消失在茫茫白雪中。

君之荔快速进屋，将门重重反锁！

礼盒在忙乱之际掉落在地，跌出一件有点老旧的金色吊带礼服。尘封已久的气味，在寒冷中一丝丝扩散，勾起当年衣香鬓影的褪色回忆。

那陌生又熟悉的气味令君之荔手指发颤。

礼服在晦暗冰凉的地板上成了一条蛇，别墅静静的、冷冰冰的，那一点金色盯着她，对她张开毒牙。

那是她母亲的香水味。

君之荔头晕目眩。

阴冷往她浑身上下每一个毛孔里钻。

礼服离她只有寸步之遥，她脚步踉跄，差点跌倒，手掌快速撑住地面，掌心痛到发麻，围巾大幅度滑落。围巾上西洋杉与阿拉斯加雪松的味道刹那传入鼻息，君之荔像抓住救命稻草般嗅着。

手机屏忽然一亮。

园古庭的电话。

她眼皮一紧，强撑一口气，狠狠摁掉。

手机屏又闪了一下。

君之荔心中一怒，正待继续摁掉，发现是殷白晨的微信。

“爱你。”

她的手指缓缓握紧围巾，眼眸定定看着屏幕，她弯下腰，忍着针扎般的痛楚，闭眼将金色礼服收进盒子。光是这一个动作，就让她用光力气，额头满是冷汗。

美丽的脸上一冷。

别墅门被重新打开，夜雪呼呼往里直灌。

君之荔的黑发蓦然被凛风吹得狂散。

她纤长的身子冻到发抖，她顶着风雪，面色凝肃，全身竟散发出冷酷无情的气息。大雪疯狂地落满了肩，纱长裙在雪地拖出长长痕迹，她察觉不到一丝寒。

君之荔一步一步走向别墅花园。

深寂空旷的别墅松林中，灰色隔着蒙蒙雪雾微微闪烁，偶尔有大雪崩落、夜晚鸟叫的声音。

冬夜，她一身灰纱曳地礼裙，挥锹。

尘土混着雪粒扬起。

雪土飞溅。

礼盒重重摔入坑底。

冬雪寒冷至极，君之荔居高临下，她面无表情地看了一眼，铁锹再次高高扬起。

礼盒被埋葬。

深坑一点点被填埋。

灵美端庄的纱裙布满雪与泥。

君之荔回到别墅，手指冻到麻木，残留着挥锹的刺痛感，但她仿佛毫无知觉。

她捡起手机，找到园古庭的来电显示，凌厉一笑，回拨。

“左眼还疼吗？”

第
十九章
恋爱就像一颗黑巧克力

时尚大典后，国际顶奢品牌正式官宣君之荔、殷白晨为全球代言人。这个品牌含金量极高，国内大使挚友都很少认领，现在一给就是全球代言人的头衔，非常给国内艺人长脸。

官方称君之荔为国宝级神秘影后，称殷白晨为傲气逼人的艺术贵族。

共有三个广告。

君之荔是如美如光的缪斯女神，殷白晨是对艺术有无限热情的优雅贵族，光与影之中，时尚与艺术之中，品牌格调和历史被展现得淋漓尽致。

“品牌方好爱影后和白晨晨，专机全程接送。”

“君之荔我女神，好美好美。”

“这广告也没看多少，就看了一千遍吧。”

“羡慕了。”

艺人们平时登上时尚杂志、快消类代言，粉丝们可以一秒刷掉几十万销量，但是又贵又奢侈的品牌就很难了，全靠明星自己的土豪粉和买得起的阶层支持，而这些取决于代言人是否能提升品牌价值。

某些明星惨遭滑铁卢，只有热度没有增益，有的更是反响平平，但这一次，专柜被有钱人挤疯了，拿着照片纷纷指定要一模一样的，就要君之荔、殷白晨身上的。

营销号一扩散，吃瓜群众竟觉得完全在情理之中。这一年好像都在吃殷白晨和君之荔两人的瓜，但偏偏没有吃撑，反而每天给人带来惊喜，吃到的瓜都甜，粉丝们无比骄傲。

君之荔、殷白晨非常具有时尚度，金主爸爸直接安排年末重磅封面，时尚杂志合作过的著名摄影师都抢着想拍君之荔。

久负盛名的摄影师在朋友圈发声：“想拍。”

其他摄影师回复：“何老师，你已经拍过一次了，机会留给我们吧！”

他们没有拍到过君之荔，只能从前辈那儿的吉光片羽拼凑出一场艺术想象。君之荔为封面拍摄时，提前一周就规律睡眠、节食塑造形体，会手写确认拍摄方案，字迹极美。

某位摄影师曾抓拍到一张。黑白镜头下，她的脸颊旁随意散落的发，桌下伸长的腿，露出洁白脚踝，下颌微倾夹着笔，美人、光影、构图、神态，此照片一举封神，成为摄影界当之无愧的经典。摄影师盛赞君之荔影后般的直觉与敏感，每一个眼神、每一个肢体语言如同电影故事，拍得人欲罢不能。

君之荔和殷白晨昨晚聊得有点晚，今日外面白雪皑皑。冬日升起一抹亮红，像极了莫奈油画，她用大手柄方梳梳着长发，柔滑黑发十分听话。

给殷白晨发了条微信。

“今天出太阳了。”

对方秒回。

“我也想你。”

她脸红心跳。

对方什么脑回路?

她只是随口说出了太阳，青年就回复他也想她。

毫不相关，偏偏心中发甜。

开窗透气，风吹了进来，冬日的风吹在脸上是细密的冰凉感，又在一呼一吸间令人不断回味。

君之荔唇角无声微扬。

天空下着细雪，君之荔裹了件深蓝色大衣，耳垂夹了对复古黄金圆形耳环。

细白的雪飘在空中，天地之间增添了一道滤镜。

段夏夏安排司机去接君之荔。

司机亲眼见着别墅大门打开，一个女人头发随意绾起，秋冬季大墨镜罩着脸，低调高级极有气质。

女人走下台阶。

纤细的足踝一点点从极长羊卷毛大衣下显露。

司机被美震撼，回过神来，他着急地想帮君之荔打开车门。

陌生男人闪在了他车前。

司机瞅过去。

白致眼睛盯着君之荔，慢条斯理道：“下雪天，路上滑，要不我送你?”

君之荔停在一米开外，扫视了一下白致与司机，白致笑了笑，搂过司机拍了拍："怎么，信不过？"

君之荔直接撇开他们，走进旁边另外一辆的士。

的士车门关上。

司机一阵郁闷，推开白致："干啥啊你。"

白致举起双手："OK，OK，我走。"

他往路上看了一眼。

黄色的士消失在细雪之中。

车窗外树木不断掠过，开了一刻钟，君之荔渐渐觉察不对，她警觉起来："我要下车。"

司机纹丝未动。

君之荔去拉车门，车门被锁住，车在寥寥无人的公路上行驶。

雪粒飞速黏在车窗上。

"再不停车，我要报警了！"

司机回过头，是一张非常阴沉的脸，仿佛随时可以做出任何事。他开口，嗓音粗哑："您冷静一下，园总让我带您去一个地方。"

君之荔浑身升起细密的鸡皮疙瘩。

旷野的树木落成了一层白。

园古庭。

这个名字，带来的不仅仅是恐惧的阴影，还有那些难以理清的回忆。

她的手指无意识颤抖了几下，君之荔迅速将手压在大衣下，浑身紧绷。

车行驶了将近五十分钟。

空气凝成冰点。

黑色车轮轧过柏油路，停在一座别墅前。

君之荔下了车，车迅速开走。

别墅呈现出一种衰败气息，枯萎的藤蔓扼住它的生命，昔日的华光只剩下腐朽的死气沉沉。

女人的笑声，红酒碰杯的声音，老式放映机放映电影时的沙沙声响。

他和她在这里看完一百部百年电影。

黑白的、国外的。

文艺的、先锋的。

狂风蓦然吹来。

一群黑压压的乌鸦从枯树上俯冲而过，凶狠的翅膀扑棱棱冲向她，君之荔躲闪不及，人倒在地上。

摊摊血迹和无尽的罪向她涌来，侵蚀着柏油路面。

那些干涸的血出现在她手指间。

君之荔脸色惨烈，蜷缩身子，无法呼吸。

整个废弃的别墅前只剩她一人和无穷无尽的阴风，天空冰冷地注视着这一切。

她被冻麻了。

脚踝、唇、后背，全身冰得不听人使唤。

手指几乎冻得握不住手机，手机从指间摔下一次又一次。

屏幕裂了好几块，电量在冬天掉得飞快。

只剩一格。

她能否撑过去?

殷白晨的手机猛振。

青年像预感到什么似的，不顾杂志拍摄人员的诧异去找手机。

对方发来一个地址。

“救我。”

车子飙得飞快。

殷白晨远远看到别墅前的路上倒着一道深蓝人影。

他的心猛地揪起。

雪细细下着。

青年跳下车，长腿狂奔，雪覆满路面，君之荔的黑发上、眉上、大衣上被雪盖满。青年带着强烈的不安试着鼻息。君之荔双眼合闭，眉头蹙起，像寒冰。他快速将灰色围巾解下，裹到君之荔身上，一把横抱起对方快步跑向车内。君之荔发间寒气阵阵，侵进青年怀中一片冰凉。他俯下身，吻着她的发，心疼至极。他心爱的女人如此虚弱。殷白晨将人抱进车中，立即把暖气开到最大。他用力搓着君之荔的双手。她的手在他掌间感觉不到正常温度。难以想象，在他赶来的这段时间她经历了什么。他搓了搓君之荔的脸，吻着她，亲着她的发。青年黑眸波动，美丽无比的君之荔如今整个人又脆弱又苍白，他狠狠捶向车，憎恨自己没有保护好君之荔。

“荔荔，醒醒。荔荔。”

青年轻声呼唤着。

暖气持续不断地猛吹向他们，车内温度渐渐将人焐热。君之荔睫毛上的雪一点一点化掉。他解开外套，用身体将君之荔捂热，两人紧紧依偎在一起，裹着他的衣服。他握着她的手不放，不断搓着对方的手，给对方喂着热水。

“来，荔荔，喝点水。喝点热水，会更舒服一些。”

君之荔无意识嘤咛了一声，像婴儿一样乖乖听话，青年托起君之荔，保温杯里的水一点点流入君之荔的唇中。她眨了眨睫毛，缓缓睁开眼睛，身体渐渐恢复知觉。

一张英俊又满是担忧的脸出现在她眼前。

“殷白晨……”

干涸的喉咙被润开。

她仍然有些晕，意识模糊，风雪那时卷走了她的体温，可凝成冰的身体却被青年抱住，把自己的热量传给她，驱赶开她体内的寒气。

见她出声，青年黑眸闪动。

“我以为我快死掉了。”

声音干哑、虚弱。

她望向青年，用力笑了一下。

“可你来了。”

青年低头深吻她的发。

“我会永远在你身边，守护你、保护你、呵护你。”

两人休息了一会儿。车窗凝了一层雾气，灰色细密的水珠往下滑落。玻璃车窗上画了半个桃心，青年握住君之荔的手，又画上另一半桃心。

杂志重新调整拍摄进度，对外只说感染了风寒。别墅开了地暖，君之荔披着爱马仕毛毯，喝着药，喝一口，微微皱了皱眉，还是无声吞了下去。

段夏夏跟杂志方定好新的拍摄时间。

“你说有趣不，别的艺人换时间会被吐槽大牌，我们重定时间，合作方感激涕零，还觉得我们特别赏脸。”

合作方态度友好，她这个经纪人也倍感有面子。君之荔就是块金字招牌，人人向往，什么事放到君之荔身上都是合情合理的，还莫名带着传奇色彩。就是这么神。

不过，她知道君之荔不会理睬她这些感叹，外界的优待与盛誉，对方从没在意过。境由心生，大概就是这样，君之荔才拥有与众不同的气质吧。

段夏夏挂了手机，转头看到君之荔在吃药，奇了："前几天殷白晨在这儿，你不是嫌药难吞，不肯喝吗？"

当时君之荔板着一张清丽的脸，眼神微微抵触，浑身抗拒着远离药丸，像小学生一样不爱吃药。青年那几晚天天往这儿跑，守在这儿，哄荔荔吃药，跟哄女儿似的。段夏夏还想，说不定小君之荔就是这种模样，酷酷的、冷冷的，又惹人怜爱。

君之荔从沙发上抬起头，发丝滑落了两缕，她眯眼看了段夏夏一眼。段夏夏被这一眼搞得有点蒙，过了好一会儿脑袋才转过弯。

"不会吧，你这是故意撒娇？！"

下巴都要震掉下来了。

高冷影后君之荔采用教科书级别的演技只为向男朋友求亲亲抱抱哄哄。

段夏夏惊呆，差点无法直视对方。

沙发上的美丽女人似乎毫不在意，神情冷淡地翻着剧本，手指翻着翻着，一抹被拆穿的微红爬上她的脖子。

段夏夏目瞪口呆，忍俊不禁。

君之荔手机响起。

青年迷人的声音传出："今天好点了吗？有没有吃药？"

君之荔不回。

段夏夏憋笑憋得很难受。

"是不是又不想吃？今晚我早点过来，给你煲你最爱喝的汤。"

君之荔：“好。”

两人又聊了一会儿，通话结束。

段夏夏再也忍不住，爆笑：“哈哈哈哈哈哈哈哈。”被君之荔一个抱枕砸中。

“不准说出去。”

君之荔身体渐好，重新跟殷白晨一起拍杂志，摄影师特别激动，终于被他等到了，他差点就以为自己拍不成君之荔了。

时尚杂志分了一个电影组部门，策划不久前追过的殷白晨那部大爆的电视剧《海中仙》。虽然殷白晨跟蒋琬搭得不错，但他心底认定蒋琬压根配不上殷白晨。这次策划方案专门挑了殷白晨和君之荔那一世进行延伸。

冰湖一片，老梅似雪。

巨大的朱红宫殿。

帝王九五之尊，仙尊飞天在上，仙带青丝飘摇直上。

帝王仙尊CP再现。

摄影师不停按着快门，头一次感觉自己拍出了殿堂级电影质感，摄影经验大大提升。

镜头拉远。

玄服帝王与悬空仙尊，美似梦境。

火红朱墙少了宫怨，多了一份庄重盛大，鹅毛大雪席卷梅园冻湖。

太湖石，水榭中。

帝王仙尊执棋。

仙尊初降人间，不擅对弈，帝王狡黠腹黑：“你是高高在上的仙人，我只是一个人间君王。要是朕赢了，仙人答应朕一个要求可好？”

梅花仙尊凝眉不解，自己为何要同意？可对方所执黑子节节败退，看似她赢面更大。

仙子眉目舒展，此时帝王一个反攻，赢了。

君王丰神俊朗："谢过仙人所诺。"

仙尊开口，声音如梅花轻落："所求何事？"

君王一笑："上元夜，宜赏灯。"

场景一换。

宫角巍峨挂满宫灯，春寒料峭，宫墙探出一枝梅，摄影师构图突出纵深。

玉树临风的帝王为仙尊指着各式花灯。

仙人赏花灯，帝王赏仙人。

孟春晚风一吹，仙人环佩叮当，仙带飘逸，英俊帝王送给仙尊一盏花灯，并趁她不察折下一朵梅簪在她发间。

高贵的仙尊得了花灯，不好发作。

帝王殷白晨得了便宜，凝望着仙尊："好香。"

仙尊有点疑惑，微顿，轻轻嗅了嗅帝王："你方才碰过梅花，你的手也香。"

无形反撩最为致命。

帝王感觉自己的心快跳出玄色帝服。

摄影师拍得一路嘴角上扬。往监视器回看，张张都是好片子，景好，光影也好。人物摄影最重神态，神态之中最重眼神气质，而这两点兼具的君之荔尤为动人。

时尚杂志官宣："国宝级影后君之荔&实力派偶像艺人殷白晨，年底重磅压轴大刊。"微博文案标明封面、内页、摄影师、策划、赞助方品牌。

九宫格照片，张张质感顶级。

身着顶奢品牌的殷白晨、君之荔时尚高贵，气场放眼国际也屈指可数。古装电影短片更是艳惊四座。杂志官方刚发布就冲上了热搜榜TOP1，各项数据指数第一。

一官宣就坐上了热搜榜第一，这种感觉不要太爽，杂志主编极为满意。

杂志预售即将开启。

工作人员点了点杂志链接，咦了一声，不解道："服务器瘫痪了，怎么点都点不进去。"她盯着预售链接，揉了揉眼睛，"没了没了，100万本秒切！秒切！整整100万本！"

"真的假的？"

"真没了！"

"客服被弹窗弹傻了。一堆人哭着问怎么没了，要买。"

时尚杂志不好做，常年亏损，主要靠赞助商投放，后来杂志无意中发现流量艺人粉丝会购买杂志，自此时尚杂志特别偏爱流量，但骨子里还是推崇电影大咖。以往卖五万就是很了不得的销量，这次一分钟不到竟卖了100万。整整二十倍。微博上一大堆人哭号没买到。之前那些流量明星拍摄的杂志也卖得挺好，但这抢购速度饶是见惯了大明星的杂志主编也快要坐不住。

有幸参与到这次拍摄的工作人员纷纷配上封面图和内页发朋友圈。

"求内购也没有。"

"几秒钟就被抢光了。"

"影后顶流带货实力惊人！太恐怖了。"

抢到时尚杂志的粉丝疯狂晒单拉仇恨，不少粉丝惊喜发现顶奢品牌全球官网、纽约广场，很多国家都出现了殷白晨、君之荔代言的巨大地面广告。

“白晨晨和蒋琬CP虽甜，可是没这种激动感。”

“君之荔可是国宝级影后，自己就能扛票房扛收视率，获得的国际奖项甩蒋琬一个银河系。”

“中国演员成为顶奢全球代言人，骄傲。”

“‘帝仙CP’锁了，跟着‘帝仙CP’躺赢！”

蒋琬看着“殷白晨君之荔”又上热搜，故意小声嘲讽：“你不是说流量现在已经成了贬义词，Super Sense那几个人红不了几天了吗？”

她对白致又怕又惧。

这人帮她从别的小花那儿抢到不少代言、角色，但完全不把她放在眼里。

时间长了，她一边为自己身价提高沾沾自喜，一边对白致的愤怒掺杂了更多的惧怕与忌惮。

颜环被观寒捧在心上，君之荔更是被众星捧月视为女神，凭什么只有她像个不值钱的工具？

她故意拿殷白晨踩白致。白致不看好顶级流量的未来，偏偏殷白晨全球演唱会座无虚席，受到海外顶级音乐大赏邀请，专辑销量在海外也双榜TOP1，在美国纽约、洛杉矶连开数场演唱会。

白致视线平移，眼神陡然尖锐起来，蒋琬眼皮一跳，背脊发麻，那种被支配的恐惧感浮上心头，让她后悔了两秒。

“我、我就是随便说说……”她尬笑解释。

“别怕。怕什么。”

白致轻柔地拍拍她的头。

没过两天，蒋琬再次在热搜上看到自己的名字，营销号联动，放她在新剧中的各种丑图、崩坏图，围观群众和对家粉丝肆意嘲笑她丑，还做成表情包，蒋琬抓狂尖叫。

白致哼着调子走向地下车库，偶尔想换个曲子，但是哼来哼去还是这首最喜欢。有些爱好就是会融入骨髓。地下车库凉飕飕的，充斥着鬼片般的寒气，但他知道这是人类的错觉。

想起有次在车库，君之荔跟他在同一个电梯，但对方的眼中没有他的存在，后来听说那件事后君之荔病了。他特地去医院看望，他以为君之荔会恨他戒备警惕他，没想到对方依旧一个眼风都没给他。

车库灯管一闪。

白致眼睛轻微眯了眯。

灯光随即正常。

他笑了笑，果然，人类最会自己吓自己，紧接着就被猛地套上黑头套。

他被人狠狠拖到车上。

“你们要干什么！”

才刚一开口，就被人痛殴，痛得他神情扭曲。

他看不到对方，陷入恐怖的黑暗中，但仍然能感到对方隔着头套鄙视而不屑地盯着他。

车飞速奔驰。

他被一顿暴揍。

对方轻蔑的视线停留在他身上。

他被恶狠狠地丢下车。

乌鸦可怖的叫声传来，白致鼻青脸肿，挣脱开绳子，扯下面罩。此地荒无人烟，四处皆是寒风，他惶然四望，面前矗立的赫然是他指使人将君之荔带来过的地方。

手机响了。

点开绿色通话键。

青年的声音传来。

“真男人不会欺负女人！再动她一次，百倍奉还。”

威士忌加了冰块，白致晃了晃，酒吧微弱的灯光遮盖了他青肿的嘴脸，辛辣的酒味刺激他的痛处。

金黄溅出，捷克岩石杯被搁回圆桌。

白致眼睛危险地眯了起来，一些女孩被他阴郁又极端的气息吸引。

红色的霓虹光打到中间，人群忽然中骚动了一下，仿佛鱼缸的金鱼游动起来。观寒脸带厌烦，不堪忍耐地穿过人群，黑眸巡视了一圈。

“有什么话快说。”

处处都让他这个洁癖狂想消毒。

白致睨了他一眼，眼神透着一丝狠，他花了半秒钟，猛灌了一口酒。

“园古庭要我对殷白晨下手。”

他眼神盯向观寒。

观寒皱皱眉，冷峻的脸庞上划过一丝烦躁。他拨了拨头发，紧紧抿了抿唇，西裤中线沿着大腿绷得紧致流畅。

“别乱站队。”他告诫对方。

白致用余光瞧了瞧观寒。观寒是他学长，性情淡漠，当年遇神杀神遇妖杀妖，他还心生过敬佩，如今看来，他嗤笑一声：“爱情让男人软弱成这样。”

“别囿于自身，格局太小。”观寒抬眉冷笑。

“不就是一个流量？有什么好怕。”

这个圈子永远有前赴后继的新人，永远会有新的流量。

修长的手指严谨地系好西服下方最后一粒扣子，观寒站起来送给白致最后一记警告。

“他的背景不是你能想象的。”

脱离园古庭掌控后，他发现Super Sense运营丝毫不受影响，青年不声不响成立了工作室，用自己的团队接手工作接洽资源，整个过程雷厉风行、高效有序。

观寒看了眼白致脸上的伤，没有丝毫同情。

“他每一步都是为了向君之荔靠近，谁动君之荔就是动比他的命还重要的东西！”

观寒冷冷离去。

暗光在白致眼中划过，他盯着荡漾的杯中液体，晃了晃杯子：“说的好像其他人就不知道君之荔似的。”

颜环穿着深红色真丝睡裙，划燃法兰西皇室香氛火柴，香薰燃起小小烛火，不一会儿空气就有了高雅的玫瑰味。

颜环拢上玻璃罩，心里有点得意。

“这么明显的暗示他不会不懂吧。”

情人节即将来临，她可是有一堆幻想。颜环拿起手机，对着屏幕镜面自恋地照了照自己。她现在每天睡好休息好，被观寒宠得好好的，简直美到发光。

照了一会儿，颜环又无聊地放下手机。观寒今晚出去，没有带她，好气。

“再不回来，我就要是别人家的小宝贝了……”

光标在对话框中闪动，打完了又删掉，改成：“再不回来，就……给我带份夜宵，宝宝要吃薯片。”

恋爱中小作怡情，大作作死，她可是有智慧的小女人。

男人立刻回复。

速度让她非常满意。

“胖。”

“不胖！”

“算了，反正胖了手感更好。”

“你又不正经！”想起上次观寒搂着她的腰对她做的那些事，一缕绯红爬上颜环娇嫩的脸颊。两人确认恋爱关系后，她发现看似冷漠的观寒时常口出惊人之语，还有很多很坏很闷骚的操作，与以往判若两人，自己经常被吃得死死的。

观寒西服布料裹挟着寒气，是倒春寒。颜环趿着Pretty You毛毛拖鞋，伸开双臂娇娇地想蹭进观寒的怀抱，结果肌肤被寒气一惊，瞬间冒出鸡皮疙瘩，颜环立刻甩着雪白脚丫子想跑，被观寒用手勾住领子。

“不是很想我吗，嗯？”

强有力的男性手臂扳过她身子。

她被男人压在墙上，对方散发出禁欲般的荷尔蒙气息，撩得她脸红心跳。

“撩完我就跑？这可不行。”

两人身体贴着身体，对方禁锢着她，吻她。

颜环被吻得浑身瘫软。

她眼神迷蒙，仰着小脸望向观寒。

“你怎么这么帅？”

她眼里有崇拜、有爱慕。

“每一天都比前一天更帅。”

观寒喉结动了动，视线下移到颜环的唇上，她的嘴唇是西方诗歌里饱受爱抚、献给爱神的花蕾。

“你也一天比一天甜美。”

“我不仅甜，还很坏。”得意的小尾音。

她昂起精致的心形脸，懒懒偎在他身上，像只餍足的高贵波斯猫。

玉白的脚趾无意识在男人小腿上蹭啊蹭。

男人眼眸黯了两秒。

颜环痴痴地笑，着迷地看着眼前的心上人。

无懈可击的气质，面无表情的冷峻，细节洁癖狂，只对她闷骚又极有占有欲。

这是只有她知道的秘密，她自己一点点发掘的，像隐秘的禁忌。她独享着这种强烈的反差刺激，一想到观寒这一面只有她能看到，她就觉得自己是全世界最了解他的女人。

带回的薯片不知道什么时候掉在了地上，无人问津。

“薯片不吃了？”

“猪饲料。吃了会胖。”

颜环小声笑，用白嫩的小脚踢远了一点。

观寒闷笑，闻着她吐气如兰的气息，沦陷在她娇媚而不自知的眼神里，嗓子喑哑。

“你的经纪人恋人有个解决方案，让你既可以运动，又可以坏给我看……”

第二十章 吻

段夏夏给舟山发微信："明天注意热搜第三位。"

第三位跟其他热搜位不同，是品牌方专属特供，只给代言人宣传产品曝光用。

"怎么了？"

段夏夏神秘一笑："转告就够了。"

转告？舟山揣测。

那不十有八九跟君之荔有关？

殷白晨洗了个澡，捋了捋吹过的头发，睫毛湿漉漉的。深蓝色床套沾染上他身上乌木沉香的味道。

屏幕的光泛在青年俊美的脸上。

热搜词还是前一晚的没有更新。

“怎么没换？”

青年嫌弃。

平时他对自己上热搜毫不在意，只喜欢搜索君之荔的，现在刷新几遍第三位还是没有君之荔。

“是不是荔荔流量太大，把服务器搞瘫痪了？”

有很多次他就是这种情况。

“那么美，又有那么多男影迷觊觎。”

想了想，越发认为这种可能性很大。

想到那些尊崇君之荔，把君之荔视为高高在上的女神的大V、学者、男影迷，青年就醋劲四起。

殷白晨在搜索框输入君之荔。君之荔微博发布极少，除了影视与品牌宣传，只有法国旅行照，但是剩下几张却是荔荔与他在综艺节目和电视剧的集体合照。

当时他已点过赞转发，再看一遍仍然极其悦目。

为什么荔荔只发布有他的集体合照？

青年嘴角扬起。

条纹被从男性胳膊上滑下去，青年像一尊文艺复兴时期的雕像。阳光照在青年睫毛上，他侧脸陷在深蓝色的枕头里，眼皮动了动。

青年醒来，猛地捞过手机。

热搜出现。

“君之荔的情人节礼物。”

君之荔竟代言了巧克力！

广告设计了三个场景。

校园，君之荔抱着课本，安静地来到篮球场。灌篮成功的男生刚喝完矿泉水，她仰面递过一块巧克力，男生瞬间面红耳赤。

职场，君之荔一身灰色套裙，在会议中演示PPT，会议结束，一位男性精英被叫住。高冷的女主管径自递过一个文件夹："今晚交给我。"对方回到办公隔间，一打开，一块巧克力掉了出来。

晚餐，女人姗姗来迟，抹胸礼服托裹美胸，烛光摇曳，古典小提琴声响起。"抱歉，来晚了，"女人缓缓道，"因为想给你一份礼物。"

棕色巧克力被一只纤细美丽的手夹着。

君之荔神秘而微微性感的眼神，巧克力递向镜头，仿佛在伸给你。

全女友视角。

"该死的！"青年腹部火热，被君之荔撩得瞬间起了反应。

殷白晨情人节行程非常满，三场重要活动连轴转，舟山只是助理都跟着忙得晕头转向。

"全买下来？巧克力？"

黑色商务车中他听到殷白晨这个指令。

"反正君小姐代言的你就不会放过，别的男人休想得到一丁点是吧。"

青年高傲。

"难道还给情敌留念想？当我慈善家？"

舟山扶着黑色方向盘无语，他们遇见你才是遇见豺狼虎豹。

青年下着指令。

"中午直接去荔荔那儿。"

舟山飞快点了点地图，查看着路线，导航上蓝色路线曲曲绕绕。

"过去一个半小时，只能见个三四分钟，再花两个小时赶去品牌商那儿……"

犯难。

青年大长腿动了动，从后座鄙视地看了舟山一眼。

“段夏夏还没跟你分手？”

舟山无奈至极。

“情人节不看女朋友怎么行。”

段夏夏、助理和六个保安拥着君之荔进入后台通道，品牌方邀请她参加站台活动。

前方十几米。

青年头戴黑色帽子、口罩，形迹可疑。

她眼中闪过一丝笑意。

“送到这儿就可以了。”

保安们护送结束，君之荔心情极好，慢慢走向对方。

“这是我的休息室，一般人不能进来。”

她故意装作没认出。

青年浓眉星目。

君之荔佯装了然，抬眸看他。

“想找我签名是吧？”

青年眼睛转了转，想了想，真的伸手朝君之荔递出纸笔。

君之荔拧开笔盖，翻了一页。

青年靠近。

男性肩膀碰到女性肩膀，布料磨着她的肩。

“影后能给个特签吗？”

“签什么？”

对方刻意停顿了一秒。

“你的小狼狗。”

话闭，青年占有欲极强地拖过她的腰，一把将她拉进休息室。

黑眸透着邪。

青年大腿肌肉线条漂亮，一直磨着她蹭着她，她被青年挤得一点空隙都没有，对方嘴唇厮磨着她的耳。

“给签吗？”

对方修长的手指缓缓拉下口罩，君之荔清冷的脸颊染上一抹红晕。

“要是不给，我会很难过。”

低哑，缓慢，勾着心。

她后背抵着墙，若有若无地躲着青年迷人的嘴角，被弄得心中燥热，对方却步步为营，继续进攻。

“嗯？”

男性的指骨扣上她纤细的手指。

青年黑眸蕴着狡黠，明明说着话，唇与气息却追逐着她。她的每一寸肌肤都像被他的呼吸、他的眼神蛊惑着。

“你的男影迷今天都疯了，疯狂抢着巧克力。”

男嗓刻意抑制过。

君之荔心中一动，抬起眼眸。

“醋精转世吗你？”

“哼。”

青年长眉微挑，双臂圈紧她的腰，神态流露着醋意。

君之荔低笑，掰开一块丝滑巧克力，像广告中的那样伸出手指喂到他嘴边。

不同的是真人比镜头中漂亮一百倍。

手指极美极白。

青年凝视着她，迷人的唇将巧克力一半含在自己嘴里，一半迎面贴近。巧克力散发着诱人香甜的气息。

青年的黑眸是吸人旋涡。

君之荔细长睫毛往上翘。

“你猜，我为什么会接这个代言？”

她轻声。

青年扬眉。

她美丽的唇张开，含住他递过来的另一半。

巧克力的香浓在两人唇间弥漫。

“因为我想给某人一块巧克力。”

段夏夏带来一大束玫瑰。君之荔黑发轻散，脸颊艳红，眼神秋水欲滴，深V领下的胸口起伏不定。

红玫瑰放到君之荔面前，殷白晨托她送的。

“前后四个多小时车程，就只为看你一眼，偷个香吻，就这么点狼子野心？”

段夏夏挤着眼朝君之荔打趣，她还指望看到更活色生香的。君之荔闻言，黑白分明的眼睛瞥了她一眼，清雅眉目下那抹眼风似妩还嗔，风韵动人。

饶是她一个女人，认识君之荔多年，那一瞬也不由得被电到。

“你知道你现在多女人？多有女人味吗？”

君之荔脸上淡红未褪，听到这句话微微挑眉，段夏夏推着君之荔椅背，把她推到LED灯化妆镜前。

君之荔看到镜中自己，心中也是一震。

镜中人眉梢眼角都是活的，那是热恋中才有的缱绻。

好像真的陷进爱情了。

君之荔用手抚了抚红玫瑰，收过无数次花束，可是这一次格外动人，浓情花瓣，爱的力量，因为有殷白晨在，她信命运不会再伤她，这份强烈爱意让她的爱之火也燃起来。

她对段夏夏抬眸一笑。

“好像，热恋也很不错。”

“殷白晨恋情”。

情人节第二天，一条奇怪热搜出现在榜单上。殷白晨团队严阵以待，但凡顶级流量小生出现这样的爆料，都最为致命。

首先是营销号爆出来的，组合了几张照片开扒，从手链到情侣装，从地理位置到时间线做了长长的汇总帖，配上拍戏时的视频，最后得出结论：殷白晨和蒋琬秘密恋爱中！整个微博顿时沸了。殷白晨女粉气死了，不停净化广场，指责营销号造谣，替殷白晨澄清，同时蒋琬的微博下也被骂得不堪入目。

殷白晨团队立刻发布律师信。

次日，“殷白晨辟谣没恋爱”“殷白晨单身”“殷白晨颜环”“殷白晨恋爱”五六个热搜一同出现在热搜榜上。

青年黑眸闪着怒火，一看辟谣律师函，就将手机被愤怒地甩到沙发上。律师函公布他单身，没女友，这让君之荔怎么想！

“怎么没先给我过目！”

“本来我们工作室都要辟谣了，结果白致那家伙抢先用公司官微发了。”舟山急忙道。

他也咬牙切齿，火冒三丈。虽然白致是Super Sense名义上的经纪人，但现在完全做着坑艺人的事，给艺人招黑。

营销号联动，大众对流量的敌对情绪再次被挑起。品牌商紧急来电询问，处理不好要支付巨额赔偿，以及丢掉后面一系列品牌资源。

气氛焦躁嘈杂。

舟山忽然大叫。

“颜环也上了热搜！”

又一大波爆料，全是殷白晨和颜环私下见面的照片，造谣两人珠胎暗结，颜环为殷白晨堕胎，曾泪洒片场消瘦憔悴，暗示殷白晨是渣男。

舟山愤愤不平，大骂。

“那帮人蓄谋已久！”

青年眼神一冷。

团队心急火燎。

殷白晨两只手肘搁在深蓝色西裤膝盖上，十指交叉顶着下颏。青年眼神凶冷，抿唇望向远处，跟混乱无序的众人形成鲜明对比。他闭眼思索，再睁开时，神情已然沉着冷酷。

高大身躯站起，青年黑眸俯视众人。

大家不约而同望向他，意识到青年有话要说。

“勇者无惧，强者无愧。”

一个停顿。

“敢招惹我们，必让他们有去无回。”

青年一记强势不屑的眼神，击退了众人心中的焦躁。大家没有想到他会如此强硬，强有力的言语像钉子一样钉进他们内心。

“就是，我们什么时候怕过！”

只不过两句话，却让所有人心情陡然转换。

团队狠狠点头。

斗志再一次彪悍燃起。

“要碰就碰，我们什么时候输过！”

“敢挑衅我们，不让他们脱几层皮都是我们太善良！”

殷白晨按下君之荔的快捷号码。

嘟嘟两声如此漫长。

接通。

君之荔声音传来："喂？"

"信我。"

面对危机他浑然不惧，面对团队他是主心骨。唯独现在，那么多爆料、那么多污言秽语，她会怎么看，怎么想？

空气一静。

青年心一沉。

网络再次恢复。

他听到君之荔清清静静的嗓音。

"我的男人我为什么不信。"

青年微不可察地一颤，手机被他牢牢紧握，仿佛那是君之荔的手。

不到二十四小时，蒋琬那边再次引发舆论。蒋琬工作室斥责网络暴力，营销号紧跟着传出短视频，视频里蒋琬被问哭了，说："跟殷白晨恋爱的真的不是我。"记者追问："那是谁？"

短视频一传出，颜环和殷白晨恋情被坐实。

"颜环被甩""殷白晨渣男"登上热搜，一时之间殷白晨和颜环的公众形象大受打击。

颜环正在横店拍戏。她好不容易接到古装大女主剧，跃跃欲试，通宵研读剧本。进组还没几天就被祭上这样的热搜，周围工作人员看她的眼神都不对，制片人也难掩担忧，担忧她跟殷白晨的事情引发大震荡，波及剧组拍摄和后续审批。

颜环在剧组安排住宿的酒店里直跺脚，微博刷着更加窝火。她什么时候堕胎？什么时候为殷白晨泪洒当场？她被乱写一通，还要拿女孩子最在意的名节诋毁她。

她打电话给君之荔。

“荔荔，我要气哭了！我跟殷白晨没有任何关系！我发誓！要是有什么关系，观寒第一个就不放过我。”

越想越气，好想哭。

“有人在对你们下手。”

对方声音意外冷静。

颜环一愣。

“你是说，有幕后黑手？”

被君之荔这么一警醒，颜环抓狂的情绪缓和下来，知道有人在故意搞自己就好办。她才不怕，敢搞她，她会让对方后悔来到这个世上。

君之荔思索，继续开口：“观寒在不在你身边？”

“他前天被园古庭派去美国，现在还在飞机上。”

至此，君之荔已了然于心。

颜环也逐渐反应过来。

“以为观寒不在，我就好欺负吗？”颜环生气。

“难道觉得我们女人好欺负？如果这样想，我会告诉他们什么叫愚蠢！”

外面冷冷寒夜，风吹拂着脸，带来一身肃杀寒气。

“让观寒尽快回来。”

“嗯！”

他会的。

只要是她的事，观寒一定会第一时间回来保护她。

挂断电话，颜环不客气地眯了眯眼。刚开始她还有点沮丧，担心自己的绯闻影响到了片方利益，但是现在，既然别人故意搞她，那她也不会客气。都是第一次当人，凭什么被造谣的就要让着造谣者。

点开微博App。

发文。

“给我乱戴绿帽子经过我同意了吗？”

下面配图。

一只脚狠狠踢开一顶帽子。

帽子被P成绿色，打上“造谣”两个字。

颜环粉丝一看自己偶像发博了，士气大振，卖力反黑，偶像是粉丝们的信仰，他们需要偶像的态度让他们知道自己没错。“颜环发博”登上热搜，这次是平台为了热度策划提取的，对平台来说，它不在意艺人是否清白，平台只追逐热点、话题度、KPI。但对颜环来说，这条微博成了整个转折点。

颜环和殷白晨上热搜，骂颜环最凶的是蒋琬的粉丝。两人同是新生代小花，同样有不少作品，竞争得厉害，但颜环生得美，更有辨识度，自带话题度。原本蒋琬粉丝气焰嚣张，仗着自家是受害者的身份，压着颜环粉丝打。现在颜环态度鲜明，颜环粉丝绝地反击，狠狠出了一口恶气。

蒋琬见自己粉丝斗志低迷，十分恼怒，她的团队都下场带节奏了，怎么还打不赢颜环的粉丝，她的粉丝怎么这么没用！刚卷入殷白晨恋情时，她心惊胆战，被殷白晨女粉撕得严重失眠。但现在洗白成功，颜环反遭全网黑，她内心生出一种隐秘快感。或许她是受到一点影响，但看着曾被大众宠爱的人比她更惨，恨不得置颜环于死地的恶意就更强烈。

隔天，“蒋琬手滑”再上热搜。营销号曝光截图，蒋琬曾点赞“女人的嘴，骗人的鬼”，疑似对颜环发博的回应。此消息一出，颜环粉丝怒火滔天，她家的事好不容易消停，这女人又故意横生波澜！

蒋琬没得意多久。

“颜环手滑”也上了热搜。

她一愣，点开一看。

营销号同样截图，说颜环手滑点赞“戏精本精，专职碰瓷”。

蒋琬脸彻底绿了，她没想到颜环会这么强硬。颜环粉丝普天同庆，敲锣打鼓。

没等她生完闷气，“颜环再次发博”又弹出消息通知，重大视频平台同时推送。蒋琬心里有种不太好的预感。这女人不是仗着家里有钱撒娇耍横吗？不是应该顾及自己的公众影响吗？怎么跟设想的不一样，不仅不忍气吞声，还加倍奉还！

蒋琬打开消息。

“喝杯绿茶润润喉。”颜环微博显示。

全网吃瓜群众纷纷表示：

“绝对内涵。”

“好直爽！”

“喜欢颜环这种漂亮妹妹，讨厌蒋琬那种心机女生。”

观寒机场没出，就立即买了返程机票。颜环跟他通着电话，隔着十二个小时时差，她这边是下午，观寒那边已是凌晨。

“再过三个小时登机。”观寒望了眼黑茫茫的机场候机厅，“事情已跟殷白晨那边敲定，你不用怕。”

颜环轻轻点头，虽然观寒看不见。

她握着手机，自己这两天毫无章法地乱发微博，不知道会不会影响到观寒？

“我的微博你看了吗？”

发微博时她可飒了。

管她蒋琬开不开心，怎么想的，对方没一丁点顾忌她，她也不要顾忌对方，先怼了再说。但现在对着观寒却有点不好意思，她好在意自己在观寒心中的印象。

观寒自然知道颜环的一举一动。

他刻意停顿了一秒钟。

颜环心提得老高。

“真性情，我很喜欢。”

听到观寒夸自己做得好，颜环的小尾巴立刻翘了起来，她像小妖精得意极了：“就是就是，我性格超好，人也很聪明。”

就算会有黑粉误解又怎么样，她在心爱的人眼里是全世界最珍贵的宝贝，这就够了。

“我爱你。”那端传来观寒低沉又简短的表白。

颜环呼吸一顿，整个人都不会说话不会动了，她又欢喜又想尖叫。

观寒在对她表白。

观寒说爱她。

通话中突然传出哭音。

饶是杀伐果决、手腕凌厉的观寒，此时也心中一慌，手握着手机焦急万分，行李箱被路人撞远了也没管。

“怎么了？”他沉声，担心颜环又受了什么伤害。

“没、没什么，”颜环脸上还淌着泪，她用手背胡乱抹着，心中又幸福又不知所措，声音感性，“都怨你，怎么这么突然表白。”

观寒笑。

“不早点定下来，我怕绿帽子戴到我头上。”

颜环破涕为笑，她立刻想到自己发的那条微博。

“讨厌！”

第

二十一章

美如神祇

清晨九点。媒体公司、职场人士正在上班路上，他们打完卡，进入公司，一个迅雷不及掩耳之势的消息在众人耳中炸开。

“殷白晨发声了！”

“他亲自发微博了！”

“什么？”

“真的？！”

“怎么一片空白？”

“程序员哭了，殷白晨又把服务器搞瘫痪了。”

殷白晨微博一发，气势袭人。图一是国家网络管理政策，图二是造谣传谣类似案件的法院判决，图三是对前两日造谣传谣的证据收集、起诉书。国家法律之威严，诉讼文书之正式，判决结果之庄重，团队行动力之强硬，令人望而生畏，油然生敬。

与"殷白晨工作室"一同上热搜的还有"殷白晨发博"。

"颜环小姐与我同属公司旗下艺人，与其他人没有任何关系、联系。"

颜环粉丝一片泪目。

"殷白晨还了环环一个清白。"

"两人就是关系不错的同门艺人。"

"根本就没有恋情，却被捆绑造谣。"

"心疼殷白晨、颜环！"

"黑子们被打脸打得痛吗？"

谢可谦、顾子逸点赞。

Super Sense粉丝："一家人就是要整整齐齐。"

媒体研究着每一个字，后半句品出点意思，与其他人没有任何关系，还没任何联系？指谁？

蒋琬粉丝汗颜。

殷白晨公认对女艺人很绅士，同台让女艺人先走，与女艺人同框只虚揽对方，从不实质接触，颁奖晚会还替君之荔提过长裙……

现在，顶流男明星却丝毫不给蒋琬面子。

颜环粉丝精准点评："优秀的男人知道哪种才是好女孩，哪种才是真正的心机女孩。"

蒋琬粉丝颜面尽失。

关注此事件的媒体还发现两大动作。其一，殷白晨的粉丝与颜环的粉丝联手，谁再造谣两家一起反驳。殷白晨女粉众多，颜环男粉凶，强强联手，其他家粉丝不敢再作妖，最后两家粉丝里竟发展出好几对恋人。其二，Super Sense的现任经纪人被殷白晨、谢可谦、顾子逸三家粉丝手撕，狠批白致几大罪证，一致联名要求白致滚出Super Sense！

白致焦头烂额，他在幕后操作，网暴艺人毫无心理负担，现在被反过来人肉，才发现舆论暴力一点也不比身体暴力轻。

他走下地下停车场，留意着身后有没有人跟踪。他的手机身份证全被泄露，手机号被打爆。忽然阴影中有光一闪，白致心脏猛地一跳。他提心吊胆屏气辨认，对面那人是观寒。

“园古庭才是幕后主使，我只不过……”

“你只不过助纣为虐！”

对方异常尔雅、冷静的笑映入眼帘。

鼻梁被重拳击中。

白致惨叫。

男人掷地有声。

“作为颜环男朋友，揍你没有丝毫商量。”

白致暂不再管理Super Sense事务，团粉胜利，一片欢呼。谢可谦、顾子逸那边虽忙了些，但两人本身实力强，工作迅速适应起来。

殷白晨视频通话：“辛苦了，兄弟。”

他们的流量不是一星半点，合体流量更令娱乐圈骇然，任何一个小动作都会引发娱乐圈大地震，而谢可谦、顾子逸不负初心，够兄弟的。

谢可谦、顾子逸看着殷白晨。

青年鼻梁高挺，眼神锋利，帅气挺拔。

视频中的人像他们最初认识的殷白晨，又不像。对方以前也很优秀，天赋与特长被众人钦佩，但现在的青年格局眼界更高，他们不那么熟悉，却更令人仰望。

谢可谦：“这就是君小姐带给你的转变吗？”

青年一笑。

“只有成为真正的男人才能保护好优秀的女朋友。”爱令男人更有力量。

“废话不多说，等着喝你们喜酒。”顾子逸道，“生了儿子，我要做他干哥哥！”

谢子谦：“你做他干哥哥，那你要叫我什么？”

顾子逸呆滞五秒。

谢可谦扶额。

殷白晨大笑，不忘说给君之荔听。

“你看他们说的什么话，连我们生儿子生女儿都想好了。”疯狂暗示。

青年眉目俊美又带着点撩。

原本晴空万里，临近傍晚却暴雨忽至。大树在狂风中摇曳乱晃，雨水疯狂地往下泼，城市下水道系统堵塞，马路地铁车辆全淹，路上积水很深，偶尔冒起水泡又破裂。

刷着微博的路人眼皮一跳，热搜整个消失，以为自己眼花了。刷了十几分钟，还是一片空白。

“怎么回事？”

“是不是殷白晨又把服务器搞瘫痪了？”

热搜终于重新显现。

“还真是瘫痪了。”

路人擦擦眼，一看热搜，神情逐渐震惊——殷白晨竟上了十个热搜，热搜TOP1的赫然是“殷白晨君之荔”。

顶级艺人恋爱，网络爆炸。

“什么？！殷白晨在跟君之荔在谈恋爱？”

“有种破次元壁的感觉。要是两人真的在谈，好像也不错。”

“不，我不相信！君之荔怎么会被小鲜肉虏获芳心！”

“肯定是假的！”

“君之荔演技精湛，是国宝级影后，高冷，业务能力极强，好像也没什么绯闻。”

“我们赚了。”

殷白晨粉丝一愣，呆了三秒，转过弯来。

“好有道理哦。”

殷白晨粉丝强势回护，执行力超强，于是整个风向瞬间变化，Super Sense 粉丝齐齐猛刷“殷白晨君之荔”热度，其他话题排名狂降。

“前世神仙帝王，转世影后天王，我要把民政局搬来请两位原地结婚！”

殷白晨粉丝微博控评得不亦乐乎，他们的想法是，宁可让殷白晨跟君之荔这样的影后占据热度，也不要别的艺人再来碰瓷殷白晨。

颜环粉丝看到热搜，想到君之荔跟颜环感情好，君之荔还特地去过颜环生日宴，一群人又活泼又奶凶奶凶。

“保护漂亮小姐姐。”

“君之荔姐姐的护卫队怎么少得了我们！”

“颜环家两千万骑军驾到！”

“帝仙CP冲鸭。”

颜环粉制作出表情包、动图，可爱又搞笑，其他路人也被带动玩梗。殷白晨粉丝基数大，擅长精准打击，君之荔影迷覆盖全球，公众号大V最为推崇，三家联动，流量爆炸，热度不断刷新最高峰值。平台负责人监视着数据，兴奋得手心冒汗，他们见证了一个世纪奇迹。

整个网络热闹无比，唯有君之荔的男影迷抱头大哭，痛失女神。

地面上打着射光，在雨水中折射出长长一束光。园古庭抵达别墅。他的衣领、头发被打湿了。老管家告诉他君小姐人已待在书房。他的心微妙地一跳，嘴角上翘，浮现出一个恶劣弧度。

他慢条斯理地扶了扶领带，右手解开一粒扣子，才慢慢往楼梯上走。

手掌扶过木质楼梯。

园古庭想起他十来岁时出入这座别墅，小小的君之荔从二楼下行，目不斜视，那么小就显露出幽谷兰花的气质。

那时的他，面对她又卑微又有一种骨子里的仰慕。

欧式古典台灯散发出暖黄的光，开关链子下缀着一颗小小的绿珠子，在半空中微微颤动。

美丽的女人从外文书里抬眸，一身剪裁极有质感的大衣，利落的线条让她看起来有点冷漠。

园古庭心一跳。

君之荔在他的印象中就是这般，高冷疏离，偶尔才有一个淡笑。那抹淡笑虽细微却神秘地吸引人。

想让人把世间一切珍宝捧给她。

他曾做到了。

只是后来……

园古庭低头给自己倒了一杯威士忌。今天的事的确是他的手笔。他不在乎花多少钱，上多少热搜，只要把殷白晨置于死地。

他等着君之荔开口。

“放下你的计划。”

君之荔直盯着他。

园古庭一笑。

有的人总以为只用做好自己的事，其他人不会别有用心。

园古庭一饮而尽，目光变得阴鸷。

“你还是那么心软。”

他脖颈微曲，盯着君之荔，身形前倾。他的步伐像吐着芯子的蛇，蜿蜒游走。

园古庭的目光一寸寸划过君之荔的皮肤。

他歪着头，眼神意欲不明，嘴角透着一丝狠。

“你忘记你母亲做过的事吗？”

这是他打击她的好手段。

豪门世家，肮脏人性。

从未失过手。

君之荔睫毛一抖，但这一次，她眼神稳住了。

心也稳住了。

“我已经偿还过了。”

他神情阴沉。

她的反应竟然与他想象的不同。

“你应该愧疚一辈子！”

他再次打击他，意图引发她的愧疚感。

她的母亲对他的母亲做过那样的事。

她有什么底气做一个清清白白的影后？

她应该为她母亲赎罪！

君之荔闭了闭眼，深吸一口气。

五年前，对方用同样的理由审判她、斥责她，让她赎罪。她原以为他们虽是同父异母的血缘关系，但在艺术上还能是知己，然而，她错了，对方的每一步都是为了惩罚她。

君之荔睁开眼，再次平视着对方。

园古庭带来极大的气压，那股气压像要把她拽进地狱，那个她曾熟悉又恐怖的地狱，那几年她深深自责，过得空洞无比。

但现在，她顶住这股压力。

“地狱你一个人待去吧！我有我自己的生活！”

那是他母亲和她母亲的事。

两个没有爱情的女人为一个没有心的男人争风吃醋的老故事，她们各自有各自的惩罚。

她曾承担过他所有的不堪、自卑、愤怒。

现在她不想再承担了！

那本也不是她的事。

“我只为我做过的事负责。”

她越是不动如山，他越是怒急攻心。

这个女人怎么能不再有一丝内疚、一丝罪恶感？所有女性皆在意自身清白，道德感是他用来攻讦她的武器。

他就是想看她自责、难过、内疚，就像看着一朵高贵的兰花逐渐枯萎，在遗憾的同时又生出一丝恶的快感，这样他终于可以与她在一个位置了。

“你忘了这条疤吗？”

园古庭恶意撩起自己的头发，将眼睛上丑陋的疤痕在她眼前放大。他曾成功地让她误以为，是她母亲和她造成的这一切。

他需要她与他同样背着罪。

陪他待在没有光的地狱。

君之荔眼皮极快地颤动了一下，她的脸上出现一丝波动，她望着园古庭的疤，缓缓伸出指尖，抚摸了一下。疤痕被轻触的那一刻，园古庭如遭电击，整个人动弹不得。

眼前的君之荔如同一位高贵的女神。

冷冷地，照出他的丑恶。

园古庭踉跄后退一步，拉开同君之荔的距离，怒斥：“你干什么？”

君之荔低下眼眸，收回手。

“曾经，我以为……”

她不喜欢父亲那样的生活。

她生来冷淡，不喜他人影响自己的节奏，她被所有人称为高岭之花，交心的人近乎没有。

少年的园古庭是个例外。

他同样喜欢老电影，喜欢与她探讨导演的拍摄风格，他帮她弄来很多冷门老书，他与她一同秉烛夜谈。

对你好过的人，他的恶会更伤人。

君之荔面上有片刻怅然。

她笑笑，摇了摇头，将那些记忆彻底删除。

“我曾真的以为，你会是我唯一的知己，我最好的哥哥。”

她被他迁怒，被他重重斥责，为此封闭过自己的世界，退出演艺圈，与世隔绝，可是现在不一样，她明白哪些是她应承担的，哪些不是，即使他想用同样的手法将她拉到地狱，也没有用了。

她若有若无地浮起一个感慨的笑。

“收手吧，哥哥。”

园古庭眉头深深拧起，面目狰狞，他猛地挥落桌上台灯。

“休想！”

他怎么可能把她让给任何人！

君之荔充耳未闻，台灯碎片从她腿上划过，渗出丝丝血迹，她环顾着这间书房。过去，她曾在这里看书，每一本书她都无比熟悉，每一张书页她都摩挲过。她喜欢半窝在沙发上，脚边蹲着一只白色波斯猫，蓝色眸子美极了，在落地窗透过来的春光里度过一个下午。

台灯被园古庭摔得粉碎，绿色珠子四处溅落。

君之荔看了园古庭最后一眼。

转身。

“你永远不知道我曾为你做过什么。”

真正的感情不是禁锢对方，不是让对方窒息沉重，不是让对方与你一起画地为牢，枯萎生命。

现在，她也有要保护的人。

真正爱她、她爱之人。

数十个营销号翌日一同放出殷白晨君之荔亲密牵手照、视频。

两人恋情彻底证实。

原本大家只是玩梗观望，不觉得高岭之花真的会同最当红的Super Sense成员在一起。

想都没想过。

现在恋情证实，所有人一时间不知如何反应。

“蒙。”

“确定不是四月一日？”

“蒙到现在。”

圈子其他演员、制片人，甚至国际品牌方反应亦如此。

“两人搞真的？”

“恋爱是真的？”

“集团大佬们也在发蒙。”

君之荔演技精湛，被众人仰慕推崇，大家怎么也不可能去诋毁一个真正的影后。

殷白晨粉丝更不会去攻击自己的爱豆。

颜环粉丝不安地观察走向。

平心而论他们挺喜欢殷白晨和君之荔在一起的，但是这事牵扯太大，他们要小心避免说错了话。

园古庭审视着大众舆论，对着脸上还青肿的白致命令：“给我彻底毁了他们！”

白致离园古庭的距离有点远。

他靠着墙壁，心不在焉地盯着水晶球，仿佛水晶球更吸引他。

“真的要这样做吗？”

园古庭看着君之荔殷白晨的牵手照，眼皮上的伤疤一阵一阵刺痛，强烈的自负如毒蛇噬心。

“照我说的做！”

白致微妙地顿了一下，点点头。

没有预想的大爆料，几小时后，迎来的反而是公司股价暴跌的消息！

“Super Sense 即将与耀胜影业解约，耀胜股票一秒蒸发 20 个亿。”

园古庭巨惊巨怒：“怎么回事？”

白致回复：“我也不知道。”

观寒发来消息：“搞定。”

青年回了一个“OK”。

阳光照在青年修长的身躯上，英俊的脸上镇定自若，他的反扑大计早就安排好了。要跟园古庭抗衡，就必须釜底抽薪，要让对方地动山摇，就必须跟资本扯上关系。

“耀胜影业股值蒸发50亿已经跌停板，预计明日继续下跌。”

路人好奇。

“殷白晨事业会不会受影响？”

“他家里巴不得他回去继承家产，人家是为了暗恋对象才进的演艺圈。”

“等等，他的暗恋对象难道是……”

君之荔！

那不是把自己暗恋的影后追成了女朋友？

人生赢家。

抱头痛哭的君之荔男影迷顿时对青年油然产生了一股敬仰之心。

社会各层人士观望。

几日后，传出一个更隐秘更爆炸的消息。

“园古庭被踢出董事会！”

资本圈大地震。

园古庭手抖狂怒。

“怎么回事？”

他打电话疯狂质问白致。

白致这几日消失得无影无踪。

操纵他人命运的感觉很好，但是被命运反噬的后果谁都不想承担！

“我在你的书房装了一个窃听器。”

白致手揣进裤袋，噙起一个笑。

“好像听到了一个不得了的消息。”

他的脸上还有青肿痕迹，但在阳光的照射下却没有那么可怖了。他哼起常哼的那首曲子。

“谢谢你让我接近君之荔。”

公司股票暴跌。

另外一个重要消息被官方公布出来。

“君之荔收回耀胜影业股权。”

“君之荔才是真正继承人。”

“君之荔是耀胜影业最大股东。”

“耀胜影业易主，影后君之荔手掌大权。”

白致看着自己的得意手笔，眼睛里浮现出一抹笑容。他发现君之荔手上有继承权，只是几年前愧对园古庭才并没有对外袒露。他打电话约君之荔出来。

“什么事？”

女人极美，却神情淡淡，就像过去无数次那样。

“我可以让你扳倒园古庭。”

君之荔丝毫没有被诱惑。

“为什么这样做？”

白致挑了挑眉，顿了顿，玩转着手中的水晶球。这是她主演电影中的一个道具，他对她的演技情有独钟。

“大概，”白致抬起头，“想让你对我另眼相看一次。”

他埋怨她连一个眼风也不肯给自己。

他埋怨过她退出演艺圈，中断自己的演艺生涯，浪费自己的演技天赋。

但是比起那些，他更想被她正视一眼。

君之荔闻言，点点头。

她伸手拿过水晶球，在手里转了转。

“这是我第一部电影里的水晶球。”

白致惊愕！

原来她都知道。

黑发顺着净白的脸颊滑落，君之荔低下头，她拿起水性笔，在水晶球上签下自己的名字。

“我演过的电影，我怎么可能不知道？”

白致青肿的脸上渐渐溢出欣喜，他整个人容光焕发，人还没惊喜完，强势的青年现身，一把揽过君之荔。

“满足了吧！”

青年留给他的心理阴影还在，白致不甘心哼了哼。

“做君之荔的男朋友了不起？”

英俊青年露出一个笑。

“就是了不起。”

白致被噎住。

园古庭在高楼发狂。

他终于明白了君之荔那句话，你永远不知道我为你做过什么。

自己一直以来的权力竟是拜君之荔所赐。

白致手上有可以令他锒铛入狱的罪证，君之荔却并没有让对方这么做。

他揪住自己的胸口。

这么多年过去。

他怨恨他自己，他怨恨命运，他怨恨他人。

然而现在，他徒劳地发现，君之荔仁至义尽，不曾亏欠他半分。

是他自己没想过走出怨恨。

园古庭打开君之荔的对话框。

他深知自己欠她一个道歉。

更欠她一句谢谢。

然而他茫然得不知如何说出这句话。

夜风冷冷吹在他身上。

他离开耀胜影业大厦。

带着他十岁时与君之荔唯一的那张合影。

“高冷影后才是真正继承人，颜值又高又有钱，演技还精湛。”

“殷白晨跟她好配，羡慕了。”

舆论旋涡中心的女主角一直没有动静。

耀胜影业高层重组后，许久未露面的君之荔发了一条微博。

竟是一张撒狗粮的照片。

一束玫瑰。

还有巧克力。

“回来，不然你女友公司股价要跌停板了。”

青年瞬间转发。

“我的心上人在叫我。”

众人嗷嗷狼叫，然后发现整个微博又瘫痪了。

“爱她就是以她最喜欢的方式对她好。

“你是我的心上人。”

【正文完】

番外一

吃醋

恋情曝光后，君之荔继续拍电影，这才是最适合她的位置，君之荔也很明白。

一回来她就被等了很久的青年拦腰捞进了沙发。

青年充满力量的胸膛和男性气息让她无法抵挡。

“我吃醋了。”黑眸里透着火热又含着醋意。

“怎么了？”她顺着他的话说。

“白致有你亲手签名的水晶球。”青年数落她的罪状。

“园古庭那家伙陪你看过电影。”

“颜环，经常约你去国外旅行，泡温泉。”观寒就不能管好自己的女人吗？

青年俊美的脸蹭了蹭她，黑眸委屈：“只有我什么都没有。”

声音无辜极了。

这家伙使出男人天生自带的演技。

君之荔内心摇摇头，演技进步了啊，可惜不用在正道。她侧了侧脸，揉了揉对方的头发。

“想我怎么补偿你？”

青年的下巴垫在她柔软的胸部其实是有点暧昧的。

“这个，我想想。”第一步达成。

“亲我。”

君之荔迟顿了两秒，亲了亲青年额头。

“下面。”

亲了亲鼻梁。

“下面一点。”

停顿，亲了亲唇。

青年反压过来，嘴唇隐隐蓄着强势，辗转亲着她的唇瓣。

她与他吻了好一会儿。

空气流淌着撩拨诱人的声音。

她的身体像软了起来，又热了很多。

白皙手指插入黑色短发。

她的手指无意识在青年发间穿梭着，耳垂被青年的唇含住。

“再下面一点。”

她吻上他的喉结。

青年受用地眯起眼，喉结被细碎地亲吻着，但他还是摇摇头。

“还不够。”

青年黑眸深邃，精悍身材裸露大半，衣衫胡乱落在地上。

“电影到了这种情节该怎么做，影后你教我。”

目光落在她肌肤上，烧得人脸红心跳。

长裙不知何时被褪去。

君之荔乌发散乱。

青年一开始就打着吃醋的名义套路她。

“嗯，该怎么做？”

不依不饶。

她手臂横在眼睛上，红着脸，不正视他。

君之荔遮着眼。

然后她听见青年在上方说。

“既然你不肯往下，那就只有我来了。”

黑色短发从她指间往下滑。

青年低低的笑声从上方传来。

“你想到哪儿去了？我的影后，我只是让你听听我的心跳。”

这人，太坏。

君之荔脸红得滴血。

殷白晨和君之荔恋情曝光，君之荔人气不降反升，在大型直男论坛中还成了全国男性最喜欢的女星排行榜第一名。

段夏夏大跌眼镜：“神了，以前这论坛喜欢的女星类型都是温婉贤淑的类型。往常我们只能排到前十。”

舟山一语道破天机：“以前谁敢追君小姐？高岭之花，影后，女神！什么是女神？就是只能放在梦中，遥不可及。男人可现实了。”

“现在就触手可及？”

“嘿嘿，倒不是触手可及，就是看到君小姐跟白晨哥都能谈恋爱，感觉自己有希望了呗。何况君小姐手上还有公司，那不就是迎娶白富美，走上人生巅峰！”

舟山说得高兴，忽然浑身感觉一冷。

一道冷酷无情的视线盯着他。

转头一看，舟山尬笑："白、白晨哥……"

舟山汗毛竖起，青年笑得阴森森："解释一下，什么叫跟我都能谈恋爱？"

舟山支支吾吾："就是，就是妄想一下。"

下一秒被青年勒得惨兮兮直叫。

"想一下也不允许！"

君之荔很少秀恩爱，一直低调拍电影。

殷白晨代言二三十个，不乏顶奢；时尚方面，国际杂志封面，金九银十大满贯，继续稳坐最当红艺人，商业价值极高，备受资本青睐。

但是粉丝再次见到他的剧透，居然是在军事电影中。

殷白晨剃了板寸，皮肤晒黑，负重跑，爬沙坑，在泥水里操练，粉丝们哭天喊地，他们的爱豆怎么吃这样的苦。

段夏夏问君之荔："他最近跟你联系了吗？"

君之荔："他们训练没收手机。"

段夏夏："你不心疼？"她这个曾经的粉丝就心疼得不得了。

君之荔停顿片刻："他应该扛起对青少年的正面影响力。"

电影拍完。

殷白晨气质焕然一新，少了一丝浮华，多了份军人的铮铮傲骨。他在电影里饰演一位高富帅，最后投身军队、保卫国家。票房一路高歌，跨入中国电影票房史前三位。粉丝们又心疼又骄傲，高喊正能量，跟着做公益。

喜欢嘲讽流量的影评人这次也嘲不起来。

殷白晨在影片里表现得很可以。

严酷的训练也是真枪实弹挺下来的。

殷白晨被好几个名导看中、看好，从流量小生成功转型为青年实力演员。

君之荔抚摸着他后背上的伤。

“疼吗？”

当初是她引荐他参演这部电影。

青年腹肌线条更清晰，是训练出来的。

他举起她的手背，深深吻了吻。

“优秀的女人才会让一个男人变得更好。”

磨炼演技，磨炼心性。

没有她，他不会这么快就成为实力派青年演员。

成为一个真正的男人。

颜环收视率扛住了，成为今年最爆收视率的女演员。

她年纪轻，演技不错，连续爆了三部剧，后续资源大量跟上。她选了一档综艺，不是唱歌，也不是旅行，而是一档恋爱观察节目。粉丝们原本有些纳闷，等正式播出后。

“环环好漂亮。”

“环环仙女裙、环环耳环，不愧是仙女环。”

“环环观察力好准。”

女生大批大批被吸粉，都喜欢颜环这样漂亮的小姐姐。

再过一两集。

她们听到颜环透露的恋爱细节。

“他会用大衣裹住你，说给你快充。

“一开始觉得他好讨厌，这么洁癖狂。

“后来每次又想见到他，又不知道他想不想见我。”

女粉们大呼好甜。

比恋爱节目还要甜。

颜环录完节目。

观寒开车来接。

“不知道我想不想见到你？”

他的车现在放满了她的化妆包、喷雾、小挂件，还有立牌。

观寒将车开到山顶。

漫天星空，城市霓虹闪烁。

男人调低车座，抽出领带。

“今晚可以好好聊聊这个问题。”

番外二
处处吻

（一）处处吻

君之荔和殷白晨恋情公布后，粉丝群体就有些担忧。舆论攻势一波一波，很多营销号开始唱衰殷白晨的事业。虽然殷白晨的恋爱曝光，女粉丝们也小小伤心了一会儿，哭瘫了整个服务器，造成“白晨女孩哭瘫服务器”空降热搜第一，但是现在令她们更加气愤的，是殷白晨的对家明显开始带节奏。

“细数殷白晨历任绯闻女友。”

“殷白晨新恋情曝光，前任蒋琬大方送祝福。”

她们的哥哥哪来的绯闻，哪来的前任？

女友只有一任，清清白白，而且一传绯闻就正式公开了！

碰瓷蹭热度不要太过分。

光是这样就算了，更可恨的是后面陆续出现“殷白晨粉丝脱粉回踩”“殷白晨代言被新晋流量替代”“品牌方不好看殷白晨”等言论。

凭什么说她们哥哥被一个新晋流量替代?

她们哥哥在亚洲人气第一，海外社交账号关注人数第一，电影票房十几亿，三部电视剧收视率全爆，海外播放也是TOP1，随随便便的十八线流量，也敢踩着她们哥哥上位？！

好气。

殷白晨的女粉丝快气哭了。

这时，有内部人员看不下去，在论坛爆出一份方案，竟是有对家在布局，预谋对她们哥哥泼脏水，想抢走殷白晨手上所有代言，甚至想顶替殷白晨成为新的亚洲顶流。

方案特别清晰：

挑拨殷白晨粉丝与殷白晨的关系，捏造粉丝回踩；

挑拨殷白晨与君之荔的关系，败坏殷白晨口碑；

唱衰殷白晨与品牌方的关系，贬低殷白晨的商业价值……

殷白晨的女粉丝们气疯了。

怎么会有人这么坏？！

论坛沦陷，整个消息迅速传到了全体白晨女孩耳中。

“我就说，这段时间黑哥哥的料怎么层出不穷！”

“太过分了，还想搞掉哥哥手中国际顶奢的代言。”

“还想抢哥哥的影视资源。”

白晨女孩们化悲愤为力量。

“说我们脱粉的，看好了，就算海枯石烂，我们也只看哥哥一个人，不会分给别人半个眼神。”

“我们现在又有哥哥又有嫂子，嫂子还是国际影后，别的女人是吗？”

“自家哥哥太有眼光了！”

大抵是殷白晨的女粉丝太讨厌蒋琬这女人捆绑她们哥哥，现在冷静下来一衡量，发现君之荔做自己嫂子，不亏。君之荔可又是国际影后，又是东胜荣耀集团董事长。

殷白晨粉丝一对比，值！

“哈哈哈营销号散了吧，我们不是不支持哥哥谈恋爱，是要看哥哥给我们找什么样的嫂子！”

“国际影后、东胜董事长，女神级嫂子别家比得上吗？”

“听说君之荔还给殷白晨介绍了不少大导演认识呢……”

于是，一个奇怪的热搜词进入所有国民的视线中——嫂子。

群众怀着好奇心点开一看。

女艺人的粉丝怀着围观的心打开一看。

男性群众怀着荡漾的心戳进去一看。

“羡慕了，殷兄。”

“我也好想要这样的嫂子，太有面子了，就算拿出去跟别家女艺人对打，都完全不会输。”

“虽然我是谢可谦的粉丝，但是不得不说，殷白晨这场恋爱谈得真不亏……”

“姐弟恋，现在不就流行这个吗？大型真人追剧现场。”

视频网站剪辑博主们不经意看到一些想法，还真获得了灵感，于是脑洞大开。君之荔、殷白晨这两人颜值绝美，而且君之荔的影视剧幕幕经典，帧帧精致，随便一剪就是大片格调，剪辑博主们最喜欢绝色美人，当天就有一大批视频出炉。

粉丝们无意中点进去。

“千层套路殷白晨。”

“千层套路君之荔。”

“处处吻。”

君之荔身着一袭灰色仙女礼裙出现在灯光黯淡的大会会场，香肩雪肌，皓腕红唇，黑发微微一动，露出极为白皙精致的侧颜，颜值爆表的青年不动声色，黑眸却凝视着绝色美人。后一幕一转，浑身上下充满黑色霸气的青年从豪车后座，将女人的纤腰一捞，摁在紧密火热的空间里深吻。黑的眸，红的唇，修长的手指缠着纤细的手指，紧绷结实的黑色西裤压着柔美的灰色长裙，蠢蠢欲动的气氛中暗流涌动，越夜越美丽。

广大女粉丝陡然发现君之荔既可清冷中带性感，又可无限高贵动人，竟哪一面都万分匹配殷白晨。

“完了，吃糖吃得停不下来……”

“鼻血。”

“绝色姐姐。”

“姐姐的锁骨，姐姐的腿，姐姐的腰……”

剪辑大手也没想到，自己竟然光靠剪辑君之荔就圈了大批女粉丝，“唰唰唰”飙上排行榜热搜第一！

君之荔本人的女粉丝多了起来，喜欢她和殷白晨的粉丝也多了起来，光靠看君之荔的绝美容颜和两人发的糖，就圈死了粉丝。

殷白晨对家发现自己发的黑稿越来越不起作用。转发量竟然被君之荔、殷白晨的剪辑视频碾轧得不能看，实时广场上再也没有为殷白晨义愤填膺的话语，反而全部沉溺于两人的绝美爱情。

“什么国民绝美爱情啊。”

“娱乐圈颜值巅峰情侣！”

“吃糖女孩给我上！真人比剧还甜的恋爱！”

殷白晨对家震惊了。

为什么跟想象中的不一样？

别的小生恋情曝光是事业大忌，他家粉丝为什么还不脱粉，还高兴得天花乱坠，榜单都升至第一？

还被粉丝刷上了热搜。

甚至被粉丝们命名为“国民绝美爱情”。

“看看哥哥嫂嫂的恋爱吧。”

“入股不亏，不用圈地，就是真人。”

殷白晨对家无言以对。

看着殷白晨的热度再次爆炸，殷白晨对家嫉妒得好几天睡不着觉，羡慕得牙痒痒。

（二）旺桃花

一计不成又生二计。

对家决定趁着殷白晨恋爱继续发难，狙击殷白晨商务资源！

殷白晨谈恋爱了，那他就不再是单身人士，品牌方肯定会重新评估他的市场潜力与带货能力，尤其是那些十分钟情于殷白晨的品位与颜值的国际顶奢品牌，对家早就觊觎已久恨不得抢过来，于是借此机会又搞了一次大的。

“殷白晨身价下滑，品牌方疑似不再续约。”

“代言被顶替，殷白晨疑似被品牌放弃？”

“恋爱曝光影响事业，殷白晨代言被撤？”

大量通稿暗示殷白晨的身份不再适合品牌方，品牌方应该另选代言人，粉丝们义愤填膺，纷纷列表表示殷白晨代言还在！

但殷白晨对家可不在乎，甚至在家跷起二郎腿。唱衰消息一出来，动摇的是品牌方的心意，那可不是粉丝能控场的。

国内市场的反馈被传到国际总部。

高楼大厦里，西装革履的精英们坐在会议桌前拿着全球化数据趋势审视，外国高管挑眉，镜片反着锋利的光。

“换代言人？最近有这个考虑吗？”

“合约是快到期了。”

“要换代言人吗？”

“亚洲区代言人最近恋情曝光，影响非同一般。”

“恶劣影响？”

“不是。”高管们纷纷抬头，望向汇报人，按照他们以往的经验，任何一个明星恋情曝光都会带来爆炸级别的风波。

汇报人清了清嗓子，语气竟染上一丝兴奋。

对方用英语流利说道：“根据最新全球调查数据显示，此次恋情一公布，殷白晨国际影响力核弹级暴增，个人形象指数增长一万倍！”

国际品牌内部高管极其吃惊。

“增长？”

“核弹极暴增？”

会议室大大的投影仪上闪现出殷白晨与君之荔的照片，各国数据趋势汇总，密密麻麻的数据按照国别、趋势、排行榜列出，放眼望去几乎所有国家囊括在内。

“是很帅。”

“两人好像很般配。”

“女的是君之荔？我是她的影迷，我喜欢她的电影，她恋爱了吗？”

有一名国外高管当场失恋。

国际品牌精英们也是人，他们看中殷白晨的亚洲面孔，年轻，又有希腊美神般的容貌，只是没想到天神美男子跟爱神仙女谈恋爱后身价还会增涨。平时各方面都极为优秀的高管们此时也化身为粉丝，纷纷八卦起来。

“君之荔扬名海外很早，拍的都是艺术类型电影，拿过国际电影节圣殿奖杯，深受欧洲人喜爱，是欧洲人心目中的女神。”

“美国人虽然不懂艺术，偏好商业，但对君之荔的衣着品位十分青睐，尤其钦佩她身上当代女性的独立精神。此人具有极高的艺术审美，又是商业帝国掌门人，还能说一口流利的法语、英语，这样的女人谁不爱？”

“所以？”某个不懂娱乐圈的人士求科普。

“所以两人一恋爱，美国人特别迷恋精英女士与帅气青年的罗曼蒂克恋情，越发认定君之荔有本事，而殷白晨巨大的热度被君之荔极深的艺术功底一加持，品位审美大有长进，更被欧洲皇室品牌欣赏器重。”

商业高管们感觉自己在倾听一段东方史诗般的传奇爱情，他们听得如痴如醉，沉醉其中。他们目光热烈，听着有人大讲特讲两人的八卦轶事。

“整个亚洲娱乐圈再也找不出第二对这样的恋人，不会比殷白晨人气更爆，事业潜力更强，不会比君之荔更美更有钱，影后头衔更有含金量！”

“我的天！艺术、金钱、爱情，浑然一体，太浪漫了吧！”

国际品牌高管们原本要冷静商讨品牌代言这种重大事宜，没想到自己情不自禁陷入这对亚洲恋人的浪漫爱情中……

殷白晨对家算盘打得极响。

就是要趁殷白晨合同快到期前，搞掉殷白晨的商业价值，不死也要扒一层皮下来，让其他商家心有顾忌。

只是料想不及。

他们没等来殷白晨身价下跌的消息，却等来殷白晨续约晋升全球品牌代言人的官宣！

“实力派艺人殷白晨成为全球首位亚洲品牌代言人。”

“将与殷白晨先生继续探索艺术的新可能。”

“独家邀请尊贵的殷白晨先生进行全球品牌之旅。”

殷白晨的代言不仅没被更换，反而受到海外品牌方最高级别的礼遇，全部升级为绝无仅有的全球性头衔，品牌方官宣的新官方宣传照片上，殷白晨精神奕奕，眉眼深邃，整个人高挑修长。

粉丝们心心念念的官宣消息一来，全体欢欣鼓舞，士气高昂，看谁再敢唱衰她们家哥哥，唱衰一次，就全球唯一代言人反弹一次！

“妈呀，我哥就是厉害。”

“只有我哥是！”

“绝无仅有，全球首位亚洲品牌代言人。”

“我嫂旺夫！”

“旺夫实锤！”

微博粉丝们欣赏着自家哥哥的颜值，热情转发分享，热搜榜毫不例外，一天之内上了五个，品牌方官宣的、殷白晨工作室的，还有媒体为了KPI自己选送的。

平台程序员悄悄捏了把虚汗，幸好提前百倍扩容，否则这次又要被殷白晨粉丝们搞瘫服务器，每次都被她们搞瘫，让他脸往哪儿搁，事后又被她们嘴甜安慰“你对我家哥哥太好了，我们一起来安慰你小哥哥”。想到这个，程序员小哥哥脸一红。

众多热搜中，“旺夫实锤”这个热搜词格外引起了大家的注意。

其他热搜名词都很高端，旺夫实锤这什么老土接地气的名词?

路人们抱着试试看的心情戳进去。

一看，一个偷拍的视频，镜头有点摇晃，画面有点糊。

“请问怎么看待恋爱曝光不仅没掉粉，还成为全球首位亚洲品牌代言人这件事？”

记者们齐齐举着话筒递给青年。

青年极有礼貌，能自己拿着就自己拿，尽量不累着大家。只见青年黑眸中飞快闪过一丝笑意，只说了四个字。

“夫凭妻贵。”

全场愣了半秒，“哇”的一声，猛然反应过来，在场所有人心里炸开了花。

当晚女记者们的朋友圈——

“甜齁了！”

“甜甜的狗粮今日限定！”

“我的妈，神仙爱情，这样的爱情我也要搞一份！”

旺夫实锤这个梗立即被无数路人接受。

君之荔国民度极高。

广大男性：“流下了泪水，影后真的旺夫。”

商界男性：“想娶。”

男艺人：“请殷白晨出一份追女友秘籍！”

殷白晨粉丝们看到大众路人的反应，笑得抱着肚子打滚。

“哈哈哈哈跟着我哥我嫂有面子，与其吃柠檬，不如看我哥出教程。”

“据说海外品牌高管都开始吃我哥我嫂子的糖了，网站视频已经破十亿次播放，哈哈哈哈海外粉丝疯了。”

“吃糖吃遍全球！”

“我也要吃！”

“虽然我的偶像不是殷白晨，可是不得不说，我也追疯了他俩的神仙爱情。”

“路人表示，路人都觉得好羡慕。”

“我妈妈都知道他们了……还问我吃糖是什么意思？”

“吃糖吧！旺桃花、旺事业、旺爱情，值得拥有！”

“旺桃花”三个字再次被平台方提取成为热搜爆点。

“转发这对神仙情侣，君之荔与殷白晨，旺桃花、旺事业、旺爱情，旺上加旺！”

对家们被层层消息炸煳。

他们投降了，他们搞不懂，这个世界怎么了？

要不他们也吃吃糖，说不定真能旺一把呢？

（三）仙女爱荔枝

两人恋情曝光后，殷白晨事业跌宕起伏，影响幅度甚深，相较之下君之荔就比较小。一来，她是国际影后，自身审美格调与海外知名度极高，好像大家都自动默认她演技精湛、极具实力，不是依靠炒绯闻上位的新晋小花能与之相提并论的；二来，君之荔是东胜集团掌门人，坐拥百亿身家，都是手握权力的资本方了，更没人敢说什么，免得给自己招祸；第三，君之荔一向低调，很少上微博，很少接受采访，就连恋情曝光后，她的微博也没发过几次，几亿粉丝好奇想看她怎么秀恩爱都找不到素材。外界曝光一律在殷白晨那边。

女粉丝们：“别的小情侣，女方变着法子塞狗粮给我们吃。我家君之荔，你想吃吃不到，苍天啊，荔荔啊，赶紧塞两口狗粮给我们吧，你家粉丝要饿死了，粮仓都空了……”

就是在这样的情况下，君之荔代言的那些商家品牌方猛然发现，不光殷白晨荣升全球唯一代言人头衔，君之荔给他们代言的商品销量也涨得极其迅猛，只是无声无息罢了。

君之荔代言的巧克力品牌，原本是当时看君之荔与殷白晨合作的电视剧有热度，又喜欢君之荔高岭之花的形象，知道君之荔团队只接高奢代言，抱着试一试的心态去接触她的经纪人小姐，没想到影后竟破天荒答应了！不得不说，当年代言效果极其轰动，影响力极大，让他们的巧克力品牌一跃成为“国人最爱的巧克力排行榜TOP1”。

男性影迷就不用说了，不怎么爱巧克力都为君之荔买了不少，还分给公司男性同事吃，公司活动也选这个赞助，男同事原本调侃“怎么还吃这个”，一回“君之荔唯一代言的巧克力”，对方立刻没话说，还受宠若惊，拿着巧克力包装翻来翻去道：“哦哦，君之荔代言的，那一定好。”

女性们虽然可能有自己喜欢的女偶像，但意外的是，她们毫不怀疑君之荔的品位，情人节或是被男生送礼物，点名要君之荔那款巧克力，还会晒朋友圈：“收到了，谢谢！影后君之荔同款巧克力。爱心。”

两年合约过了，原本品牌方想着要不要新增一位代言人，给市场制造新的噱头，让新代言人带动一批新粉丝，增加品牌的新动态，结果这两个月陡然发现他们巧克力销量暴涨。

品牌方：“怎么回事？”

销售部喜不胜收，挥舞着拳头：“销量堪比情人节！”

品牌方激动又吃惊，怎么可能，巧克力是比较长销的商品，往往一年只有情人节与七夕节是最大销售季，这是约定俗成的，怎么可能无缘无故突然销量激增。

营销部发来图和笑哭的表情包。

“那些经销商自己制造了新的巧克力海报。”

品牌方点击一看，海报一点也不精致，文字也不够精美，就几个电脑打上去的字，奈何文案一绝——君之荔、殷白晨绝美爱情同款定情巧克力。

有的还自己抠图，把殷白晨的图抠上去跟君之荔放一起，两人头与头之间放着巧克力。

品牌方笑喷："这样也行？！"

销售部门拍大腿："这些商家真是奇才！哪个女生不想要这样的同款绝美爱情？现在我朋友圈恋情官宣都用这个词。"

其他部门有两人的粉丝："这有什么，你没看他们的粉丝，私底下还制作君之荔、殷白晨的可爱小图片，加上我们的巧克力，线上奔走相告替我们卖货，说什么荔荔粉丝卖货了，同款定情巧克力。"

"还能这样操作？"

"卖得还挺开心，一传十十传百，每个女粉丝一边买巧克力一边卖货，网上路人都被推荐。"

品牌方乐呵呵，他找的何止君之荔，他简直找了个广大自动卖货集团！

"老板，今年还新增代言人吗？"

"不增了不增了，君之荔一人抵千千万。"

"那要不要把殷白晨也一同请过来？"有人动脑筋，既然效果这么好，不如一起制造声势。

男老板露出精明的笑容。

"不了，殷白晨身价不菲，那么贵，幸亏我们先前就请到了君之荔小姐，现在这叫买一送一。"

"老板英明！"

请了国际影后，送了一个亚洲顶流。

太值了！

经纪人段夏夏替君之荔盘点手上代言合同，巧克力销量上涨了有迹可循，但是她被私信无数，说今年荔枝销量好，广大果民特别感谢君之荔。

段夏夏哭笑不得，立刻调查怎么回事。

一搜实时广场，结果看到话题“仙女爱荔枝”“君之荔荔枝”。

荔枝收获季到了。

广大果园荔枝挂满，清香浮动。

想跟荔荔一样拥有光滑如玉的肌肤，盛夏荔枝限定即将开启。

“好期待，今年我要吃荔枝。”

“日啖荔枝三百颗，想跟君之荔一样拥有贵妃般的如玉肌肤。”

“君之荔肌肤好，喜欢吃荔枝。”

段夏夏点了点销量，还真是哪里荔枝一开卖，只要打着君之荔喜欢吃荔枝的旗号，就立刻销售一空。

舟山来找段夏夏，两人你侬我侬完了，段夏夏把这件好玩的事讲给舟山听：“我跟荔荔说，外面都说她爱吃荔枝，卖荔枝的果农可开心了。”

舟山一拍大腿，顿悟：“难怪最近卖橙子的果农跑来感谢我们！”殷白晨有些粉丝家里就有大片香橙果园！

段夏夏脑筋转得极快：“殷白晨，晨，橙。哈哈哈哈，这些人！”

舟山：“还不止！荔枝、橙子也就算了，现在粒粒橙也被粉丝们抢空，好几个商家问我殷白晨是不是代言饮料了。”

粒粒橙，荔荔晨。

哈哈哈哈，这些粉丝真是营销鬼才！

广大粉丝玩得不亦乐乎。

橙子，买！荔枝，买！粒粒橙，买！

广大果农十分高兴，还写了锦旗、感谢信寄给君之荔、殷白晨后援会，堪称粉丝圈一大盛事。

“妈呀，有生以来第一次被颁发锦旗。”

“还被主流媒体认证了。”

“绝美粒粒橙女孩拥有了姓名。”

超强大的带货能力传出，关注中国娱乐圈的日韩欧美等海外媒体都被惊动了。

日本：“从唐诗里走出的美人，以一己之力掌控整个荔枝王国的最强女帝。”

君之荔影迷笑哭。

“荔枝王国的最强女帝？”

“不愧是日本。”

不久后，广大影迷看到君之荔、殷白晨一同出现在贫困地区参加公益。

“哇，君之荔、殷白晨第一次同框吧。”

“不是很低调吗，怎么还是同框了？”

有一个人酸。

瞬间被上万人反驳。

“看清楚，这是公益！是君之荔、殷白晨带货能力强，连水果都能带，是上面特别邀请他们一起出席！”

“粒粒橙女孩震惊全球水果产业链，可是连日本韩国欧美都报道了哦。脑子是个好东西，不要可以给果民做肥料。”

公益直播前夕。

直播间收到粉丝们的来信。

“请一定要做好扩容！明天亿万粒粒橙女孩都会上线观看！”

“主播需要我们粒粒橙买什么，直接丢链接就行！”

“主播辛苦了，请照顾好我们家女孩、男孩，荔荔不善言辞，请多照顾她一点。”

主播平时接触的都是国家级制作，大世面见得不算少，但君之荔与殷白晨的大名如雷贯耳，心中不由得为第二天捏了把汗。第二天视频直播，他一瞅在线人数，还真像前几天粉丝提醒的，挤爆了！尽管已经做了扩容，还是差点卡得不能动。

再次被君之荔、殷白晨活跃粉丝人数震撼。

这两人是真的有国民号召力。

视频直播中，殷白晨、君之荔一同来到贫苦山区，两人穿着简单，与同行人员一样，穿着草绿色防雨服、防雨靴。

“明明是普通的衣服，两人穿上也有偶像剧效果。”

“光影打在荔荔身上好好看，行走的文艺电影大片。”

“两人难得同框，有没有大手出剪辑……”

直播中，君之荔、殷白晨介绍着山区特色产物。

“荔荔说话时，殷白晨一直看着她笑，荔荔回头看他，他还特地收回目光，好闷骚。”

“荔荔介绍梨，殷白晨说，对，吃了就不会分离。”

“买买买！”

镜头中，君之荔的脸格外莹白，整个人淡如菊、翩然若仙，她手里拿着山区制造的豆瓣酱，做着特别推荐，还拧开盖子亲自细细品尝了一口。青年一直凝眸看着她，唇角带笑，还用手指替她抹去酱渍，问“咸吗”。君之荔细细回味了一下，说“还好”。

视频外的粉丝看得如痴如醉。

“荔荔说酱是这边山区特产，殷白晨说，对，这样‘将’会更幸福。”

“我的妈，这男的，太会说了……”

两个小时的直播，粉丝们看得意犹未尽，不要太小瞧她们的购买力，所有山区特产全部断货，供不应求，排货排到大半年后！整个营业额震惊了直播间主持和主播，“营业额震惊”迅速登上热搜榜，君之荔、殷白晨带货能力太厉害，国民影响力太强了！

粉丝们却很谦虚。

“没有给君之荔、殷白晨丢脸就好。”

“还好了，我们粒粒橙女孩只是为公益尽一份心意。”

整个公益活动十分成功，君之荔、殷白晨被海外媒体好评为“公益艺人最佳典范”。

（四）美之女神

君之荔、殷白晨参加欧洲国际电影节，君之荔新拍摄的文艺片参加了“最佳电影”竞赛单元，是韩国导演执导的，君之荔在里面全素颜，清冷中透着一抹厉气，眼神清冷有力、半明半暗，那是一种熬得住生活艰苦，又蕴含社会底层生命力的姿态，像破冰而出的利浪。韩国导演以这个眼神为焦点，特别制作了好几版海外版海报，被不少业内专业人士看好，被国际媒体认为是极有可能冲击金奖的黑马。

殷白晨也参加了一部战争题材的新电影，饰演一名英勇果敢的特种兵，君之荔曾以专业功底对他进行过指导，认为殷白晨身体素质极好，长年跳舞，肌肉极具爆发力与细节表现力，又擅长捕捉人体动态，如若以形体精准度为突破口塑造人物，再辅以人物精神内核会更有优势，经过指点的殷白晨果然演技大为进步，被导演称赞。

君之荔走国际红毯很多次了，没有特别紧张，亦没有做很特别的准备，前一晚戴着眼罩甚至睡得还不赖，第二天早上喝了一杯美式咖啡，让造型师做了头发换上礼服就淡淡地去了。

国际电影节派超长轿车专车接送，八位高大的戴黑框墨镜的国外保镖为她拉开车门，神秘高贵的东方美人姗姗步入红毯。极淡的水粉色仙裙拖地两米，薄雾一样的真丝包裹着她美好的身材，绝美的侧颜惊艳整个欧洲。欧洲红毯只有几十米，两道夹着无数海内外摄影记者，君之荔被他们的镁光灯所照耀，冰肌玉骨，美人在骨不在皮。

国内媒体跟上，君之荔绝色美照传回来。

“太美了，我女神。”

“君之荔这身礼服是什么牌子？”又美又仙，大仙女。

时尚博主们奋笔疾书，只要与君之荔相关的时尚稿件流量都超高，东方美人在海外实现真正艳压，还带火了海外一个新品牌礼服。对方品牌首席设计师倍感荣幸，特地在社交平台上手写文字，宣称君之荔是她的艺术之光！品牌方更是快马加鞭邀请君之荔担任他们的国际代言人。

君之荔在国际电影节上艳光四射，大杀四方，美出天际，圈了一堆海外影迷。

国际电影节结束。

君之荔与殷白晨没有立即回国，而是停留在欧洲海岛上休闲度假。海滩，日落，温暖的海水荡漾着一轮金子般的落日。

海风吹拂着发。

高大的棕榈树轻轻摇晃着叶子。

君之荔换回一身海岛风的慵懒长裙，皓白的手中举着一杯香槟，细细的金圈圈住脖颈，红底白花裙子包裹着柔美的身躯。香槟刚从冰桶里拿出，冰镇过的金黄色液体透着凉意，在夕阳下晕出美的光晕。

与海滩上其他比基尼女郎比起来，君之荔这身可称得上保守。即便如此，仍有不少身材惹火的欧美男性跃跃欲试，但他们掂量着要不要上前，因为女神身边有一个长相格外英俊的青年，黑眸凌厉，刚从海里游了一圈回来，黑发上水珠滴落，浑身散发着凶狠。

君之荔戴着宽边白色遮阳帽，换了个姿势，轻啜了一口香槟，终于有一位十足贵族气质的欧洲男子驻足停留了半晌，忍不住上前靠近。

“您、您是君之荔小姐吧？”对方开口说的竟是中文，虽然有些磕磕碰碰，但仍然看得出对方胸膛里压抑着爱慕的烈火。

君之荔微微昂头，清丽的眼眸从下往上抬了抬，扫了对方一眼。

“我是您的影迷！”对方仿佛越发受到鼓舞，“我刚刚在国际电影节上看过您的新电影。您真人……真是比电影里还要美许多。”男人应该是什么大财阀家的贵公子，否则不会有这样的气派，也不会有资格现场观看竞赛单元片。

海滩上已经有不少人开始注目起这边，异国金发男人与东方神秘绝色美女。

“可以给我签个名吗？”

君之荔顿了顿，接过对方的笔，极快地给对方签了一个名。

男人极为欣喜，小心地收下，碧蓝色的眼眸含情脉脉地望向君之荔，没有意识到君之荔身边的青年黑眸冷冷，眼风刀子般丢向他前倾的身躯。

“今晚我开了一个派对，不少国际名导、好莱坞明星也来，今年最佳影片的制作方也在，请问有空过来赏个光吗？大家一起喝喝酒，聊聊艺术。”

君之荔还未说话，黑发湿润的青年已用手臂极具占有欲地搂紧君之荔的纤腰：“我女朋友今晚没空。”

欧洲男子一怔。

随即被青年极具杀伤力的眼神逼视，他不由得身体颤了颤，想了想，斟酌了一番，话里话外往后退让了一步。

“你……您可以一起来。”

这个俊美而危险的青年竟然是君之荔的男朋友。

脸庞极其深邃的青年，极长极浓的黑睫展了展，黑眸盯了他一两秒，对方感觉像被一只凶猛狠烈的美洲豹盯得死死的，忽然，青年露出一个极危险而迷人的笑容。

“我今晚也没空。”

“因为她要陪我。”

青年直接把手放到了君之荔洁白的大腿上。

欧洲男子大受打击，失魂落魄地走远了。

直到对方走远，青年才耍赖般缠着君之荔，手臂环着她的腰，靠着她的玉背撒娇。

“你不会怪我擅自主张吧？”

她的露背裙被青年滚烫的肌肤贴着，青年的黑发透着海水的咸与海风的冷冽，耳垂边传来青年呼出的热气。

君之荔鲜红的指甲戳了戳他的腹肌。

“你不都说了我是你的女朋友。”

青年抬眸，迷人地逼视她，得寸进尺：“今晚是我的生日，你准备了什么礼物？不满意的话，我要重新定制。”

君之荔的手指抚上殷白晨的脸。

“礼物已经准备好了，不满意的话，也得收下。没有讨价还价的余地。”

青年大笑。

海岛夜晚。

棕榈树树影在海风中婆娑，奢华的海岛度假酒店里，长长的餐桌上烛光摇曳，星光在海水中碎成一片钻石。

玫瑰花瓣铺满了露台、长廊、走道。

一位东方绝色美人踏着月光在浪漫的旋律中姗姗来迟。

修长的青年站起身，目露惊艳。

君之荔身穿一袭金色小亮片长裙，衬出她香肩雪肤，金光碎亮片极为贴身，她缓缓一转身，美背性感得胜过红酒，竟然是火辣镂空，只有两根精致极美的金色细带子吊在那儿。

青年喉结动了动，黑眸眯起。

君之荔慢步走过去，每一步都极慢，像走在他的心尖尖上。

殷白晨凝视着自己的心上人。

唇角带笑。

"你选了什么礼物？"

君之荔歪头笑，长发拂动，眸光四溢。

"颜环给我选了一套内衣。"

青年喷鼻血。

颜环最近代言了内衣，是一个全球品牌的子品牌，偏运动风，环环非常好心地送了她很多套。原本观寒不同意，拒绝颜环代言，但是颜环说她代言的是运动风系列，很健康的，而且她私下很喜欢文胸，每天穿不同的bra，感觉自己是个美美的女孩子。

观寒沉思了片刻："嗯，你唯一能战胜其他女星的资本就是胸了。"

颜环脸颊绯红，一个抱枕丢过去要打他。

观寒钳住她的细腕："不过我可还没同意。"

颜环："那要怎么样才同意嘛。要不拍了片子，你来选，你觉得哪些可以释出，就释出哪些。这样总可以了吧？"

结果观寒只是用黑眸看着她，半晌，顿了顿说："一晚一套。"

颜环不解。

观寒意味深长道："自己想，想明白了告诉我。"等到颜环终于想通观寒的意思，她整个人红得像虾子。

君之荔走到殷白晨面前两步处，停住。

“但我觉得还不够刺激。”

纤长的睫毛在她妩媚的眼眸上轻扇。

青年黑眸更深，声音喑哑。

“所以？”

“所以，我决定……”

她转身。

双手把颈间两根金色细带缓缓拉开。

一地金色。

“刺激吗？”

【番外完】

后记
写作十年

于庐山云雾写完《心上人》大结局。君之荔胸有百川，却云遮雾绕，阻碍了她的天地四时。殷白晨为她拨开迷雾，霞光一飞冲天，净化天与地。这便是君之荔与殷白晨的故事。

这个系列，十年为期，写的是女性不同时期的不同状态。杂志连载时期写了《你的世界，星光如初》，主编希望我尝试描写十几岁的少女心理，所以那部作品能感受很甜的少女感。少女之心亦有少年之毅，所以凌影又拥有势如破竹、简单、最纯净的力量。少女时代，没什么比友情、自己喜欢的人、自己在意的事更能占据全世界。我们都有过那样的时光。

《星光的彼端》是职场女性共鸣最大的一部。没有进入社会的读者看到更多的是黄锦立、宋微爱情中的曲曲折折。职场女性则感受深刻，社会与青春的最大不同在于，青春没有权力体系，社会却非常明显。宋微与黄锦立之间，通过两性间尊严、爱情、社会权力的博弈，折射了一名女性既想拥有真正的爱情，也想守住自我、自尊与事业之心，我想传达自尊与爱同样昂贵。

创作至《心上人》，君之荔事业有成，扬名海外、国民赞誉，这是女性事业中后期阶段。这阶段的女性，往往需要一段新生、一段蜕变，她们需要重新点燃内在生命力。过去职场厮杀的创伤蚕食鲸吞，她们自己都没注意到的时候，灵魂中的生命力已逐渐黯然失色，爱情也似乎有心无力，生命轮廓的面貌模糊了。一部分女性这个时候开始停滞不前。殷白晨象征着一种崭新的生命力，黑化后的人格阴影部分又代表着一种攻击性。正是生命力与攻击性的双重性，点燃了君之荔的内在激情。这就是爱的激情的内在力。君之荔主动打破迷雾，打破园古庭妄图以超我之名，审判她、束缚她，生活中又有多少隐形绑架束缚了你呢？经此新生，君之荔成了一名透彻世事、自我坚定，精神力无可匹敌的女性。凌影、宋微、颜环、楼夕之、君之荔，她们皆是世间值得尊重的女性。

这就是女性文学中，人与人、人与爱，极微妙又极令人战栗的张力。

人的灵魂深处，总有那些你曾经拥有却陷入沉睡的美好部分。

我喜欢将它们唤醒。

让它们在生命中、爱情中、自我尊严中焕发光彩。美如神祇。

青罗扇子

图书在版编目（CIP）数据

心上人：全2册 / 青罗扇子著．— 南京：江苏凤凰文艺出版社，2020.7（2022.4重印）
ISBN 978-7-5594-4736-4

Ⅰ．①心… Ⅱ．①青… Ⅲ．①长篇小说 – 中国 – 当代
Ⅳ．①I247.5

中国版本图书馆CIP数据核字(2020)第054946号

心上人：全2册

青罗扇子 著

选题策划　北京记忆坊文化
特约策划　暖　暖
特约编辑　绪　花卡　啾
责任编辑　刘洲原　白　涵
封面绘图　陶　然
封面设计　80零·小贾
版式设计　天　缈
出版发行　江苏凤凰文艺出版社
　　　　　南京市中央路165号，邮编：210009
网　　址　http://www.jswenyi.com
印　　刷　环球东方（北京）印务有限公司
开　　本　880毫米×1230毫米 1/32
字　　数　382千字
印　　张　14.5
版　　次　2020年7月第1版　2022年4月第2次印刷
书　　号　ISBN 978-7-5594-4736-4
定　　价　59.80元（全二册）

MEMORY
HOUSE